Klaus Stickelbroeck
Fieses Foul

Vom Autor bisher bei KBV erschienen:

Fieses Foul
Kalte Blicke
Fischfutter
Auf die harte Tour
Schnell erledigt
Schrott
Blindgänger
Haken dran!
Blondes Gift
Fesseltrick
Machste nix dran
Kickstart

Klaus Stickelbroeck wurde 1963 in Anrath geboren. Er lebt in Kerken am Niederrhein und hat als Polizeibeamter in Düsseldorf gearbeitet. Seinen ersten Kurzkrimi veröffentlichte er im Jahr 2000. Sein erster Kriminalroman *Fieses Foul* erschien 2007. Sein Kriminalroman *Fischfutter* (2010) wurde für den Friedrich-Glauser-Preis als bester Kriminalroman des Jahres nominiert.

Kickstart ist sein neunter Kriminalroman mit dem smarten Privatdetektiv Hartmann (alle KBV).

Neben seinen Kriminalromanen schreibt er witzig-turbulente Kurzkrimis, die in mehreren Sammelbänden zusammengefasst wurden, zuletzt in *Machste nix dran* (2022).

Stickelbroeck ist einer der vier »Krimi-Cops«, deren acht Kriminalromane, zuletzt *Zahltag* (2024), ebenfalls im KBV-Verlag erschienen sind.

www.klausstickelbroeck.de · www.krimi-cops.de

Klaus Stickelbroeck

Fieses Foul

Für
Irmi, Annika, Nick und Tim

1. Auflage 2007
2. Auflage 2010
3. Auflage 2011
4. Auflage 2013
5. Auflage 2018
6. Auflage 2025

© KBV Verlags- und Mediengesellschaft mbH
Am Markt 7 · DE-54576 Hillesheim · Tel. +49 65 93 - 998 96-0
info@kbv-verlag.de · www.kbv-verlag.de

Bei Fragen zur Produktsicherheit wenden Sie sich bitte an unsere Herstellung:
info@kbv-verlag.de · Tel. 0 65 93 / 998 960

Umschlagillustration: Ralf Kramp
Lektorat: Volker Maria Neumann, Köln
Druck: Druckhaus Nord GmbH, Bremen
Printed in Germany
ISBN 978-3-940077-01-1 (Taschenbuch)
ISBN 978-3-95441-086-6 (eBook)

»… überschattet wurde der verdiente 4:0-Erfolg der Mönchengladbacher durch eine schwere Verletzung des überragenden Christian Hartmann. Nach einem rüden Foul musste Hartmann in der 72. Spielminute mit einer Trage vom Platz gebracht werden. Er wurde noch am gleichen Nachmittag in einer Gladbacher Klinik am Knie operiert.

Wie Gladbachs Trainer auf der Pressekonferenz nach dem Spiel mitteilte, wird Hartmann für den Rest der Saison seiner Borussia nicht mehr zur Verfügung stehen. Der Außenstürmer musste auch seine Teilnahme am Fußballländerspiel gegen England in der kommenden Woche absagen. Rudi Völler hatte den 23-jährigen geborenen Düsseldorfer erstmals ins Aufgebot berufen …«

1. Kapitel

Die Luft in den Straßen war dick wie Sirup. Die Menschen mieden offene Plätze, schlichen wortlos durch die Stadt oder bewegten sich überhaupt nicht. Vögel fielen dutzendweise tot vom wolkenlosen Julihimmel. Jörg Kachelmann hatte vor einigen Wochen im Fernsehen einen Jahrhundertsommer versprochen, und das Wetter hielt sich dran. In den schicken Bistros am Düsseldorfer Medienhafen wurde der Caipirinha ohne Eis serviert, der italienische Gelatimann am Flinger Freibad machte seine erste Million, und bei Schlembach in der Friedrich-Ebert-Straße ging der letzte Ventilator für lockere neunundsiebzig Euro über den klebrigen Ladentisch.

Erst am Abend hatte der liebe Gott ein Einsehen und schickte eine leichte Brise durch die Altstadtgassen und über die Königsallee. Biggi seufzte. Man hätte auf der Terrasse sitzen können, ein kühles Schlösser in der Hand, die Stereoanlage leicht aufgedreht, die Beine hochgelegt. Und vielleicht hätte es auch noch jemanden gegeben, der die Füße sanft und zärtlich massiert hätte ...

Biggi wechselte das Standbein. Auch durch die Charlottenstraße wehte jetzt eine feine, warme Brise, aber hier roch sie nicht nach Bier vom Fass, nach Rhein oder nach Chanel, sondern nach einem Gemisch aus Schweiß, Müll und Autoabgasen. Und die Einzige, die hier ab und zu mal was massierte ...

Na ja.

Sie warf einem grünen Passat Kombi ihr Grinsegesicht zu. Der fuhr zum siebten Mal durch.

»Haste mal eine mit Filter für mich?«

Rosie, die neben ihr stand, kramte in ihrer Handtasche, arbeitete sich durch verschiedene Schichten Krimskrams und hielt ihr eine zerknitterte Schachtel Marlboro hin.

Biggi erfingerte sich eine Kippe. »Danke.«

»Machst du noch lange?«

Biggi schüttelte ihre strubbelige, rote Kunsthaarperücke und blinzelte hinauf in den wolkenfreien Himmel. »Einen noch, dann mach ich Feierabend. Ich bin total kaputt. Konnte heute Mittag nicht richtig pennen. Es ist einfach zu heiß bei mir unterm Dach. Und du?« Rosie drehte sich um und blickte einem dunkelblauen Daimler hinterher, der auch schon dreimal an ihnen vorbeigeschlichen war. »Ein Stündchen noch, dann kommt Harry mich abholen.«

»Du arbeitest wieder mit Harry?«

Rosie druckste rum. »Einen brauchst du doch.«

»Aber den? Die Vogelscheuche hängt doch selber an der Nadel. Das Einzige, was der kann, ist Fahrräder klauen!«

»So ganz ohne is nich! Denk mal an die Leichenteile, die hier in der Gegend ständig gefunden werden. Wenn das mal nicht eine von uns war. Irgendwer kommt immer weg. Ich sag es dir, das ist eine von uns! Die Anne haben sie damals auch zersägt und verbrannt.«

Biggi zog einen auf Lunge und blies sich den Qualm in die Stirn. »Das ist über zehn Jahre her. Wenn's eine von uns wäre, hätten die Bullen schon was läuten lassen. Du hast da was auf der Bluse.«

»Mist. Wenn man nicht auf alles achtet ...« Rosie ging mit Spucke drüber und blieb beim Thema Nummer eins der letzten Tage hier am Straßenstrich. »Wie wollen die Bullen denn feststellen, ob es eine von uns ist, wenn man immer nur einen Arm, ein Bein und jetzt einen Fuß gefunden hat? Füße sehen alle gleich aus!«

Biggi grinste und ruckte ihr blaues Stirnband zurecht. »Na, da gibt's schon Unterschiede. Große, kleine, dreckige, saubere. Füße mit fünf Zehen, Füße mit vier Zehen ...«

»Du hattest mal einen mit vier Zehen?«

»Ich hatte schon fast alles. Ich hatte mal einen, der hatte gar keine Zehen mehr.«

Rosie lachte. »Da braucht man sich die Zehennägel nicht zu schneiden.«

»Oder zu lackieren. Hat alles seine Vorteile ...«

Der grüne Passat bog wieder um die Ecke. Diesmal kam er aus der anderen Richtung. Ein Typ saß hinterm Steuer. Ohne anzuhalten, verschwand der Wagen in einer kleinen Seitenstraße.

»Trotzdem«, blieb Rosie hartnäckig, »so ganz ohne Beschützer mach ich es nicht mehr. Heutzutage brauchst du einen, der ein bisschen aufpasst. Bei den Schizos hier auf der Rue ...« Sie schüttelte den Kopf. »Die werden doch alle immer bekloppter! Nee, ohne ist mir zu gefährlich!«

Biggi schnippte sich eine Fluse von den engen, rosafarbenen Leggins und zog die Nase hoch. »Als ob wir furchtbar viel zu verlieren hätten ...«

»Jetzt hör aber auf, Biggi! Du müsstest dich mal hören! Achtung, da kommt einer von links. Nimmst du den?«

»Okay, mein Letzter.« Biggi schnippte die Kippe in den Bordstein und blinzelte ihrer Freundin zu: »Da gebe ich mir noch mal extra viel Mühe!«

Der Mann um die vierzig kam aus der kleinen Seitenstraße und blieb wie zufällig neben den beiden stehen. Er schaute mit dichten, zusammengezogenen Augenbrauen auf seine Armbanduhr und räusperte sich vorsichtig: »Ähm, wo geht's denn hier zum Bahnhof?«

»Nächste Straße links und immer geradeaus. Dann läufst du praktisch direkt auf die Gleise.«

»Da fahren dann auch die S-Bahnen ab?«
»Das ist ein Bahnhof, Süßer. Da fahren auch die S-Bahnen ab. Und hier fahren übrigens noch ganz andere Sachen ab!«
Biggi warf sich oben rum ein bisschen in Position, und der Typ wurde mutiger. »Aha, und was so alles?«
»Was möchtest du denn?«
»Ähm ...«
Und er sagte es ihr. Nach kurzer Klärung des finanziellen Aspekts wechselte ein Fünfziger den Besitzer, und beide waren auf dem Weg um die Ecke.
»Ich kenne da ein ruhiges Plätzchen in der Nähe.«
»Aber nicht so weit weg. Ich muss die letzte S-Bahn nach Neuss bekommen.«
»Das liegt an dir, Süßer!«
Das kleine Plätzchen grenzte an einen menschenleeren Spielplatz und war mit dichten Sträuchern zugewachsen. Genau der richtige Ort für ein bisschen heimliche Romantik.
»Hm, richtig gemütlich hier!«, fand auch der Typ mit den Augenbrauen.
Von den gebrauchten Spritzen, die hier rumliegen, mal abgesehen, dachte Biggi und war froh, im trüben Licht einer schäbigen Straßenlaterne den ganzen Drogenmüll nicht sehen zu müssen. »So, wo ist denn unser kleiner Freund? Lass nur, ich mach das schon.«
Mit geübtem Griff lockerte sie den Gürtel und öffnete seinen Reißverschluss. »Na prima. So wie es aussieht, wirst du deine S-Bahn nach Neuss noch pünktlich kriegen ... Oh là là, da freut sich aber einer!«
»Hmmmmm ...«
Ein kurzes Rascheln in den Zweigen neben ihnen. Biggi fuhr herum. Ein hagerer, rothaariger Typ mit Totenkopfschädel in schwarzer Lederjacke und bis zum Unterkiefer hoch tätowiert,

schob sich murmelnd an den beiden vorbei durchs trockene Geäst.

»Mann, Harry, hast du mich erschreckt! Verpiss dich hier!«

»Is ja gut. Ich dachte, du wärst Rosie. Bin ja schon weg!«

Totenschädel verschwand wieder. Der Typ mit den dichten Augenbrauen hatte ganzkörperlich wieder auf den Boden der Tatsachen zurückgefunden. »Ähm, wer war das denn?«

»Niemand. Ein Bekannter von mir. Vergiss ihn einfach!«

Biggi besah sich das Dilemma. Also, wieder von vorne. Die letzte S-Bahn wartete!

»Ähm, vielleicht könnten wir beide ein bisschen weiter nach da hinten. Also, ich mit dem Rücken zu der Wand da und du so vor mir, weißt du ...?«, schlug Augenbraue vor.

Alles, nur bitte bald Feierabend. Sie schob ihren Freier wortlos durch die Sträucher bis an die Rückseite eines Parkhauses.

»Hier ist gut, okay?«

»Hmmm, jaaa!«

Biggi ging in die Hocke. Da war das volle Programm erforderlich, konnte man nichts machen. Hauptsache, sie kniete sich jetzt nicht in irgendeinen Haufen. Aber da lagen nur eine leere Colaflasche und zwei verrostete Spraydosen auf dem Boden. Und ein verdreckter Knüppel. Ein komischer, verdreckter Knüppel. Und sie wollte gerade was für einen pünktlichen Feierabend tun, als sie erkannte, dass das gar kein Knüppel war, sondern ...

»Oh, mein Gott ...«, stöhnte der Typ.

»Oh, mein Gott!«, schrie Biggi.

2. Kapitel

Hartmann in roter Turnhose, mit gelbem T-Shirt, Laufschuhen an den Füßen und einer Menge Schweiß an den Schläfen bog mit erhöhtem Pulsschlag von der Harkortstraße in die Graf-Adolf-Straße ab. Ein paar Meter, die auch noch zu packen sein sollten, und für heute war die Runde geschafft.

Der Zeitungsmensch vom Kiosk grüßte: »Morgen, Hartmann!«

Hartmann hob die Hand. Also, zum Sprechen reichte es jetzt nicht mehr so richtig. An der Videothek vorbei, noch einmal lebend zwischen den Taxis durch über die Bismarckstraße, dann die Hausnummern 18, 16, 14 und fertig. Hartmann pustete durch, strich sich die langen braunen Haare hinter die Ohren und legte die Hände in den Nacken. Seitdem die kleinen Rettungsringe an den Hüften über Nacht nicht mehr von alleine weggingen, hatte er sich ein kleines Trainingsprogramm zusammengestrickt, das er mehr oder weniger konsequent durchzog. Wenn der Job es erlaubte, gehörte das morgendliche Joggen dazu. Und der Job ließ zur Zeit so einiges zu.

»Guten Morgen, Christian, wieder eine Runde gedreht?« Renate von der Brötchenbude nebenan kämpfte sich durch eine kleine Ansammlung Halbverhungerter und schloss die Tür zum Laden auf.

»Ich übe für den New York Marathon!«

»Das sieht schon ganz gut aus. Du hast gar nicht mehr so einen roten Kopf.«

Hartmann winkte noch mal und flüchtete vor weiteren Komplimenten in den dunklen Hausflur. Hier roch es zwar wie immer nach Schweiß, Urin und Reinigungsmitteln, aber wenigstens war es hier drinnen deutlich kühler als draußen. Wenn nichts dazwischenkam, würden es heute Mittag auch wieder fünfunddreißig Grad im Schatten werden.

Aber erst mal kam was dazwischen. Und zwar Nachbarin Heidi: »Guten Morgen, Herr Hartmann!«, erschreckte sie ihren Nachbarn aus der dritten Etage, der den Kopf hastig einzog, weil hier direkt am Bahnhofsvorplatz eigentlich immer damit gerechnet werden musste, dass einem ein durchgeknallter Junkie mit Versorgungsengpass eins mit dem gestohlenen Nothammer über die Rübe zog.

»Mensch, Heidi, äh, Mann, Frau Grütesaaper, haben Sie mich erschreckt!«

»Aber ich bin es doch nur.«

Hartmanns Herzschlag setzte wieder ein. »Was stehen Sie denn hier im Dunkeln rum?«

»Ich habe auf Sie gewartet. Und das Licht geht doch alle zwei Minuten wieder aus. Und das wird auf die Dauer ...«

»Okay.«

Heidi Grütesaaper blickte ihn vom ersten Absatz mit großen Augen an, die Unschuld einer Marianne Sägebrecht im Blick und den Schalk einer Inge Meysel im Nacken.

Sie schleppten sich nebeneinander ein paar Stufen hoch, und Hartmann mutmaßte: »Der Computer?«

»Genau. Und ich habe diesmal wirklich nichts falsch gemacht.«

Heidi, vor hundert Jahren achtzig geworden, hatte an der Volkshochschule einen Computerkurs für Senioren mitgemacht, sich in einem Computerladen auf der Karlstraße ein Hightech-Teil andrehen lassen und war mit Flachbildschirm, Internetzugang und 2,44 Gigahertz hoffnungslos überfordert. Aber man durfte die Zerknitterten nicht unterschätzen. Mittlerweile vergingen schon drei, vier Tage bis zum nächsten Absturz.

»Ist er abgestürzt?«, fragte Hartmann der Form halber.

»Nein, er läuft nicht mehr.«

Sie passierten die leer stehende Wohnung eines Ex-Junkies in der ersten Etage, dessen letzte Besucher, bevor die Polizei seine Wohnung öffnen ließ, ein paar Stubenfliegen gewesen waren, und Hartmann fragte: »Ist der Kaffee denn schon fertig?«

Heidi lächelte dankbar. »Aber natürlich.«

Heidis Kaffee war der beste. Von ihr selbst in einer alten Kaffeemühle von Hand gemahlen, gab sie am Ende immer noch ein bisschen feines, braunes Pulver dazu. Lecker. Eine leckere Tasse Kaffee, wie sie selbst immer zu sagen pflegte. Immer mit Untertasse, kleinem Rührlöffelchen und einem Keks serviert. Sehr lecker.

* * *

Eine halbe Stunde später drückte Hartmann die Reset-Taste, und der PC begann lautstark, Daten quer durch das graue Gehäuse zu schaufeln. »So, das sollte jetzt wieder klappen!«

»Oh, das wäre ja prima!« Heidi blickte staunend über seine Schulter auf ein hektisches, schwarz-weißes Zahlen- und Buchstabengeflimmer. »Noch eine leckere Tasse Kaffee?«

Hartmann erlauschte sein Ohrensausen. »Danke, aber ich hatte jetzt schon vier Tassen. Mir dröhnt der Schädel.«

Heidi nickte zufrieden. Vier Tassen waren eine gute Ausbeute bei der Hitze und Ozonwerten, so hoch wie der Düsseldorfer Rheinturm. Hartmann drückte ihr die Tasse samt Unterteller in die Hand. Heute hatte er die Tasse mit Riss im Henkel gehabt. Heidis Kaffeeservice war einmalig und hatte drei Weltkriege überlebt. Die Zuckerdose war gefallen, mehrere Tassen galten als vermisst und der restliche Teil des Ensembles hatte jeder seine Verletzung.

Hartmann stand auf und pflückte einen pieksigen Krümel vom blanken Oberschenkel. »Und die Plätzchen waren auch echt klasse, vielleicht ein bisschen die falsche Tageszeit, aber sonst ...«

Heidi guckte streng und blinzelte vorwurfsvoll hinter ihrer Brille. »Die gehören zu einer leckeren Tasse Kaffee doch dazu! Und jetzt läuft der wieder, der Computer?«

»So gut wie vorher!«

»Wenn ich Sie nicht hätte ...«

»Ach, noch drei, vier Abstürze, und beim fünften Mal fahren Sie das Ding alleine wieder hoch!«

»Hochfahren?«

»Schon gut.«

»Und was hab ich diesmal falsch gemacht? Zu viel gesöft und geschättet?«

»Das Gleiche wie beim letzten Mal. Sie müssen immer erst das eine Programm beenden, bevor Sie mit dem nächsten anfangen. Sonst verheddert sich der Computer irgendwann und stürzt ab ...«

Heidi schüttelte das schwarz getönte Haar. »Das habe ich versucht, aber die Seiten tauchen immer wieder von alleine auf dem Bildschirm auf, ehrlich. Na ja, Hauptsache, der Computer funktioniert wieder. Ist eigentlich nicht zu verstehen ...«

»Was?«

»Na, dass Sie keine feste Freundin haben«, lauerte Heidi plötzlich hinter ihrer kleinen Brille.

»Ich hatte mal welche ...«

»So meine ich das ja gar nicht. Aber Sie sind doch ein richtig hilfsbereiter, sympathischer junger Mann. Nicht dumm, und Sie sehen ganz passabel aus. Die blauen Augen, sportliche Figur, über einsachtzig groß, und ganz nette Grübchen haben Sie, wenn Sie lachen. Na gut, die Nase ist vielleicht ein bisschen zu groß, und Sie müssen unbedingt mal wieder zum Friseur, aber sonst ...«

Hartmann hüstelte, nahm sich vor, dringend mal nachzuhaken, was das für ein braunes Pulver im Kaffee ist, und versuchte hastig, das Thema wieder zu wechseln: »Im Internet müssen Sie ein bisschen aufpassen. Es gibt Programme, die laden sich von alleine runter, schalten sich nicht mehr ab, laufen im Hintergrund weiter und kosten ziemlich viel Geld ...«

»So was guck ich mir doch nicht an!«

»Ach, auf diesen Seiten landet man schneller, als man denkt.«

»Na, die klick ich aber sofort wieder weg!«

Hartmann grinste in sich hinein und blinzelte hinter ihrem Rücken zur Garderobe, an der seit der vergangenen Woche eine dunkelrote Herrenstrickjacke am Haken baumelte. Man darf die Zerknitterten, aber das hatten wir ja schon ...

Der PC hatte sich korrekt hochgefahren, unten rechts im Bildschirm stand *09:15*.

»So, klappt wieder. Tausend Dank für die leckeren Tassen Kaffee.«

»Ich wollte uns doch noch ein paar Brote schmieren!«

»Das nächste Mal, Frau Grütesaaper, ich muss heute noch was tun.«

Die Augen hinter der kleinen Lesebrille wurden groß, und jetzt sah Heidi aus wie Angela Lansbury in *Mord ist ihr Hobby*. »Ein Klient?«

Hartmann drehte sich im Türrahmen noch einmal zu ihr um und flüsterte: »Eine Klientin, und was für eine. Eine richtig prominente!«

»Oh ... Und ich darf natürlich nicht wissen, wer es ist, stimmt's?«

»Stimmt genau, und ich muss mich unter den Armen noch ein bisschen frisch machen, bis dahin!«

Hartmann sprang die Stufen in die dritte Etage hinunter und überschlug im Kopf noch mal den Fahrplan der Rheinbahn. Seit einem unangenehmen Alkoholzwischenfall mit der Polizei im vergangenen Herbst hatte Hartmann keinen Führerschein mehr und war, nachdem man ihm das gute, rote Rennrad samt Ringschloss aus dem Flur geklaut hatte, auf Bus und Bahn angewiesen. Das war nicht immer einfach. Gerade in seinem Job als Privatdetektiv.

Seine Klientin wohnte im Stadtteil Ludenberg, das hieß, dass er den 725er-Bus nehmen musste und ihm bis zum Termin mit der Klientin noch genug Zeit für eine ausgiebige Dusche und ein gutes Frühstück nebenan bei Renate blieb. Wenn nichts dazwischenkam ...

* * *

Hartmann stieß die Tür zur Wohnung auf und roch als Erstes sein Rasierwasser. Irish Irgendwas, und es stank bestialisch. So ein Zeug, das man von Großtanten zu Weihnachten geschenkt bekommt, denen die Verkäuferinnen immer die gammeligen Restposten aus den Sechzigerjahren andrehen. Hartmann folgte dem beißenden Geruch durch den kleinen Flur und öffnete die Tür zum Büro.

Er stand in der Mitte des Zimmers, hatte eine riesige Adlernase, zwei kleine Habichtäuglein und die Beine eines Storchs. Ein seltsamer Vogel. Und so zwitscherte er auch: »Huch.« Der Vogel verschluckte sich, schüttelte den Kopf und verdrehte die Augen. »Mein Name ist Kreyendahl. Die Tür stand offen.«

Hartmanns dumme Angewohnheit, die Bürotür nie abzuschließen! Seine empfindliche Nase reagierte sofort auf die künstlichen Treibgase. Ein Kribbeln kroch die Nasenwände hoch und entlud sich in einem heftigen Niesen, noch ehe er irgendwas sagen konnte. Um was gegen den Säuregeruch im Zimmer zu tun, schob er sich an dem Riesenvogel vorbei und riss hastig eines der beiden Fenster auf.

Vögelchens Habichtsäuglein musterten derweil vorsichtig den Raum, dann Hartmann und sein sportliches Outfit. Es schien ihnen nicht zu gefallen, was sie sahen.

Hartmann nahm einen tiefen Zug Bahnhofsvorplatzluft. Die Straßenbahnen machten einen Höllenlärm, Taxifahrer hupten. Er hatte vor einigen Monaten seine Dachgeschosswohnung in Unterrath gekündigt und war ins Büro hierhin an den Konrad-Adenauer-Platz gezogen. Das sollte nur vorübergehend sein, aber irgendwie bekam er es nicht gebacken, sich eine neue Hütte zu besorgen. Er bekam in letzter Zeit überhaupt sehr wenig gebacken, fand Hartmann. Auf jeden Fall hatte er sich zunächst mal hier im Büro häuslich eingerichtet. Das wirkte auf Erstbetrachter ungewohnt.

Um nicht zu sagen, es war das reinste Chaos.

Vögelchen war anzusehen, wie es in seinem Spatzenhirn arbeitete. Er sah auf die zum Trocknen an die Heizung gehängten Sportsachen von gestern und vorgestern und drehte sich um. »Vielleicht habe ich mich in der Tür geirrt.«

»Vielleicht!«

Mit der Hand auf der Klinke blieb er stehen und drehte sich um. »Ich suche einen Privatdetektiv.«

»Herzlichen Glückwunsch. Sie haben einen gefunden.«

»Christian Hartmann?«

»Das bin ich.«

Er kam wieder näher.

Hartmann hatte sich an den großen, braunen Holzschreibtisch gesetzt und deutete auf den Hocker vor sich. »Nehmen Sie doch Platz!«

Er musterte den Hocker, legte das Köpfchen schräg, verdrehte die Augen und ließ sich vorsichtig nieder. »Ich vermisse meine Frau.«

»Vermisstenanzeige kann man bei der Kripo erstatten. Jürgensplatz 5-7, KK Zwölf.«

Er kniff die Augen zusammen. »Ich habe meine Gründe, genau das nicht zu tun.«

Aha.

»Überreden Sie mich, den Job anzunehmen!«

»Ich habe Geld.«

Das war ein verdammt gutes Argument! Und richtig witzig, fand Hartmann. Vogelgesicht kramte in seinem hellblauen Hemd, zog aus der Brusttasche ein Foto hervor und reichte es über den Schreibtisch.

Sie war um die fünfundzwanzig Jahre alt, hatte glatte, lange blonde Haare, hohe Wangenknochen, einen kleinen Mund, dünne Lippen, hellblaue Augen und sah kein bisschen so aus wie ein Vogel. Er blinzelte rüber zu Kreyendahl. Sie musste sehr, sehr tierlieb sein ...

»Das ist Nadia. Sie kommt aus Kiew.«

Den Rest konnte Hartmann sich denken. Mit Kohle schien Vogelgesicht die meisten seiner Probleme zu regeln. Prompt kam die Bestätigung: »Ich habe meine Frau über eine Heiratsannonce kennengelernt. Vor vier Monaten. Zwei Monate lang haben die Formalitäten gedauert, und dann konnten wir uns endlich in den Armen halten. Wir wollen heiraten.« Er hob sein Kinn. »Aber dann hat sie vor einer Woche einen Mann getroffen, den sie aus ihrer Heimat kennt. Seitdem war sie wie ausgewechselt.« Er schüttelte das Köpfchen. »Nervös. Unaufmerksam. Ich habe sie kaum wieder erkannt.« Er schaute Hartmann zum ersten Mal direkt in die Augen. »Jetzt ist sie weg. Verschwunden. Sie ging vor drei Tagen aus dem Haus und kam nicht wieder. Ich drehe fast durch. Wir wollten doch heiraten ...«

Hartmann kramte einen Zettel zurecht. »Wie viel haben Sie bezahlt?«

»15.000 Euro.«

Alles klar. Blondie hatte ihren Job gemacht, hatte vermutlich so um die fünf Prozent bekommen, saß mittlerweile wieder bei Wodka und Kaviar in ihrem Dorf und wartete auf den nächsten Einsatz. Das Leben ist hart, Vögelchen, vergiss die Blonde und vergiss die Kohle!

»Das andere Geld habe ich auch beisammen.«

Hoppla. Hartmann lehnte sich zurück und schob sich die Haare hinter die Ohren. »Welches andere Geld?«

»Na, die restliche Rate. Die restlichen 35.000 Euro.«

Er blickte erstaunt. »35.000 Euro?«

Das änderte die Sachlage aber ganz gehörig. Hartmann sah die gute Nadia nun längst nicht mehr entspannt am warmen, russischen Ofen. Hier stimmte was nicht! Wieso sollte der Bauer sein Hühnchen vom Futternapf abziehen, bevor die Gans komplett ausgenommen ist oder so ähnlich?

»Die 35.000 Euro wären wann zu zahlen gewesen?«

»Wenn wir geheiratet hätten. Es war vereinbart, zusammen mit einer beglaubigten Fotokopie der Heiratsurkunde das restliche Geld an die Vermittlungsagentur zu überweisen.« Er senkte die Stimme. »Das wäre nächsten Monat gewesen. Am Vierundzwanzigsten!«

»Sie gehen nicht zur Polizei, weil das Ganze ...«

»Weil es mir peinlich ist! Die Polizei würde Nachforschungen anstellen, die Nachbarn befragen. Ich weiß auch gar nicht genau, ob das alles so legal ist. Das mit dem Geld bezahlen und so. Vielleicht würden die bei der Polizei sogar denken, ich hätte irgendwas mit ihr ...«

Hartmann zog in Betracht, dass er Vögel schon immer toll fand. Er hatte auch schon eine Idee, wie er diese Vermisstensache angehen konnte, ohne sich allzu viel Arbeit an den Hals zu hängen und gleichzeitig ein paar dringend benötigte Gelder einladen konnte.

Der Vogel hieß Hans-Rudolf Kreyendahl, war Besitzer eines kleinen Schlossereibetriebes in Oberbilk, ausgebildeter Rettungssanitäter und Reserveoffizier bei der Bundeswehr. Beim Klären des Finanziellen stellte Hartmann fest, dass Kreyendahl wirklich Geld hatte, und ließ sich noch ein paar Details ihres Verschwindens erklären.

»Ich werde einen meiner besten Männer auf ihre Spur setzen!«

Vogel Kreyendahl blinzelte. »Sie haben Partner?«

»Mitarbeiter. Hochqualifiziertes Personal. Ohne geschulte, hochmotivierte und bestens ausgebildete Mitarbeiter kann man heutzutage in der Sicherheitsbranche nicht mehr bestehen.«

Kreyendahl legte den Kopf wieder schief, schielte zur Wäsche auf der Heizung, verkniff sich aber jeden weiteren Kommentar. Hartmann bemerkte den Seitenblick und nahm sich vor, zukünftig nicht mehr so auf die Kacke zu hauen. Zumindest nicht, bevor er die Hütte hier ein bisschen aufgeräumt hatte. Er behielt das Foto und stand auf.

Kreyendahl erhob sich ebenfalls. An der Tür drehte er sich noch mal um. »Ähm, Herr Hartmann. Eine Frage noch?«

»Bitte!«

»Sind Sie der ehemalige Fußballprofi, der mal bei Fortuna und in Gladbach gespielt hat?«

»Genau der bin ich. Ich melde mich, wie verabredet, Herr Kreyendahl.«

Hartmann schloss die Tür und ging zum großen Dicken von Bosch. Er öffnete den Kühlschrank, kletterte hinein, ging ein paar

Schritte, griff nach links ins unterste Regal, schüttete eine halbe Flasche Rheinfels Quelle in den trockenen Körper und machte ein Bäuerchen, das man bis nach Volmerswerth hören konnte.

Über die Flasche hinweg schielte er zur Uhr. Mit Duschen und Frühstücken musste er sich jetzt richtig ranhalten, um seinen Termin einhalten zu können.

* * *

Zwanzig Minuten später war Hartmann im Treppenhaus auf dem Weg nach unten. Den Absatz zur Erdgeschosswohnung übersprang er. Eine dunkelrote Blutlache breitete sich auf dem gelben Steinboden aus. Ein Junkie hatte beim Frühstück geschlabbert und den Absatz eingesaut. Gelb und rot, die Farben der DEG ...

Viertel nach elf, sagte die Swatch.

Frühstück, sagte der Magen.

Linksrum kämpfte Hartmann sich durch eine Abdeckplane aus Plastik, die Bauarbeiter über ein Gerüst auf dem Gehweg gehängt hatten. Der Hausbesitzer der Nr. 14 ließ sein Haus hellblau streichen, um Sprayern neuen Hintergrund für ihre Graffitis zu geben. Hinter der Folie versteckte sich eine Brötchenbude. An der Theke vor ihm bestellte ein nach Schweiß und billigen Zigarillos stinkender Fettsack zwei glibberige, fetttriefende Schweinepfötchen. In seinem Nacken kräuselten sich nasse Löckchen. Rotgesicht zahlte schnaufend und gab den Blick frei auf Renate, und die machte wieder Appetit.

»Hallo Chris, HalbesmitBrieundHalbesmitSchinkenwurst-BecherKaffeedazu, wie immer?«

»Jow, zum hier essen, und ich nehme mir noch eine *Express*.«

Renate griff ganz tief nach vorne in die Auslage und zeigte die ihre. Genaugenommen war das Hartmanns einziger Grund,

Schinkenwurst zu bestellen. Welchen Grund sollte es sonst geben, rot gefärbte, gepresste Tierreste zu essen? Und Schinkenwurst ging hier gut. Heute trug Renate nichts. Also, fast nichts. Was Schwarzes. Aber das nur von unten. Wenn es nötig gewesen wäre, würde man sagen, zum Stützen. War bei Renate aber nicht nötig. So, rechtzeitig wieder weggucken, okay.

»Kaffee bring ich dir gleich rüber, ja?«

Hartmann zahlte, trug sein Frühstück an den Stehtisch, der vom Schweinefüßchenfresser am weitesten entfernt war, biss in die Schinkenwurst und faltete die Zeitung auseinander. *Oberarm auf dem Spielplatz an der Charlottenstraße gefunden!* Damit war die halbe Seite schon voll. Hartmann überflog den Artikel. Der Spielplatz war gleich um die Ecke, keine vierhundert Meter weit entfernt. Ein Liebespaar hatte einen Oberarm gefunden. Das fünfte Leichenteil in drei Wochen.

Irgendjemand spielt Ostern, dachte Hartmann und schob Schinkenwurst nach. So wird aus einem Spielplatz ein Abenteuerspielplatz. Und weil es der dritte Oberarm war, ging man bei der Polizei nunmehr von mindestens zwei Leichen aus. Neben dem Artikel das Bild des ermittelnden Beamten, KHK Dircks (38), dem diese geistreiche Schlussfolgerung zugeschrieben wurde. Mit dem hatte Hartmann in einer anderen Sache schon mal zu tun gehabt. Mensch, Dircks, noch nie was von doppelköpfigen Ziegen in Peru gehört oder was?

»Furchtbar, oder? Gleich hier um die Ecke. Wer macht so was?« Renate schob sich ran und stellte den Kaffee ab.

»Das sieht man den Leuten nicht an. Kann jeder sein!«

»Also, ich weiß nicht. Wer so was macht ... Ich meine, den müsste man erkennen können. Der hat bestimmt so einen wilden Blick. Vielleicht hinkt der ...«

»Du kannst den Leuten nur vor den Kopf gucken. Wenn es nach dem Aussehen gehen würde, wäre der Schweinefußfresser mit den Schweißlöckchen im Nacken bei jedem Sittendelikt einer der ersten Tatverdächtigen, aber so richtige Mörder sehen aus wie du und ich ...« Hartmanns Blick fiel durch die Schaufensterscheibe auf Nachbarin Heidi, die sich mit einer Plastiktragetasche von Aldi in der Hand durch die Gerüstfolie über den Gehweg kämpfte. »Oder wie Heidi!«

»Ausgerechnet!« Renate kam noch ein bisschen näher. »Sag mal, Chris, du bist doch Detektiv, oder?«

»Das erzähle ich zumindest allen.«

»Ich habe da nämlich was beobachtet.«

»Renate, mein Schatz, ich bin mächtig ausgebucht.«

»Du lungerst doch rum.«

»Ähm, ja, aber ...« Hartmann biss in französischen Käse. »... zurzeit bin ich an zwei ganz großen Sachen dran. Verschwundene Person und so.«

»Also, das ist bei meiner Sache ganz anders, pass auf! Mein Hansi, du weißt schon, mein Mann, also der war früher, du weißt ja, in der DDR, bei einer Firma. Die haben für die Rüstung gearbeitet.« Sie legte Hartmann verschwörerisch die Hand auf den Arm. »Was ganz Geheimes.«

»Re-na-te, Kundschaft!« Renates Kollegin brüllte durch den Laden und deutete mit aufgerissenen Augen auf eine Doppelreihe Ausgehungerter vor sich.

»Komm' gleich, Moni, Moment noch!« Sie kniff ihre großen, blauen Augen ganz eng zusammen. »Was ganz Geheimes. Der Hansi musste auch immer auf Reisen, plötzlich angesetzte Tagungen und Kongresse. Manchmal blieb der über Nacht weg. Manchmal für zwei, drei Tage. Manchmal übers Wochenende, alles ganz geheim!«

Hartmann starrte auf den Rest Briebrötchen, bedachte dessen IQ, starrte auf Renate und war sich sicher, dass Hansi ein Glückspilz war.

»Jetzt ist mir letzte Woche ein Auto aufgefallen.«
»Ein Auto?«
»Ja, nicht irgendeines. Ein grüner Opel. Größeres Modell, wie ein Streifenwagen, nur ganz in Grün. Kann auch blau gewesen sein, ein helles Blau. Ich hab das nicht so mit den Farben. Auf jeden Fall gehe ich, wie üblich, so kurz vor zehn aus dem Haus, steige in meinen Süßen, also in mein Auto. Mittwochs und freitags fange ich ja drei Stunden später an, weißte ja, und ich fahr also los. Da sehe ich, wie das Auto, also der blaue oder der grüne Wagen, bei uns um die Ecke auf der Kronprinzenstraße so ganz doof auf dem Gehweg steht.« Renate holt mit der Rechten weit aus. »Wo doch alles sofort abgeschleppt wird, was falsch steht. Anwohnerparkplätze. Die Kradbul…«

»Re-na-te!«

»Ich komm' gleich, Moni. Chris, habe ich mir erst nix bei gedacht, und das war mittwochs. Donnerstags war nix. Da fange ich ja auch wieder früher an. Freitags fahr ich wieder von zu Hause weg, und da steht schon wieder der Wagen um die Ecke, aber diesmal ganz anders. In einer Einfahrt, und was sag ich dir?«

»Da sitzt jemand drin!«

»Genau, Chris, da sitzt jemand drin. Was sagst du jetzt? Ist das ein Ding?«

Das war ein Ding. Hartmann schob den Rest Brie in den Mund und spülte mit Kaffee nach. Der Schweinefußfresser hatte sich schweißüberströmt bis auf hellen Knorpel durchgeknabbert.

Renate zuckte mit den Achseln. »Ist doch alles sonnenklar. Das sind die!«

»Wer die?«

»Na, die von früher. Die von drüben!« Renate jagte die Augenbrauen nach oben und blickte Hartmann herausfordernd und mit weit aufgerissenen Augen an.

Die von früher, na klar, die von was denn früher? »Stasi?«

»Kann sein. Das wusste doch damals keiner so ganz genau! Wirtschaftsspionage, Rüstungsagenten, Mann, Chris, sie sind immer noch hinter dem geheimen Wissen von meinem Hansi her. Der wird beschattet. Immer noch, nach all den Jahren! Wo wir beide doch schon seit über sechs Jahren hier in Düsseldorf wohnen!«

»Kannst du die Person im Wagen beschreiben?«

Sie deutete die Frage als erste Ermittlungstätigkeit. »Nee. Der Wagen hatte verdunkeltes Glas. Ist doch klar!«

»Kennzeichen des Wagens?«

»Hab ich auch nicht. Ich habe natürlich nicht direkt hingestarrt oder meinen Wagen noch mal gedreht. Nur so aus den Augenwinkeln hab ich hingeguckt! Unauffällig! Ich wecke doch keine schlafenden Katzen.«

»Hunde!«

»Hunde?«

»Wieso meinst du, dass die in dem Auto ausgerechnet deinen Hansi überwachen?«

»Ja, wen denn sonst?«

Hartmann kippte den Rest Kaffee runter. Es hatte sowieso keinen Zweck. »Zweihundertfünfzig Euro am Tag plus Spesen. Ich kenne da, glaube ich, genau den richtigen Mann, der uns hier weiterhelfen kann. Hat enorm gute Kontakte in den Osten. Ist selbst ein ganz Hoher gewesen. Okay, Renate, morgen weiß ich mehr.«

»Danke, Chris«, sagte ein Schmollmund.

»Für nichts!«, sagte Hartmann wahrheitsgemäß.

* * *

Hartmann warf einen zufriedenen Blick auf die Swatch. 14.57 Uhr. Knapp. Aber pünktlich! Der 725er-Bus hatte ihn am

Rotthäuser Weg ausgespuckt, und die letzten paar Meter ging Hartmann zu Fuß.

Die Toreinfahrt zum Grundstück der Familie Sommer war so breit, dass ein leidlich begabter Kapitän einen Öltanker unter libyscher Flagge mit indonesischer Besatzung problemlos hätte hindurchsteuern können. Im Innenhof hätte der Tanker dann locker gewendet werden können. Aber dort war kein Wasser, sondern weißer Kies, im Hintergrund der stolze Familienbesitz.

Von dort aus rauschte Hartmann beim Betreten des Grundstücks ein silberfarbenes Cabrio entgegen. Am Steuer Grace Kelly mit Sonnenbrille und wehendem Schal. Sie brachte den weißen Kies ein bisschen in Unordnung.

Hartmanns Zeigefinger betätigte die Hausglocke. Ein Sklave mit Fliege eskortierte ihn durch einen dunklen Flur mit Bildern von finster dreinblickenden, verstorbenen Familienmitgliedern der vergangenen Jahrhunderte in ein Wohnzimmer, das ungefähr die Ausmaße der Tonhalle hatte. Bodentiefe, weiße Holzfenster erlaubten einen unverbauten, weiten Blick über den dunkelgrünen Grafenberger Wald bis nach Erkrath.

»Schön, dass Sie kommen konnten, Herr Hartmann.«

Auch ohne regelmäßiger Leser der *Gala* zu sein, erkannte Hartmann Simone Sommer sofort. Nachdem ihr Gatte mit einer Chessna unfreiwillig irgendwo im Bayrischen Wald zwischenlanden musste, war sie die Erbin eines der letzten großen Düsseldorfer Unternehmen in der Stahlbranche. Sie führte die Firma immer noch. Bekannt waren ihre viel beachteten Benefizveranstaltungen. Und sie sah mit ihren blonden Haaren, der weißen Bluse, dem hellgrünen Kostüm und dem dezenten Schmuck glänzend aus. Die *Gala* hatte sie zuletzt auf fünfundfünfzig geschätzt. Hier im Gegenlicht ging sie für gute vierzig durch.

»Guten Tag, Frau Sommer.«

»Nehmen Sie doch bitte Platz«. Sie deutete auf einen alten Holztisch und auf die schweren Stühle davor. »Darf ich Ihnen eine Tasse Kaffee anbieten?«

Sie durfte, und es entstanden zehn Minuten Smalltalk, bis der Sklave den Kaffee serviert hatte und wieder entschwunden war.

Dann kam sie, wie Hartmann erfreut feststellte, gleich zur Sache. »Ich habe zu Beginn eine Frage und hoffe, dass Sie diese bejahen können. Sie haben vor einiger Zeit für meinen Mann gearbeitet.«

»Das kann ich bejahen.« Das war einfach.

»Das war natürlich nicht die entscheidende Frage.«

»Aber die konnte ich problemlos mit Ja beantworten. Als Mitglied des Verwaltungsrates bei Fortuna Düsseldorf hatte Ihr Mann mich angerufen. Das war noch während meiner Zeit in Gladbach. Er wollte seinerzeit keinen Spieler aus dem aktuellen Düsseldorfer Kader ansprechen. Es ging um einen ausländischen Spieler, der einen langfristigen Vertrag bei Fortuna hatte. Er spielte ungewöhnlich schlecht, und es wurde gemunkelt, dass er hinter dem Rücken des Vereins mit einem niederländischen Spitzenclub verhandeln würde. Die Holländer hätten den Spieler verpflichtet, wenn er bei der Fortuna mit einer niedrigen Ablösesumme hätte gehen können. Die Vermutung lag nahe, dass der Spieler absichtlich so schlecht spielte, um die Ablösesumme zu drücken.«

»Sie arbeiteten seinerzeit noch nicht als Privatdetektiv?«

»Nein. Das war vor knapp zwei Jahren. Ich befand mich nach meinem Unfall im Aufbautraining und hatte seinerzeit noch die Hoffnung, irgendwann wieder meinen Beruf ausüben zu können.«

»Es tut mir leid, dass es anders gekommen ist. Mein Mann war sehr zufrieden mit Ihrer Arbeit.«

Es entstand eine stille Pause. Hartmann fand, dass man den Satz, in Anbetracht eines sich abzeichnenden Auftrages und damit in Verbindung stehender Honorarfragen, ruhig ein bisschen im Raum stehen lassen konnte.

»Mein Mann war insbesondere sehr zufrieden mit Ihrer Verschwiegenheit.« Sie nippte am Kaffee. »Ich habe daher direkt an Sie gedacht, als ich in Erwägung zog, in einer Familienangelegenheit einen Privatdetektiv zu beauftragen. Ich muss Sie bitten, mir daher absolute Loyalität und Verschwiegenheit zu versichern.«

»Das kann ich zusagen.«

»Nun, ich habe zwei Töchter. Miriam und Lena. Miriam ist fünfundzwanzig, Lena ist dreiundzwanzig Jahre alt. Seit ungefähr einer Woche vermisse ich Miriam. Sie ist mit einem Mann fest liiert. Ihr fester Freund, Arne Hanssen, befindet sich zur Zeit in Südafrika. Er ist Besitzer einer Softwarefirma und wird in zwei Tagen wieder in Deutschland sein.« Simone Sommer machte eine Pause und ließ ihren Blick in Richtung Erkrath wandern. »Es ist so: Meine Tochter ist in ihrer Beziehung mit Arne Hanssen nicht ganz sattelfest. Es hat einige Männer in ihrem Leben gegeben. Auch in der jüngeren Vergangenheit. Und ich fürchte, dass sie sich bei einem von ihnen aufhält.«

»Dafür gibt es Anhaltspunkte?«

»Sie hat sich dahingehend gegenüber einer ihrer Freundinnen, Birgit Meissner, geäußert.«

»Ihre Tochter ist fünfundzwanzig Jahre alt«, gab Hartmann zu bedenken.

»Ich will abermals offen sein. Es herrschen raue Zeiten in der Stahlbranche. Diversifizieren heißt eines der modernen Zauberworte. Sehr viel Know-how ist da erforderlich. Das reine Unternehmertum, wie ich es mir bei meinem Mann abgucken konnte, reicht heute bei Weitem nicht mehr aus, um die *Sommer*

Metall AG führen zu können. Ich selbst bin dazu kaum mehr in der Lage. Ich habe vor, eher früher als später in den Aufsichtsrat der Firma zu wechseln. Ich werde mich aus dem aktiven Geschäft zurückziehen und einen Geschäftsführer einsetzen.« Sie beugte sich nach vorne. »Arne Hanssen ist ein anständiger Kerl. Das konnte man von den meisten Verehrern meiner Tochter in der Vergangenheit nicht behaupten. Für die Firma ist die Verbindung meiner Tochter zu Arne Hanssen ein Segen. Er ist der geeignete Mann, um die Firma zu führen. Sie wissen, welche Auswirkungen Gerüchte auf die Börsenkurse haben.«

Hartmann kannte sich an der Börse zwar nicht aus, aber er nickte ernst.

»An der Börse ist bekannt, dass die *Sommer Metall AG* eng mit *Hanssens HG Software* zusammenarbeitet. Beide Firmen profitieren voneinander. Es ist dort ferner bekannt, dass Arne Hanssen mit meiner ältesten Tochter Miriam liiert ist. Sollte hier eine dauerhafte Beziehung entstehen, wird die Börse dies positiv zur Kenntnis nehmen. Viele Marktteilnehmer gehen davon aus, dass Arne Hanssen dann Geschäftsführer bei der *Sommer Metall* wird, und die meisten von ihnen halten Arne Hanssen für eine gute Wahl. Ich tue das auch!« Simone Sommer machte eine Pause und blickte ihrem Gegenüber direkt in die Augen. »Sollten Arne Hanssen und meine Tochter sich allerdings trennen, wird man an der Börse und bei den Investoren richtigerweise davon ausgehen, dass er diese Stelle nicht antreten kann. Darüber hinaus bestünde die Gefahr, dass die gute Partnerschaft zwischen den beiden Firmen leidet, sie unter Umständen gar zum Erliegen käme. Für unseren Aktienkurs und damit für meine Firma wäre diese Entwicklung eine mittlere Katastrophe.«

»Dann würde andererseits Arne Hanssen ein sehr gut bezahlter Job als Geschäftsführer bei der *Sommer Metall AG* durch die Lappen gehen«, gab Hartmann zu bedenken.

»Arne Hanssen ist nicht nur der Verlobte meiner Tochter, sondern er ist einer der wenigen richtig guten Männer am Markt. Wenn die Verbindung zu meiner Tochter nicht zustande käme, würde er nicht bei mir für die *Sommer Metall* arbeiten, sondern er würde mit Kusshand einen anderen, vergleichbaren oder sogar besseren Job finden, glauben Sie mir.«

»Hm, ich soll also Ihre Tochter in den verbleibenden zwei Tagen finden, damit ...«

»... ich ihr ganz gehörig den Kopf waschen und sie bis zu seinem Eintreffen wieder in eine vernünftige Spur bringen kann!«

Der Auftrag klang lösbar. »Was macht Miriam beruflich, wird sie dort auch vermisst?«

»Miriam studiert Architektur. Zur Zeit sind Semesterferien.«

»Sie wohnt auch hier?«

»Die jüngere, Lena, wohnt hier ...«

»Die fährt einen silbernen Sportwagen?«

»Ja.«

»Sie kam mir mit ihrem Wagen in der Auffahrt entgegen.«

Simone Sommer wischte ein zweifellos nicht vorhandenes Staubkörnchen vom Holztisch. »Miriam hat ein Appartement auf der Burgmüllerstraße am Staufenplatz.«

»Dort würde ich mich gerne als Erstes umsehen, bevor ich mit ihrer Freundin ...«

»Birgit Meissner.«

»... spreche. Studiert die auch?«

»Birgit arbeitet stundenweise in einer Boutique auf der Nordstraße. Ihre Frage heißt, Sie übernehmen den Auftrag?«

Das hieß es.

Die Honorarfrage stellte sich eigentlich gar nicht, und Hartmann verabredete sich mit Simone Sommer für den frühen

Nachmittag vor dem Appartement ihrer Tochter, zu dem sie einen Zweitschlüssel besaß.

Der Sklave eskortierte Hartmann wieder zurück durch die Ahnengalerie. Die toten Typen auf den Bildern guckten grimmig, als hätten sie schon alles geahnt. Aber, so fragte sich Hartmann, was sollte schwierig daran sein, eine verzogene, fünfundzwanzigjährige Göre bei irgendeinem Ex-Lover aufzusammeln und nach Hause zur Mami zu bringen, damit die ihr noch ein paar wesentliche Dinge fürs Leben beibringen konnte?

Ja, bitte, was sollte daran schwierig sein?

* * *

Seinen geschulten, hochmotivierten und bestens ausgebildeten Mitarbeiter traf Hartmann in zerfranster Jeanshose, ärmellosem Tote-Hosen-T-Shirt und mit ausgelatschten Sandalen an den nackten Füßen vor WOM auf der Flinger Straße. Angie war ein Junkie und verkaufte *Fifty Fifty*, eine Obdachlosenzeitung. Angie vergiftete seinen Körper nur so weit, dass er seine Sinne halbwegs beieinanderbehielt. Er war okay, ein talentierter Einbrecher, und soweit Hartmann das nachhalten konnte, hatte Angie ihn noch nie beklaut oder reingelegt. Und das allerwichtigste: Angie war über alles und jeden rund um den Bahnhof top informiert. Mit ein bisschen mehr Verstand und ein bisschen weniger Sucht hätte er am Konrad-Adenauer-Platz einen Tante-Emma-Laden aufmachen und Infos verkaufen können.

»Hallo Angie, gib mal her, so ein Teil.«

Er reichte ein Blatt vom Stapel. »Ein Euro.«

»Alles wird teurer!«

»Korrekt! Und die meisten legen noch einen Euro extra als Spende obendrauf. Was ist Sache, Hartmann?«

»Ich hab einen Job für dich.«

»Schieß los, Alter.«

Hartmann griff ins Hemd und zeigte ihm das Bild der blonden Russin. »Holla, das ist aber mal eine Nette! Nicht so wie die pickeligen Teenager, die ich sonst für dich suchen muss!«

»Das meint der Besitzer auch, aber nun ist sie weg.«

»Und er will sie wiederhaben?«

»Ja. War teuer.«

Angie kniff die Augen zusammen. »Hat was Osteuropäisches.«

Das meinte Hartmann mit »hat seine Sinne halbwegs beieinander«.

»Sie kommt aus Kiew, hat 50.000 Euro gekostet und ist dem Besitzer vor drei Tagen abhandengekommen. Sie hat einen ehemaligen Nachbarn aus der Heimat getroffen und war wie verändert.«

Angie kratzte sich durchs zerzauste, schwarze Haar. »Aus Kiew kommt sie? Sergej, der Russe, würde ich sagen!«

»Hm«, murmelte Hartmann und schob sich die Haare hinters Ohr. An den hatte er gar nicht gedacht. Der Russe war eine Größe im Rotlichtmilieu und so angenehm wie ein Zweikampf mit Bernd Hollerbach. »An den Russen hatte ich komischerweise gar nicht gedacht.«

»Komischerweise? Das ist überhaupt nicht komisch. Das ist schlecht«, korrigierte Angie.

»Hm. Immer noch so schlecht wie früher?«, fragte Hartmann.

Angie schnalzte mit der Zunge. »Er soll sogar noch ein bisschen schlechter als früher geworden sein. Er ist so beliebt, wie Herpes an der Oberlippe kurz vor Karneval. Konkurrenzdruck und so. Außerdem hat er sich mit Typen umgeben, die man als Katzenjunges am besten im Schwanenspiegel ertränkt

hätte!« Er trat vom linken auf den rechten Fuß. »Ähm, Hartmann, du bist hier so ein bisschen geschäftsschädigend.«
»Kommt mit auf deine Spesenrechnung.«
»Langsam, langsam, Hartmann. Der Russe ist kein Typ, mit dem ich irgendwas zu tun haben möchte.«
»Hör dir den Job erst mal an. Du brauchst die Blonde ...«
»Heißes Eisen, Hartmann, ganz heißes Eisen!«
»Ich verlange doch gar nicht ...«
»Der Job, was immer das sein soll, kommt überhaupt nicht in die Tüte. Das kleine bisschen Leben, dass ich in mir rumschleppe, möchte ich noch ein paar Schüsse lang behalten. Kein Thema, Hartmann!«

Hartmann und Angie einigten sich auf hundert pro Tag. Hartmann händigte das Foto aus, gab die *Fifty Fifty* zurück, und Angie wollte sich im Laufe des nächsten Tages melden. Hartmann überlegte kurz, ob er noch bei WOM reinspringen sollte, aber zum CD-Hören hatte er im Moment sowieso keine Zeit.

* * *

Burgmüllerstraße 56. Das hieß, die 719 bis zum Staufenplatz. Hartmann war pünktlich wie das Rheinhochwasser im Herbst. Zirkusleute waren auf dem Staufenplatz dabei, ein buntes Zelt aufzubauen. Zwei Männer trieben Kamele hinters Zelt in ein Gehege. Hartmann seufzte. Wenigstens zwei Kreaturen, denen diese Bullenhitze nichts ausmachte. Simone Sommer wartete bereits vor dem Haus und entstieg einem dunklen Daimler. Sie hatte die Schlüssel dabei.

Miriam Sommer bewohnte ein Sechzig-Quadratmeter-Loft unterm Dach. Eine helle Wohnung. Terrakotta an der Wand, ein buntes Bild von Stefan Szczesny, eine rote Lederkombination, Parkettboden, Weichholzschrank mit Samsonite-Koffer obendrauf und ein taubenblauer Perser auf dem Boden. Ein schicker Balkon mit Blick auf den Grafenberger Wald.

Schreibtisch mit Telefon und Anrufbeantworter im Flur, alles sauber, gediegen. Kein Krimskrams auf den Regalen, keine überfüllte Pinnwand.

Im Bad eine Oskartonne mit Schmutzwäsche, Parfüm, elektrische Zahnbürste. Auf dem Nachttisch im Schlafzimmer mit dunklem, französischem Doppelbett und einem weiteren Bild von Szczesny darüber strahlten vier in Silber eingerahmte, braun gebrannte Gesichter.

»Das links ist Arne Hanssen, daneben meine Tochter, daneben Birgit Meissner, die Freundin, die ich bereits erwähnt habe, ganz rechts deren Freund Frank. Das Bild ist vergangenen Winter während eines Skiurlaubes in Österreich gemacht worden.«

Hartmann ging noch einmal alles durch, aber irgendwas stimmte in dieser Wohnung nicht. Die normale Unordnung. Der Kühlschrank war fast leer, ein paar Getränkedosen, verpackter Käse, ein paar Schokoriegel.

Hartmann wusste selbst nicht, was hier zu finden sein sollte. Was er allerdings fand, war ein Terminkalender, der aufgeschlagen auf dem Sekretär im Flur lag. Er blätterte die Seiten der letzten Wochen zurück. Miriam hatte ihre Verabredungen mit Initialen kenntlich gemacht. Montag, 20.00 Uhr, A.K. im *Kytaro* oder dienstags B.B., 16.00 Uhr Shoppen, dann Kino. B.B. tauchte zweimal auf, mehrmals B.M. (Shoppen!), ein paarmal T.S. Auffallend häufig und in regelmäßigen Abständen tauchten die Initialen A.K. auf. Hartmann zeigte das A. und das K. seiner Auftraggeberin:

»Können Sie die Initialen zuordnen?«

»Leider nein.«

»Hm, fällt Ihnen an der Wohnung sonst irgendetwas auf? Veränderungen? Oder fehlt was?«

Simone Sommer ging noch einmal langsam durch die Wohnung und schüttelte dann den Kopf. »Ich bin allerdings auch nicht allzu häufig hier gewesen.«

Hartmann ging ins Schlafzimmer, pulte das Urlaubsfoto aus dem Rahmen, ging zum Schreibtisch, steckte das Foto in den Kalender und klemmte ihn sich unter den Arm. Dann nahm er einen kleinen Schlüssel vom Schlüsselbrett und warf noch einen Blick in die Wohnung. Irgendwas …

»Gehen wir mal zum Briefkasten.«

Dort fanden sie Briefe mit Poststempel, die seit drei oder vier Tagen im Kasten schlummerten. Nichts Aufregendes. Rechnungen, Werbung – nichts worauf man wartete und was einem Briefkasten auf jeden Fall sofort entnommen werden sollte. Musste also auch nichts heißen. Drei oder vier Tage. Und dann klingelte es bei Hartmann.

»Moment mal eben.«

Er sprang noch mal die Stufen hoch, schloss die Tür auf und blieb im Flur stehen. Er hielt seinen Riechkolben in die Höhe und nahm einen tiefen Lungenzug. Muff. Alte, abgestandene Luft. Hier hatte sich seit Tagen keine Tür bewegt, war kein Lüftchen durch die Wohnung gezogen. Er zog die Haustür hinter sich in den Rahmen. Wo immer Miriam Sommer sich in den letzten drei, vier Tagen auch aufgehalten hatte. Hier war sie nicht gewesen. Und wo auch immer sie war: Ihren dunkelroten Samsonite-Koffer oder einen frischen Satz Unterwäsche hatte sie nicht gebraucht.

* * *

Hartmanns Magen machte mehr Krach als eine Langspielplatte von Motörhead. Er zog sich vor der nächsten Etappe in der Pommesbude am Dreieck ein Schnitzel rein. Es hatte die Größe einer 33er Bodenfliese und schmeckte sogar ähnlich. Aber es füllte. Drei Gläser Apfelschorle ersetzten die abhandengekommene Körperflüssigkeit, die größtenteils ins Jeanshemd gewechselt hatte. Dann ging er drei Straßen weiter und klingelte bei Miriam Sommers Freundin. Bei B. Meissner (4. Etage) öffnete niemand.

Hartmann wechselte die Straßenseite und setzte sich im Park gegenüber der Wohnung auf eine Bank. Er streckte die Beine von sich, zeigte seinen drei Brusthaaren die große, weite Welt und blinzelte zu drei Blondinen rüber, die ein paar Meter weiter oben ohne im Gras lagen und auf Hautkrebs warteten. Hartmann döste gedankenlos vor sich hin und genoss die Sonnenstrahlen.

Irgendwann kommt immer ein Gewitter und macht alles kaputt.

Drei Initialen hatte er sich aus Miriams Kalender rausgeschrieben und das B.M. wieder gestrichen. B.M. war Birgit Meissner.

Kurz nach vier, die drei hatten gerade angefangen, sich gegenseitig mit Sonnenmilch einzucremen, schob sich ein dunkelblauer Twingo vor der Hausnummer 24 in eine Parklücke. Diesem Twingo entstieg Birgit Meissner, die Frau aus dem Skiurlaub. Ohne Skisachen natürlich, sondern in weißer Bluse und mit weißer Reithose. Hartmann erhob sich seufzend, machte zwei Knöpfe zu, strich das Hemd glatt, spannte noch einmal kurz zum Trio und ging rüber.

»Frau Meissner?«

»Ja?«

Hartmann stellte sich vor.

»Von mir aus können wir uns gerne einen Moment in den Park setzen.«

»Ich stinke ein bisschen nach Pferdestall.«

»Ich hatte heute Morgen einen, der stank ein bisschen nach gekochten Schweinefüßen, also, von daher ...«

»Okay, gehen wir ein paar Schritte.«

Birgit Meissner war eine hübsche, junge Frau. Mitte Zwanzig, einsfünfundsechzig groß, schätzte Hartmann. Sie hatte kurze, dunkle Haare, eine flotte Frisur, und die geschätzten sechzig Kilo waren vorteilhaft verteilt. Insbesondere, wenn man bedachte, dass Reithosen immer ein wenig auftragen.

»Ich habe mit Miriam zuletzt am vergangenen Donnerstag telefoniert. Das muss der 26. Juni gewesen sein, abends. Das kommt schon vor, das wir uns ein paar Tage lang nicht sehen oder telefonieren. Erst als Miriams Mutter mehrmals täglich anfing zu nerven, habe ich auch angefangen, mir Sorgen zu machen. Zumindest wenn Miriam länger wegbleibt oder verreist, krieg ich vorher eigentlich immer einen Anruf von ihr.«

Hartmann zupfte an seiner Nase und unterdrückte ein Niesen. Sie roch wirklich nach Pferd. »Miriams Mutter meint, sie könnte bei einem ehemaligen Freund untergekommen sein.«

Birgit schüttelte den Kopf. »Wüsste ich jetzt nicht ...«

»Sie sagt, sie hätte die Eingebung von Ihnen.«

»Von mir? Bei einem ehemaligen Freund? Da hat sie aber irgendwas falsch verstanden.«

Birgit Meissner setzte sich auf eine Parkbank, Hartmann neben sie. Der rote Punkt am blauen Himmel gab alles.

»Hat sie wohl. Wie ist die Miriam denn so, ich meine, in einer festen Beziehung?«

Birgit warf den Kopf in den Nacken, drehte ihm den Kopf zu und spitzte die Lippen. »Na, ich werde hier bestimmt nicht aus dem Nähkästchen plaudern. Morgen taucht Miriam wieder auf und ich bin die Quatschtante. Miriam ist ganz normal. Wenn die einen Freund hat, hat die einen Freund. Arne Hanssen ist ganz in Ordnung, und ich glaube, sie weiß, was sie an ihm hat. Miriam hatte schon ganz andere Typen am Hals.«

»Aha ...«

»Aber das ist auch schon einige Zeit her.«

Hartmann dachte an Würmchen. Einen langen, hageren Typen, mit dem er in der Jugend zusammen in einer Mannschaft Fußball gespielt hatte. Würmchen war der lebende Beweis dafür, dass Lügen nach Abfall und Halbwahrheiten nach Kot stinken. Nach den ersten zwei Sätzen einer Story weiteten sich die Pupillen seiner Augen. Seine Hände wurden fahrig, und es legte sich ein Zittern in seine Stimme. Wenn man Würmchen dann fragte, ob er sie wirklich rumgekriegt hatte, fing Würmchen zur absoluten Krönung auch noch an zu stottern! K-k-k-klar, Mann.

Wieso kam ihm gerade jetzt Würmchen in den Sinn?

»Miriams Mutter hat konkret angedeutet, dass Miriam Arne Hanssens Abwesenheit genutzt haben könnte, um alte Kontakte aufleben zu lassen.«

Birgit Meissner schüttelte die Kurzhaarfrisur. »Von mir hat sie das bestimmt nicht!«

»So ähnlich sollen Sie sich geäußert haben.«

Drei schlaksige, halbstarke Typen mit nackten Oberkörpern und mit Unterhosen, die oben aus der Hose rausguckten, hatten sich lärmend zu den drei Sonnenanbeterinnen auf den Rasen gesetzt. Hartmann unterdrückte ein Seufzen. Gleich machen sie alles kaputt!

»Und?«

»Was, und?«

»Ja, ist Miriam nun bei einem Ex oder nicht?«

Birgit verdrehte die blauen Augen.

»Kann sein. Das Einzige, was ich gesagt habe, ist, dass ich glaube, dass Miriam mir gegenüber irgendwas verheimlicht.

Kann sein, dass das mit irgendeinem Typen zusammenhängt. Sie war ein paarmal verabredet, ohne mir zu sagen, mit wem. Aber das ist schon alles.«

Hartmann schwieg, blinzelte in die Sonne und streckte seine Beine aus. Birgit Meissner zierte sich noch ein wenig, gab dann nach.

»Okay. Anfangs war ich ein bisschen sauer auf Miriam. Eben weil sie mir nicht gesagt hat, mit wem sie sich trifft. Miriam ist meine beste Freundin, und eigentlich haben wir keine Geheimnisse voreinander. Schon gar nicht, was Männer angeht. Da haben wir schon so manche Geschichte zusammen durchgestanden.« Meissner beugte sich nach vorne und hielt ihre Bluse dabei zu. »Aber diesmal hat sie ganz auf geheimnisvoll gemacht. Auch als sie merkte, dass ich ein bisschen sauer bin, hat sie nichts gesagt. Ich weiß also wirklich nicht, wer dieser Typ gewesen sein soll, und ich weiß erst recht nicht, ob Miriam sich tatsächlich bei irgendeinem Mann aufhält.«

»Wieso dann die Idee mit dem Ex-Freund?«, fragte Hartmann.

»Die Idee ist so nicht von mir«, verbesserte ihn Birgit Meissner. »Sie ist von Miriams Mutter. Andererseits kann ich mir nicht vorstellen, dass Miriam in den letzten Wochen irgendwen neu kennengelernt hat. Gerade jetzt, wo Arne in Südafrika ist, haben wir fast jede freie Minute zusammen verbracht. Shopping, Sport, gemeinsames Abendessen ...« Sie schüttelte den Kopf.

»Bleiben wirklich nur die Ex-Freunde!« Hartmann pulte einen zerknitterten Zettel aus der Jeanshose, blinzelte über den Rasen und seufzte innerlich. Na also, das war zu befürchten gewesen: Die drei Grazien hatten sich genervt ihre T-Shirts schon wieder übergezogen. Gleich hauen sie ab!

»Ich hab hier ein paar Initialen aus Miriams Terminkalender ...«

»Ich bin mir nicht sicher, ob Miriam das toll findet, dass ein Privatdetektiv in ihrem Terminkalender herumschnüffelt!«

»Er lag aufgeschlagen neben dem Telefon im Flur!«

»Sie wissen genau, was ich meine!«

Hartmann machte eine entschuldigende Geste. »Vielleicht kommen wir mit den Initialen weiter. Da gibt es einen T.S.?«

»Das müsste Torsten Siemons sein. Der wohnt in Frankfurt und scheidet mit Sicherheit aus.«

»Wieso?«

»Torsten Siemons ist schwul und lebt in einer festen Beziehung. Sein Partner ist ein Hardliner, der ganz sicher keine Frau in der Wohnung duldet. Torsten ist einer für einmal im Jahr Frühstück und einmal im Jahr Kino, niemand zu dem Miriam für ein paar Tage hin abhauen könnte. Torsten scheidet aus!«

Hartmann nickte, war aber der Meinung, dass auch Schwule getrennt Urlaub machen oder mal einer von beiden im Krankenhaus liegt, ja, dass sich sogar schwule Pärchen trennen. T.S. blieb also auf der Liste.

»A.K.«

»Andreas Krombach, ihr Tennislehrer.«

Zum ersten Mal wich Birgit Meissner Hartmanns Blick aus. Der dachte wieder an Würmchen. Außerdem ratterte in seinem Schädel ein Karteikasten. Hartmann kannte Krombach. Sympathischer Name, blöder Typ, fiel ihm spontan ein. Aber da war noch mehr.

»Der hat mal professionell Tennis gespielt, richtig?«

»Bis vor ein paar Jahren, ja. Heute gibt er Tennisstunden.«

Hartmann nickte. Krombach war zur gleichen Zeit Profi wie er selbst. Sie hatten sogar die gleiche Reinigungsfirma zum Sponsor. Ein paarmal hatten sie sich auf irgendwelchen Veranstaltungen getroffen. Andreas Krombach war ein braun gebrannter, aufgeblasener Typ, der einen ziemlichen Schlag nicht nur in der Vorhand, sondern auch bei den Frauen gehabt hatte. Dann passierte ihm, Hartmann, das mit seinem Knie, und dem Krombach, dem war auch irgendwas passiert. Was, fiel Hartmann aber im Moment nicht ein.

Birgit Meissner hatte ihren Blick wieder im Griff. »Noch mehr Initialen?«

Hartmann schüttelte den Kopf. Die drei Blonden waren aufgestanden und gegangen. Die drei Anfänger alberten hohl herum, um die Schlappe zu verdrängen. »Nee. Das reicht erst mal.«

»B.M. steht auch drin?«

»Klar. Aber A.K. steht häufiger im Kalender.«

Ein Schatten huschte über ihr Gesicht. Hartmanns Blick glitt gen Himmel, der sich nach wie vor hellblau und wolkenlos präsentierte.

»Vielleicht nimmt sie Tennisstunden.«

»Vielleicht. Wie lange kennen Sie Miriam Sommer?«

Birgit Meissner genoss erleichtert den sicheren Boden unter ihren Füßen. »Seit der Grundschule. Wir sind zusammen aufgewachsen. Grundschule, Moment, das sind jetzt über neunzehn Jahre, meine Güte!«

»Und wie ist sie so?«

»Taff! Miriam weiß, was sie will. Sie ist ehrgeizig, zielstrebig und kriegt deshalb auch meistens, was sie will. Aber auf eine angenehme Art. Sie kann zuhören, sie geht auf die Menschen ein. An Gespräche kann sie sich Jahre später noch genau erinnern. Sie vergisst keine Geburtstage. Ich traue ihr alles zu, einfach so. Sie ist unkompliziert und, wenn Sie ein Foto von ihr gesehen haben, wissen Sie's ja schon, sie ist bildhübsch.«

»Oha, sie kommt aber ganz gut weg!«

»Na ja.«

»Gibt's auch was Negatives?«

»Puh. Sie hat was Impulsives, Direktes und wirkt manchmal dadurch vielleicht sehr dominant, fast aggressiv. Damit überfordert sie manchmal ihre Mitmenschen. Aber wenn man sie kennt, ist das in Ordnung. Und, wie gesagt, wir kennen uns seit neunzehn Jahren!«

Hartmann strich sich die Haare hinters Ohr. »Und Sie halten es nicht für möglich, dass Miriam einen neuen Mann kennengelernt hat?«

»Herr Hartmann. Natürlich lege ich für niemanden die Hand ins Feuer, aber Miriam wäre ganz schön bescheuert, wenn sie ihre Beziehung mit Arne Hanssen für wen auch immer aufs Spiel setzen würde.«

»Den kennen Sie auch sehr gut, oder?«

Birgit Meissner stand auf. »Ich habe die beiden praktisch zusammengebracht. Arne ist das Beste, was ihr passieren konnte!« Sie schüttelte den Kopf und schien sich ein bisschen über sich selbst zu ärgern. »Ich möchte gerne unter die Dusche. Sind wir fertig?«

»In welcher Tennishalle finde ich den A.K.?«

»Sportzentrum Neuss«, sagte sie in einem Tonfall, der sich anhörte wie Auf Wiedersehen.

Hartmann war's recht und drückte ihr eine Visitenkarte in die Hand. Sie ließ ihn auf der Parkbank sitzen und ging über die Straße nach Hause. Hartmann knöpfte sich das Jeanshemd wieder auf, zückte Miriams Terminkalender und blätterte langsam zurück. A.K. tauchte in unregelmäßigen Abständen immer mal wieder auf. In den letzten zwei Monaten vermehrt und mindestens zweimal pro Woche. Das letzte A.K. war eingetragen am 1. Juli, 19.30 Uhr. Das war am Vorabend gewesen.

Hartmann klappte den Kalender wieder zu, lehnte sich hinten an, schloss die Augen und versuchte, ein paar Informationen in die richtige Reihenfolge zu bringen. Einer der wenigen noch lebenden Vögel drückte sich im Schatten irgendeines Baumes immer mal wieder einen Piepser aus dem Leib. Petrus hatte oben noch mal Kohle nachgelegt. Sonnenstrahlen wärmten Hartmanns Haut.

Sportzentrum Neuss war schlecht. So ohne Auto.

* * *

Es war schon fünf Uhr durch, aber es war Donnerstag. Renate hatte die lange Schicht und klemmte immer noch in voller Pracht hinterm Tresen. Drinnen im Laden zwischen Backofen und gekochten Schweineteilen war es noch hundert Grad wärmer als draußen. Der Laden war fast leer, nur zwei Rentnerinnen verprassten an einem Tisch in der Ecke mit Sahnekuchen, Kännchen Kaffee und einem kleinen Likörchen ihr Erbe.

Schinkenwurstbrötchen waren alle.

Hartmann legte das Sorgengesicht auf und erklärte, was Sache war.

»Meinen Autoschlüssel?«

»Ja. Für dein Auto.«

»Mein Auto?«

Hartmann warf einen sinn- und zwecklosen Blick über die Schulter und senkte die Stimme. »Ich habe mich in unserer Sache umgehört. Ein paar Kontakte abgeklopft und so. Ich muss unbedingt deinen Wagen checken lassen.«

»Beim TÜV?«

»Bei einem meiner Experten. Ich kann nur so viel sagen ...«
Der Habichtsblick kreiste. »Ich bin mir sicher, dass an der Opel-Sache was dran ist. Inwieweit, Renate, keine Ahnung. Ich weiß noch nichts Genaues, aber es gibt da einige Sachen,

die ich unbedingt abklären muss! Einige verdammt merkwürdige Sachen, Renate.«

»Mit meinem Wagen?«

»Mikrofone, Abhöranlagen, Wanzen, Kameras ...« Hartmann kniff ein Auge zusammen. »Ich will alles ausschließen, bevor ich weiterstochere!«

»Oh Gott.«

»Ich krieg das unter Kontrolle, Baby!«

Ein tiefer Blick voller Dankbarkeit und ein Griff unter die Theke in die Handtasche. Ein Autoschlüssel wechselte den Besitzer. »Aber um halb acht brauche ich den Wagen zurück. Ich muss pünktlich hier raus. Hansi ist so schrecklich eifersüchtig. Es ist ein kleiner, roter Honda, und er steht auf der Harkortstraße, hinten am Mintropplatz, rechte Seite auf dem Parkstreifen.«

»Ich weiß.«

»Woher?«

Hartmann legte den Finger auf die Lippen und kniff ein Auge. »Ich bin pünktlich wieder da.« Dann verließ er den Laden.

* * *

Hartmann wechselte die Rheinseite und presste den Wagen in eine Parklücke direkt vor der Tennishalle in Neuss. War etwas ungewohnt. Das Autofahren ohne Führerschein im Allgemeinen und der Japaner mit seinen vierzehn oder fünfzehn PS im Besonderen. Er drückte *Power off*, brachte damit eine schreckliche Boygroup zum Schweigen und kurbelte die japanische Klimaanlage hoch.

In der Halle roch es nach Schweißfüßen. Immerhin, es waren reiche Schweißfüße, die hier stanken, denn der Neusser

Tennisclub war eine der ersten Adressen in der Gegend. Das war die Schwarze an der Rezeption auch, die Hartmann, seit er die Halle betreten hatte, angestrengt musterte. Hartmann kontrollierte kurz. Hose zu, Hemd über der Hose, aber sauber, kein Flusen am Zinken.

Dann sprach die junge Dame im Sportdress ihn an: »Kann ich weiterhelfen?«

»Ja, ich suche Herrn Andreas Krombach. Der soll hier als Tennislehrer arbeiten.«

»Das tut er. Er trainiert auf Platz sechs, ähm ...« Sie lächelte amüsiert.

Hartmann ergriff die Chance. »Kennen wir uns?«

»Das habe ich auch zuerst gedacht. Sie haben Ähnlichkeit mit einem italienischen Fußballer, Francesco Totti.«

»Oh, ich nehme das mal als Kompliment. Bin ich aber leider nicht.«

»Ja, leider. Platz sechs ist hier vorne am Saunabereich vorbei durch die Glastür.«

»Danke!«

Mann, schwarze Haare und grüne Augen! Hartmann drückte die Glastür auf. Es war zwei vor fünf. Krombach ließ sich auf dem Platz von einer Sechzehnjährigen gelbe Filzbälle um die Ohren schießen. Manchmal tat er so, als würde er einen nicht kriegen. Die Kleine war im Tennis in etwa so talentiert wie Rainer Calmund im Limbotanzen. Krombach gab sich offensichtlich die größte Mühe, damit sie genau das nicht merkte.

»Prima. Genauso. Hart anschlagen und den Schläger nach oben ziehen. Ja, genau so.«

Der Ball landete an der Decke. Der nächste im Netz. Den dritten traf sie gar nicht. Dann waren die Bälle alle.

»Da wächst Großes heran.«

Krombach drehte sich herum in Hartmanns Richtung, der lässig an der Hallenwand lehnte. Damit konnte Hartmann eigentlich nur ihre Brüste gemeint haben.

Krombach musterte Hartmann. »Kennen wir uns?«, fragte diesmal er.

»Francesco Totti.«

»Scherzbold oder was?«

»Privatdetektiv!«

Krombach ließ den Schläger sinken, legte den Kopf schief und machte ein paar Schritte auf Hartmann zu.

»Christian Hartmann?«

»Jow.«

»Hartmann, lange nicht gesehen, ähm, ich bin mitten in der Stunde.«

»Genau genommen ist die Stunde in diesem Moment um, oder?« Hartmann nickte zur Uhr an der Wand.

Krombach verzog sein Gesicht. »Gehst du noch mit in die Sauna?«, flötete die Kleine von der anderen Seite des Netzes.

»Warte mal eben, Moni. Sammle doch schon mal die Bälle ein, Kleine, ja?«

»Klar, Andy.«

Hartmann zog eine Augenbraue hoch und flüsterte: »Andy?«

»Was willst du, Hartmann?«

»Von dir eigentlich gar nichts. Ich müsste mal deine Untermieterin sprechen.«

»Untermieterin. Bist du besoffen?« Krombach ließ den Schläger kreisen und fragte grinsend: »War das nicht der Grund, warum man dich in Mönchengladbach damals rausgeschmissen hat?«

»Nee.«

»Ich habe keine Untermieterin.«

»Miriam Sommer?«

»Was ist mit Miriam Sommer?« Krombach zog sich gelangweilt die weiß-blauen Schweißbänder von den Handgelenken.

»Sie wird von ihrer Mutter vermisst. Du weißt ja, wie Mütter so sind ...« Hartmann schaute über Krombachs Schulter auf die andere Seite des Platzes, wo die junge Steffi Graf ihm ihr weißbesliptes Hinterteil entgegenstreckte, um sich nach einem Slazenger zu bücken. »Obwohl du dich ja eigentlich besser mit der Mütter Töchter auskennst ...«

Krombach lief rot an.

Hartmann grinste, denn ihm war eingefallen, warum Krombach seinerzeit seinen Sponsor verloren hatte und aus dem Verein geflogen war. Damals hatte man ihn mit einer Minderjährigen unter der Vereinsdusche erwischt. Nicht irgendeine, sondern eben genau die Tochter des Hauptsponsors ...

»Pass auf, Hartmann. Ich konnte dich noch nie leiden. Und ich habe überhaupt keinen Bock, mich von einem Privatschnüffler wie dir hier ansaugen zu lassen. Verpiss dich!«

»Heh, spricht man so unter alten Sportkameraden? Ich will nur wissen, ob die Kleine bei dir Ferien macht.«

»Verpiss dich, Hartmann!«

Steffi Graf flötete rüber: »Ärger, Andy, soll ich Hilfe holen?«

Krombach war ein bisschen laut geworden und winkte ab.

»Schnüffler Hartmann wollte sowieso gerade gehen!«

Hartmann zuckte mit den Schultern. »Das würde ich tatsächlich gerne machen. Aber dann wäre ich gezwungen, wiederzukommen, und das möchte ich eigentlich gar nicht. Ich wäre praktisch gezwungen, jeden Tag wieder hier aufzutauchen. Ich könnte auch ein paarmal am Tag anrufen oder deine Nachbarn befragen, denn ich müsste dir nach Hause folgen. Oder ...«

»Willst du mir drohen?«

»Ich könnte mich mit deinen Vereinsfreunden mal unterhalten. Hast du eigentlich wieder einen Sponsor?«

Krombach pumpte weiter Blut in den Schädel.

»Also, was ist mit der Sommer?«

»Okay, Schnüffler ...« Krombach warf einen Blick rückwärts, wo die deutsche Tennishoffnung gerade über eine gelbe Filzkugel stolperte. »Ich gebe dir was zum Träumen. Während du dich als gescheiterter Fußballprofi maximal mit drittklassigen Hühnern abgeben musst, die auf deine krummen Säbelbeine, deinen Riesenschnorchel und deine ungepflegte Assimatte stehen, habe ich ein paar sehr nette, junge Frauen aus gutem Hause kennengelernt, die auf ein bisschen Abwechslung und auf einen gepflegten, gut durchtrainierten Körper stehen. Eine davon ist Miriam Sommer. Und ja, wir sind seit mehreren Monaten miteinander befreundet. Wir unternehmen etwas zusammen und ja, sie ist eine Granate im Bett!«

»Sie ist liiert mit ...«

Er grinste breit. »Ja?«

»Hält sie sich zur Zeit bei dir auf?«

»Nein!«

»Wann hast du sie das letzte Mal gesehen?«

»Hartmann, übertreibe es nicht! Sie wohnt nicht bei mir. Ich habe sie seit mindestens einer Woche nicht mehr gesehen. Und ich habe auch sonst nichts von ihr gehört oder was mit ihr angestellt. In letzter Zeit wenigstens nicht. Leider übrigens.«

Er grinste dämlich.

Die Kleine hatte es geschafft, die gelben Bälle weitestgehend unfallfrei einzusammeln: »Bea und ich gehen noch in die Sauna. Kommst du mit, Andy?«

»Äh, heute nicht, Moni, morgen wieder, ja?«

Moni zog einen Schmollmund. Echte Teenagerenttäuschung!

»Tja.«

»Tja.«

Hartmann winkte ab und ließ ihn stehen. Zeit für ein bisschen Erbauung. Er sprach die Schwarze an der Rezeption an, die über ihren Terminplanern hockte. Aus der Nähe sah sie atemberaubend aus. Italienerin, vielleicht ...

»Möchtest du ein Autogramm?«

Sie zog eine Grimasse: »Von dir?«

»Ich könnte mit Francesco Totti unterschreiben.«

»Das wäre geschummelt.«

»Na und!«

Sie verdrehte die Augen. Hartmann schlug sich vor die Stirn.

»Mist, jetzt hab ich doch noch vergessen zu fragen ... Mist!« Hartmann zog einen Flunsch. »Hm, die steht bestimmt jetzt unter der Dusche. Sind die Duschen hier eigentlich getrennt?«

»Die von den Tennis- und Badmintonplätzen schon, die im Saunabereich nicht. Wieso, kann ich irgendwie weiterhelfen?«

»Ja, die Moni, ich muss noch wissen, wann die morgen ihre Tennisstunde hat.«

»Ihr kennt euch?«

»Nicht so gut, dass ich ihr jetzt unter die Dusche nachgehen kann ...«

Sie beugte sich über ein dickes Buch. »Ich kann ja mal nachgucken. Hier, 15.30 Uhr, wieder Platz sechs.«

»Und dann müsste ich noch wissen, ob Andy morgen noch Termine frei hat, so ab vier Uhr.«

Sie schüttelte den Kopf.

»Nein. Der Termin mit der Moni ist morgen sein letzter, dann hat er frei. Laut Plan hat Andy erst ab nächste Woche Dienstag wieder was frei. Soll ich dich vormerken?«

»Nee, bis dahin hab ich mir das Tennisspielen selbst beigebracht. Aber, danke, freundlicher hättest du zum Totti auch nicht sein können ...«

Sie lachte: »Aber sicher!«

Hartmann schwebte nach draußen. Auf dem Weg zurück auf die richtige Rheinseite klappte es mit Renates kleinem, süßem Japaner schon wesentlich besser. Hartmann bekam im Radio einen guten Sender rein, und Otis Redding saß am *Dock of the bay*. Die Bahn war frei. Hartmann lag gut in der Zeit, damit Renates Hansi nicht böse sein musste, und die untergehende Sonne streute silbernen Glitzer auf den Rhein.

Es hätte alles so schön sein können.

Aber erstens hatte Krombach wirklich einen verdammt gut durchtrainierten Körper, der Hartmanns schlechtes Gewissen, das selbst auferlegte Sportprogramm betreffend, echt übel belastete, und zweitens stimmte irgendwas mit A.K. nicht. Krombach hatte gesagt, er habe Miriam seit über einer Woche nicht mehr gesehen, aber das letzte A.K. stand beim 1. Juli, und das war am Vortag gewesen! Aber vielleicht hatte Miriam den Termin im Kalender vorgemerkt, ihn dann doch nicht gemacht und vergessen, ihn zu streichen.

Aber irgendwas stimmte nicht!

Und als er Renates Honda wieder auf der Harkortstraße in eine Parklücke versenkte, hatte er diesbezüglich eine Idee. Eine gute Idee, wie er fand.

* * *

Renate hatte ihren Süßen wieder und Hartmann das gleiche Problem für den nächsten Vormittag, nur konnte er da Renates rote Reisschüssel nicht gebrauchen, weil die gefährlichen, osteuropäischen Geheimdienstleute den kleinen Japse bestimmt erkennen würden. Aber er brauchte einen Wagen. Also klingelte er auf dem Weg in die dritte an der roten Klingel in der zweiten Etage. Eine gut ausgestattete Blondine im

knappen blauen Spitzenbody öffnete, und Hartmann schlug
üppiger Parfümgeruch und leise Musik entgegen.
»Hallo, Nicole, ich habe da ein Problem.«
»Hartmann, das nenne ich eine angenehme Überraschung,
komm rein!« Sie ergriff seinen Arm und zog ihn ins Rotlicht.
»Petra, guck mal, welchen Gast wir hier haben!«
»Ähm, Nicole ...«, unterbrach Hartmann, »mein Problem ist
völlig anderer Art.«
»Wir können ganz offen über alles sprechen, mein Lieber.«
Hartmann blinzelte. »Mehr ein Problem so unter Nachbarn.«
Petra, in einem anthrazitfarbenen Hauch von Nichts gekleidet, schob sich um den Türrahmen.
»Ist dir der Zucker ausgegangen? Brauchst du einen Dosenöffner?«
Hartmann merkte, dass er dämlich grinste und rot geworden war. Meine Güte, so schwer war das doch auch nicht, nur
weil Nicole und Petra, nun ja, mein Gott, ja ...
»Ähm, Petra, das trifft die Sache schon eher, ich müsste tatsächlich mal was leihen.«
»Schade.« Nicole fasste Hartmann ganz nachbarschaftlich in
den Schritt. »Ich dachte, du würdest was hier lassen ...«
»Ähm, nein, wisst ihr doch, nie in der Nachbarschaft!«
Petra schob sich von der anderen Seite heran und legte den
Kopf schief. Und dann ließ Hartmann doch noch hundert
europäische Argumente da und schob sich dafür einen französischen Autoschlüssel von Nicole in die Jeanshose.
»Und übermorgen früh liegt der Schlüssel pünktlich im
Briefkasten, und der Renault steht wieder vollgetankt im
Parkhaus! Und, Hartmann ...« Nicole schlängelte sich lüstern
um den Türrahmen.
»Ja?«

»Du musst mal wieder zum Friseur. Du siehst schon aus wie dieser Fußballspieler aus Italien!«

Nicole warf ihm eine Kusshand hinterher, gerade in dem Moment, als Heidi aus der Vierten im Treppenhaus, wieder mit einer Plastiktragetasche bewaffnet, um die Ecke schlich. Hartmann zog die Hand aus der Jeanshose.

»Müll«, sagte Heidi.

»Ich hab mir nur was geliehen.«

»Gern geschehen, Hartmann«, schnurrte Nicole.

»Ist schon gut, Herr Hartmann!«

»Gute Nacht, Heidi!«, sagte Hartmann und freute sich auf eine kalte Dusche.

3. Kapitel

Um viertel vor zehn versuchte Hartmann mit hochrotem Kopf und inzwischen klatschnass geschwitzt zum fünften Mal, Nicoles kleinen Franzosen rückwärts auf dem Fürstenwall in eine Parklücke zu setzen. Ein Typ von *Wetten dass* hätte sicher problemlos seinen Betonmischer in sechzig Sekunden achtmal rein- und rausfahren können, ohne wie Hartmann ständig auf dem Gehweg auszukommen oder gegen eines der beiden Fahrzeuge an den Enden der Lücke zu titschen. Hartmann hatte das Rückwärtseinparken verlernt. Irgendwann stand die Kiste dann doch halbwegs passabel.

Den Opel, es war ein Vectra und er war grün, hatte er hundert Meter weiter entdeckt. Hoffentlich hatte er die Agenten nicht durch seine Fahrkünste auf sich aufmerksam gemacht. Er stieg aus, weil im Fahrzeuginneren wieder tropische Temperaturen herrschten und ihm die Kleidung am Leib klebte. Außerdem roch es ein bisschen sehr streng nach Parfüm. Dieses schwere Zeug. Teuer, aber puh! Und schließlich wollte er sich die Spione mal aus der Nähe ansehen.

Schräg neben dem Vectra befand sich ein Büdchen. Hartmanns Magen forderte knurrend Frühstück, und so ließ sich Nützliches mit Magenfüllen verbinden.

»Morgen«, sagte eine rote Nase.

»Morgen. Ein Belegtes mit Käse und einen Becher Kaffee, bitte.«

»Sonst noch was?«

»Ein feines Nussparfait mit Schokoladensauce.«

»Häh?«

»Eine *Express*.«

»Zweifünfundsechzig.«

Hartmann machte sich an einem Stehtisch breit und lugte über den Zeitungsrand in den Vectra. Der hatte getönte Scheiben, aber der Agent hatte ganz untypisch die Scheibe auf der Fahrerseite runtergekurbelt. Und war eine Agentin. Hartmann schätzte die Frau auf Mitte dreißig, lange rote Haare, Typ Esther Schweins, angenehme Erscheinung. Sollte sie tatsächlich eine Agentin sein, dann war sie eine Topagentin. Wie eine aus den James-Bond-Filmen. Jetzt nicht diese Russin mit dem Messer im Schuh, aber wie eine von den anderen!

Hartmann zog sich das Brötchen und die Top News rein. Das Brötchen schmeckte furchtbar. Die Cops hatten ihre erste Spur bei den zerstückelten Leichen. Blutuntersuchungen hatten ergeben, dass die Leichenteile weiblich waren, wenn man das medizinisch-biologisch so ausdrücken konnte. Und alt waren sie. Nicht die Leichenteile. Aber die Körperteile, die dann zu Leichenteilen wurden ... Also, die Opfer waren vermutlich ältere Damen!

Das Brötchen schmeckte wirklich furchtbar.

Weitere Untersuchungen hatten ergeben, dass den seinerzeit vermutlich noch lebenden Opfern der in hohen Dosen tödliche Wirkstoff Penelaxan verabreicht worden war. Alle Opfer waren noch nicht identifiziert, weil man weder die Hände mit Fingern für die Fingerabdrücke, noch die Köpfe zum Vergleich der Gebisse gefunden hatte. Na ja, Ausweispapiere hatten sie offensichtlich auch noch keine gefunden.

Hartmann widmete sich dem Sportteil. Irgendein italienischer Verein war an Michael Ballack interessiert, und Hamburg hatte sich von Toppmöller getrennt. Das war dumm, denn so einen Guten wie Toppi kriegen die nicht wieder, dachte Hartmann. Und in die zweite Liga geht es sowieso! Er knickte die Zeitung zusammen und ging zurück Richtung Wagen.

Jeden Moment müsste Renate mit dem kleinen Roten aus der Tiefgarage kommen, und dann dürfte es zügig losgehen. Hartmann hatte gerade die Seitenscheiben runtergekurbelt, da erschien Renate mit ihrem Wagen auch schon in der Auffahrt. Eine knappe Minute später glitt auch Hansis silberfarbener Audi auf den Fürstenwall.

Der grüne Vectra blinkte rechts und folgte dem Audi. Hartmann folgte dem Vectra. Es ging quer durch eine Düsseldorfer Innenstadt mit erstaunlich wenig Verkehr.

In Nicoles Radio hatten sie erzählt, dass Studenten am Landtag herumlungerten und wegen irgendwelcher Gebühren die Brücken nach Düsseldorf mit Blockaden heimgesucht hatten. Bei den herrschenden Temperaturen würden einige von ihnen im Asphalt kleben bleiben.

Auf der Grafenberger Allee fanden der arme Hansi mit den vielen, spontanen Überstunden und die Topagentin beide einen Parkplatz. Hartmann presste den Franzosen in eine Auffahrt und merkte sich das Kennzeichen am Vectra: D-HK 1.

Hansi und die Agentin verschwanden in einem kleinen Hotel, das nach einem in späteren Jahren tauben Komponisten benannt war, der es, so viel wie Hartmann bekannt war, zu Lebzeiten auf lächerliche neun Sinfonien gebracht hatte, von denen eine auch noch unvollständig war.

Hartmann kurbelte beide Fensterscheiben runter, was die Allgemeinsituation nur unwesentlich verbesserte. Ein Dackel würde im Auto bei den Temperaturen eingehen.

Eine knappe Stunde später, in denen Hartmann drei Kilo Wasser ausgeschwitzt und sich im Fußraum vor ihm eine kleine Lache zu seinen Füßen gebildet hatte, verließen beide wieder das Hotel. Die beiden sahen nicht aus wie ein ausgeglichenes, zufriedenes Liebespaar nach vollzogenem Akt und stiegen grußlos in ihre Fahrzeuge.

Hartmann entschloss sich, dem Vectra zu folgen. Es ging weiter die Grafenberger hoch, Ludenberger Straße, dann die Bergische Landstraße weiter und nach mindestens zwanzig geschlängelten Kilometern in Höhe der Kaserne nach links in die Knittkuhler Straße. Hier bog der Grüne ab und hielt wieder vor einem Hotel.

»Oha«, entfuhr es Hartmann.

Ein Callgirl bei der Arbeit und nunmehr beim nächsten Date. Die fleißige Agentin entstieg ihrem Wagen und ging am Haupteingang vorbei um das Haus herum. Hartmann zählte bis zwanzig und verließ seinen Brutkasten. Um das Haus herum gab es einen Anbau mit Nebeneingang. Hartmann strich sich die Haare hinter die Ohren und ging rein. Drinnen summte eine Klimaanlage. Sein Blick fiel zunächst auf eine gesund aussehende, junge Dame im Trainingsdress hinter einem Tresen und dann auf ein großes Plakat, auf dem junge Frauen aufgefordert wurden, sich auf eine von zwei freien Stellen als Masseurinnen zu bewerben. Einstellung sofort, Unterkunft möglich. Daneben hing ein Werbeplakat, damit man erkennen konnte, auf was man sich mit einer Bewerbung einließ:

Hotel Knittkuhl – Ihre gute Adresse für Wellness & Fitness.

Unten rechts im Plakat lächelte dem Betrachter eine Frau Gerber, in Klammern Geschäftsführerin, entgegen. Die hatte Hartmann auf der Grafenberger Allee schon mal mit wesentlich verkniffenerem Gesichtsausdruck gesehen.

»Guten Tag«, sagte die Dame im Sportdress, »was kann ich für Sie tun?«

»Guten Tag, mein Name ist Brandt. Willi Brandt. Ich möchte mich erkundigen.«

»Bitteschön?«

Hartmann stützte sich auf der Theke auf und klopfte seine Hemdtaschen nach dem Ausweis ab, den er nicht hatte. »Ich arbeite für eine größere Fitnesszeitung. Wir planen eine sehr aufwändige Werbe- und Gewinnaktion im kommenden Frühjahr.« Hartmann grinste. »Der Winterspeck – muss wieder weg!«

Die Gesunde lächelte freundlich.

»Es ist geplant, vierzehn Bewerber in einem Fitness-Hotel unterzubringen. Die Männer und Frauen werden topfit gemacht und genießen, je nach Fortschritten, die festgestellt werden, auch das komplette Wellnessprogramm. Das Ganze hat ein bisschen den Charakter der *Big-Brother*-Geschichte, nur ohne die ständigen Kameras.«

»Ich verstehe.«

»Da hatten wir unter anderem auch an das Hotel *Knittkuhl* gedacht.«

»Ich denke, da sprechen Sie am besten mit unserer Geschäftsführerin, der Frau Gerber, die kann Ihnen am ehesten ...«

»Da brauche ich bestimmt einen Termin.«

»Ich kann ja mal eben kurz anrufen, die Frau Gerber hat gerade das Haus betreten.«

Hartmann zog eine Tankrechnung aus der Jeanshose und studierte mit angestrengtem Blick den Wisch. »Das wäre die Frau ... Andrea Gerber?«

»Monika, Monika Gerber.«

»Ach ja.«

Die Dame hatte schon den Hörer in der Hand, tippte eine Durchwahl und schilderte kurz Willi Brandts Anliegen.

»Frau Gerber ist in zwei Minuten da.«

Hartmann klopfte mit den Knöcheln auf die Theke. »Na, das nenne ich Service. Da können sich die Jungs und Mädels bei uns in Rheinland-Pfalz aber mal eine Scheibe von abschneiden. Das sind halt die Rheinländer, ähm ... Ich warte draußen vor der Tür, die Klimaanlage schlägt mir ein bisschen auf die Bronchien.«

Hartmann glitt nach draußen ins Warme und jagte ein paar Sekunden später die Hoteleinfahrt runter Richtung Straße. Monika Gerber hieß sie also, die osteuropäische Top-Agentin. Die Uhr im Auto sagte viertel nach eins.

* * *

Hartmann kramte die alte, blaue Sporttasche vom Rücksitz und knallte die Tür zu. Leider saß die nette Schwarzhaarige nicht an der Rezeption. Hartmann ließ sich das Bändchen mit Spindschlüssel für die 169 geben und schluffte in den Saunabereich. Mit Badelatschen und im kanariengelben Bademantel pflanzte er sich strategisch günstig und frisch geduscht an eine Saftbar. Gerade vier Uhr und ein paar Gequetschte und er wurde angenehm überrascht.

»Hallo!«
»Oh, heute nicht an der Rezeption?«
»Nein, heute in der Sauna. Was zu trinken?«
»Unbedingt. Große Apfelschorle, bitte. Arbeitest du regelmäßig hier?«
»Kommst du dann regelmäßig?«
»Wahrscheinlich.«
Die Theke war fast leer und sie rutschte ihm gegenüber auf einen Hocker. »Ich arbeite in einem australischen Reisebüro in Düsseldorf auf der Bahnstraße. Hier jobbe ich mir nebenbei ein bisschen Geld dazu.«
»Fürs Verreisen.«
»Genau, nach Australien. Ich bin bekennender Australien-Fan. Sagst du mir deine Spindnummer?«
»169. Und wie heißt du?«
»Gina. Cooler Bademantel.«
Sie grinste und sah wirklich verdammt gut aus. Die schwar-

zen, langen Haare, die sie heute mit ein paar Klammern hochgesteckt hatte, hatten einen hübschen, braun gebrannten Hals versteckt. In Zentimetern war sie so groß wie Hartmanns Spindnummer. Die Figur war okay, und ihm gefielen besonders die kleinen Lachfältchen an den Augen und in den Mundwinkeln. Hartmann versuchte, sich alles genau zu merken, aber dann tat sich was am anderen Ende der Saunalandschaft.

Er schob sich das Schorleglas vors Gesicht. Andreas Krombach, Steffi Graf und vermutlich Bea schlappten in Badelatschen kichernd an der Saftbar vorbei in die Saunalandschaft, steuerten zielstrebig auf die Siebzig-Grad-Sauna für Weicheier zu, legten ab (alle Achtung!) und verschwanden, sich gegenseitig ins Warme schiebend, hinter getöntem Glas.

Gina war an der anderen Seite mit einem Kunden beschäftigt. Hartmann setzte die Schorle ab und ertastete eine Beule in seinem Bademantel. Na, wenn die hier in der Sauna mal nicht falsch gedeutet wurde!

Ob Krombach gleich hier bei siebzig Grad ...

Die Gedanken brauchte Hartmann sich erst gar nicht zu machen. Nur knappe zehn Minuten später kamen A.K. und die deutsche Tennishoffnung aus der Kabine, legten sich die Bademäntel um und schlappten an den Duschen vorbei in Richtung Umkleidekabinen.

Auf geht's!

Hartmann leerte die 0,4 Liter Schorle und glitt vom Hocker. Die Dame mit der göttlichen Vorhand ging in die äußerst rechte Kabine. Andreas Krombach ging um die ganze Kabinenwand rum, warf noch einen Blick in die Runde und ging von der anderen Seite aus in die gleiche Kabine.

Na also, die Katze lässt das Mausen nicht!

Hartmann schlich sich leise in die Kabine direkt daneben und zog die Kamera aus dem Bademantel. Er drückte ein Ohr an die Trennwand. Krombach brummte und gab das Startzeichen. Von der Sauna aufgeheizt ging es also gleich zur Sache. Hartmann streifte sich die Blau-weißen von den Füßen und schob vierundachtzig Kilo vorsichtig auf die Plastiksitzbank. Ein kurzer, vorsichtiger Blick erfüllte seine kühnsten Hoffnungen. Der brummende Andy wühlte seiner talentierten Tennisschülerin sanft und rhythmisch durchs volle Haupthaar. Die kniete zu seinen Füßen und wühlte deutlich tiefer und nicht in Andys Haupthaar, aber auch sanft und rhythmisch.

Hartmann peilte grob in Richtung des verbotenen Glücks, die Kamera summte geräuschlos. Ein paar Sekunden sollten reichen, nur nichts riskieren. Das musste schließlich kein abendfüllender Spielfilm werden! Hartmann spulte das Ding zurück und war mit dem Ergebnis mehr als zufrieden.

Hartmann stieg vorsichtig von der Plastikbank, schob die Kamera in den Kanariengelben und verließ die Kabine. Schnell zur Nr. 169 und mit der Adidastasche in die nächste Umkleidekabine. Die Kamera ans Laptop angeschlossen und ein paar Tasten gedrückt. CD steckte schon im Schlitz. Noch einmal flogen Hartmanns Finger über die Tastatur, brennen, schwups, fertig. Dann zog er einen braunen, beschrifteten Briefumschlag aus der Sporttasche und schob die silberne Scheibe hinein.

Hartmann grinste: Das böse Werk war beendet. Er stellte die Sporttasche wieder in die 169 und schloss ab. Die beiden steckten immer noch in der Kabine. Konnte man fast schon ein bisschen neidisch werden. Na ja. Im Vorbeigehen trat er gegen Krombachs Tür, latschte zügig zurück zur Theke und winkte Gina heran.

»Heh, wo warst du?«

»Ich habe ein paar Frauen heimlich unter der Dusche fotografiert.«

»Ach so.«

»Kannst du mir einen Gefallen tun. Ich hab ein bisschen Stress mit meinem Kumpel Andy, Andreas Krombach, der Tennislehrer. Ich hab den eben gesehen, drüben bei den Duschen ...«

»Bei den Duschen, aha. Hast du den da auch fotografiert?«

»Eigentlich nur seine Begleiterin.«

»Beim Einseifen?«

»Ganz nah dran, Gina, ganz nah dran. Ich muss dringend weg, aber der Krombach muss unbedingt den Umschlag hier bekommen. Ist eine CD drin, die der sich am besten sofort irgendwo anguckt. Kannst du dem das ausrichten und ihm den Umschlag geben? Ist vom Hartmann, der weiß dann Bescheid.«

»Hartmann, nicht Totti?«

»Hartmann. Chris Hartmann. Und findest du, dass meine Haare zu lang sind?«

»Deine Haare sind genau richtig, lass dir nix einreden!«

»Genau!«

Fünf Minuten später war Hartmann draußen. Das hatte geklappt. Er schob eine CD in den Schlitz. Gute Musik. Auf der Hülle in der Ablage stand: *Beverly Knight*. Das hatte er noch nie gehört, fand es aber echt gut.

»Du bist eine richtige, kleine Sau, Hartmann!«, sagte Hartmann zum Rückspiegel.

* * *

Angie saß an der Theke im *Schlösser*. Das Glasige in seinen Augen war sicherlich nicht nur auf die fünf Kreuze zurückzuführen, die seinen Bierdeckel zierten. Zwei Boxen an der Decke erzählten von einer Frau, die tausendmal belogen worden war. Sie war verletzt, hochgeflogen, und der Himmel war besetzt gewesen. Hartmann quetschte sich neben Angie an die Theke. Der Typ zu seiner Rechten trug ein T-Shirt mit der Aufschrift *Hard Rock Cafe Amsterdamm* und stank nach Kanalisation. Angie ersparte sich eine Begrüßung.

»Du hast ein Problem, Hartmann.«

»Ich habe viele Probleme, Angie.«

»Dann kriegst du jetzt noch eins.«

»Du hast die Kleine gefunden.«

»Das ist das Problem. Sie ist beim Russen.«

Hartmann kniff die Augen zusammen. Das war ein Problem. »Erzähl!«

»Ich hab das Foto ganz vorsichtig ein paar Leuten gezeigt. Einer hat die Kleine am Wochenende im *Burger King* in Begleitung von Jorge, dem Totmacher gesehen.«

Hartmann nickte. Den Rest konnte er sich in etwa zusammenreimen. Jorge, so wurde im Viertel geflüstert, arbeitete für Sergej, den Russen, und hatte sich seinen Künstlernamen daheim in Russland angeblich hart erarbeitet. Hartmann hatte den ungepflegten, kleinwüchsigen Mann ein paarmal gesehen und wusste nicht, ob die Gerüchte stimmten, aber seiner Meinung nach war Jorge in etwa so vertrauenswürdig wie eine australische Schwarzotter. Die Variante mit dem tödlichen Gift in den Zähnen. Und wie ein äußerst hinterlistiges Exemplar seiner Gattung.

Angie nuschelte: »Die Kleine sieht astrein aus: jung, unverbraucht, genau die Ware, die der Russe braucht. Ich hab gestern Nachmittag an seinem Laden in der Grupellostraße rumgehangen.« Er kippte sich den Rest der braunen Plörre in den Hals.

Hartmann zeigte einer ungepflegten Erscheinung mit Axtgesicht hinterm Tresen zwei seiner Finger. »Und weiter?«

»Jorge und die Blonde tauchten da auf, beide gehen rein. So gegen zehn ist Jorge dann wieder rausgekommen. Allein, ohne das Mädel.«

Hartmann blies sich geräuschvoll Luft durch die Lippen. Axtfresse stellte die dunkle Mansche auf den Tresen und unterschrieb mit Vor- und Zunamen auf dem Pappdeckel.

»Dann hab ich ein Problem, da hast du recht.«

»Ich weiß, wie du das Problem lösen kannst.« Angie schüttete sich das Bier ohne zu schlucken in den Schlund.

Hartmann hatte eh nicht vor, aus dem Glas mit Lippenstift und schlierigem Film am Rand auch nur einen Tropfen in seinen Körper umzufüllen, und schob ihm sein Glas in die rechte Pfote. »Und wie?«

»Es gibt nur eine Lösung.«

»Schieb's über die Lippe, Angie!«

»Vergiss die Kleine!«

»Dafür sollte ich dir das Glas wieder wegnehmen!«

»Für den Tipp solltest du mir dankbar sein!«

Das war Hartmann schon klar. Mit dem Russen war nicht zu spaßen. Keine teuren Clubs, kein Tabledance, sondern schnellen, harten Sex. Er besaß drei oder vier mittelgroße Clubs, die ganz gut laufen sollten. Einer davon war das *Nighttime* auf der Grupellostraße. Hartmann kannte das Ding. Die Mädels waren sauber, je jünger, desto besser. Sergejs Frauen blieben maximal drei, vier Monate oder noch kürzer in der Stadt und verschwanden dann auf Nimmerwiedersehen. Gemunkelt wurde, dass der Russe seine eigentliche Kohle damit machte, Frauen nach Holland zu verhökern, nachdem er ihnen hier das Einmaleins beigebracht hatte, ohne sich allerdings an pädagogische Grundregeln zu halten.

»Wird irgendwas geflüstert, wann die nächste Lieferung vom Russen Richtung Westen geht?«

»Nichts Genaues. Ich habe Jorge in letzter Zeit mit einigen Hühnern gesehen, die heute nicht mehr auf der Stange sitzen. Könnte sein, dass der Hühnerstall voll ist und ein paar Chicken schon bald auf die Reise geschickt werden. Wo dieser Hühnerstall ist und wo die Hühnchen zwischengelagert werden, wenn Jorge sie von der Stange gepflückt hat, keine Ahnung.« Angie ließ das leere Bierglas kreisen.

Axtgesicht wurde aufmerksam, Hartmann bestellte noch zweimal Gerstensaft. In den Boxen an der Decke kündigte Ireen Sheer Kopfschmerzen an.

»Irgendeine Idee?«

»Lass die Finger von der Kleinen!«

»Noch irgendeine?«

»Lass bloß die Finger von der Kleinen, wenn dir dein Leben lieb ist!«

»Spiel mal 'ne andere Platte, Angie!«

»Ist meine beste!«

»Lausiges Programm!«

»Kannst ja den Sender wechseln.«

Hartmann fiel nur kein anderes Programm ein. Axtgesicht hackte zwei weitere Kreuze in die Pappe. Irgendjemand drückte sich von hinten ran. Hartmann fuhr herum.

»Hallo? Was haben wir denn da für eine Prominenz in unserer Spelunke?«

Hartmanns Blick wanderte Richtung Decke. »Hallo Rita!«

Regenrinnen-Rita war die einzige Nutte Düsseldorfs über zwei Meter.

»Verzieh dich, Rita!«, zischte Angie.

»Wer redet denn mit dir, Angie? Na, Chris, was treibt dich denn nun in unseren schummrigen Laden?«

»Die gute Musik und die gepflegte Atmosphäre.«

»Verzieh dich, Rita, wir sind geschäftlich hier«, brummte Angie.

»Ja, was denkst du, was ich denn hier mache? Blödmann!«
Angie zog die Augenbrauen hoch.

Hartmann pustete sich einen Flusen von Regenrinnen-Ritas Achtzigerjahre-Jäckchen aus dem Gesicht und rutschte vom Hocker. »Bin schon wieder auf dem Sprung, Rita. Wollte nur mal nach dem Rechten sehen.« Er schob Rita sein Bier vor den Bauchnabel, der sich ungefähr in Thekenhöhe befand. »Groß bist du geworden, Rita!«

Rita lachte bleckend und klatschte ihm von oben auf die Schulter. Sie gehörte zweifellos zu den erfreulicheren Erscheinungen dieser Kaschemme. »Du bist in Ordnung, Fußballer! Ich mach dir einen Sonderpreis! Lass dich mal wieder sehen!«

Hartmann zwinkerte ihr verwegen zu, krallte sich hastig Angies Deckel und schob die Pappen über den schmierigen Tresen.

»Ich zahl' die beiden Deckel hier!«

Axtfresse kassierte und Hartmann tippte dem Kanalisationstypen auf die Schulter. »Amsterdam schreibt man mit einem M.«

»W-w-was?«

»Ein M. Amsterdam.«

»Verp-p-piss dich, A-A-Alter!«

Und das tat Hartmann dann auch grußlos. Angie war in Ordnung. Und er hatte recht. Hartmann sollte sich viel mehr um seine eigenen Sachen kümmern. Da hatte er mehr als genug zu tun! Amsterdam mit Doppel-M, na und? Hartmann hatte die Klinke des Lokals schon in der Hand, als er plötzlich ein Kribbeln im Rücken spürte.

Er drehte sich um und warf noch einmal einen Blick zurück in die dreckige Spelunke. Angie glaste autistisch vor sich hin, Rita hatte sich an einen Typen gehangen, der dabei war, die Reihenfolge der halbvollen Flaschen auf dem Flaschenregal der Bar vor sich von links nach rechts auswendig zu lernen. Ein paar schmierige Typen kannte er vom Sehen, die meisten dösten mehr oder weniger besoffen vor sich hin. Blickkontakt kriegte er keinen, und es sah auch keiner plötzlich und sehr angestrengt weg.

Hartmann verließ den Laden mit dem sicheren Gefühl, die ganze Zeit über beobachtet worden zu sein und machte sich erstmals ein kleines bisschen Sorgen.

* * *

Hartmann bestieg die 713, wechselte Stadtteil und Kneipe. Im *Aquarium* in Unterrath gab es gespülte Gläser und gute Soulmusik. Krake, der Wirt, unterhielt gute Kontakte zu einer Pizzeria um die Ecke. Hartmann zog sich an einen Tisch in der Ecke zurück und bestellte eine Mafiatorte mit Schinken und Salami, extra scharf.

Krake verdankte seinen Spitznamen der Rheinbahn. Im Herbst '98 hatte er am Schillerplatz seinen rechten Arm unter der 708 liegen gelassen und dafür einen neuen Spitznamen bekommen. Dann hatte er die Kneipe auf der Eckener Straße aufgemacht, und mittlerweile konnte er mit einem Arm ein Pils schneller zapfen als andere Wirte mit zwei. Manchmal schaffte er es in weniger als sieben Minuten.

Hartmann wischte sich den Mund ab und spülte mit Cola nach. Prima geschmeckt. Hier hatte er sich mit Andreas Krombach, nun ja, nennen wir es mal, verabredet. Otis Redding sang *Try a little tenderness*, als der dann in die Kneipe stürmte. Unter seiner braun gegerbten Tennisspielerhaut meinte Hartmann im matten Kneipenlicht einen rötlichen Schimmer erkennen zu können, an seiner Schläfe pochte eine dicke Ader. Krombach war auf hundertachtzig.

»Hartmann, du bist so ein mieses Schwein!«
»Setz dich! Und brems dich, Krombach, oder willst du, dass die ganze Kneipe mithört?«
Der Tennislehrer warf einen wilden Blick Richtung Theke und pflanzte sich auf einen Stuhl gegenüber von Hartmann.
»Kommen wir gleich zur Sache ...«
»Kommen wir gleich zur Sache? Was für eine Sache, du mieses Stück Mist?«
Hartmann ließ fünfunddreißig Sekunden heftigen Fluchens über sich ergehen. Er hatte schon originellere Beschimpfungen gehört und nippte an seiner Cola. »Fertig?«
»Ja, ich bin fertig!« Krombach pustete durch.
»Okay. Mein Geschäft lautet wie folgt ...«
»Was für ein Geschäft?«
Krombach setzte zu weiteren fünfunddreißig Sekunden an. Hartmann schnitt ihm das Wort ab. Er hatte nicht ewig Zeit.
»Schnauze, Krombach! Ich habe dich mit einer Minderjährigen in der Umkleidekabine erwischt. Ich hab das Filmchen. Du hast eine Information, die ich brauche. Das könnte ein Geschäft sein. Das andere Geschäft könnte ich mit dem Vater der Kleinen abschließen. Du kannst es dir aussuchen, du perverses Schwein, also?«
Krombach schluckte. »Es geht um die Sommer?«
»Es geht um Miriam Sommer.«
»Was, wenn ich dir weiterhelfe? Du glaubst doch nicht, dass ich mich mit einer CD und einem Versprechen von dir, nichts auszuplaudern, zufriedengebe?«
Krombach griff in die Jacke, zog eine Schachtel Camel aus der Innentasche und schlug sich eine Kippe aus der Packung. Hartmann schob ihm den Aschenbecher hin und beugte sich über den Tisch.
»Ich gebe dir das Laptop, auf dem die Fotos gespeichert sind. Du gibst mir tausend Euro.«

»Tausend Euro?«

»Du kriegst mein nigelnagelneues Laptop, und ich kann mir von den tausend Schleifen auch wieder eins kaufen. Dazu packst du umfassend über Miriam Sommer aus!«

Krombach, durch einen tiefen Lungenzug gestärkt, lehnte sich zurück.

»Der Film auf der CD ist scheiße, viel zu dunkel.«

»Du bist auch scheiße! Das sind Digitalaufnahmen. Ein paar Spielereien mit einem halbwegs guten Programm und die Aufnahme ist belichtet wie bei einem Playboy-Shooting auf den Bahamas. Ich scan dir sogar eine Palme in den Hintergrund. Auf jeden Fall seid Ihr beide, du und dein kleiner Freund im Besonderen, prima zu erkennen. Komm mir also nicht so!«

Krombach grinste. »Wie tief bist du gesunken, Hartmann? Deutschlands große Hoffnung auf der rechten Außenbahn. U 21-Nationalspieler. Bundesliga in Gladbach. Auf dem Sprung, ein ganz Großer zu werden. Und jetzt? Sitzt du hier in einer Kaschemme und spielst den miesen, kleinen Erpresser!«

Hartmann nippte am Glas. »So hat halt jeder seine Sichtweise auf die Dinge. Spuck's aus!«

Krombach zerquetschte den Stummel im Kippengrab. »Okay. Ich kenne die Sommer seit knapp zwei Jahren, die hat einen Kurs bei mir belegt. Am Anfang hat sich die Sache auch ganz gut angegangen, ist ein toller Feger, die Kleine. Aber nichts Ernstes. War also Quatsch mit Granate im Bett und so.«

»Wieso stehst du dann andauernd in ihrem Terminkalender?«

Krombach erfingerte sich eine zweite Kippe. »Vor ein paar Monaten kam die Sommer an. Und jetzt nagel ich dich fest, Hartmann. Für die Info krieg ich die Fotos!«

Hartmann wedelte mit der rechten Hand.

»Vor ein paar Monaten nahm mich die Sommer beiseite und hat mir ein Angebot gemacht. Die Sommer brauchte ein Alibi. Für ein paar kleine Scheinchen haben wir so getan, als ob wir beide eine kleine Affäre haben. Die Sommer ...« Krombach zippte mit dem Zippo. »... rief mich an, und ich hatte für drei Stunden unterzutauchen. In diesen drei Stunden hat die Sommer sich mit einem neuen Lover getroffen.«

Hartmann drehte am Glas. »Wozu der Umstand?«

»Umstand ist gut. Die beste Tarnung taugt nichts, wenn sie irgendwem erzählt, sie läge mit mir in irgendeinem Hotelbett, und ich werde auf 'm Platz beim Tennisspielen gesehen.«

»Mit dir in einem Bett zu liegen, klingt auch nicht wie die bombige Ausrede, die einen Verlobten sagen lässt, na dann ist ja gut.«

»War aber wohl das kleinere Übel!«

Krombach nahm einen tiefen Zug, und bei Hartmann fielen die Zehncentstücke einzeln, aber er verstand.

»Mit dem anderen Typen erwischt zu werden, wäre also noch schlimmer gewesen!«

Krombach verzog das Gesicht. Noch schlimmer, war nicht gerade seine bevorzugte Formulierung, doch er nickte. »Du hast es!«

Hartmann schob ein paar Fakten durch seinen behaarten Schädel und stellte die alles entscheidende Frage:

»Und wer war dieser geheimnisvolle Lover?«

Krombach blies einen Kringel unter die Decke. »Weiß ich nicht, hat sie mir nicht gesagt!«

»Mach keinen Scheiß, Krombach. Als wenn du nicht Himmel und Hölle in Bewegung gesetzt hättest, um das rauszubekommen ...«

»Ich weiß es nicht!«

»Das lässt du doch nicht auf dir sitzen! Für ein paar Euro das Alibi zu spielen, während sich ein anderer mit der Frau vergnügt. Das kannst du mir doch nicht erzählen!«

»Ich weiß nicht, wer das gewesen ist. Und von wegen ein paar Euro ... Glaub nicht, dass das Leben als Tennislehrer die Erfüllung ist. Man kriegt zwar ab und zu was vor die Flinte, aber in der Hauptsache ärgere ich mich mit verkorksten, pubertierenden Teenagern rum, deren Eltern der völlig ungerechtfertigten Meinung sind, aus ihrer vollkommen untalentierten Göre müsste ausgerechnet ich eine zweite Steffi Graf machen. Okay ...« Er nahm noch einen auf Lunge. »... immer noch besser als Privatdetektiv. Aber die Offenbarung ist das nicht. Ich habe mir, neben den paar Euro, die regelmäßig fürs Nichtstun reinkamen, auch ein paar hübsche Folgeaufträge vorgestellt.«

Hartmann horchte wieder genauer hin.

»Für kommenden Winter war zum Beispiel eine Safari in Kenia geplant. Hotel und Spesen frei, alles für lau. Nur ein paar gemeinsame Fotos, die Pyramiden im Hintergrund und die erforderliche Sonnenbräune bei der Rückkehr, perfekt, oder?«

Pyramiden in Kenia. Krombach war noch blöder, als Hartmann ihn in Erinnerung hatte! »Wer ist der Typ? Du bist der Sommer doch mal nachgestiegen, erzähl mir nix!«

Krombachs Blick wich nach oben links aus. Da war nur die Wand und ein gerahmtes Foto von James Brown live 2000 in Frankfurt mit Original-Unterschrift. »Keine Ahnung. Wenn die Sommer mich anrief, dann von zu Hause. Ich hab grünes Licht gegeben, wenn ich untergetaucht war, und erst dann hat die sich auf den Weg gemacht. Hatte also gar keine Chance, ihr zu folgen.«

Würmchen!

»Her mit dem Laptop!«
»Tausend.«
»Mistkerl! Wo ist hier ein Geldautomat?«
Geht doch! Hartmann erklärte es ihm gerne.

Krombach verließ wortlos die Kneipe, machte einen kleinen Ausflug und klemmte sich nur kurze Zeit später mit hochrotem Kopf wieder an Hartmanns Tisch. Unauffällig schob er die Kohle über die Platte.

Hartmann versenkte die Scheinchen im Portemonnaie, griff neben sich auf den Hocker und reichte die Tragetasche rüber.

»Kann ich dir trauen? Es existieren keine Kopien?«

»Geschäft ist Geschäft und außerdem: Was bleibt dir übrig? Ich sage dir: Es existieren keine Kopien!« Würmchen an Hartmanns Stelle hätte bei K-k-k-kopien gestottert.

Krombach schob sich den Computer unter die Achsel und stand auf. »Noch was zum Abschluss, Hartmann. Das war das erste und einzige Mal, dass du mich an den Eiern hattest. Wenn du noch einmal in meinem Dunstkreis auftauchst, dann mach ich dich alle. Dann lernst du mich kennen! So hast du mich noch nicht erlebt, Schnüffler. Schreib dir das hinter die Ohren, wenn du welche hast!«

Hartmann kippte sich den Rest Cola in den Hals.

»Du meinst, meine Haare sind zu lang?«

»Ich warne dich, Hartmann!«

»Lösch heute Abend noch die Festplatte, Krombach! Die Programme in dem Teil sind unter meinem Namen registriert. Ich möchte nicht, dass man mich mit deinen kranken Neigungen in Verbindung bringt!«

Krombach drehte sich um und verließ ohne ein weiteres Wort die Kneipe.

Krake kam rüber an den Tisch. »Stress, Hartmann?«

»Der findet, meine Haare sind zu lang.«

»Die sind ganz in Ordnung so«, sagte Krake, nahm den Aschenbecher vom Tisch und latschte davon.

Hartmann drehte am Glas, schob sich nachdenklich die Haare hinters Ohr und fragte sich, wer Miriams geheimnisvoller Lover war, für dessen Alibi sie sich eine komplette Legende erdacht und sich mit einem Schwachkopf wie Andreas Krombach eingelassen hatte. Und von dem ihre beste Freundin Birgit Meissner nichts wissen durfte.

Hartmann entspannte sich. Die großartige Mary J. Blidge forderte *No more dramas*.

* * *

In Hartmanns Hausflur roch es wie immer nach dem typischen Gemisch aus Schweiß, Urin und abgestandener Luft, aber im Gegensatz zu draußen war es hier drinnen auch heute wenigstens wieder angenehm kühl. Der Briefkasten sagte vorwurfsvoll: Ich bin schon wieder leer, wer soll dir auch schreiben, du schreibst ja auch niemandem!

In der zweiten Etage hielten zwei verschwitzte Handwerker im Blaumann den Verkehr auf. Sie plagten sich mit einem riesigen Paket durch den engen Flur die Treppe hoch. Hartmann drückte sich auf dem nächsten Treppenabsatz an den beiden Muskelpaketen vorbei und lief Heidi Grütesaaper in die Arme.

»Guten Abend, Herr Hartmann.«

»Hallo!« Er nickte nach hinten auf die schwitzenden, stöhnenden Arbeiter mit Trägergurten und Latzhosen. »Eine Sonnenbank?«

»In meinem Alter? Das verträgt meine Haut doch gar nicht mehr. Ich habe mir eine Gefriertruhe gegönnt.« Sie beugte sich nach vorne. »Da kann man die Sonderangebote doch viel besser nutzen, nicht?«

Das musste Hartmann einräumen.

»Ach, und übrigens, da hat sich eine Frau heute Mittag nach Ihnen erkundigt.«

»Hat sie einen Namen gesagt?«

»Nein, das nicht, aber gut gerochen hat sie, und sie hat gesagt, dass sie heute Abend noch mal anruft. Ich glaube, das war was Dringendes. Hat ganz ernst geguckt, die Kleine.«

Hartmann hatte die Tür kaum hinter sich zugeworfen, da meldete sich die Telefonanlage, die ihm Angie besorgt und die keine Gerätenummer mehr hatte. Die Nummer auf dem Display kannte Hartmann nicht, aber er nahm trotzdem den Knochen aus seinem Plastikbettchen.

»Hartmann.«

»Hier ist Birgit Meissner.«

Miriams beste Freundin.

»Was kann ich für Sie tun, Frau Meissner?«

Einen Moment blieb es in der Leitung still. »Ich habe Ihnen gestern nicht die Wahrheit gesagt, als Sie mich fragten, ob ich noch irgendwas ... Also, um es kurz zu machen: Miriam Sommer hat ein Appartement in Oberkassel. Von diesem Appartement weiß keiner, außer mir. Ich hab dort angerufen, aber nur der Anrufbeantworter lief. Und natürlich ... Ich mache mir jetzt auch Sorgen und bin heute Nachmittag dort gewesen. Ich habe einen Schlüssel, konnte den Schlüssel aber nicht drehen. Entweder ist das Schloss kaputt oder ... Oder es steckt von innen ein Schlüssel und ... Miriam hat nicht aufgemacht!«

* * *

Hartmann jagte Nicoles Renault über die Oberkasseler Brücke und bog von der Luegallee nach rechts in eine der kleinen Seitenstraßen ab. Die Hausnummer 13 war das sechste Haus auf der rechten Seite. Birgit Meissner wartete vor dem Appartementhaus, sie gingen in die erste Etage.

»Hier ist es.« Birgit zeigte auf eine weiße Tür ohne Namensschild.

Hartmann drückte seine Schulter gegen die Tür, die keinen Millimeter nachgab, und lugte durch den Spion, der sich in ihr befand. Zu erkennen war nichts. Ganz normales Tageslicht schimmerte durch das dicke Glas.

Birgit reichte ihm den Haustürschlüssel. »Versuchen Sie's noch mal!«

Hartmann schob den Schlüssel ins Schloss. Er ließ sich nicht drehen. Tatsächlich schien von innen ein Schlüssel zu stecken. Er rüttelte noch mal an der Tür, aber der Spalt zwischen Tür und Rahmen war zu eng, womit sich Schimanskis Scheckkartentrick erledigt hatte. Hartmann strich sich durchs Haar und rief sich den wahrscheinlichen Wohnungsgrundriss vors geistige Auge. Es könnte sein, dass es nach hinten raus ... »Hat die Wohnung nach hinten raus einen Balkon?«

»Einen kleinen.«

»Okay.« Hartmann klingelte an der Nachbarwohnung. Niemand öffnete. »Sie warten hier!« Hartmann ging die Treppe rauf in die zweite Etage und klingelte.

Ein Hund sprang von innen kläffend und kratzend an die Haustür. Ein Typ namens Harry wurde mit keifender Stimme zur Ruhe ermahnt. Die Tür öffnete sich einen Spaltbreit, eine Vorhängekette spannte sich und ein weibliches, braun gebranntes, gutgenährtes, fragendes Gesicht erschien.

»Mein Name ist Sommer, ich bin der Bruder Ihrer Nachbarin aus der ersten Etage ...«

»Die Dame unter mir heißt Margarethe Fussbach. Sie ist über siebzig Jahre alt und kommt erst morgen Abend von einem Besuch bei ihrer Nichte in Bonn zurück.«

»Meine Schwester wohnt schräg unter Ihrer Wohnung.«
»Die junge Dame kenne ich kaum!«
»Meine Schwester und ich, wir sind ohne Eltern aufgewachsen und pflegen ein sehr enges Verhältnis. Ich mache mir Sorgen um sie, weil sie sich zwei Wochen lang nicht mehr bei mir gemeldet hat.«

Das gutgenährte Gesicht blieb stumm.

»Jetzt bin ich hier, und ich meine, dass es aus der Wohnung heraus etwas unangenehm riecht, und da dachte ich, also, man muss ja nicht mit dem Schlimmsten rechnen, vielleicht hat sie ja nur vergessen, was aus dem Kühlschrank rauszunehmen!«

Sie ließ Hartmann in die Wohnung und nach hinten raus auf ihren Balkon. Ungefähr sechs Meter ging es runter bis in den betonierten Hinterhof. Hartmann schob sich die Haare hinters Ohr (vielleicht waren sie doch ein bisschen zu lang!), kletterte auf das Balkongeländer und genoss kurz die Aussicht bis rüber zum Rheinufer. Er ließ sich nach unten rutschen und bekam das Balkongeländer der Sommer unter den rechten Turnschuh. Langsam weiter! Auch der linke Turnschuh ließ sich ins Geländer einhaken, noch ein paar Zentimeter. Hartmann bekam irgendwas an der Unterseite von Teiggesichts Balkon zu packen und drückte sich oben ab.

Okay, die Blumenampel hielt keine vierundachtzig Kilo, riss sofort aus der Halterung, knallte scheppernd zu Boden, aber immerhin reichte der Schwung, um Hartmann bis auf Miriam Sommers Balkon zu bringen.

»Sind Sie noch da?«, fragte die Gutgenährte.

Hartmann ersparte sich eine Antwort, sollte sie doch in den Hinterhof sehen. Jetzt musste nur noch ein Fenster offen stehen. Oder noch besser, die Balkontür. Zumindest stand ein Fenster auf Kipp. Hartmann zog sein Schweizer Messer aus der Hose. Der Rest war ein Kinderspiel, die Fensterbank auf der Innenseite schnell freigeräumt, und vier Sekunden später zwängte Hartmann sich durch den Rahmen ins Wohnzimmer. In ein menschenleeres Wohnzimmer.

Das Zimmer war mit gediegenem Geschmack Ton in Ton eingerichtet. Der gleiche Stil wie in Miriams Zimmer in der Burgmüllerstraße. Das Einzige, was störte, war ein nichts Gutes verheißender Geruch, der sich in der Wohnung ausgebreitet hatte.

Hartmann folgte einer Stubenfliege bis in einen benachbarten Raum und fand einen leblosen Körper. Hätte er ein Gesicht gehabt, wäre es das von Miriam Sommer gewesen, aber der Körper hatte kein Gesicht, sondern nur ein hässliches, verkrustetes Loch in dem unförmigen Teil auf dem Hals, der mal ein Kopf gewesen war. Bevor irgendwas einen unförmigen Krater hineingemacht und rotes Zeug an die Wand gespritzt hatte.

Hartmann hatte schon Schlimmeres gesehen.

Aber nicht oft.

Er zwang sich, trotz aufkommender Übelkeit, genauer hinzusehen. Der unversehrte Teil des Körpers war eindeutig der einer sportlichen, jungen Frau, die mit einer hellen Bluse und einer Jeanshose bekleidet war.

Inmitten der ganzen Hässlichkeit fiel ihm auf, dass sie eine schlichte Kette und ein schickes Armband trug. Das, was sie so hässlich gemacht hatte, hatte sie nach hinten gegen eine Weichholzkommode geschleudert. Dort lag sie nun vor einem französischen Bett mit dunkelroter Bettwäsche.

Na ja, da war farblich nichts auszusetzen …

Hartmann hatte im Flur eine kleine Kommode gesehen, stellte aber fest, dass dieses Möbelstück reine Deko war. Ein winziges Bad mit Eckdusche und den gleichen Fläschchen Parfüm, die er aus Miriam Sommers Appartement in der Burgmüllerstraße kannte.

Der dunkelblaue Veloursteppich im Wohnzimmer war korrekt in eine Richtung gesaugt, die rote Sitzcouch aus Leder nicht zersessen, die Kissen glatt gedrückt. Eine Wohnung, die offensichtlich nicht allzu häufig genutzt wurde. Und schon gar nicht zum Wohnen. Vorhänge an den Fenstern fielen Ton in Ton glatt gebügelt und frisch von der Stange zu Boden. Hartmann ging wieder ins Schlafzimmer. Hier sah es anders aus.

Kleidungsstücke lagen unordentlich übereinandergestapelt auf einem Beistelltisch. Auf dem Nachttisch standen und lagen eine Lampe, ein angebissener Apfel mit braunen Rändern, ein aufgeschlagener Krimi von Andrea Camilleri und ein Limonadenglas.

Neben dem Nachttisch lagen kleine Glassplitter. Vielleicht ein zweites Glas? Angucken! Übers Bett wollte Hartmann nicht steigen. Die Kripo würde Faserspuren sichern und seine sollten sich nicht die Sache verkomplizierend auf der Bettwäsche von Miriam Sommer wiederfinden. Er würde den Polizisten schon seine Fingerabdrücke am Fenster zum Balkon hin erklären müssen. Allerdings wollte er sich das Glas schon gerne genauer ansehen. Also blieb ihm nur eines übrig, er ging ums Bett herum und stieg großen Schrittes über Miriam Sommers Leiche in die hintere Ecke zum Nachttisch.

Das Glas gehörte zu einem Bilderrahmen, der mit der Rückseite nach oben auf dem Boden halb unter dem Bett lag. Hartmann zog ein Taschentuch aus der Jeans und hob den silbernen Rahmen auf. Das Glas war zersprungen, der Rahmen war leer. Hartmann zählte zwei und zwei zusammen. Der Typ, der Miriam Sommer so zugerichtet hatte, kannte nicht nur Miriam Sommer, sondern auch die Person aus dem Bilderrahmen. Vielleicht war es das eigene Foto, vielleicht das Foto eines Lovers, das einer Frau, man weiß nie oder was auch immer. Auf jeden Fall war dem Täter das Foto wichtig.

Hartmann stieg wieder über die Leiche zurück ins Zimmer und öffnete ein paar Schubladen, in denen sich in der Hauptsache Kleidungsstücke, insbesondere Wäsche, befanden. Unter einem Stoß Handtücher steckte eine angebrochene Zehnerpackung Kondome.

Dann fiel Hartmann ein, dass Birgit Meissner noch draußen im Hausflur wartete. Von innen steckte ein Schlüssel im Schloss, die Tür war nicht abgeschlossen, der Täter hatte sie hinter sich einfach in den Rahmen gezogen. Mit dem innen steckenden Schlüssel ließ sich die Tür von außen nicht aufschließen.

Birgit Meissner, die sich farblich im Gesicht nur unwesentlich von ihrer Freundin neben dem Doppelbett unterschied, blickte ihn mit ängstlichen Augen, Übles erahnend, erwartungsvoll an: »Und?«

»Haben Sie ein Handy dabei?«

»Ja. Wieso? Ist Miriam nicht da? Was ist jetzt?«

Hartmann drückte zweimal die Eins und einmal die Null.

* * *

Hartmann hockte in einem muffig stinkenden Streifenwagen mit lautem Radlagerschaden hinten links. Hartmann hatte gelesen, dass die Polizei sparen musste, und war froh, trotz offensichtlich zu spät packender Bremsen, eines defekten Tachos und untauglicher Stoßdämpfer lebend am Jürgensplatz aussteigen zu dürfen. Die Kiste war noch schlimmer als Renates Japaner.

Die beiden Kripobeamten waren Dircks und Grannert vom KK 11, die Hartmann bereits von dieser anderen, alten, sehr bleihaltigen Sache her kannte. Und die waren mit seiner Vernehmung schnell durch, denn ausnahmsweise musste Hartmann ihnen keine Details und Informationen vorenthalten und nichts hinzufügen. Aber das glaubten sie ihm natürlich nicht.

Dircks, ein smarter Typ mit erlesenem Musikgeschmack, wie Hartmann beim letzten Mal erstaunt festgestellt hatte, nahm die beiden Blätter aus dem Drucker: »Zwei Seiten, nicht besonders viel, Hartmann.«

»Vielleicht kannst du noch ein paar Adjektive einbauen!«

»Gute Idee. Ich kann dir auch eins auf die Nase geben!«

»Auch eine gute Idee«, meldete sich Grannert, ein mehrfacher Polizeimeister im Zehnkampf von fast zwei Metern, neben dem Hartmann mal beim Kö-Marathon gestartet war.

»Ihr könntet vielleicht noch ein paar Stimmungsbilder mit in den Text einweben, aber mehr habe ich in der Sache nicht anzugeben, weil ich nicht mehr weiß als das bisschen, was ich euch da erzählt habe. Suche die Frau, Frau nicht gefunden, Anruf gekriegt, hingefahren, Frau gefunden …«

»… Auftrag erledigt!«

»Die 110 habe ich noch gewählt!«

Grannert wischte einen Kaffeetropfen vom Hawaiihemd. »Das hast du ganz prima gemacht!«

»Und damit ist der Fall für dich erledigt?«, fragte Dircks noch mal nach.

»Ich habe Miriam Sommer gefunden. Das war mein Auftrag. Hatte ich mir auch anders vorgestellt, aber ich kann mir nicht vorstellen, was ich jetzt noch für meine Klientin tun sollte.«

»Na, den Mörder der Tochter suchen, das liegt doch auf der Hand!«

Hartmann drehte sich im Sessel und schob sich die langen Haare hinter die Ohren.

»Nix da. Für Mord und Totschlag seid ihr zuständig! Die Ziehung der Lottozahlen ist für mich Nervenkitzel genug. Für mich gibt es keine Sache Sommer mehr!«

Grannert beugte sich über Hartmann. »Weißt du, Hartmann, ich hatte mal einen Trainingspartner. Der hat mir montags immer erzählt, wie viel der am Wochenende trainiert hat und was für supergute Zeiten und Weiten der so zustande gebracht hatte. Und weißt du was? Der hat sich jedes Mal so kleine Schweißperlchen aus den Schläfen gedrückt, wenn der uns solch einen Mist erzählt hat. Lügen stinken, Hartmann, und ich kann sie riechen!«

Würmchen, dachte Hartmann. Jetzt nur keinen Fehler machen! Nur die Bullen nicht reizen. Hartmann überlegte sich die nächste Frage genau: »Kennst du Würmchen?«

Grannert packte den Rollstuhl mit seiner Linken, zog Hartmann hinter sich her, öffnete mit der rechten Hand die Tür und trat Rollstuhl samt Hartmann durch den nach Desinfektionsmitteln riechenden Flur des Polizeipräsidiums in Richtung Paternoster. »Mach keine Dummheiten, Hartmann!«

Grannerts Tür fiel ins Schloss. Alles in allem doch eine versöhnliche Verabschiedung, fand Hartmann. Grannert und Dircks waren in Ordnung. Man musste nur wissen, wann Schluss ist, wann man die Klappe zu halten hatte, wann es galt, kleine Brötchen zu backen. Eine Sache, an der er unbedingt arbeiten musste, fand Hartmann.

Er schob den Bürostuhl um die Ecke, ging leise zurück, lugte nach links und rechts in die nach Feierabend menschenleeren Flure und legte vorsichtig ein Ohr an die braune Holztür.

»... nichts gewusst!«

»Ich weiß nicht. Denk an die letzte Geschichte mit Hartmann. Der weiß ganz genau, wer damals die beiden Brüder, wie hießen die noch ...?«

»Grannager oder so. Was Englisches!«

»Genau, wer die beiden abgeknipst hat. Und? Hat er, voll Blei, wie er war, auch nur eine brauchbare Silbe von sich gegeben?«

Hartmann hörte, wie Grannert sich den Kaffee in den Becher goss. Da Grannert hier erhebliche motorische Schwierigkeiten besaß, die man ihm zum Beispiel beim Speerwerfen nicht nachsagen konnte, kam die Bemerkung seines Kollegen prompt: »Du hast geschlabbert!«

»Das habe ich extra getan.«

Es raschelte.

»Doc Dehnert hat sich auf eine ungefähre Todeszeit festgelegt. Hier, Nacht vom 2. auf den 3. Juli, gegen 22.00 Uhr, schreibt er, plus/minus zwei Stunden etwa. Mordwaffe war eine Walther PPK, 7.65. Das ist so ein Ding, wie James Bond sie benutzt ...«

»Dann haben wir ja schon einen Verdächtigen!«

»Keinen Hinweis auf irgendwelche anderen Verletzungen ...«

»Irgendwelche anderen Verletzungen? Na, ein Messer im Rücken hätten wir wohl auch gefunden, oder?«

»Er meint natürlich Gift und solche Sachen. Du hast schon wieder geschlabbert!«

»Na und?«

»Der Täter oder die Täterin«, fuhr Dircks fort, »hat dreimal geschossen. Aus nächster Nähe. Schmauchspuren an der Haut. Zweimal in den Kopf, ein Schuss ging glatt daneben in die Wand.«

»Das hätte ich besser hingekriegt!«

Zehn Sekunden Pause.

»Die von der Spurensicherung haben keine Aufbruchspuren entdeckt. Bis auf die von Hartmann am Fenster zum Balkon hin. Die Tote hat ihren Mörder oder ihre Mörder selbst in die Wohnung gelassen. Oder er hatte oder sie hatten einen Schlüssel zur Wohnung. Beim Verlassen wurde die Tür ins Schloss gezogen. Ein Schlüssel steckte von innen im Schloss. In der

Wohnung gab es keine Anzeichen irgendeines Kampfes oder irgendeiner Gewaltanwendung ...«

»Außer den Schüssen ins Gesicht!«

»Hör auf, mich dauernd zu unterbrechen, sonst schieße ich dir auch mehrfach mitten ins Gesicht. Und schieb's dem Hartmann in die Schuhe. Apropos, ist dir bei dem was aufgefallen?«

»Na klar, die Haare sind zu lang. Der sieht aus wie Totti!«

»Wer ist Totti? Du hast schon wieder geschlab...«

»Warte mal. Da draußen war was ...«

Hartmann brach hastig den kleinen Lauschangriff ab und stürzte die Treppen runter Richtung Ausgang. Mach keine Dummheiten, Hartmann, hatte Grannert ihm mit auf den Weg gegeben.

»Hm.«

* * *

Hartmann schob die beiden gerade losgeschraubten Bretter der Holzverkleidung in der Dachschräge seines Büros zur Seite und griff in den Hohlraum dahinter. Er ertastete die kalte Neun-Millimeter-Pistole. Die würde heute nur stören. Dann zog er den Satz Mettmanner Kennzeichen heraus. TÜV und AU waren noch gültig. Gut. Er schob sich die beiden Metallschilder unter die Jacke und machte sich auf den Weg in die Tiefgarage. Genau das hatte er nämlich heute Abend noch vor: Dummheiten machen!

Ein paar Minuten später quetschte er Nicoles Renault in eine Parklücke gegenüber der Hausnummer 53. Parken ging schon wieder besser. Hartmann stellte den Wagen mit der Fahrzeugfront nach vorne ab. Jetzt keine Anfängerfehler! An Abenden wie diesen ist immer damit zu rechnen, dass man zügig ausparken und wegfahren muss!

Er drehte Beverley Knight mitten in einer wirklich erstklassigen Soulnummer den Ton weg, schob den Türknopf der Beifahrertür nach oben, warf die Fahrertür hinter sich in den Rahmen und vergaß abzuschließen.

Hartmann kannte die 53 von früher. In den Achtzigern war das Ding mal eine ziemlich schäbige Disco gewesen. Frauen mit erheblichen Zahnproblemen und abgekauten Fingernägeln hatten an der Theke gehockt, und die Getränke in immer leicht schmierigen Gläsern waren zu teuer. Aber das Ding hatte bis fünf Uhr morgens auf, und Hartmann war dort mit seinen Kumpels nach ausgiebigen Altstadtbummeln für ein paar Absacker ein paarmal hängen geblieben.

Deshalb erinnerte er sich auch daran, dass es nach hinten raus einen Hinterhof gab, der ein paar hundert Quadratmeter groß war und von mehreren Häusern zu erreichen war.

Neben der Hausnummer 53 war die 51. Eine Peepshow mit Wichskabinen. Natürlich drehte sich hier keine Scheibe, auf der sich irgendwelche Frauen gelangweilt rekelten, aber hier konnte sich Otto Normal in eine kleine, muffige Kabine mit Eimer einschließen und sich für einen Euro schmutzige Filme anschauen und dabei tun und lassen, was er wollte. Wo hat der echte Mann heute denn sonst noch seine Ruhe?

Hartmann warf noch kurz einen Blick nach links und rechts, denn man trifft seine Bekannten immer gerade dann, wenn es besonders peinlich ist, stellte aber fest, dass die Luft rein war, und schob sich durch einen schmuddeligen Fliegenvorhang in den Laden.

Seine Augen gewöhnten sich schnell an das dumpfe Dämmerlicht, seine Nase wollte sich allerdings partout nicht an das siffige Gemisch aus Reinigungsmittel, Schweiß und Sperma gewöhnen. Das sensible Stück rebellierte auf seine Weise – Hartmann musste niesen.

Hinten links gab es einen kleinen Sexshop. Ein Mann, dessen Aufgabe es war, Fünf-Euro-Scheine in Kleingeld zu wechseln, blätterte gelangweilt in einem Pornoheft.

Hartmann ging mit großen Schritten bis ganz nach hinten durch. Er zählte sechzehn Schritte. Sechzehn Schritte sind sechzehn Meter, also eine Strafraumtiefe, da kannte er sich aus. Hinter der letzten Kabine befand sich der Notausgang.

Hartmann ging zum Heftchenleser und schob einen Schein rüber. »Kannste mir den hier klein machen?«

Konnte er. Sogar wortlos. Hartmann entdeckte hinter ihm sechs Monitore, mit denen der Laden überwacht wurde. Auf einem war der Notausgang zu sehen. Ein Blick auf Wechselwillis Literatur ließ den Rückschluss zu, dass diese ihren Leser nicht allzu sehr fesselte.

Hartmann ging nach hinten zur letzten Kabine, eine von denen, die auf keinem der Monitore zu sehen gewesen war. Er zückte wieder sein Taschenmesser, hebelte am Türriegel rum und warf zwei Euro in den Schlitz. Mehrere Personen begannen mit ihrem Liebesspiel. Sehr laut und sehr wild und sehr komisch eigentlich. Hartmann ging zum Wechselwilli.

»Chef, meine Kabinentür lässt sich nicht richtig verschließen. Is mir ein bisschen unangenehm.«

»Dann nimm eine andere Kabine!«

»Hab schon ein paar Euro eingeworfen, eh ich das mit dem Riegel bemerkt hab.«

»Konntest es wohl nicht abwarten?«, grinste Wechsel-W.

Hartmann grinste zurück. Wechselwilli bog den Riegel wieder gerade, warf Hartmann einen wortlosen Blödmannsblick zu und schluffte davon. Bevor der bei seinen Überwachungsmonitoren war, sprang Hartmann zum Notausgang, legte die Riegel um und lehnte die Tür vorsichtig in den Rahmen. Dann schob er sich in seine Kabine, zog mit spitzen Fingern die Tür hinter sich zu, kippte den Riegel um und sah sich den Märchenfilm zu Ende an. Er war doch nicht so komisch. An Märchen hatte er eh nie geglaubt.

Hartmann verließ den Handyladen, zog das Hemd gerade, strich sich die Haare zurück und drückte die Klingel links neben der Spiegeltür an der 53.

Test bestanden, die Tür ging auf, und eine unschuldige, blonde Schönheit im weißen Body mit Morgenmantel glitt zur Seite: »Hallo!?«

»Hallo, darf ich reinkommen?«

»Aber sicher!«

Hartmann pflügte sich durch einen knöcheltiefen, roten Veloursteppich bis an eine verspiegelte Bar. An der Theke hockten blasse, osteuropäische Schönheiten, in einer Sitzecke links vergnügte sich eine Gruppe blonder Geschäftsleute, die dem Trunkenheitsgrad nach zu urteilen Skandinavier sein mussten. Immerhin, es lief eine CD von Grace Jones. Die Damen an der Theke heuchelten Interesse. Nadia war nicht dabei. Hartmann pflanzte sich an die Theke.

»Möchtest du was trinken?«, hauchte eine etwas korpulentere Blondgefärbte, die hinter dem Tresen stand und augenscheinlich als Einzige genug zu essen bekam.

»Whisky-Cola«, antwortete Hartmann und hatte sofort das gesteigerte Interesse aller anwesenden Damen, von denen sich eine Schwarzhaarige näher ranschob.

»Hallo, ich bin Mandy.«

»Hi. Ich bin auch Mandy.«

»Was für ein Zufall.«

»Was für ein Zufall.«

»Darf ich mich zu dir setzen?«

»Wenn ich dich auf ein Gläschen Sekt einladen darf«, kürzte Hartmann das Verkaufsgespräch ab und zog einen Hocker näher ran.

»Oh, danke, aber sicher. Ruth, eine Hausmarke für mich, ja.«

Ruth hieß die Wohlgenährte, sie nickte und verschwand. Mandy legte eine Hand auf Hartmanns Oberschenkel.

»Und? Bist du neu hier in der Stadt?«

Hartmann grinste und hoffte inständig, dass sich keine der Damen für Fußball interessierte. »Messe. Dachte, ich geh mal ein bisschen um den Block und schwups, sitzen wir beide hier.«

Ruth schwabbelte heran und stellte Hausmarke und Männergetränk auf der Theke ab. Ein Skandinavier lärmte, und Ruth verzog missbilligend den Mund, ohne sich dadurch optisch wesentlich zu verbessern. Hartmann erschreckte sich und drehte sich hastig wieder Mandy zu.

»Schweden?«

»Finnen. Messegäste, wie du.«

»Ich bin nüchterner«, sagte Hartmann und nahm einen Schluck, um das zu ändern. Ein paar Tropfen Alkohol taten ganz gut, bei dem, was Hartmann noch so alles vorhatte.

»Und, was hast du heute noch so alles vor?«, fragte die Schwarze, und Hartmann zuckte zusammen.

»Genau das ging mir auch gerade durch den Kopf. Ruth, mach mir mal bitte noch einen kleinen, bitte.«

Mandy schmiegte sich enger an. »Schöne Haare hast du.«

»Meine Nachbarin sagt, die wären zu lang.«

»Quatsch.« Sie fuhr ihm durch die Locken. »Das sieht total gut aus. Steht dir. Da gibt's einen Fußballer aus Italien.«

»Francesco Totti.«

»Genau, dem siehst du ähnlich.«

»Danke, Ruth.«

Die Finnen stimmten ein Lied an, das sich ungefähr so anhörte wie eine Katze, die man durch eine Kreissäge zieht. Nur schlimmer.

»Mandy, mein Schatz, das war hier doch früher eine Disco, oder?«

»Kommst du doch aus Düsseldorf?«

Hoppla, ganz schön viel Gehirn unter der schwarzen Matte. Hartmann nippte hastig am Longdrink und versuchte, seinen Fehler wieder auszubügeln. »Ich bin vor Urzeiten schon mal in Düsseldorf gewesen. Mit 'nem Kumpel, der wohnt in einem Ort, gleich um die Ecke, weiß nicht mehr, wie der hieß. Der Ort. Da sind wir auf der Königsallee in irgend so einen Schuppen nicht reingekommen, und da hat der Taxifahrer uns hier abgeladen. War eine ganz schöne Kaschemme, damals.«

Mandy verzog das Gesicht. »Ist der Laden heute auch noch. Aber du hast recht. Das war hier mal 'ne Disco. Ist aber schon ein paar Jährchen her. Ich bin übrigens immer reingekommen ins *Checkers*.«

»Genau, so hieß der Laden. Is klar, du hast ja auch eindeutig die bessere Figur.«

»Danke. Aber du hast ja noch gar nicht alles gesehen.«

Hartmann begutachtete auffällig langsam.

»Instinkt, Mandy, Instinkt.«

»Du kannst auf Nummer sicher gehen, Francesco.«

Hartmann grinste. »Das habe ich vor ...«

Einer der Finnen fiel der Länge nach in einen Kübel mit Plastikpalme und lag nun mit den Händen rudernd auf dem Rücken. Seine Kollegen lachten sich kaputt. Ruth wurde langsam sauer. Ein anderer zog seiner Begleitung den BH von der Brust und fing sich eine Lasche. Jetzt lachten alle noch lauter. Der Typ unter der Palme ruderte immer noch.

»Gibt's hier auch ein ruhigeres Plätzchen für uns beide ganz alleine. Ohne Finnen?« Dollarzeichen in Mandys Augen.

»Na klar.«

Ihre Nasen berührten sich. Das war schon viel besser als die Videokabinen nebenan, sagte der kleine Hartmann zum Großhirn und versuchte seinem Namen alle Ehre zu machen.

»Hundert Euro für 'ne halbe Stunde. Wir lassen uns schön viel Zeit. Für zweihundert Euro gibt's eine Flasche Sekt dazu und wir lassen uns noch mehr Zeit.«

»Okay, okay. Dann zeig mir mal zuerst das schicke Liebesnest.«

Mandy winkte Ruth heran, murmelte was und zog Hartmann hinter sich her, raus aus der Bar nach hinten in einen Flur. Hartmann erkannte eine Treppe nach unten, aber es ging mit Mandy nach oben. Rote Leuchtherzen führten in die erste Etage.

Hartmann zählte den Elfmeterpunkt ab.

»Welche Art Zimmer hättest du denn gerne? Hier haben wir unser blaues Zimmer, ein bisschen wie auf den Bahamas, oder ...«

»Jow.«

»Oder hier, unser Wasserzimmer mit Whirlpool und Marmorwanne.«

»Gewaschen hab ich mich heute schon.«

»Aber ich habe dich noch nicht eingeseift, Süßer.«

Mandy griff Hartmann in den Schritt und war zufrieden.

»Oha. Und da hinten das Zimmer am Ende vom Flur?«, fragte Hartmann hastig.

»Oh. Unser Sadomaso-Zimmer.«

Hartmann lugte in einen dunklen Raum mit viel Lack, Leder und einer Menge Eisen an der Wand, Handschellen am Bett und einer Neunschwänzigen über der Lehne. Sogar einen

Dolch erkannte er, dessen Einsatzmöglichkeiten sich Hartmann nicht auf Anhieb erschlossen. »Das sieht doch gemütlich aus, hier, oder?«

Mandy verzog das Gesicht. »Okay. Aber ich mach nur die normalen Sachen. Nix mit schlagen. Du nich, ich nich. Kein Anal und nix, was wehtut, kapiert?«

»Das ist ganz in meinem Sinne, Baby.«

Mandy entspannte sich wieder. »Okay, und wie lange hast du Zeit?«

Hartmann zückte das Portemonnaie und holte einen von Krombachs Zweihundertern raus. »Für den Anfang erst mal so lange.«

Mandy hauchte ihm einen Kuss auf die Wange und zischte: »Bin gleich wieder da, mach's dir ein bisschen bequem, Süßer.« Mandy huschte raus.

Hartmann sprang auf. Viel Zeit blieb nicht für das, was Hartmann vorhatte. Er glitt in den Flur. Aus einem Nebenzimmer dröhnte hektisches Stöhnen. Im Hintergrund dudelte Billy Joel. Er schob sich nach links die Treppe runter. Wenn Nadia hier irgendwo eingesperrt war, dann wahrscheinlich unten im Keller.

Mehrere Türen. Es roch nach Schimmel und Mäusekot. Hartmann legte sein Ohr an, lauschte und verbannte Joel aus dem Gehirngang. Im letzten Zimmer, am Ende des Gangs, lief ein Fernseher. MTV oder so was in nicht unerheblicher Lautstärke.

Hartmann hastete die Treppen wieder rauf, sprang aufs Bett, kippte das Glas mit Whisky dahinter, trat sich die Schlappen von den Füßen und zog sich die Jeans von den Beinen. Keine Sekunde zu früh. Mandy kehrte zurück.

»Oh, du hast es dir schon bequem gemacht.«

»Klar, ich möchte den versprochenen Rest deines Körpers genießen.«

»Dafür bist du hier.« Sie drehte sich mit dem Rücken zu Hartmann, zog die beiden Träger ihres BHs von den Schultern, drehte sich wieder herum, schüttelte beide rhythmisch hin und her und legte sich zu Hartmann aufs Bett.

Hartmann bewunderte zwei gut geformte Brüste und einen durchtrainierten Körper, der den Rückschluss auf viele schwitzige Stunden Sportstudio zuließ. Genau Hartmanns Typ, und daher zankten sich Engelchen und Teufelchen in seinem Schädel aufs Erheblichste. Es war kein eindeutiger Sieger auszumachen. Mandy biss ihm vorsichtig in den Hals.

»Den Rest darfst du selber machen.«

»Genau das wollte ich eigentlich vermeiden.«

Mandy lachte.»Quatsch. Du kannst mir den Slip ausziehen, wenn du willst.«

»Das nenn ich eine gute Idee. Ähm, kannst du mir wohl vorher noch einen Whisky besorgen?«

»Kann ich. Aber denk dran, ich möchte auch was von dir haben. Hast du nicht schon genug vorgeglüht?«

»Genug vorgeglüht? Mandy, mein Schatz, das ist jugendliche Vorfreude!«

»Okay, Süßer. Ich beeile mich, mach keine Dummheiten!«

Sie schlüpfte wieder in den BH, und Hartmann grübelte. Schon wieder jemand, der ihm empfahl, keine Dummheiten zu machen. Da musste was dran sein! Und wieder machte Hartmann welche und glitt in Schuhe und Jeans. Dann packte er sich den Dolch von der Wand, und für alle Fälle schob er sich im Rausgehen noch einen Schlagring hinten in die Hose. Die hatten ja genug davon …

Billy Joel sang immer noch, aber das Stöhnen im Nachbarzimmer hatte aufgehört. Zigarettenpause. Runter in den Keller. Hartmann erlauschte das neuste Video von Britney Spears. Sekt oder Selters. Entweder quälten sich des Russen

Rauswerfer auf der anderen Seite der Tür selbst oder er würde Nadia dort finden, deren Hilferufe man mit Hilfe von Musikvideos übertönen wollte. Die Chancen standen fifty-fifty und hatten in Hartmanns jüngster Vergangenheit schon häufig bedeutend schlechter gestanden.

Die Tür war abgeschlossen. Normales Türschloss. Er legte den Dolch an und ruckte nach vorn. Einmal, zweimal, und beim dritten Mal krachte die Tür nach innen.

Der Fernseher flimmerte und war die einzige Lichtquelle im Raum. Britney Spears schlängelte sich als Stewardess durchs Flugzeug. Vier mal drei Meter schätzte Hartmann, und im hinteren Teil des Raumes saß eine blonde Frau auf einem Stuhl. Sie war geschminkt und hatte geweint, und Hartmann vermutete, dass es Nadia war, denn irgendwer hatte sie mit Klebeband an den Stuhl gefesselt.

»Nadia?«

Sie nickte stumm. Stumm, weil der gleiche Unbekannte ihr quer durch das hübsche Gesicht einen weiteren Streifen Kreppband geklebt hatte. So konnte sie wenigstens nicht schreien, entschied Hartmann, ließ diesen Klebestreifen da, wo er war, und durchtrennte alle anderen mit dem Dolch. Gutes Teil. Sadomaso hat was!

Wenn das Haus einen Hinterhof hat, hat jeder Kellerraum nach hinten raus ein Kellerfenster. Hoffte Hartmann. Er legte den Dolch ab und stemmte ein paar Pappkartons zur Seite. Das Mädchen zog an seinem Hemd. Hartmann zerrte eine vollgestaubte Wolldecke weg und hatte ein mit Sperrholz zugenageltes Viereck freigelegt. Na also! Sie zupfte wieder.

»Kann ich irgendwie helfen?«

Die tiefe, volle Stimme überdröhnte Britneys Gesang, was nicht verwunderlich war, da ihre Stimme doch insgesamt als eher dünn zu bezeichnen ist. Außerdem breitete sich eine ziemlich aufdringliche, herbe Parfümwolke in dem kleinen Kellerverschlag aus. Hartmann drehte sich um, aber nur, um sich eine behaarte Faust ins Gesicht drücken zu lassen. Seine Reflexe waren noch gerade gut genug, um halbwegs auszuweichen. Der Hammer streifte seinen Schädel, brachte ihn aber dennoch ins Stolpern. Faust und Stimme gehörten zu einem Kleiderschrank. Der Schrank schickte eine zweite Faust auf den Weg, Hartmann ins Nirwana zu jagen. Aber Hartmann war schneller.

Es war eng.

Und auf engem Raum war Hartmann immer gut gewesen. Und der Keller hier war noch nicht mal ein Fünfmeterraum! Hartmann wich nach links aus, die Faust raste ins Leere. Hartmann ertaste hinter seinem Rücken das Eisen im Hosenbund. Er deutete einen Schritt nach rechts an. Der Schrank bewegte sich, und Hartmann schlug mit dem Schlagring zu. Nur einmal oben rechts ins Gesicht. Das parfümierte Möbelstück sackte sofort zusammen.

»Scheiße!«

Leblos klatschte der Typ auf und blieb auf dem Betonboden liegen. Keine Zeit für Panik oder Mitleid. Wo ein Schrank ist, sind weitere Möbelstücke nicht weit. Alte Schreinerweisheit.

Das Schloss am Fenster ließ sich mit dem Allzweckdolch problemlos aufhebeln. Hartmann packte die Blonde, aber die hatte schon verstanden und sprang auf den unteren Rahmen. Hartmann schob sie durch das kleine Viereck. Hinter ihm brummte der Kleiderschrank. Gott sei Dank, der war nicht tot ...

Und er bemerkte noch was hinter sich.

Mandy stand im Türrahmen, den Whisky-Cola in der Hand. »Ähm, ich habe dich vermisst...«

Nadia verschwand durchs Fenster nach oben. Mandy hielt das Glas über Schranks Kopf, der noch immer mit geschlossenen Augen vor sich hindämmerte. Sie ließ das Glas samt Inhalt kreisen.

»Soll ich Vitali wecken? Was meinst du?«

Hartmann verzog die Oberlippe.

»Mir wäre es recht, wenn du damit noch eine Minute warten würdest.«

»Du kannst dir vorstellen, dass ich wegen dir mächtig Ärger bekommen werde, Totti.«

Das klang gut. Bekommen werde ... Das klang verdammt gut. Hartmann zog die Nase hoch. Die wollte schon wieder niesen. »Denke, dass ich dir was schuldig bin, Mandy.«

Sie nippte am Whisky. »Das denke ich auch. Ich heiße Sandra. Mahler. Sandra Mahler. Mit HL. Merk dir das!«

»Danke, Sandra!«

Hartmann drehte sich um und quetschte sich durchs Kellerfenster. Nadia hatte sich den Klebestreifen vom Mund gezogen. Hartmann schob sie vor sich her nach rechts an eine unscheinbare Eisentür. In diesem Moment öffnete sich ein Fenster in der ersten Etage und ein Mann brüllte irgendwas in einer fremden Sprache. Es war kein Finnisch und klang gefährlich.

»Alles unter Kontrolle, Nadia. Ich bin dein Freund. Wir ...«

Hartmann ersparte sich den Rest, denn im geöffneten Fenster erschien ein Gesicht. Zum Gesicht gehörte eine Hand. Und in der Hand war deutlich eine Pistole zu erkennen. So wie Hartmann die Gang des Russen einschätzte, schossen die nicht mit Gas. Hastig riss er die Eisentür auf. Ein Schuss peitschte ein »Zing« gegen die Tür. Ehe ein zweiter folgte, hatte Hartmann sich und seine Begleiterin durch den vorher entriegelten Notausgang in die Peepshow gedrückt.

Da der Russe sicher keine Peepshow neben seinem Laden dulden würde, an der er nicht mit mindestens hundert Prozent beteiligt war, musste man davon ausgehen, dass dieses Loch auch dem Russen gehörte. Einschließlich Wechselwilli natürlich! Den Sechzehnmeterraum hatten sie fast geschafft, als Wechselwilli sich hinter seiner Wichsvorlage bewegte und unter den Tresen griff.

Gas, sagte sich Hartmann, es wird eine Gaspistole sein!

Raus auf die Straße, ans Auto, die unverriegelte Beifahrertür auf, die Blonde hinein, rum ums Auto, rein und starten.

Die verspiegelte Tür zum Bums sprang auf. Hartmann erkannte zwei Typen. Einer riss eine Pistole hoch, der zweite drückte ihm die Knarre runter.

Hartmann trat das Gaspedal durchs Bodenblech und schoss mit quietschenden Reifen nach rechts in die Oststraße Richtung Derendorf. Nach dreizehn Kreuzungen war er sich sicher, dass niemand folgte, und er linste rüber auf den Beifahrersitz.

Sie sah schlanker aus als auf dem Foto. Die Haare waren kürzer, dafür war sie hübscher, als es das Foto hatte vermuten lassen. Sie war blass. Aber das war klar: der Russe, Vitali, der Keller, Britney Spears.

Er versuchte irgendwie nett zu sein. »Du musst dir keine Sorgen machen. Ich bin ein Freund. Das kriegen wir alles wieder hin.«

Sie blickte ihn an. »Danke«, hauchte sie.

»Oh, du sprichst ja doch ganz gut deutsch. Kannst du mich verstehen?«

»Ein bisschen. Muss du langsam sprechen.«

»Ich bringe dich nach Hause.«

Sie zog die Augenbrauen hoch. »Nach Russland?«

Hartmann grinste. »Nein. Zu deinem Mann, hier in Düsseldorf. Ich bin Privatdetektiv.«

Sie verstand nicht.

»Dein Mann hat mich beauftragt, hat mir gesagt, ich soll dich finden und nach Hause bringen.«
»Mein Mann?«
»Kreyendahl.«
»Iccch chabe kein Mann.«
»Hans-Rudolf Kreyendahl.«
»Iccch chabe kein Chreidahl.«
Hartmann spürte auf einmal einen Stich, ganz tief in seiner Brust. Und eine ganz, ganz böse Ahnung machte sich daran, sein Gehirn zu lähmen. Er fuhr rechts ran, ignorierte einen hupenden Taxifahrer und nahm für die alles entscheidende Frage seinen ganzen Mut zusammen: »Ich, Christian Hartmann, du Nadia?«
Sie blickte ihn mit großen, blauen Augen an. »Iccch, Ramona, danke.«

* * *

Ramona hatte sich auf die Couch im Büro gelegt, sich in eine Wolldecke eingerollt und war nach nicht viel weniger als drei Sekunden wort- und grußlos eingeschlafen. Hartmann verstaute vorsichtig und leise seine beiden Kennzeichen wieder hinter Holz und widmete sich seiner Telefonanlage, die heftig winkte.

Der erste Anruf war von Simone Sommer. Sie war nicht selbst am Apparat. Es stellte sich ein unterkühlter Herr von Lobach, Rechtsabteilung der *Sommer Metall AG*, vor: »... Ihren Auftrag als beendet an. Frau Sommer wird Ihnen einen Scheck zukommen lassen, der Ihr Honorar begleichen und Ihre Unkosten decken wird. Sie bedankt sich für Ihre Arbeit.«

Der Mann aus der Rechtsabteilung klang wie eine Verkäuferin von C&A im Sommerschlussverkauf kurz vor

20.00 Uhr, wenn die Kundin mit den drei missratenen, kreischenden Kindern ihre für 2,99 Euro erstandene Bluse vom Wühltisch umtauschen wollte, weil sie zu Hause überrascht festgestellt hatte, dass rosa doch nicht ihre Farbe war. So in etwa. Nur auf Schimpfworte hatte er verzichtet. Sicher angesägt, weil Simone Sommer ihn übergangen hatte. Ausnahmsweise mal nicht Hartmanns Problem.

Der zweite Anruf kam von ...

»Hier Kreyendahl. Nadia ist wieder da. Ihr Auftrag hat sich somit erledigt. Ich hoffe, Sie hatten keine Umstände und keine größeren Auslagen, die ich aber selbstverständlich, in einem gewissen Rahmen, zu tragen bereit bin. Lassen Sie, falls erforderlich, mir in den nächsten Tagen eine detaillierte Rechnung zukommen. Wiederhören.«

Hartmann starrte auf das Display der Telefonanlage: 23.55 Uhr. Eine knappe Viertelstunde, nachdem Hartmann zur Grupellostraße aufgebrochen war und sich mit der halben Düsseldorfer Unterwelt angelegt hatte. Hätte der Vogelkopf doch bloß eine Viertelstunde früher auf seinen Anrufbeantworter gezwitschert! Der ganze Ärger wäre jetzt ... Er schielte nach links auf die Couch. Na ja. Andererseits ... War ja auch nicht ganz richtig, die Sache mit Kreppband-Ramona im Keller!

Das Teufelchen flüsterte: »Scher dich um deine Angelegenheiten!«

Und ein ganzer Chor stimmte an: »Mach keine Dummheiten, Hartmann!«

Er löschte die Anrufe, ging ins Badezimmer, zog sich aus und drehte die Dusche auf. Ein heißer Strahl Wasser schoss ihm ins Gesicht. Er strich sich die langen Haare nach hinten. Waren sie nun zu lang oder nicht? Eigentlich eines seiner kleineren Probleme. Zwei, drei Tage lang tat er unter der Dusche gar nichts. Er stand nur da und atmete ab und zu mal, um nicht zu sterben. Dann tastete er mit geschlossenen Augen nach dem Duschgel und erschrak.

Er riss die Augen auf.

Er hatte Haut ertastet.

Ramona schob sich zu ihm unter die Brause. Hartmanns Blick glitt verwirrt an ihrem makellosen, nackten Körper entlang, den heiß-feuchter Nieseldunst geheimnisvoll eingenebelt hatte. Sie hielt das Duschgel in der Hand und schaute ihn fragend an.

Durch das Wasserbrausen hindurch stammelte Hartmann: »Ramona, versteh mich bitte nicht falsch, es ist nicht so, äh, dass ich dich jetzt nicht, also ...«

Er blickte an sich runter, und Teile seines Körpers sprachen plötzlich eine deutliche Sprache. Hartmann bedeckte sich schnell. Ramona lächelte ihn an und hatte augenscheinlich keine Probleme damit, dass das Einzige, was sie noch trug, ein silbernes Medaillon war.

Hartmann stotterte sie an: »Schönes Medaillon. Ein Familienstück?«

Ein Schatten huschte über ihr Gesicht. »Frage nicchht!«

»Hm. Es ist, äh, nur alles ein bisschen sehr kompliziert, weißt du. Ich, äh, bin da in ein paar ganz dumme Sachen reingeraten. Jetzt mit dem, du weißt schon ... Ich bin da jetzt im Kopf nicht so ganz frei und muss sicher erst ein paar ...«

Ramona drückte ihm ihren Zeigefinger auf den Mund. Vorsichtig drehte sie ihr Gegenüber rum. Dann fing sie an, ihm fest den Rücken zu massieren.

»Na gut«, murmelte Hartmann gegen die weißen Fliesen, »aber nur den Rücken!«

* * *

Hartmann konnte nicht sofort einschlafen. Er musste an Sergej, den Russen denken. Der würde es sich nicht gefallen lassen, dass man ihm die Ramona aus dem Keller geklaut hatte. Das war Raub von Geschäftskapital. Da verstand der Russe keinen Spaß!

Angie musste gewarnt werden! Wenn Angie sich umgehört hatte, was Angie getan hat, dann wird der Russe sich umhören, wer sich umgehört hat, und erfahren, dass Angie sich umgehört hat und dann … Dann wird Angie nach gebührender Folter auch erzählen, für wen er sich umgehört hat. Und dann …

Oh je.

Dann fiel ihm Miriam Sommer mit eingeschossenem Gesicht ein. Mit der im Kopf war an Schlaf nicht zu denken. Er konzentrierte sich auf Ramona, die gleichmäßig atmend neben ihm lag. Dann dachte er an Mandy und fand, dass der Tag doch gar nicht so schlecht gewesen war. Das war halt die Müdigkeit, das war das Gehirn, das war der Körper, der seinem Herrn etwas vormachte, damit der endlich einschlafen konnte.

Was Hartmann dann auch tat.

4. Kapitel

Der Traum hatte ganz normal angefangen. Wie immer. Es war der Traum, der ihn seit über zwei Jahren begleitete. Seit dem 23. April 2002, 16.58 Uhr.

Ein Klassespiel. Alles passte. Es stand 3:0. Die 72. Spielminute. Igor Demo spielte den Ball hart und flach quer auf die rechte Seite. Hartmann nahm den Ball mit links an und legte ihn sich weit vor nach rechts außen. Von links kam einer, aber Hartmann war einen Tick schneller, das Stück Leder mittlerweile in Höhe des Sechzehners.

Hartmann war zu schnell. Er guckte. In der Mitte war noch keiner nachgelaufen. Er hatte Zeit und schob sich den Ball mit dem Spann noch mal genau in die Laufrichtung. Ein Abwehrspieler stürmte heran. Endlich waren in der Mitte ein paar grün-weiße Mitspieler in Position gelaufen. Hartmann ging zwei weitere Schritte bis an die weiß abgekreidete Torauslinie.

Der Verteidiger hatte keine Chance, den Ball zu treffen, als er mit gestrecktem Bein, die Stollen seines Fußballschuhs voran, auf ihn zusprang. Hartmann schlug die Flanke bis fast genau auf den Elfmeterpunkt. Der Belgier rauschte mit dem Kopf heran, sprang höher als zwei Verteidiger und jagte den Ball unhaltbar oben rechts in den Kasten.

Der Torjubel brandete hoch und erstarb sofort.

23.000 im Stadion am Bökelberg hatten gesehen, wie der Verteidiger Hartmann das Standbein in Kniehöhe wegtrat. Hatten gesehen, wie das Knie nach innen schlug und ahnten, dass bei diesem Tritt kein Knochen, kein Muskel, kein Band ganz geblieben war. Hatten gesehen, wie aus Christian Hartmann, dem Nationalmannschafts-Aspiranten Christian Hartmann, der Sportinvalide, wurde.

Das war die Stelle, an der Hartmann seinerzeit das Bewusstsein verloren hatte und nun regelmäßig schweißgebadet aufwachte. Nur in dieser Nacht war der Traum noch nicht zu Ende.

An seinem Krankenbett, an das er mit Kreppband an Händen und Füßen gefesselt war, saßen Dircks, Grannert und Angie. Sie schüttelten den Kopf und sagten: »Mach keine Dummheiten, Hartmann!«

Der dicke Vitali stand im Hintergrund und sang den neusten Hit von Britney Spears. Er machte das ganz ordentlich. Krombach und Moni tanzten nackt dazu, Krake hatte seinen rechten Arm wieder und klatschte rhythmisch mit. Dann blickte Hartmann nach rechts. Neben ihm im Bett lag Miriam Sommer. Sie drehte ihr Gesicht in seine Richtung und guckte ihn mit vorwurfsvoller Miene an. Blut tropfte von ihrem zersplitterten Totenschädel.

Hartmann schrie, wurde endgültig wach, fuhr hoch und rieb sich die Augen. Okay, kein Chor, keine Britney, keine nackten Tänzer und, er warf einen vorsichtigen Blick nach rechts, keine zerschossene Miriam Sommer in seinem Bett.

Gut! – Aber auch keine Ramona!

»Ramona?«

Hartmann stolperte aus dem Bett nach nebenan. Keine Ramona. Aber auch keine stinkenden Trainingssachen über der Heizung, kein Leergut in der Ecke. Und wo war die vertrocknete Yucca aus der Ecke? Da stand nur noch ein leerer, rotbrauner Terrakottatopf. Verdammt, und wo war Ramona?

Der Russe ging Hartmann durch den Kopf. Der hat sich die Kleine geholt. Aber der hätte nicht die stinkigen Trainingssachen von der Heizung gepflückt. Der hätte ihm höchstens ein kleines, rundes Loch in den Schädel geschossen. Oder ein großes.

Und Angie fiel ihm ein.

Dann klackte es an der Tür. Hartmann sprang hinter den Schreibtisch, eine Hand schon an der Holzverkleidung. Die Tür ging auf, Hartmann schob ein Brett zur Seite und erkannte Ramonas Rücken im Türrahmen. Hastig schob er das Brett wieder in die Halterung.

Ramona drehte ihm das Gesicht zu. »Icchh habe eingekauft.«

»Ähm, das ist nett.« Hartmann pfiff Luft durch die Zähne. »Aber was habe ich dir gestern Abend gesagt?«

»Dass icchh mir keine Gedanken macchhen soll. Dass du zu müde bist. Dein Kopf ist nicchht frei. Obwohl dein ...«

»Ich habe dir gesagt, dass du unter keinen Umständen die Wohnung verlassen darfst!«

Ramona zog einen Schmollmund. »Es ist zwölf Uhr, icchh chabe Hunger, und du chast eine große Kühlschrank. Aber der ist sehhr leer!«

Zwölf Uhr! Hartmann riss die Augen auf! Schon zwölf Uhr! Sein Körper schickte vier Liter Adrenalin auf die Reise.

* * *

Angie wohnte nur ein paar Straßen entfernt auf der Helmholtzstraße. »Wohnte« war vielleicht ein bisschen übertrieben. Gemeldet war er in einer Notunterkunft in Flingern, aber das war nur eine Meldeadresse. Untergekommen war er in einem besseren Bretterverschlag unter dem Dach der Nummer 18. Ein kleines Loch, das ihm ein befreundeter Arbeitskollege für ein paar Monate überlassen hatte, der bei der Ausübung seines Berufs Pech gehabt hatte und vorübergehend in ein sehr stabil gebautes Haus mit dicken Betonwänden und Gardinen aus Schweden gezogen war.

Die Haustür unten stand offen. Hartmann stieg die ausgetretenen, braunen Holzstufen nach oben. Unterm Dach herrschten Temperaturen wie im Januar am Ayers Rock zur Mittagszeit. Er wischte sich den Schweiß von der Stirn. Die Tür zum Verschlag war zugezogen. Hartmann atmete ein paar muffige Staubflocken ein und schluckte sie als Kloß den Hals hinunter. Angie hatte sich am Handy nicht gemeldet, und auf der Flinger Straße hatte Hartmann ihn auch nicht erreicht. Dort hatte man ihn seit gestern Nachmittag nicht mehr gesehen. Auch Miriam Sommer war nicht ans Telefon gegangen.

Das Schloss der Tür zum Verschlag war unbeschädigt. Hartmann ruckelte, die Tür war nicht abgeschlossen. Er zog eine Scheckkarte aus dem Portemonnaie, schob sie in den Schlitz, die Tür sprang einen schmalen Spalt auf und ihm ein muffiger Geruch entgegen.

Auf der anderen Seite der Tür lag ein Bündel. Hartmann schnürte es die Kehle zu. *Fifty-fifty*. Angie hatte ein paar Ausgaben der Obdachlosenzeitung vom vergangenen Mai im Flur gebunkert ...

Er schob seinen Schnorchel durch den Spalt und nahm vorsichtig einen tiefen Zug durch die Nase, ohne dass diese rebellierte. Es roch muffig, sagte der Zinken, nur muffig! Die Wohnung war leer. Ziemlich verwahrlost, nicht aufgeräumt, aber leer. Es war höchste Zeit, dass Angie mal wieder einen Entzug machte, sonst würde der eines Tages nicht an Heroin, sondern an irgendwelchen giftigen Schimmelpilzen sterben, die hier in der Hütte an allen Ecken und Kanten unter optimalen Bedingungen wuchsen und gediehen.

Hartmann genoss für einen Moment den verschmierten Blick durch ergraute Fensterscheiben über die Gleisanlagen der Bundesbahn, drehte sich um und zog die Tür hinter sich zu. Angie hatte hier auf jeden Fall in der letzten Nacht nicht gepennt.

Das machte ihm Sorgen ...

* * *

Hartmann hielt inne. Aus seiner Wohnung kamen Stimmen! Nicht vom Fernseher und nicht aus der Stereoanlage. Er glitt leise in seinen Flur, lehnte die Wohnungstür vorsichtig hinter sich in den Rahmen und drückte ein Ohr auf der anderen Seite des schmalen Raums an die Tür zum Wohnzimmer. Er erkannte Ramonas Akzent und schob die Tür einen Spalt weit auf. Die andere Stimme war eindeutig nicht Vitalis dumpfer Bass!

Er stupste die Tür ganz auf. Sie saß mit dem Rücken zu ihm am Schreibtisch. Ramona saß ihr gegenüber und schüttete dampfenden Kaffee in zwei Becher. Sie war ihm im Sommer'schen Cabrio in der Auffahrt ihres Anwesens entgegengeflogen. An dem Tag hatte er sie mit Grace Kelly verglichen. Heute sah sie ohne Sonnenbrille eher aus wie Nicole Kidman. Auch nicht schlecht. Sie trug Schwarz, denn man hatte ihrer älteren Schwester den Kopf zerschossen.

»Guten Morgen, Frau Sommer, bleiben Sie doch bitte sitzen! Ramona, kann ich auch einen Kaffee haben?«

»Wir kennen uns?« Sie sprach sehr leise.

»Im Vorbeifahren. Was kann ich für Sie tun?«

»Ihre Freundin war so nett ...«

»Das ist nicht meine Freundin. Sie, äh, wohnt nur vorübergehend hier.«

Ramona verzog den Mund.

Lena Sommer sammelte sich einen Moment. »Sie haben für meine Mutter ermittelt?«

Hartmann wollte die üblicherweise auf dem Schreibtischsessel liegenden Zeitungen zur Seite schieben, aber da waren keine mehr. Ramona hatte aufgeräumt. Er ließ sich in den Sessel hineinfallen. »Ihre Mutter hatte mich beauftragt, Ihre Schwester zu suchen.« Hartmann überlegte, wie er das weniger positive Ergebnis seiner Suche in vernünftige Worte kleiden sollte. Das ging nicht! »Gestern Abend wurde ich von diesem Auftrag entbunden.«

Lena Sommer schaute Hartmann direkt in die Augen. Ihr Blick flackerte unruhig. »Jetzt möchte ich Sie engagieren!«

Hartmann zog die Augenbrauen hoch. Sie fing an, ihre Hände zu kneten. »Ich möchte, dass Sie den Mörder meiner Schwester finden!«

Er schüttelte den Kopf. »Ihre Schwester ist ermordet worden. Das ist kein Job für einen Privatdetektiv. Das ist Sache der Polizei.«

Lena Sommer fuhr sich mit der linken Hand fahrig über die Wange. Ihre blonden Haare, die sie mit einem dunklen Haarreif streng nach hinten gesteckt trug, hatten einen leichten rötlichen Stich. Sie war blass. Nur die Sonne hatte ein paar kleine Sommersprossen gleichmäßig über ihr Gesicht verteilt. Ihre Augenlider flatterten, als sie nickte. »Ich bin davon überzeugt, dass die Polizei alles tun wird, um den Mörder zu finden. Aber ich bin auch ziemlich sicher, dass sie nicht den richtigen Mann festnehmen wird!«, betonte sie.

»Zufällig kenne ich die beiden Beamten, die mit dem Fall betraut sind. Das sind beides sehr ...«

»Sie verstehen mich nicht! Hören Sie mir zu!«

Ihr Ton hatte sich verschärft. Ramona war wieder ins Zimmer zurückgekommen und zuckte zusammen. Sie stellte ihrem neuen Freund hastig den Becher Kaffee vor die zu groß geratene Nase und verzog sich wortlos wieder ins Nebenzimmer.

»Die Polizei war heute Vormittag bei uns«, fuhr Lena Sommer fort. »Meine Schwester wurde in der Nacht vom 2. auf den 3. Juli erschossen. Vermutlich gegen 22.00 Uhr, vermutlich mit einer Walther PPK. Genau eine solche Waffe besitzt Miriams Lebensgefährte, Arne Hanssen. Die Polizei verdächtigt ihn, meine Schwester erschossen zu haben.«

Hartmann steckte einen Löffel in seinen dampfenden Becher und drehte die kleinen, aromatischen Bläschen in seinem Kaffee schwindelig. »Nun, Arne Hanssen befindet sich in Südafrika. Er kehrt erst heute Abend gegen 21.00 Uhr von dort nach Deutschland zurück.«

Lena Sommer atmete hörbar laut durch. »Arne Hanssen hat die Nacht vom 2. auf den 3. Juli mit mir zusammen in einem Ferienhaus unserer Familie bei Koblenz verbracht.«

Hartmann bremste seinen Löffel scharf ab. Ein paar Tropfen Kaffee schwappten über den Becherrand auf den Schreibtisch. »Das verstehe ich nicht!«

Lena Sommer erklärte es ihm: »Arne war beruflich nur bis Ende Juni in Südafrika gebunden. Wir haben uns entschlossen, ein paar Tage gemeinsam zu verbringen, bevor er offiziell aus Südafrika nach Deutschland zurückkehrt und wir uns zunächst erst wieder nur heimlich treffen können.«

Hartmanns graue Zellen arbeiteten. Erst heimlich treffen! Er wischte mit der Hand die Tropfen von der Platte. »Sie haben ein Verhältnis mit dem Freund Ihrer Schwester?«

Für einen Moment schien sich ein kleines Lächeln in Lena Sommers Mundwinkel schleichen zu wollen, doch dann schüttelte sie stattdessen energisch den Kopf. »Arne Hanssen war seit über einem Jahr der Freund meiner Schwester. Am Anfang klappte es ganz gut mit den beiden. Die beiden schienen das perfekte Paar zu sein. Meine Schwester, die forsche, immer gut aufgelegte Action-Frau, und Arne Hanssen, der erfolgreiche, aufstrebende Unternehmer aus dem Osten. Das passte!« Ihre Hände kneteten wieder. »Nach außen hin. In Wirklichkeit hatten sich bei den beiden längst Probleme eingestellt. Meine Schwester ist … sie war nicht immer einfach. Keiner weiß das besser als ich. Ich bin ihre kleine Schwester. Meine Schwester wusste immer ganz genau, was sie wollte. Sie konnte sehr dominant sein. Arne ist auch jemand, der seinen Weg geht.« Sie bemerkte, was sie mit ihren Fingern anstellte, und legte beide Hände um ihren Kaffeebecher, der sinnlos vor sich hindampfte und nun endlich eine Aufgabe bekam. »Natürlich lernte auch ich Arne kennen. Wir verstanden uns auf Anhieb blendend.« Sie drehte am Kaffeebecher. »Meiner Mutter lag, wohl mehr aus Gründen des Firmeninteresses, sehr viel an der Verbindung Sommer-Hanssen. Meine Mutter ist eine liebe Frau, aber was ihre Firma angeht, ist sie sehr pragmatisch. Da kann sie sehr konsequent sein!«

Hartmann nippte am Kaffee.

»Ich glaube nicht, dass es für meine Mutter einen Unterschied gemacht hätte, ob Miriam oder ich diejenige welche sein sollte, die einen guten Schwiegersohn mit Sinn für das Geschäft in die Firma holt. Gleichwohl einigten wir drei uns darauf, und zwar im gegenseitigen Einvernehmen, dass diese Veränderung zunächst unter uns blieb.«

»Das war wann?«, fragte Hartmann, um ein paar Daten in die richtige Reihenfolge zu bringen.

»Vor ungefähr drei Monaten.«

»Seit drei Monaten sind also Sie und nicht Ihre Schwester Miriam mit Arne Hanssen befreundet. Gut. Und außer Ihnen dreien weiß das niemand?«

»Nein. Ich war es also, die darauf wartete, dass Arne endlich wieder nach Hause kommen würde. Es gelang ihm, ein paar offizielle Termine in Südafrika so umzulegen, dass er zwei Tage eher nach Hause abreisen konnte. Ich habe ihn am 2. Juli vom Düsseldorfer Flughafen abgeholt. Wir sind in ein Ferienhaus meiner Eltern bei Koblenz gefahren und haben dort zwei Tage verbracht, bis mich gestern meine Mutter anrief.«

Hartmanns Gehirn hatte sich ein paar Notizen gemacht und es kam erst mal zu dem Entschluss: »Dann hat Arne Hanssen ein Alibi.«

»Wäre ich hier, wenn das so einfach wäre?«, fragte Lena Sommer ungeduldig. »Meine Mutter sagte mir, dass Miriam erschossen worden ist. Arne hat, wie gesagt, eine Pistole. Genau eine solche Walther PPK. Es ist eine registrierte Waffe.«

Hartmann nickte. »Wenn die Waffe registriert ist, dann wurde sie durch einen Beamten beschossen. Dann gibt es Vergleichsprojektile oder so was. Auf jeden Fall wird man dann zweifelsfrei und in kürzester Zeit feststellen können, ob Arne Hanssens Waffe die Mordwaffe ist.«

»Die Waffe«, fuhr Lena Sommer fort, »lag in seinem verschlossenen Schreibtisch im Büro seiner Firma. Die Firma befindet sich in einem Bürokomplex in Erkrath-Unterfeldhaus. Als er hörte, dass Miriam erschossen worden ist, ist er sofort in die Firma gefahren und hat dort nachgesehen. Die Pistole war weg!«

»Das Büro wurde nicht aufgebrochen?«

»Nein.«

»Der Schreibtisch auch nicht?«

»Nein. Der Schreibtisch war immer noch verschlossen, nur die Waffe fehlte. Arne meint, dass es einen zweiten Schlüssel gab, aber der ist ihm irgendwann abhandengekommen.«

Hartmann strich sich eine Strähne hinters Ohr. Das war natürlich schlecht, aber ... »Er war zur Tatzeit bei Ihnen. Er hat immer noch ein Alibi.«

»Wie viel ist die Aussage einer Frau wert, die mit dem Freund ihrer Schwester ein Verhältnis hat? Wer nimmt uns die Geschichte mit dem heimlich vorverlegten Flug ab?«

»Das lässt sich bei der Airline nachprüfen!«

Sie war jetzt wirklich ärgerlich. Sie hatte rote Wangen bekommen. »Herr Hartmann, ich bitte Sie! Wird man mich nicht fragen, ob ich in den zwei Tagen nicht die Wohnung, zum Beispiel zum Einkaufen, verlassen habe? Wird man mich nicht fragen, ob ich zwischendurch nicht auch mal geschlafen habe?«

»Sie werden die Fragen verneinen!«

»Das werde ich tun, aber man wird mir nicht glauben. Machen wir uns doch nichts vor!« Sie rückte den Stuhl energisch näher an den Schreibtisch.

In Hartmanns Nase kitzelte es. Das lag an ihrem Parfüm. Und an seiner Nase.

»Sehen Sie, ich weiß, dass Arne unschuldig ist! Aber für die Polizei wird er der erste Verdächtige sein. Erstens wegen seiner fehlenden Waffe, die aus dem verschlossenen Schreibtisch verschwunden ist. Zweitens klingt das heimliche Zufrüh-nach-Hause-Fliegen wie eine Vorbereitungshandlung. Die Kripobeamten werden mir nicht glauben, dass ich in diese Aktion eingeweiht war. Sie werden mir unterstellen, ich würde meinen Lebensgefährten jetzt um jeden Preis decken! Sie werden Arne verdächtigen!«

Hartmann nickte. Sie hatte recht.

»Gibt es irgendwelche Personen in Koblenz, die Sie beide …«

»Nein.«

»Wo ist Arne Hanssen jetzt?«

»Er ist in Begleitung seines Anwalts zur Polizei. Sein Anwalt hielt es für das Beste …« Ihre Stimme brach ab.

In ihre Augen hatte sich ein feuchter Schimmer gelegt, stellte Hartmann entsetzt fest. Das fehlte jetzt noch, dass die

Kleine hier anfing zu heulen! Nicht auch das noch! Vielleicht lag es daran, dass Grace Kelly in einem seiner Lieblingsfilme mitgespielt hatte. Vielleicht, weil Lena Sommer, so gar nicht wie ihre Schwester, auf ihre Art so hübsch und gleichzeitig so zerbrechlich wirkte. Irgendein Beschützerurtrieb. Irgendwas Dummes! Denn Hartmann antwortete: »Okay, ich werde versuchen, was ich ...«

Ihr Handy klingelte. Hektisch kramte sie es mit zittrigen Fingern aus ihrer Jackentasche hervor.

»Ja? Nein! Jetzt sofort? Ich komme ... Ich komme sofort!« Sie ließ das Handy sinken. »Das war meine Mutter. Die Polizei hat bei ihr angerufen. Sie haben über irgendwelche Unterlagen Arnes Waffe überprüft. Es war eindeutig Arnes Waffe, mit der meine Schwester erschossen wurde. Die Polizei hat Arne wegen Mordverdachts vorläufig festgenommen.« Sie schwankte und riss mit einer Hand den bis dahin immer noch randvollen Becher Kaffee vom Schreibtisch, der auf dem Fußboden zerplatzte.

Ein total sinnloser Tod, dachte Hartmann, sprang um den Tisch herum, bekam Lena Sommer gerade noch zu fassen und drückte sie vorsichtig zurück in den Stuhl.

* * *

Hartmann hatte einen Fehler gemacht. Das passierte ihm in letzter Zeit häufiger, stellte er beunruhigt fest. Angie war ein Junkie. Ja, meistens. Aber Angie hatte sich so was wie Selbstorganisation erhalten. Meistens. In lichten Momenten führte er sicher so was wie einen Terminkalender. Oder er hatte gar irgendwo eine Telefonliste.

Hätte Hartmann einen Parkplatz gebraucht, hätte er direkt vor der 18 einen bekommen, denn ein dunkelblauer Daimler fuhr gerade los und machte Platz für zwei andere Fahrzeuge. Hartmann sprang die Stufen hoch. Die Scheckkarte konnte er getrost im Portemonnaie stecken lassen ...

Für einen Junkie bekam Angie eine ganze Menge Besuch! Sein letzter Besucher hatte die Tür geöffnet und sich nicht die Mühe gemacht, sie hinter sich ins Schloss zu ziehen. Wozu auch? Jemand hatte in Klinkenhöhe ein großes Loch hineingetreten. In dem Verschlag sah es aus wie auf dem Burgplatz nach dem Rosenmontagszug. Nur ohne Konfetti. Seit Hartmanns letztem Besuch vor wenigen Stunden hatte jemand das Kabuff durchsucht. Gründlich durchsucht. Kein Gegenstand lag, hing oder stand an seinem Platz.

Hartmann warf einen Blick auf seine Uhr. Vor eineinhalb Stunden war er hier gewesen. Er kniff die Augen zusammen. Im Licht des Fensters tanzten Millionen kleiner Staubkörner.

Hartmann seufzte und pumpte einen tiefen Zug, nun, nennen wir es Luft, durch seine Nasenhaare. Eben noch hatte es hier in Angies Bude muffig, nach Mäusekot und ein bisschen nach Schimmelpilz gerochen. Nun hatte sich ein herbes, aufdringliches Männerparfüm dazugemischt.

Hartmann schob hier und da Müll beiseite, kletterte über die Reste eines Bettes in die Mitte des Raums und fand auf dem Tisch ein vergilbtes Adressbuch, aufgeschlagen bei Buchstabe H.

H wie Hartmann.

»Scheiße!«

Hartmann flog die Treppe runter, ließ die Straßenbahn vorbei, zu Fuß war er schneller. Eine Frau mit Zwillingskinderwagen fluchte hinter ihm her. Zwei halbstarke Ausländer mit jeweils einer Tube Gel im nach hinten gekämmten, schwarzen Haar stellten sich ihm zum Spaß in den Weg. Rudi Völler hatte ihm mal ein für einen Außenstürmer außergewöhnliches Durchsetzungsvermögen bescheinigt. Die beiden flogen klatschend in den Rinnstein. Als sie sich fluchend und wild gestikulierend aufgerappelt hatten, bog Hartmann schon nach rechts in die Graf-Adolf-Straße ein.

Tanzende Staubkörner ... Manchmal hast du echt eine verdammt lange Leitung, Hartmann, schimpfte er mit sich selbst.

Der dunkelblaue Daimler stand am Bahnhofsvorplatz direkt vor einer Videothek in zweiter Reihe. Der dicke Vitali mit Pflaster am Kopf saß auf dem Beifahrersitz und brüllte hektisch in ein Handy. Neben ihm hinterm Steuer klemmte Jorge, der Totmacher.

Hartmann hielt sich die rechte Hand vors Gesicht, schob sich hastig in den dunklen Hausflur, raste die Stufen hoch, riss seine Wohnungstür auf und stürmte durch den Flur ins Büro.

Ramona, in der einen Hand den Telefonhörer, stand am Schreibtisch. »Da war gerade ein Anruf für dicchh. Aus das Krankenhaus. Da ist ein Andschie. Du sollst zurückru...«

Hartmann jagte an ihr vorbei ans Fenster. Unten stand der Daimler. Die beiden stiegen gerade aus und steuerten zügig auf die Hausnummer 12 zu. Hartmann unterdrückte einen Anflug von Panik.

»Was hhast du denn?«

Er sprang an die Holzverkleidung, schob die Bretter auseinander und sich die Knarre hinten in den Gürtel. Er war sich sicher, dass er das Stück Metall noch sehr gut würde brauchen können. Hartmann zog die Tür zum Hausflur vorsichtig auf und lauschte ins dunkle Treppenhaus. Kleiderschrank und Totmacher hatten kein Licht gemacht, aber er hörte Schritte und Schnaufen zügig näherkommen. Runter ging nicht mehr, und nach oben saß er in der Falle! Er klatschte die Wohnungstür in den Rahmen und drehte den Schlüssel rum. Das Gleiche machte er mit der Flurtür. Dann zog er Ramona an der Hand quer durch die Wohnung bis ans Fenster und kippte den Riegel um.

»Da ist tief!«

»Genau.«

Hartmann beugte sich nach links und erreichte mit seiner ausgestreckten Hand die durchsichtige Plastikplane des Nachbarhauses. Er ruckelte ein kleines Stück Metallstange frei. Das Geländer gab leicht nach, war aber stabil. Hartmann stieg auf die Fensterbank und erhangelte mit den Füßen voran ein Stück Baugerüst. Mit einem kräftigen Ruck stieß er sich nach draußen an der Wand entlang und verlor das Gleichgewicht. Mit der linken Hand bekam er gerade noch ein Stück Plane zu packen. Er spannte seine Muskeln an. Die Plane hielt, und er zog sich auf die sichere Seite des Gerüsts.

Ramona hatte alles stumm beobachtet.

Hartmann winkte: »Jetzt du!«

»Nein!« Sie brabbelte was auf russisch.

Hartmann deutete hinter sie: »Vitali!«

Sie kletterte auf die Fensterbank. Hartmann streckte ihr die Hand entgegen.

»Du musst springen!«

»Nein!«

Im Hintergrund war zu hören, wie Vitalis Schuh das erste Mal von außen gegen Hartmanns Wohnungstür krachte. Hartmann hatte sich von dem, was beim letzten Fall übrig geblieben war, eine dicke, stabile Eisentür einbauen lassen und lobte sich inbrünstig, wenigstens einmal eine gute Idee gehabt zu haben. Die Tür würde sicher nicht nach den ersten beiden Fußtritten aus dem Rahmen fliegen.

»Du musst springen, verdammt!«

Die Tür flog beim dritten Fußtritt auf. Ramona packte Hartmanns ausgestreckte Hand und sprang. Hartmann zog sie hastig hinter die Plane. Dann zerrte er Ramona hinter sich eine Metallleiter runter. Oben in seinem Fenster tauchte Vitalis verpflastertes, rotes Gesicht auf. Er hielt was fieses Schwarzes aus Eisen in seiner Hand. In ihre Richtung!

»Heh! Was soll das?«, rief ein Bauarbeiter vom anderen Ende des Baugerüsts.

Vitali zögerte.

»Seid ihr bekloppt oder was?«

Auch einige Leute auf dem Bahnhofsvorplatz waren aufmerksam geworden, hielten sich die Hand über die Augen und verdrehten die Hälse. Vitali entschloss sich, nicht zu schießen und steckte die Spritze wieder weg. Hartmann und Ramona hatten den Bürgersteig erreicht.

»Komm!«

Er zog Ramona weiter hinter sich her. Über den Bahnhofsvorplatz. Dort stand der dunkelblaue Daimler. Dessen Türen waren unverschlossen. Sollte man hier am Bahnhof auch nicht tun! Hartmann drückte Ramona auf den Beifahrersitz und klemmte sich hinter das Steuer. Den Schlüssel hatten sie nicht stecken gelassen. Hartmann verschwand unterm Armaturenbrett.

Er gab sich zehn Sekunden und stellte nach dreien fest: »Wegfahrsperre, Scheiße!«

Ramona: »Der Fahrzeugschlüssel!« Sie zeigte unter die Sonnenblende.

Hartmann schrie auf. »Jaaa!«

Wegfahrsperre, wieder drei Sekunden. Ramona schrie und schlug ihm auf die Schulter. Hartmann brauchte gar nicht hinzugucken. Vitali und Jorge waren aufgetaucht und stürmten auf sie zu. Der Wagen heulte auf, Hartmann gab Gas und schoss an den beiden vorbei, nach links in die Bismarckstraße.

Ramona hatte sich vorsichtshalber in den Fußraum geduckt, rappelte sich nach ein paar Sekunden auf den Beifahrersitz, murmelte etwas Unverständliches und fragte: »Und jetzt?«

Hartmann warf einen Blick in den Rückspiegel. Keine Verfolger. Er schnallte sich an. »Jetzt bringe ich dich erst mal in Sicherheit!«

Sie schaute ihn verdutzt an und musste lachen. Sie fuhren nach rechts, in die Oststraße. Ramona lachte immer noch, und sie lachte noch, als sie den Staufenplatz passierten und den Pöhlenweg rechts liegen ließen. Sie lachte ihn aus.

* * *

Am Eingangstresen unter dem Werbeplakat für das Wellness-Hotel *Knittkuhl* saß eine junge Dame im gleichen Trainingsdress wie ihre Kollegin am Mittwoch. Sie schickte Hartmann in die erste Etage, nachdem sie ihn telefonisch angekündigt hatte.

Dort wartete eine Monika Gerber im bordeauxroten Kostüm mit vielsagendem Gesicht und hielt die Bürotür auf. »Guten Abend, Herr Brandt.«

»Ähm ...«

»Willi Brandt war richtig, oder?«

Hartmann grinste schief und war froh, wenigstens schon mal im Zimmer zu sein.

»Für welche Sportzeitung arbeiten Sie doch gleich?«

Aus der Nähe sah Monika Gerber noch mehr wie Esther Schweins aus als Esther Schweins selbst. Sie hatte allerdings zwei unangenehme Grübchen in ihren Mundwinkeln. »Vielleicht sollte ich, also, mein Name ist Christian Hartmann und ich bin Privatdetektiv.«

»Haben Sie so was wie einen Ausweis?«

»Äh, nein. So was gibt's nur im Krimi. Ich bin aber trotzdem einer.«

Die unangenehmen Grübchen in ihrem Gesicht wurden noch unangenehmer. Ihre Augen sagten: Aha, mein Freund, jetzt weiß ich, wo der Hase lang läuft.

Das gab ihr Mund noch nicht zu. »Und?«

»Renate Schröder hat mich beauftragt, Ermittlungen bezüglich eines grünen Opel Vectra einzuholen, aus dem man heraus, wie sie meint, ihren Mann, Hans Schröder, beobachtet.«

Sie verzog keine Miene und legte den Kopf leicht schief.

»Frau Schröder vermutet, dass ihr Mann, Hans Schröder, von ehemaligen Sicherheitskräften der DDR observiert wird. Männer, die sich für Arbeitsergebnisse ihres Mannes interessieren.«

Sie zog die Augenbrauen hoch.

»Ihr Mann hat seinerzeit an geheimen Projekten gearbeitet, ähm, an denen auch andere osteuropäische Sicherheitsdienste, nun ja, sehr interessiert sein könnten ...«

Ihre Augenbrauen rutschten noch eine Etage höher.

»Meint Renate Schröder.«

Sie blickte ihm direkt in die Augen. Wahrscheinlich hatte sie in ihrem Leben selten etwas Dämlicheres gehört!

Hartmann presste krampfhaft ein paarmal seine Lippen aufeinander, bevor er weitersprach. »Frau Schröder macht sich große Sorgen, äh, um ihren Mann. Also, um ihren Hansi ...«

Hartmann musste an die tote Miriam in ihrem Appartement denken. An die mit Kreppband gefesselte Ramona, an den dicken Vitali und Jorge, den Totmacher. An den geklauten Daimler unten vor dem Hotel, an seine Knarre hinten im Hosenbund. Und jetzt das hier! Hartmann konnte nicht mehr. Es hatte keinen Zweck. Ihm entglitten die Gesichtszüge, und er prustete plötzlich los! Es hatte einfach keinen Zweck. Ihm stiegen die Tränen in die Augen. Hartmann schüttelte sich aus. Die Geschichte war aber auch wirklich einfach zu dämlich!

Monika Gerber schüttelte den Kopf, schloss die Bürotür und grinste ebenfalls.

Hartmann fing sich wieder, hustete und schwieg.

Monika Gerber nickte: »Geheimdienste?«

»Osteuropäische, hat sie gesagt, ja.«

Hartmann wischte sich eine Träne vom Zinken. Sie schüttelte ihr rotes Haar.

»Unglaublich! Hans hat mir gesagt, dass seine Frau ein bisschen ...« Sie setzte sich hinter ihren aufgeräumten Schreibtisch.

»Nun gut, wir beide wissen, dass es nicht die Staatssicherheit war, die im grünen Vectra auf Hans Schröder gewartet hat. Was nun?«

Hartmann sammelte und räusperte sich. »Sie beide haben ein Verhältnis.«

Sie machte eine wegwerfende Handbewegung. »Wir hatten eines. Wir haben uns vor ein paar Tagen getrennt.«

Hartmann nickte. »Das war am Mittwochvormittag.«

»Dem Tag Ihres Willi-Brandt-Auftritts!«

»Die jungen Leute können mit solchen Namen meist nichts mehr anfangen, und sie klingen authentisch ...«, erklärte Hartmann.

»Nehmen Sie Platz!«

»Danke.«

»Was stellen Sie sich jetzt vor? Geld?«

Hartmann winkte ab.

»Es ist also richtig, dass Sie sich demnächst nicht mehr mit Hans Schröder treffen werden?«

»Ja, wir haben uns endgültig getrennt. Die Firma von Hans hatte vor einigen Wochen einen unserer Tagungsräume für einen mehrtägigen Workshop gebucht. Wir haben im Keller für unsere Gäste eine kleine Bar. Dort haben wir uns kennengelernt. Mein Tag war sehr stressig gewesen. Ich hatte ein bisschen getrunken, ich bin alleinstehend. Hans Schröder kann sehr charmant sein, und so ergab das eine das andere.«

Hartmann wiegelte ab. »Ich bin der Allerletzte, der irgendetwas bewerten möchte. Es ist nur so, dass Renate Schröder meine Klientin ist. Aber wenn Sie sagen, dass Sie sich getrennt haben ...«

»Um es auf den Punkt zu bringen. Hans war an diesem Abend genau der Richtige. Er ist außergewöhnlich ausdauernd.«

Hartmann schluckte. Er war nicht wirklich an Details interessiert. Außerdem war es sehr heiß hier im Büro, und sie sah verdammt gut aus. Seine letzten Tage waren auch sehr stressig gewesen und ja, sie wäre eigentlich auch genau die Richtige ...

Hartmann, reiß dich zusammen!

»Aber er ist leider nur wenig fantasievoll. Auf Dauer, ich spreche da natürlich nur für mich, für eine lustvolle Beziehung ungeeignet. Seine Frau mag das natürlich ganz anders sehen. Entschuldigen Sie, wenn ich das so offen sage. Also, ich kann Ihnen versprechen ...« Sie machte eine ausholende Geste. »Es besteht keine Rückfallgefahr!«

Hartmann wischte sich eine Schweißperle von der Stirn. »Das ist gut. Ich werde meiner Mandantin berichten können, äh, dass die Gefahr durch osteuropäische Geheimdienste in grünen Opel Vectras gebannt ist. Das ist gut ...« Hartmann stockte.

»Aber?«

Sie lauerte schon wieder und nickte: »Sie fragen sich jetzt, wo Ihr Geschäft bleibt?«

Hartmann überschlug kurz seine Probleme und war absolut der Meinung, dass er weniger ein Geschäft im Sinn hatte, als vielmehr eine Chance suchte, heil aus diesem ganzen Schlamassel rauszukommen. Ein paar Sachen wuchsen ihm ganz eindeutig über den Kopf. Bei dem Gedanken an den dunkelblauen Daimler, in dem Ramona unten vor dem Hotel wartete, stürzte ihm ein weiterer, kleiner Wasserfall die Wirbelsäule runter. Nein, es war aber sicher sehr hilfreich, wenn er erst mal Ramona aus den Füßen bekommen würde.

»Geschäft kann man das eigentlich nicht nennen.« Er beugte sich nach vorne. »Meine Mandantin wird sehr zufrieden sein. Sie muss die ganze Sache ja nicht im Detail erfahren.«

»Dafür wäre ich Ihnen zum Beispiel sehr dankbar. Es wäre mir mehr als unangenehm, wenn die Dame eines Tages hier auftauchen und eine Szene machen würde. Von meinen Angestellten verlange ich im Umgang mit unseren Gästen ein sehr professionelles Verhalten. Meines in der vorliegenden Sache dient da eindeutig nicht als besonders positives Beispiel.«

»Keine Sorge. Ich bin da sehr fantasievoll ...«

Reiß dich zusammen, Hartmann!

»Ich werde Renate Schröder die ganze Geschichte schon passend präsentieren. Das wäre dann schon mal das. Jetzt ich. Ich möchte Ihnen eine junge Dame vorstellen. Die kommt aus Weißrussland. Sie ist eine gelernte Masseurin.« Hartmann bremste sich. »Zumindest beherrscht sie die Grundbegriffe, soweit ich das beurteilen kann. Ich habe das Plakat in der Eingangshalle gesehen. Sie suchen dort eine Masseurin. Die Dame möchte sich gerne auf diese Stelle bewerben.«

Monika Gerber zog schon wieder ihre rotbraunen Augenbrauen hoch. Und die Mundwinkel ebenfalls, wie Hartmann erleichtert feststellte. Deshalb ergriff er hastig die Gelegenheit und fügte hinzu: »Da stand auch was von sofort, von Unterkunft und Verpflegung.«

Sie schob sich mit ihrem Schreibtischsessel vom Tisch weg, grinste ihm direkt ins Gesicht und legte ein Bein über das andere. »Sie sind aber schnell.«

»Nicht immer. Man müsste ihr in der Anfangszeit vielleicht ein bisschen zur Hand gehen, denke ich. Sie ist sehr hübsch. Wenn das eine Rolle spielt ...«

»Das spielt immer eine Rolle.« Sie brachte beide Beine vorsichtig wieder in die Horizontale und beugte sich über den Tisch.

»Inwieweit weiß die hübsche, junge Dame aus Weißrussland von diesem Arrangement und insbesondere wie es zustande kommen würde?«

»Sie ahnt von nichts!«

»Wann könnte die Dame sich vorstellen?«

»Sie sitzt unten im Auto. Soll ich sie mal holen?«

* * *

Das Augustakrankenhaus war das Krankenhaus in Oberrath. Viel weiter weg ging es eigentlich nicht. Hartmann hatte nicht vor, ewig mit dem geliehenen Daimler durch Düsseldorf zu fahren, auch wenn er sich ganz prima fahren ließ. Aber die Reise bis ans Ende der Welt, bis fast nach Ratingen, wollte er mit dem Dunkelblauen noch schnell durchziehen. Er duckte den Kopf, als er auf der Lenaustraße an der neuen Polizeiwache vorbeikam und drei Silber-grüne mit Blaulicht und Martinshorn über die Kreuzung flogen. Vielleicht hatte Vitali den Blauen ja schon als gestohlen gemeldet, und der Wagen war zur Fahndung ausgeschrieben.

Schließlich schob er, ohne angehalten worden zu sein, den Wagen vor dem Krankenhaus in eine Parklücke und fragte sich bei einem Pförtner durch, der gelangweilt hinter einer

Glasscheibe über einem Kreuzworträtsel in der *Praline* vor sich hindämmerte. Der schickte ihn nicht in die Gerichtsmedizin, sondern in die Chirurgische. Schon mal ein gutes Zeichen, dachte Hartmann, das sich allerdings relativierte, als er Angie in seinem Krankenzimmer unter einem Berg von Verbänden und Mullbinden fand.

»Hartmann!«

»Grüß dich!« Angie zog eine Grimasse. Gleich noch eine, weil die Schmerzen vom Grinsen stärker wurden. »Du bist schuld!«

»Aber sicher, Angie, sicher!«

Angie schloss die Augen.

Hartmann zog einen kleinen Hocker ran und setzte sich. »Ziemlich viel Verband.«

»Die übertreiben! Morgen bin ich wieder draußen.«

»Der Russe?«

»Ja.«

Hartmann nickte. »War so ein Dicker dabei? Mit Pflaster?«

»Ja. Der war besonders nett! Ein Freund von dir?«

»Er leiht mir ab und zu sein Auto.«

Angie runzelte die Stirn und brachte so seinen Kopfverband in Unordnung. »Die haben irgendwie mitgekriegt, dass ich mich für die kleine Blonde interessiert hatte. Als die plötzlich weg ist, haben die mir ein paar Fragen gestellt. Die ersten Antworten haben denen nicht wirklich gefallen. Dann hat der Dicke mit dem Pflaster die Fragen gestellt.«

Der hatte offensichtlich eine eigene Art, Fragen zu stellen.

»Sie wissen jetzt, dass du hinter der Sache steckst. Sie sind sauer auf dich! Ich bin's auch! Ich hab dir gleich gesagt, du sollst die Finger von der Sache lassen! Mit dem Russen ist nicht zu spaßen!« Zwischen den Mullbinden hindurch funkelten Angies Augen. »Du bist als Nächster fällig, Hartmann!«

»Hab ich schon mitgekriegt. Sie sind hinter mir her. Irgendwann werden sie mich kriegen!«

»Immerhin ein kleiner Trost!«

»Schön, dass du das so siehst, Kumpel.«

Angie seufzte. Hartmann überlegte kurz, ob er seinem Kumpel von den Umräumarbeiten in seinem Verschlag unterm Dach erzählen sollte. Aber warum ihn unnötig aufregen, und er sagte stattdessen: »Du wolltest doch sowieso mal wieder einen Entzug versuchen.«

»Genau«, zischte Angie und wurde im Verband ein wenig rot.

»Ist eigentlich was gebrochen?«, fragte Hartmann hastig.

Angie schüttelte den Kopf und verzog das Gesicht. »Nichts. Die haben mich geröntgt. Nur Prellungen und was Aufgeplatztes im Gehirn. Sie machen sich Sorgen wegen meiner Einstiche im Arm. Ich hab denen gesagt, ich bin Diabetiker. Ich nehme an, sie glauben mir nicht.«

Hartmann stand auf: »Tja ...«

»Pass ein bisschen auf dich auf! Die sind wirklich sauer. Dein Auftritt war nicht besonders gut fürs Image vom Russen. Das halbe Milieu lacht sich über den kaputt.«

»Mach ich.«

»Danke für den Besuch. Kommen sonst nicht viele.«

»Ich kann dir Regenrinnen-Rita vorbeischicken«, grinste Hartmann.

»Ich warne dich!«

* * *

Hartmann schob sich an einer dicken Putzfrau mit Kopftuch vorbei, die sich von einer riesigen Bohnermaschine durch den Krankenhausflur ziehen ließ. Neben dem Raucherraum zur

Station hing ein alter, öffentlicher Fernsprecher an der Wand. Hartmann stopfte eine Karte in den Schlitz, erfragte die Telefonnummer des Neusser Sportzentrums, und die 11833 gab Auskunft.

Es war nicht Gina, stellte Hartmann dann enttäuscht fest, die sich am anderen Ende der Leitung an der Rezeption meldete.

»Andreas Krombach? Der ist heute den ganzen Tag nicht hier gewesen. Doch, hatte der Termine, aber die sind ausgefallen. Nein, abgesagt hat er nicht. Er ist einfach nicht gekommen. Hallo?«

* * *

Viel besser als Konrad-Adenauer-Platz war Schwätzbacke Krombachs Adresse auch nicht. Immerhin fand man auf der Habichtstraße in Rath immer einen freien Parkplatz. Manchmal allerdings später sein Auto nicht wieder. Vitalis dunkelblauer Daimler passte in dieses Viertel wie ein Pinguin in eine Saunalandschaft. Hartmann klemmte den Wagen zwischen einen roten Opel Kadett, Baujahr 1920, mit frischen Unfallschäden vorne rechts, und einen tiefergelegten 3er BMW ohne Kennzeichen in eine Parklücke am Straßenrand.

Er öffnete das Handschuhfach und schob sich seine Knarre hinten in den Gürtel. Nicht, dass er glaubte, sie gebrauchen zu müssen, aber die Wahrscheinlichkeit, dass der Daimler in den nächsten zehn Minuten nicht aufgebrochen würde, war in etwa so hoch wie die Wahrscheinlichkeit, dass die Rolling Stones noch mal eine richtig gute Platte veröffentlichen würden.

Hartmann drückte sich durch die Klingelanlage. Die dritte Klingel oben rechts drückte den Türöffner, Hartmann brüllte: »Danke! Post!«

Eine Tür oben rechts fiel krachend wieder ins Schloss. Hartmann ließ die aufgebrochenen Briefkästen an der rechten Seite links liegen und kletterte die Stufen bis unters Dach. Dort traf er auf eine ausnahmsweise mal unversehrte Tür. Und sie war nicht nur das. Die Polizei hatte die Tür mit mehreren silbernen Klebestreifen versiegelt.

Hartmann drückte seine Nase auf den Streifen mit Landeswappen. Könnte die Unterschrift von Dircks sein. Oder die von Schnippenfittich. Oder sonst eine. Hartmanns Jeanshemd wurde am Hals ein bisschen eng, denn irgendjemand hatte im Flur plötzlich die Heizung aufgedreht. Er klingelte beim Nachbarn gegenüber.

Nach ein paar Tagen drückte ein schwarzhaariger Südländer im weißen Feinripp, blauer Turnhose, mit breiter Goldkette um den Hals und einem Tattoo auf dem sportstudiogestählten Oberarm die Tür auf. Er war einen knappen Kopf kleiner als Hartmann, baute sich breitbeinig vor ihm auf und hatte einen dicken Schraubendreher in der Hand. »Was is, Mann?«

»Ich wollte meinen Kumpel, den Andy, besuchen. Jetzt seh ich, dass die Tür versiegelt ist.«

Der Typ grinste. »Kommst du ein bisschen spät, Mann. Hat jemand voll hammerhart ein paar kleine Löcher in deinen Kumpel gemacht. Mit einer Pistole, Mann. Krass, oder?«

* * *

Hartmann parkte den Wagen vorschriftsmäßig auf der Stresemannstraße. Er wollte nicht, dass Jorge, der Totmacher, eine Knolle unter dem Wischer finden würde. Die Grupellostraße war ganz in der Nähe. Vielleicht würde Jorge dies als ein Zeichen seines guten Willens anerkennen. Wahrscheinlich würde er ihn aber bei der nächsten Gelegenheit töten.

Hartmann ging den Rest bis zum Bahnhof zu Fuß. Böiger Wind war aufgekommen. Der liebe Gott hatte ein paar Millionen Hummelwürmchen auf die Reise geschickt, um allen zu sagen, dass es schon bald ein heftiges Gewitter geben würde.

Hartmann fühlte sich platt wie eine Fertigpizza. Sein Kopf war leer. Das Einzige, was an seinen Hirnlappen klebte, war ein Dutzend hingepappte Fragen. Er kam sich vor wie der fünfte Schütze beim Elfmeterschießen. Es steht 4:5. Versenkst du das Leder, bringt es dich und die Mannschaft nicht weiter. Triffst du nicht, bist du für immer der Hoeneß!

Hartmann hasste Elfmeterschießen.

Erste, grelle Blitze zuckten vom Rhein her durch den Julihimmel. Es roch nach Regen. Gleich würde es Bindfäden regnen.

Hartmann stieg die drei Stufen hoch zum Hotel *Bismarck* auf der, na wo wohl, Bismarckstraße. Er grüßte den Nachtportier, der den letzten Original Lucky-Luke-Comic von Morris studierte.

»'n Abend, Charly.«

»Hallo, Hartmann, alter Treter.«

»Ich nehm mal den Hintereingang, okay?«

»Die Frage, Hartmann, die Frage!«

»In welchem Band streiten sich zwei Familien. Die Familienangehörigen der einen haben große Ohren und heißen O'Hara. Wie heißen die anderen mit den großen Nasen?«

»Das sind die O'Timms. Trouble in Painfull Gulch. Du kennst den Weg!«

»Danke, Charly!«

Aber Charly ritt schon wieder durch den Wilden Westen, begleitet von Rantanplan und auf dem Rücken von Jolly Jumper, wie immer hinter den Daltons her und einsam der Sonne entgegen. Hartmann hatte bei Charly den Hintereingang für

Notfälle klargemacht. Er schob am Ende des Flurs den Riegel des Notausgangs zurück und schlich, ohne Licht zu machen, in den Hinterhof. Oben würde Charly jetzt ein kleines, rotes Lämpchen wegdrücken. Über eine Mauer kletterte er in den unbeleuchteten Hinterhof zum Konrad-Adenauer-Platz 12. Einige Mülltonnen waren schon schlafen gegangen. Sonst war dort niemand. Die Holztür zum Keller ließ sich problemlos aufruckeln. Auf diesem Weg hatte der Junkie mit den Fliegen aus der ersten Etage seine komplette Logistik abgewickelt, bis, nun ja ...

Er schnüffelte und lauschte ins Treppenhaus. Kein herbes Rasierwasser lag in der Luft. Aber Musik. Hartmann stutzte. *Love is where the hatred is.* Ein alter Scott-Heron-Song in einer atemberaubenden Version von Esther Phillips. Das musste bei dem Taxifahrer mit regelmäßigem Frauenbesuch aus Ghana sein. Den musste er unbedingt mal kennenlernen!

Hartmann schlich die Stufen hoch. Er begutachtete seine Wohnungstür. Sie sah fast unversehrt aus. Eine kleine Delle mit Fußabdruck. Aber das Schloss hatte gehalten. Da hatte der Typ von der kriminaltechnischen Beratungsstelle auf der Luisenstraße nicht zu viel versprochen. Das Schloss hatte gehalten!

Allerdings hatte der dicke Vitali die Tür samt Rahmen aus der Mauer getreten. Immerhin: Vitali schien ein ordentlicher Mensch zu sein, denn er hatte die Eisentür beim Verlassen der Wohnung wieder ins Loch zurückgedrückt.

Hartmann erschnüffelte auch in der Wohnung nur muffige Luft. Da er nichts hörte, riskierte er es, ins dunkle Wohnungsinnere hineinzutreten. Es warteten keine Totmacher und Schränke auf ihn. Er kam lebend bis ins Badezimmer und zu dem Schluss, dass er in seinen vier Wänden alleine war. Erleichtert stellte er fest, dass seine Einrichtung unbeschädigt geblieben war. Allerdings musste das nichts heißen: Den Spaß hatten sich die beiden sicherlich nur für später aufgehoben.

Hartmann machte kein Licht, denn er wollte weiterleben und nur noch schlafen.

Seine Telefonanlage blinkte. Zweimal hatte der Anrufer wortlos aufgelegt, einmal meldete sich Lena Sommer: »Andreas Krombach, der Tennislehrer meiner Schwester, ist vergangene Nacht in seiner Wohnung erschossen aufgefunden worden. Es soll wieder eine Walther PPK gewesen sein. Die Polizei glaubt, dass Krombach ein Verhältnis mit meiner Schwester gehabt und Arne beide aus Eifersucht erschossen hat. Wenn ich helfen kann, hier ist meine Handynummer ...«

Sie gab die Nummer durch, Hartmann schrieb mit und fuhr sich mit den Fingern durchs nasse Haar. Sie waren wirklich schon recht lang. Er schüttelte den Kopf und streifte die Schuhe von den Füßen. Seine Wumme schob er unters Kopfkissen und sich selbst ins Bett. Wenn er diese Nacht überlebte, dann ... dann ... ja, dann würde es kein Elfmeterschießen geben. Auch keine Verlängerung. Dann gab es das entscheidende Tor in der letzten Spielminute!

Während draußen ein Gewitter ohnegleichen über Düsseldorf hereinbrach, Blitze die Nacht taghell werden ließen und sich kübelweise Wasser über die ausgetrocknete Stadt ergoss, fragte sich Hartmann, ob Krombach die Festplatte gelöscht hatte und ob die Bullen sich überhaupt für Krombachs Laptop interessiert hatten. Er seufzte. Krombach war ein Vollidiot! Er hatte die Festplatte sicher nicht gelöscht. Und natürlich hatten Dircks und Grannert das Laptop entdeckt, sichergestellt und waren dabei, es auszuwerten. Es war eine Frage der Zeit, bis die beiden ihm das Laptop zuordnen würden!

Hartmann ruckelte das Kissen in den Nacken, wartete den nächsten Donner ab und drehte sich auf die Seite. Er fragte sich, ob das Tor in der letzten Spielminute vielleicht nicht auch das alles entscheidende Gegentor sein könnte.

Dann schlief er sofort ein. Er träumte nicht.

5. Kapitel

Grommes schaute nach oben zum Himmel und verzog das Gesicht. Da oben braute sich mächtig was zusammen. Dabei hatte er es sich auf seiner Parkbank am Vinzenzplatz so richtig schön gemütlich gemacht. Eine halbe Flasche Wein hatte er noch, und aus dem *Wellenreiter* plätscherte Musik zu ihm rüber. Er kratzte sich ein Hummelwürmchen vom Handrücken.

»Hat kein Zweck nicht!«

Ächzend erhob er sich und packte seinen Hausstand zusammen. Rucksack, Rotkreuzsack, Decke und eine Flasche Wein. Gleich würde es aus Eimern schütten, er musste in die Souterrainwohnung umziehen.

Zwei Taxis bretterten vor ihm über die Ackerstraße, dann überquerte er die Fahrbahn. Hier ging es runter zu den S-Bahn-Gleisen. Er ließ ein paar Blumen unbeachtet links liegen, die an den Bombenanschlag von vor drei Jahren erinnerten, und beugte sich über das Geländer. Unten war niemand. Schon mal verirrten sich Junkies unter die Eisentreppe, dann suchte Grommes sich eine andere Ruhestätte.

Karl-Heinz Grommes entscheidet immer noch selbst, mit wem er die Nacht verbringt!

Unten angekommen schob er ein paar Spraydosen zur Seite und rollte seinen Schlafsack aus. Bei Gewitter kühlte es mächtig ab, und außerdem schützte der Sack ein bisschen vor Ratten.

Oben krachte es erstmals bedenklich nahe, Blitze schossen zu Boden.

»Gleich gehdet loss!«

Er ruckelte das Kopfteil zurecht, schraubte den guten Roten auf und ließ nur noch einen Rest über für den Fall, dass er nachts aufwachen würde. Aber Grommes hatte normalerweise einen guten Schlaf. Er rümpfte die Nase. Irgendwas roch hier komisch. Fast so wie Herrmann Hirschbachs verfaultes Bein, bevor die ihm das Ding abgenommen hatten. Mann, das war auch schon wieder ein paar Jahre her. Wie die Zeit vergeht. Roch aber wirklich fies hier, Mann.

»Hat kein Zweck nich«, murmelte Grommes und machte sich auf die Suche. Die Quelle des Gestanks war schnell ausgemacht. Ein Stück weiter unten lag eine gammelige, ausgebeulte Alditasche im Dreck.

Drinnen summten Fliegen. Was für ein Gestank. Und Grommes war einiges gewöhnt! Nicht nur wegen Herrmanns Bein …

»Da muss Fisch drin sein! Hat kein Zweck nich!«

Er erfingerte sich einen abgebrochenen Ast, um die Tüte ganz nach unten auf die Gleise zu schieben. Sollte das doch da unten vor sich hinstinken, aber nich bei ihm hier inne Wohnung drin!

Mann, war die Tüte schwer. Jetzt sprang die auch noch auf!

»Boh. Dat müssen ja fünf Kilo Fleisch sein. Minnestens, minnestens fünf.«

Er gab dem Klumpen Fleisch, der partout nicht runter auf die Gleise rollen wollte, mit dem Ast noch einen Schubser.

Dann brach das Gewitter richtig los. Ein Knall, und dann wurde es taghell. Mann, der Blitz musste gleich um die Ecke eingeschlagen sein. Und noch mal zuckte es wild am Himmel, lang und hell.

Lang und hell genug für Grommes, sich das Stück Fleisch genauer anzugucken. Er hatte schon einiges gesehen, nicht nur Herrmanns Bein, aber es gefror ihm doch in den Adern, als er erkannte, um was für eine Art Fleisch es sich da handelte.

Er warf den Ast erschrocken zur Seite, kippte sich den Rest Rotwein ohne zu schlucken in den Rachen, ließ den Rucksack Rucksack sein und kroch vorsichtig rückwärts die Böschung hoch.

Der Taxifahrer vorm *Wellenreiter* wollte ihm erst nicht glauben. Dann warf ein weiterer Blitz Licht in das vom Entsetzen entstellte Gesicht des Stadtstreichers vor ihm, und er griff hastig zum Funkgerät.

6. Kapitel

Wenn schon vorzeitig in die kalte Zinkwanne von Frankenheim, dann mit guten Laktatwerten. Hartmann joggte sich den ganzen Mist der letzten Tage von der Seele und blies sich den Schädel frei. Er hechelte durch die Stresemannstraße, wenn schon, denn schon. Vitali hatte seinen Daimler gefunden und weggesetzt. Die Luft war klar und sauber. Das Gewitter hatte die ganze Hitze, der Regen den größten Teil des Drecks rausgespült. Um den Rest Dreck musste Hartmann sich eben alleine kümmern.

»Gut unterwegs, Hartmann!«

Hartmann hob die Hand und grüßte den Zeitungsmenschen vom Kiosk. Den Taxifahrern auf der Bismarckstraße gelang es wieder nicht, ihn umzubringen, Hausnummer 18, 16, 14, 12.

Hartmann ertastete die Neun-Millimeter in der Gürteltasche und konnte keinen dunkelblauen Daimler oder sonst einen Möbelwagen ausmachen. Sie warteten auch nicht im Flur. Dort wartete Heidi Grütesaaper, diesmal aber bei voller Beleuchtung, was ihr unter Umständen das Leben rettete.

»Morgen!«

»Morgen, Herr Hartmann, ob Sie wohl wieder ein paar kleine Minuten Zeit für mich haben?«

Hartmann wühlte in den Innereien, aber diesmal konnte er nicht finden, was Heidis Computer zum Absturz gebracht hatte. Das Teil funktionierte einwandfrei. Er konnte allerdings so einiges nicht finden. Zum Beispiel die Internet Files, die ihm üblicherweise heimlich zuflüsterten, in welchen Seniorenchats sich Heidi rumgetrieben hatte. Er nippte nachdenklich an der leckeren Tasse Kaffee. Heute war es die mit dem großen Flatschen. Die dunkelrote Herrenstrickjacke war vom Haken verschwunden.

»Alles klar hier. Ich kann keinen Fehler finden.«

»Aber es tat sich nichts mehr«, beharrte Heidi.

»Vielleicht hat er sich einfach ganz normal aufgehängt.«

»Glaube ich nicht. Das Kabel steckte fest in der Steckdose, das habe ich überprüft. Und hinten am Gerät habe ich auch geruckelt, da war auch alles ganz fest.«

Hartmann nahm noch einen Schluck. Er schaute hoch und erwischte Heidi, wie sie ihn mit zusammengekniffenen Augen anstarrte und sofort weggguckte, als Hartmann ihren Blick auffing. Er nippte am Kaffee.

»Lecker! Wirklich lecker, der Kaffee. Ich hoffe, der Computer stürzt mindestens zweimal die Woche ab.«

Heidi drückte ein Lächeln in ihre Wangen und blinzelte fröhlich. »Und sogar die Kekse haben Sie aufgegessen.«

»Die gehören doch dazu, hat man mir erzählt!«

»Sie Schlawiner!«

Hartmann schob den Stuhl zurück. »Ja, ich muss dann wieder. Die Haare ein bisschen nass machen.«

»Herr Hartmann ...« Heidi legte ihre Hand auf Hartmanns Arm.

»Wenn ich ein Problem hätte, ich meine nicht, wenn sich der Computer mal wieder erhängt hat, sondern, sagen wir mal, was wirklich Ernstes, könnte ich mich dann an Sie wenden? Ganz vertraulich?«

»Aber natürlich ...«

Der Druck ihrer Hand wurde stärker. Erstaunlich stärker. Hinter ihrer Brille blinzelte es heftig. »Ich meine ein wirklich, wirklich ernstes Problem, bei dem mir die Polizei nicht helfen könnte und ich Ihre Hilfe als Privatdetektiv brauchen würde?«

Hartmann drehte sich zu ihr und bekam einen Mordsschrecken, als er in Heidis wässrige, blaue Augen schaute. Ihr Blick war hart wie ein Kopfball von Koller. Irgendwas jagte ihm eine Gänsehaut den Rücken rauf. Unangenehm. Hartmann wich dem Blick aus. »Sagen Sie mir einfach rechtzeitig Bescheid!«

»Danke.« Sie legte die Hand auf den Türrahmen und nickte dankbar.

Hartmann presste seine Lippen fest aufeinander und wollte noch zwei Fragen stellen. »Ich habe da auch noch was. Ganz allgemein mal so gefragt. Kriegen Sie eigentlich eine Menge mit von dem, was hier im Haus abgeht?«

Heidi grinste schelmisch. »Also, das mit der kleinen Blonden vergangene Nacht habe ich mitbekommen, und ich heiße das ausdrücklich gut, dass Sie auch mal eine Frau mit zu sich in die Wohnung nehmen, die dann über Nacht bleibt. Sie sind doch kein Mönch und andersrum doch auch nicht! Wäre aber auch nicht schlimm! Ich weiß, was in diesem Kosmetikstudio vor sich geht. Die machen ganz gut Umsatz, wie ich das mitkriege. Der junge Mann aus Ghana in der vierten Etage studiert Medizin an der Uni und fährt nachts Taxi, deshalb sieht man den so selten. Der bringt allerdings wesentlich mehr Frauen mit nach Hause als Sie. Und der An- und Verkaufladen im Erdgeschoss macht im September wieder auf. Da hab ich mit dem Herrn Lukas von der Polizei schon drüber gesprochen, weil der Laden ziemlich viel lichtscheues Gesindel anziehen wird. Was meinen Sie, kriege ich hier im Haus genug mit?«

Hartmann lachte. »Ich wollte nur wissen, ob es Sinn macht, in einer anderen Sache eine ältere Dame aufzusuchen und zu befragen. Es kann sein, dass sie vielleicht was gehört oder beobachtet hat.«

»Natürlich macht das Sinn!« Sie schüttelte die schwarz getönte Dauerwelle. »Es ist ein großer Fehler der Jugend, die Alten zu unterschätzen.«

Hartmann winkte, drehte sich um und ging nachdenklich die Stufen runter. Die zweite Frage hatte er sich verkniffen. Und eines würde ihm im Traum nicht einfallen, dachte Hartmann, als er nachdenklich seine Wohnungstür aufschloss. Nämlich seine Nachbarin zu unterschätzen. Ganz bestimmt nicht.

* * *

Das Joggen hatte gutgetan. Hartmann brauchte ein paar Informationen zur Sommerclique, zu Arnes *HG Software* und zur *Sommer Metall AG*. Schotter fiel ihm ein. Der weiß so was. Schotter gehörte zu Hartmanns alter Clique. Das heißt tagsüber. Abends, wenn Hartmann mit den Jungs durch die Ratinger Straße oder über die Bolkerstraße gezogen war, hatte Schotter, oder Gero von Aprath, in Büchern und Zeitschriften über die Börse gehangen. Wallstreet und so was. Kostolany war für Schotter in etwa das, was Otis Redding für Hartmann war. Investierte Hartmann in den *Playboy*, tat Schotter das in die *Financial Times*. Als Hartmann seinen ersten Profivertrag abschloss, machte Schotter gerade die erste Börsenrallye mit. Seine Knieverletzung traf Hartmann im gleichen Jahr, als Schotters Technologieblase am Neuen Markt explodierte.

Schotter hatte seinen Crash augenscheinlich ein bisschen besser überstanden, denn sein alter Kumpel hatte zumindest eine wohlklingende, junge Sekretärin im Vorzimmer am Telefon. Hartmann hatte kein Vorzimmer und nur eine vertrocknete Yucca. Und selbst die hatte Ramona entsorgt. Er hatte also genaugenommen nur einen Topf.

»Hartmann, du alter Schnüffler!«
»Schotter, du Anlagebetrüger, ich brauche deine Hilfe.«
»Würdest du sonst anrufen? Meine Hilfe kannst du haben, aber Aktientipps vergebe ich keine. An alte Kumpel schon gar nicht!«
Hartmann grinste den Hörer an. »Ich habe kein Geld für Aktien. Nee, ich brauche ein paar Informationen. Kannst du dich für mich ein bisschen schlaumachen?«
»Schieß los!«
Und Hartmann warf die drei Namen in die Muschel.
»Klingt doch wie ein Aktiencheck.«
»Würde ich dich jemals über den Tisch ziehen?«
»Natürlich, wenn du könntest! Wann brauchst du die Infos?«
»Sofort.«
»Okay, dann heute Mittag. Auf der Grünstraße gibt es ein neues Bistro, irgendwas mit 'nem Klavier.«
»Davon hab ich gehört. Da sind nur Spinner und Idioten!«
»Dann passen wir da doch prima hin. Ab halb eins habe ich Mittagspause.«
»Okay. Ich ziehe ein Polohemd an, leg den Rolex-Blender an und schmiere mir frisches Gel ins Haar!« Hartmann parkte den Hörer in der Gabel.

* * *

Hartmann legte die Eingangstür mit Känguru vor Ayers Rock hinter sich zurück in den Rahmen. Er betrat das *Australian Travel Bureau*, und eine Klimaanlage drückte ihm den Schweiß zurück in die Poren. Sie war alleine im Laden, saß hinter einem Flachbildschirm auf der linken Seite des kleinen Reisebüros und blickte hoch. »Hallo!«

Hartmann stellte zufrieden ein erfreutes Gesicht fest.
»Hallo, Gina!« Er zog einen Stuhl heran. Sie beugte sich nach vorne. Hartmanns sensibler Zinken erschnüffelte ein angenehmes, frisches Parfüm.

»Du möchtest einen Flug buchen? Australien? Neuseeland? Etwa für zwei Personen?«

»Eine Stunde Tennis wollte ich spielen, bin ich hier falsch?«

Sie lachte. »Och, nee.«

Beide schoben sich gleichzeitig eine Strähne hinters Ohr.

»Du bist hier schon ganz richtig. Aber du möchtest doch sicher was Bestimmtes, oder?« Dann schob sich ein Schatten über ihr Gesicht. Ihr war ganz plötzlich etwas eingefallen. »Verdammt, hast du vom Krombach gehört?«

Die Klimaanlage schaltete siebzehn Grad runter.

Gina lehnte sich zurück. »Andreas Krombach ist tot.«

»Ja.«

»Hast du mit seinem Tod irgendwas zu tun?«

Hartmann schob einen Koalabär auf dem Tresen zur Seite und rutschte auf seinem Stuhl nach vorne. Er wollte seine Hand auf ihren Arm legen, aber sie zog ihn zurück.

»Ich meine, du tauchst auf einmal im Sportcenter auf, erkundigst dich nach Andreas Krombach, und zwei Tage später wird er erschossen aufgefunden. Hast du was mit seinem Tod zu tun?«

Hartmanns graue Zellen ratterten. Er wollte, bevor er irgendwas in der Sache unternahm, ein paar Informationen abchecken. Das hatte was mit Elfmeterschießen zu tun. Er brauchte sicheren Boden unter den Füßen. Dringend. Er entschied sich in zweieinhalb langen Sekunden, ihr die Wahrheit zu erzählen. Natürlich nicht die ganze! Aber zumindest einen kleinen Teil davon.

»Okay. Erst mal, nein, ich habe Krombach nicht umgebracht. Ich konnte ihn, zugegeben, nicht besonders gut leiden, aber, nein, ich habe ihn nicht umgebracht.«

»Das war nicht meine Frage!«, blieb Gina hartnäckig.

Hartmann nickte. »Ich bin Privatdetektiv.«

Sie schob ihre dunklen Augenbrauen zusammen. »Privatdetektiv?«

»Christian Hartmann, Ermittlungen aller Art. Ich habe ein Büro am Konrad-Adenauer-Platz. Ich ermittle in einem Mordfall. Und im Zuge dieser Ermittlungen musste ich Krombach, den ich tatsächlich von früher her kenne, befragen.«

»In einem Mordfall? Ich dachte, das gibt es nur im Kino!«

»Nee, auch in echt. Erst war es eine Vermisstensache, aber dann hat jemand die Person, die ich suchen sollte, umgebracht.«

Sie schaute ihn immer noch ungläubig an.

Hartmann fuhr fort: »Krombach war der Tennislehrer der Person, die ich suchen sollte. Es besteht der Verdacht, dass die beiden ein Verhältnis miteinander hatten und dass die Person, die ich suchen sollte, sich wieder mit Krombach getroffen hatte und dass sie bei ihm wohnt oder sonst wie untergekommen ist.«

»Miriam Sommer!«, unterbrach sie seine Ausführungen.

Hartmann nickte. »Es ging um Miriam Sommer.«

Hartmann entdeckte ein Flackern in ihren grünen Augen. Konnte auch von der Klimaanlage kommen.

»Das war Mord! Das ist Sache der Polizei! Die Polizei hat den Täter doch festgenommen. Das steht in allen Zeitungen.«

»Meine Mandantin ist sich sicher, dass die Polizei den Falschen festgenommen hat. Deshalb hat sie mich mit weiteren Ermittlungen beauftragt.« Hartmann zögerte und fügte vorsichtig hinzu: »Deshalb bin ich hier ...«

Sie legte den Kopf zur Seite. Hartmanns Blick fiel hinter ihr auf ein großes, schuppiges, australisches Süßwasserkrokodil mit gesunden, gelben Zähnen im offenen Maul. »Deshalb bist du hier ...«

»Ich brauche eine Information.«

Jetzt war sie wirklich sauer. Dass sie es sich nicht anmerken ließ, spürte Hartmann sofort. »Gina, bitte ...«

»Wir kennen uns seit zwei Tagen, du tauchst hier auf ...«

»Gina, bitte. Da sitzt jemand im Knast, und ich bin mir sicher, der sitzt da zu Unrecht. Die Polizei hat ihren Schuldigen, und ehrlich gesagt, so wie die Sache steht, bleibt ihr gar nichts anderes übrig, als anzunehmen, dass sie den Richtigen eingebuchtet haben. Haben sie aber nicht!«

Sie verschränkte ihre Arme vor der Brust. Nicht nur schade, auch ein schlechtes Zeichen! Hartmann blieb jetzt gar nichts anderes übrig, als hartnäckig zu bleiben.

»Ich brauche eine Information, und du könntest sie mir geben.«

»Ich?«

»Ja, du.«

»Ich kenne dich doch gar nicht!«

»Ich könnte Tottis Cousin sein.«

Sie wischte einen Arm durch die Luft. »Komm mir nicht so!«

»Der Mörder von Miriam Sommer soll ...«

»... ihr Freund sein. Irgend so ein Typ aus der Wirtschaft. Steht auch in der Zeitung.«

Hartmann überlegte kurz. Wenn schon, denn schon! Sonst gab das hier nichts! »In Wahrheit hatten Miriam Sommer und Arne Hanssen, so heißt ihr Freund, der Typ aus der Wirtschaft, sich vor ungefähr drei Monaten voneinander getrennt. Arne Hanssen hatte eine neue Freundin. Zur Tatzeit befanden sich diese neue Freundin und Arne Hanssen nicht in Düsseldorf. Im

Grunde genommen hat der also ein Alibi. Nur wird man ihm und seiner neuen Freundin das Alibi nicht abnehmen. Deshalb hat genau diese neue Freundin mich engagiert. Es sieht so aus, als hätte jemand ein heimliches Liebespaar, nämlich Miriam Sommer und Andreas Krombach, ermordet, um diesen Mord dann Arne Hanssen in die Schuhe schieben zu können.«

Gina schwieg.

»Der Mörder muss jemand sein, der vom Verhältnis der beiden gewusst hat.«

Hartmann ging die Story in Gedanken schnell noch mal durch. Jow, hier und da was weggelassen, aber so konnte man's erzählen! Alles andere würde auch nur unnötig verwirren. Blickte er ja selbst noch nicht richtig durch …

»Und jetzt kann ich dir weiterhelfen?«

Hartmann ließ den rechten Arm kreisen. »Du arbeitest in einem Reisebüro.«

»Ja, und?«

»Arne Hanssen hat mehrere Monate in Südafrika gearbeitet. Ich muss wissen, wann er von dort zurück in die Bundesrepublik geflogen ist. In welchem Flieger er gesessen hat.«

Sie verzog wieder den Mund. Immerhin: Sie zeigte Interesse. »Wieso?«

»Offiziell sollte er am 04.07. um 22.00 Uhr mit irgendeiner Maschine in Düsseldorf landen. Tatsächlich, so meine Klientin, und das hätte ich gerne überprüft, soll er schon am 02.07. gegen 14.00 Uhr von seiner Freundin am Düsseldorfer Flughafen abgeholt worden sein. Er hat einen Flieger früher genommen, um sich mit seiner neuen Freundin zwei schöne Tage zu machen.«

»Dann hat er ein Alibi?«

Hartmann schüttelte den Kopf. »Nee, eben nicht. Wäre er erst am 04.07. zurückgekehrt, dann hätte er eines, aber Miriam Sommer ist in der Nacht vom 2. auf den 3. Juli erschossen worden.«

»Das verstehe ich nicht.«

Hartmann nickte. Das war auch nicht so einfach zu verstehen. »Die Polizei wird Hanssens Alibi mit Sicherheit überprüfen. Dann werden sie feststellen, dass Hanssen schon zwei Tage früher in Deutschland war. Somit hat er nur die Angaben seiner Freundin als Alibi. Das ist mehr als schwach. Die Freundin ist sich allerdings sicher, dass Hanssen nicht als Mörder infrage kommt. Also muss es einen unbekannten Mörder geben. Und den soll ich suchen. Hab ich diesen großen Unbekannten gefunden, kann Hanssen natürlich nicht der Mörder sein. Schwaches Alibi hin, schwaches Alibi her!«

Jetzt nickte Gina. »Klingt ziemlich verdreht!«

»Ist es auch. Und gerade das macht die Sache so glaubwürdig. Also, finde ich. Hätte er wirklich die Ermordung der beiden geplant, hätte er sich durch diese vorzeitige Anreise doch nicht selbst ins Gespräch gebracht. Oder er hätte die ganze Sache komplett alleine durchgezogen und auch seine jetzige Freundin nicht eingeweiht.«

Gina zögerte.

Hartmann kniff die Augen zusammen. »Aber dafür müsste ich erst mal genau wissen, ob das mit den Flügen wirklich so stimmt. Gibt es tatsächlich zwei Flüge und saß er dann wirklich im Flieger vom 2. Juli?«

Gina biss sich auf die Lippe. »Das ist hier ein Reisebüro. Ich habe gar keinen Überblick über …«

»Aber du kennst doch bestimmt …«

»Ja, schon.« Sie blickte ihm direkt in die Augen. »Das geht nicht so einfach. Ich kann nicht irgendwen so mir nichts dir nichts anrufen und ihn fragen, wer wann in welchem Flieger gesessen hat. Das sind Betriebsgeheimnisse. Das plaudert man nicht aus. So was kann den Job kosten.«

»Den Hanssen kostet das vielleicht ein paar Jahre.«

»Versuch nicht, mich zu erpressen!«

»Ähm, ich wollte nur ...«

Sie würgte ihn ab und schob den australischen Beutelbär wieder an seine alte Stelle. »Es gibt Dutzende von Fluggesellschaften.«

»Aber nur wenige fliegen nach Südafrika. Vielleicht, wenn man mit der Lufthansa mal anfängt.« Sie kriegte schon wieder rote Wangen, und Hartmann flüsterte kleinlaut: »Wir können das ja so machen: Ich rufe dich an. Wenn Arne Hanssen am 2. und am 4. Juli gebucht hatte und am 2. dann tatsächlich im Flieger saß, sagst du nur Ja. Da kann man dann wirklich nicht von Ausplaudern reden.«

»Morgen.«

»Was morgen?«

»Ruf mich morgen an, sagen wir gegen zehn Uhr.«

»Das ist ...«

»Halt dich zurück, Hartmann. Ich muss mir noch sehr genau überlegen, ob ich dir diese Nummer übel nehme!«

Hartmann entschied, sich hastig zu verabschieden, bevor sie es sich anders überlegen konnte, und hatte die Klinke schon in der Hand, als sie ihm nachrief: »Hartmann!«

»Äh, ja?«

»Wenn es der Hanssen nicht war, würde ich an deiner Stelle jetzt prüfen, ob Krombach eine eifersüchtige Freundin hatte!«

Hartmann grüßte und ging hinaus. Er überquerte die Bahnstraße und wurde auf der anderen Seite fast von einem Skateboardfahrer umgesäbelt, der die Ausfahrt zum Parkhaus Horten heruntergeschossen kam. Eifersüchtige Freundin. Und wie sollte die an Hanssens Knarre gekommen sein?

Und außerdem: Krombach war ja gar nicht Miriam Sommers Lover. Miriam Sommers Lover war dieser geheimnisvolle Unbekannte. Und den musste er, verdammt noch mal, finden!

* * *

Die Alte, die ihm auf dem Gehweg entgegenkam, wollte bestimmt auch in die Apotheke. Hartmann hatte es eilig. Er beschleunigte, um vor ihr am Tresen stehen zu können. Das hatte sie, halbblind, wie sie mit Sicherheit war, doch irgendwie mitbekommen. Sie ließ Gicht Gicht sein und beschleunigte ebenfalls. Und tatsächlich humpelte sie vor ihm über die Schwelle in die Apotheke. Über die Ziellinie. Dann drehte sie sich langsam um und grinste ihn an.

»Hexe!«, zischte Hartmann.

Im Laden war es stickig. Des Hundertjährigen ältere Schwester roch muffig und ein bisschen nach Schwefel und Schweiß. Folgerichtig nieste Hartmann sich den Zinken frei. Für das Öffnen der beigefarbenen Handtasche brauchte sie siebenundzwanzig Minuten. Um ein Rezept gegen Blasenschwäche aus den Tiefen ihres schwarzen Portemonnaies mit Klickverschluss zu holen, weitere zwei Tage. Es wurde dunkel und wieder hell und wieder dunkel und wieder hell.

»Da isset doch schon!«

Hartmann fuhr sich über den frischen Zweitagebart. Er brauchte nur eine Auskunft. Die Blase war in Ordnung. Aber der Apotheker im weißen, fleckenreinen Kittel hatte jeden Blickkontakt mit ihm vermieden. Es sind die Knittrigen, die die Kohle bringen. Und hier, so war die Botschaft, ging es immer schön der Reihe nach. Er fischte eine kleine Packung aus dem Regal hinter sich und reichte sie über den Tresen.

Sie machte einen Buckel, zeigte auf ihren Stock und unkte mit leidvoller Stimme: »Haben Sie nich 'ne größere Packung für mich, sonst bin ich doch nächste Woche schon wieder am rennen. Ich kann in letzter Zeit doch so schlecht.«

Weißkittel verschwand sofort auf breiter, feuchter Schleimspur demütig nach hinten.

»Lohnt sich eine große Packung denn noch?«, flüsterte Hartmann ihr über die Schulter ins Ohr.

»Unverschämtheit!«

»Das warme Wetter geht doch ganz schön auf die Pumpe, oder?«

»Sie Flegel!« Sie machte einen Hexenschritt zur Seite.

Weißkittel kam zurück und wuchtete eine Familienpackung auf den Tresen, die ausreichte, ein mittelgroßes Altenheim mehrere Wochen lang zu versorgen. »Da muss aber noch was dazugezahlt werden.«

Das hatte Hartmann befürchtet. Sie öffnete wieder ihre Handtasche. Es wurde Herbst, die Bäume warfen ihr Laubwerk zu Boden, die Bären im Aaper Wald suchten sich ein Plätzchen für den Winterschlaf. Hartmann dachte an aktive Sterbehilfe.

»Wie viel macht das denn?«

»Fünf Euro und zweiundsiebzig Cent.«

»Wie bitte?«

»Fünf Euro und zweiundsiebzig Cent.«

»Fünf Euro?«

»Und zweiundsiebzig Cent.«

»Fünf Euro zweiundsiebzig.«

»Genau.«

»Moment«, murmelte sie, »das müsste ich passend haben.«

Auch das hatte Hartmann befürchtet ... Sie leckte sich die Fingerspitzen, fischte einen Fünf-Euro-Schein aus dem Porte-

monnaie und zählte mit knotigen Zitterfingern sorgfältig das Hartgeld ab.
»So.«
»Zweiundsiebzig.«
»Ja.«
Pause.
»Das sind zweiundsechzig.«
»Was?«
»Das sind zweiundsechzig. Da fehlen noch zehn Cent.«
»Noch zehn Cent?«
»Ja, dann sind es zweiundsiebzig«, sagte Weißkittel.
»Zehn Cent. Da habe ich doch gerade noch einen gesehen ... Hier. Nein, das ist ein Zwanziger. Die sehen aber auch alle so gleich aus. Zwanziger gab es ja auch früher gar nicht. Aber hier, nee. Aber jetzt, der hier. Da ist er ja schon, der schlimme Zehner!«
»Das ging ja flott!«, zischte Hartmann.
Vier Tage später hatte die Blocksbergoma das Paket in ihrer Handtasche vergraben. Sie nickte Weißkittel freundlich zu. Der sonderte Schleim ab. Dann schleuderte sie Hartmann einen bösen Blick zu und verließ erhobenen Hauptes die Apotheke. Wahrscheinlich hatte sie ihn mit einer Reihe von bösen Flüchen belegt: Haarausfall, die Toten Hosen lösen sich auf, im *Uerige* gibt es nur noch Kölsch, der Lieblingsitaliener auf der Westfalenstraße macht die Pizzeria zu, Fortuna steigt noch weiter ab, Radschlagen in der Altstadt wird verboten, Gina hat einen festen Freund.
Oder Aids.
Hartmann glaubte nicht an Hexen und erkundigte sich nach dem Wirkstoff Penelaxan. Weißkittel legte den Kopf schief, gab aber Auskunft. Hartmann erfuhr einiges über Wirkung, Anwendungsbereiche, Zusammensetzung und über tödliche

Gefahren bei einer Fehl- oder Überdosierung. Er erfuhr, dass eine starke Überdosierung praktisch in Sekundenschnelle zum Atemstillstand und zum Tod führen konnte.

»Natürlich gibt es den Wirkstoff nicht in reiner Form. Also, nicht im Handel zu kaufen. Aber wenn gewisse Grundkenntnisse vorhanden sind und man über entsprechendes Handwerkszeug verfügt, kann ein Mensch mit gewissem Sachverstand den Wirkstoff relativ problemlos herausfiltern.«

Hartmann nickte. »Und welche Farbe hat das Zeug als Pulver?«

»Wieso?«

»Nur so.«

»Es ist weiß.«

Hartmann war ein bisschen beruhigt. Er verließ den Laden. Die Hexe hatte auf der anderen Seite zwei Freundinnen vom Blocksberg getroffen. Eine hatte einen Raben auf der Schulter. Zu mehreren war die Brut des Grauens besonders gefährlich. Hartmann ging zügig weg. Eine Schrulle mit blau eingefärbter Dauerwelle drohte mit dem Besen hinter ihm her.

* * *

Hartmann schob einen schweren, dunkelroten Vorhang am Eingang auseinander und ging hinein. Ruhige Pianomusik schlug ihm entgegen. Hartmann erkannte erfreut ein Stück von Ramsey Lewis Junior. Etwa zwanzig Gäste unterhielten sich murmelnd an der Theke oder saßen an kleinen Bistrotischen und aßen einen Happen. Magere Models, hübsche Stewardessen, ein Schauspieler, gut gekleidete Banker und der unvermeidliche, halbseidene Loddel mit offenem Hemd, behaarter Brust und breiter Goldkette, der in keinem Bistro in Kö-Nähe fehlen durfte. Ein großer Ventilator an der Decke verteilte klimaanlagengekühlte Luft gleichmäßig im Raum. Angenehm, dachte Hartmann.

Schotter hockte an einem Tisch in der Ecke, blätterte in einem Magazin und hatte sich hinter einem grünen Cocktail mit viel Obst versteckt. Er trug einen dunklen Dreiteiler mit goldener Uhrenkette, eine rahmenlose Brille und schulterlange Haare, die er nach hinten gekämmt hatte.

Hartmann ging rüber: »Heh, du hast die gleiche Frisur wie ich!«

»Hartmann, Junge, setz dich. Wer hat in unserem Alter noch so eine Matte, was? Da sind ein paar Typen ganz schön neidisch auf uns. Kommt auch gut bei den Frauen an. Kurz ist out!«

»Echt?«

»Total out.«

»Du musst es wissen.«

»Genau.«

Hartmann setzte sich. Schotter winkte zur Theke, zeigte nacheinander auf sein buntes Obstpotpourri, auf sich und auf Hartmann. Die Kellnerin hinter der Bar nickte.

»Ist echt lecker. Kaum Alkohol. Musst du probieren!«

»Tja, wenn ich muss!«

Schotter legte das Magazin beiseite, klappte die Brille zusammen und schob sie sich ins Jackett. »Ist nur fürs Lesen.«

»Der Zahn der Zeit.«

»So isses. Was genau willst du von mir wissen?«, fragte Schotter, als die Vitaminschalen vor ihnen standen.

Hartmann sagte es ihm, und Schotter legte los: »Die *Ferdinand Sommer Metall AG* ist eines der letzten großen Düsseldorfer Unternehmen aus der Stahlbranche. Schwer traditionsreiche Firma, die im vorletzten Jahrhundert, also gleich nach dem Mittelalter, gegründet worden ist. Nach wie vor ist das ein Familienbetrieb. Bis 1998 hat der alte August Sommer das Unternehmen geleitet, eine ganz charismatische Figur.«

»Habe ich gekannt.«

»Tja, der ist dann bei einem Flugzeugabsturz irgendwo unten in Bayern ums Leben gekommen, und seine Frau, Simone Sommer, hat die Firma als Familienunternehmen weitergeführt.«

»Einfach so.«

»Der alte Vorstand ist natürlich geblieben und hat ihr dabei geholfen. Aber die Dame hat sich anerkanntermaßen sehr geschickt angestellt. Gleichwohl, die Zeiten sind hart. Die Stahlbranche steckt insgesamt in einer tiefen Krise. In Deutschland wird zudem relativ teuer produziert, die Nebenkosten sind hoch. Viele Firmen diversifizieren ...«

»Diversifizieren? Hab ich schon mal gehört. Ähm, was ist das noch mal genau?«

Schotter nahm einen grünen Schluck.

»Das zu erklären, ist ungefähr so kompliziert wie die Regeln zum passiven Abseits im Fußball.«

»Aha.«

»Du bringst deine Firma durch Zukäufe auf mehrere Standbeine. Läuft es in einer Branche mal schlecht, müssen die anderen Firmenteile eben mehr Gewinn machen.«

»Das klingt doch einfach.«

»Ist es aber nicht. So was geht häufig schief. Das muss nämlich alles passen. Wenn ein Energieversorger sich eine Brötchenkette zukauft, dann machen beide für sich vielleicht Gewinn, aber insgesamt passen die beiden Betriebszweige überhaupt nicht zusammen. Das bringt den eigentlichen Unternehmenswert nicht nach oben. Der eine Teil der Firma profitiert nicht vom anderen Teil. Durch das Zusammenlegen fallen keine Kosten weg, es entstehen keine neuen Kundenverbindungen. Es gibt keine, noch so ein Wort, Synergieeffekte. Und darum geht es. Die Firmen müssen zusammenpassen und voneinander profitieren.«

»Wie *Daimler* und *Chrysler*«, warf Hartmann ein.

Schotter grinste und nippte am Cocktail. »Ich habe doch gesagt, das ist nicht einfach! So was steht auch für die *Sommer Metall* an. Und damit dürfte die gute Frau Simone Sommer bei aller gezeigten Kompetenz dann doch überfordert sein. Der Markt ist sich einig, dass bei denen ein neuer Mann ran muss, der in der Lage ist, den Konzern umzustrukturieren. Tatsächlich wird die Firma aus diesem Grund zur Zeit recht skeptisch beobachtet. Solange das Problem nicht angegangen und vernünftig gelöst ist, tut der Aktienkurs der Firma das, was er gerne schon mal tut: Er geht in den Keller. Im schlimmsten Fall so lange, bis die Firma pleite ist oder durch einen Investor übernommen wird.«

Hartmann pfiff.

Schotter hob die Hand. »So weit ist es noch nicht. Kann aber passieren.«

»*HG Software*«, lieferte Hartmann das nächste Stichwort.

»Eine junge Firma, die, ich glaube, in Brandenburg gegründet worden ist. Hat ihren Sitz in Erkrath-Unterfeldhaus. Die Firma entwickelt Industriesoftware.«

»Was ist das?«

»Ähm, Software, die dazu dient, industrielle Arbeits- und Geschäftsabläufe zu optimieren.«

»Aha«, sagte Hartmann und zerdrückte ein hellrotes Fruchtstück mit der Zunge oben am Gaumen.

»Langfristig«, fuhr Schotter fort, »wird dadurch in der Firma Geld gespart. *HG Software* hat in den letzten Jahren riesige Umsätze gemacht und sich eine ausgezeichnete Marktposition erarbeitet. Allerdings schreibt die Firma immer noch Verluste.

Wie die meisten Firmen am Neuen Markt.« Er biss in eine grüne Kiwiecke. »Keiner weiß das besser als ich! Aber trotzdem, die Firma ist ein echtes Sahneteilchen. Wenn denen nicht irgendwann komplett das Geld ausgeht, hat die *HG Software* eine starke Zukunft. Das liegt hauptsächlich an den Firmengründern.«

»Arne Hanssen.«

»Und Frank Grothe. Hanssen ist das H, Grothe ist das G im Firmennamen. Die beiden Wunderkinder aus dem Osten. Frank Grothe ist das Gehirn in der Firma. Er ist der ausführende Produzent, ein genialer Typ, fachlich absolut kompetent. Er entwickelt die Programme, hat die Mitarbeiter ausgesucht und ein Top-Team zusammengestellt. Innovativ, kreativ, marktorientiert.« Schotter geriet regelrecht ins Schwärmen. »Grothe ist praktisch der Vater des Produkts. Hanssen dagegen macht das Marketing, pflegt die Kundenkontakte. Er macht die Pressearbeit und hält seinen Schädel in die Kamera. Braucht N24 ein Interview, dann wenden die sich an Hanssen. Dem Grothe merkt man noch zu sehr den Ossi an. Soviel ich weiß, war der mal Elitesoldat bei der Armee und hat da schon Programme fürs Militär entwickelt. Formuliert manchmal zu grob und hat auch noch diesen Akzent in der Stimme. Kommt nicht immer so gut. Nee, auf seine Weise ist der Hanssen eigentlich genialer als Grothe. Lecker, das Zeug, oder?«

Hartmann nickte heftig. »Super lecker!«

»Noch eins? Musst du noch fahren? Ach, du hast ja gar keinen Führerschein mehr.«

»Jow. Und fahren muss ich heute auch nicht mehr. Ich würd noch einen nehmen.«

Schotter winkte noch mal der Studentin hinterm Tresen und bestellte nach. »Die heißt Elke.«

»Sieht nett aus!«

»Ist sie auch! Wie lange ist deine Fleppe denn noch weg?«

»Mitte Dezember kriege ich das Ding wieder. Erklär mir bitte das mit dem auf seine Weise auch genialen Hanssen mal genauer!«

»Ja. Wie in anderen Bereichen gibt es auch bei der Industriesoftware mehrere Firmen, die ähnlich oder gleich gute Produkte am Start haben. Irgendwann setzt sich aber ein Produkt durch. Das muss noch nicht mal das beste von allen Produkten sein.«

»Ich verstehe. Wie bei den Videorekordern damals: Beta Max, Video 2000 und VHS. VHS hat sich durchgesetzt.«

»Ja, genau. Welches Produkt sich letztendlich durchsetzt, hängt nicht ausschließlich von der Qualität ab. Da spielen mehrere Faktoren eine Rolle. Ah, danke, Elke.«

Elke setzte die grüne Flüssigkeit zwischen den beiden ab und entschwand wieder Richtung Theke.

»Ja, und Arne Hanssen ist der Typ, der dafür sorgt, dass sich genau dieses eine Produkt am Markt durchsetzt. Wenn du so willst, ein Verkaufsgenie. Ich meine, der könnte auch Eierwärmer oder Schattenfugenfräsen verkaufen! Einer, der bei den Menschen ankommt. Auf eine ganz professionelle, gradlinige Art. Ein echter Macher! Gibt es nicht mehr viele von!« Schotter nippte am Glas. »Danach muss ich aufhören. Das ist mein vierter. Ich muss gleich ein bisschen an der Börse zocken. Ja. Die beiden sind tatsächlich eine ideale Mischung. Grothe sorgt für immer neue, erstklassige Ware, und Hanssen bringt das Zeug optimal an den Mann. Das Erfolgsrezept der *HG Software*.«

»Auch die Fruchtstücke sind frisch. Richtig lecker. Könnte man auch so essen!«

»Mit Alkohol schmeckts besser, find ich. Und das Grün. Ist das nicht klasse? Trinkt sich in grün doch gleich viel angenehmer.«

Hartmann machte eine abwehrende Handbewegung. »Aber wenn man davon bricht, sieht das bestimmt ziemlich ekelig aus.«

»Nicht so schlimm wie diese roten Getränke. Da denkt man immer, man hat Magenbluten.«

»Stimmt auch wieder. Was passiert eigentlich, wenn die *Sommer AG* die *HG Software* übernimmt?«

Schotter drehte am Glas. »Mit der Frage hatte ich jetzt natürlich gerechnet. Also: Aus Sicht der *Sommer Metall AG* macht das wenig Sinn. Industriesoftware ist nicht direkt deren Geschäft. Es ist natürlich so, dass die Sommers auch mit Software arbeiten und Lizenzgebühren und Betreuungskosten aufbringen müssen. Aber ob sich die Einsparungen lohnen, die entstehen, wenn man zukünftig auf eigene Software und eigene Betreuer zurückgreifen kann, wage ich mal zu bezweifeln. Immerhin macht die *HG Software*, wie gesagt, noch Millionenverluste, die gegengerechnet werden müssten. Außerdem ...« Schotter grüßte eine magersüchtige Blondine, die gerade reinkam. »Außerdem wäre ein Zukauf zur Zeit auch inhaltlich nicht angesagt. Wie gesagt, was der *Sommer Metall* fehlt, ist keine Softwarefirma, sondern ein neuer, starker Mann in der Geschäftsführung!«

»Und für die *HG Software*?«

»Hängt davon ab. Ich kenne die finanzielle Situation nicht genau. Ist genug Geld da, um die Zeit durchzustehen, bis man Gewinne mit dem Unternehmen macht, wäre es falsch, sich in ein größeres Unternehmen einzugliedern und die Selbstständigkeit aufzugeben. Wird das Geld knapp, muss man einen Partner haben, um zu überleben. Sonst geht die *HG Software* pleite. Dann würde es absolut Sinn machen, sich bei den Sommers einzunisten.«

»Super Antwort!«

»Das denk ich mir. Hängt aber wirklich davon ab, wie es bei Hanssen und Grothe tatsächlich in der Kasse aussieht. Und wer darf da schon reinschauen?«

Hartmann schob sich eine Strähne hinters Ohr. »Kannst du dir vorstellen, dass Hanssen Geschäftsführer bei *Sommer* wird?«

Schotter schlug mit der flachen Hand auf den Tisch.

»Auf die Frage habe ich jetzt wirklich gewartet! Drei Sachen: Erstens, ja, ich halte Arne Hanssen für fachlich fähig, frischen Wind in die *Sommer Metall* zu bringen. Hanssen ist absolut ein heißer Kandidat. Das würde Sinn machen. Zweitens: Würde Hanssen die *HG Software* verlassen, würde Grothe mit seinem Kram alleine dastehen. Der Kurs würde einbrechen, die Firma kaputtgehen. *HG Software* ist natürlich ein bisschen auch Hanssens Baby. Er wird sicher versuchen, die Firma mit rüberzunehmen, woran *Sommer Metall* aber, wie gesagt, kein Interesse haben wird!« Schotter ließ eine Erdbeere in seinen Mund flutschen.

»Und drittens?«, fragte Hartmann.

»Drittens glaube ich nicht, dass Hanssen als Geschäftsführer bei den Sommers in Frage kommt, da er Miriam Sommer erschossen hat und im Gefängnis sitzt. Niemand stellt den Mörder der Tochter als Geschäftsführer in der eigenen Firma ein, auch nicht aus betriebswirtschaftlichen Gründen!« Schotter blinzelte. »Der Mord an Miriam Sommer – darum sitzen wir hier, oder?«

»Ich hab dir doch gesagt, ich will keine Aktientipps!«

»Was hast du mit der Sache zu tun?«

»Ich habe eine Klientin, die der festen Überzeugung ist, dass Arne Hanssen Miriam Sommer nicht ermordet hat.«

»Ist das nicht eher was für die Polizei?«

Hartmann nickte. »Sehe ich auch so. Ich hab da noch eine andere Sache am Bein und schwimme zur Zeit mächtig rum!

Ich stochere ein bisschen. Motive, Zusammenhänge, Hintergründe, was weiß ich!«

Schotter kippte den Rest der grünen Vitaminbombe runter.

»Und wie lange willst du das noch machen?«

»Was?«

»Rumstochern, den Kalle Blomquist spielen?«, wechselte Schotter das Thema.

Hartmann zog die Schultern hoch. »Was soll ich machen? Ich war vergangenen Monat beim Arzt. Das Knie verheilt gut. Wenn ich mich hinknie, schmerzt es links noch was. Ich jogge regelmäßig. An Profifußball ist aber nicht mehr zu denken. Der Zug ist abgefahren.«

»Das tut mir leid!«

»Ich bin drüber weg!«

»Aber du kannst doch jetzt nicht ewig Privatdetektiv spielen und fremdgehende Männer überwachen ...«

»Och, das wäre noch das Leichteste. Diese Sommer-Sache ist schon eine Nummer größer. Zu groß für mich, fürchte ich. Dann hab ich noch ein paar Typen aus dem Milieu gegen mich aufgebracht, die in etwa so harmlos sind wie ein Freistoß von Roberto Carlos in Strafraumnähe. Außerdem schlag ich mich mit einer hohlen Fremdgehersache rum und, als ob es nicht reichen würde ... na ja.« Auch Hartmann schluckte das letzte Grün runter. »Tatsächlich habe ich ein paar ganz interessante Angebote, als Trainer zu arbeiten!«

»Hört sich interessant an.«

»Ist es auch. Kann ich mir für die Zukunft sehr gut vorstellen. Aber dazu muss das Knie halten, sonst bekomme ich die erforderlichen Lizenzen nicht. Brauche ich gar nicht erst anzufangen. Der Doc empfiehlt regelmäßiges Aufbautraining, und in zwei Jahren kann man sagen, ob das Knie hält.«

»So lange ...«

»… mache ich den Kalle, jow. Was soll ich denn sonst machen? Ich kann nix, außer geradeaus gegen den Ball treten.«

»Du kennst doch tausend Leute, da müsste sich was Vernünftiges für dich finden lassen. Ich könnte auch mal gucken, ob …«

Hartmann hob den Arm. »Lass bloß gut sein. Die zwei Jahre bringe ich locker rum!« Wenn ich nicht vorher erschossen werde, fügte Hartmann in Gedanken hinzu. »Ich hab noch was auf der Kante, komme finanziell ganz gut klar und guck zu, dass ich mich bei ein paar Clubs im Gespräch halte. Hält das Knie, ist ruck, zuck Ende mit Privat-Eye Hartmann, mit Mord, Totschlag, Vermisstensachen und Rotlichtmilieu!«

Schotter lachte.

»Und du?«, fragte Hartmann.

»Wie, ich?«

»Na, du kannst ja auch nicht ewig deine Mittagspausen grünes Zeug schlürfend verbringen und an der Börse rumzocken. Was hast du so vor?«

»Im Moment geht's mir ganz gut. Irgendwann stecke ich meine Nase in das richtige Angebot. Dann mache ich in irgendeiner seriösen Firma den Geschäftsführer, verkaufe meinen Porsche, kaufe einen Kombi, gründe eine Familie und spiele Golf. Aber apropos, Rotlichtmilieu! Dann kennst du sicher auch Huren-Heinz. Heinz Blessing?«

»Häh?«

Schotter deutete durch die Glasscheiben nach draußen: »Na, der Typ, der eben an der Theke auf der Ecke gesessen hat. So ein Goldbehangener. Dem gehören zwei Läden auf der Mintropstraße. Der hat bei mir ein paar Mark steuerlich günstig angelegt, guter Kunde. Nicht besonders seriös, aber gut. Der hat eben ein paarmal rübergeguckt, ist aufgestanden und nach draußen gegangen. Jetzt steht der da und spricht ganz hektisch ins Handy. Der guckt immer noch rüber!«

Hartmann entdeckte ihn. Ihre Blicke trafen sich. Huren-Heinz guckte sofort angestrengt weg.

Schotter beugte sich nach vorne: »Hast du großen Ärger?«

»Sehr großen Ärger! Ich muss weg, Schotter. Danke für die Infos. Kannst du die Getränke übernehmen, ich glaube, ich habe es ziemlich eilig!«

Schotter warf einen weiteren Blick auf Huren-Heinz und schob sich einen Haarring in die Haare.

»Was machst du denn da?«, fragte Hartmann verwirrt.

»Ich mache mir einen Zopf.«

»Wieso das denn? Ich denke, lange Haare sind in?«

»Lange Haare schon! Aber nicht, wenn sie so asozial lang runterhängen wie bei dir. Gepflegt und stilvoll muss es sein. Außerdem ist der Zopf mein Markenzeichen. Schlechte Börsenentwicklungen voraussagen kann schließlich jeder. Da muss man im Interview optisch was hermachen. Quasi als Ausgleich. Klar zahle ich die Drinks, aber denk nicht, dass das jetzt einreißt, nur weil ich reich bin und du arm! Das nächste Mal zahlst du!«

Hartmann küsste ihm schmatzend auf die Stirn.

Schotter hielt ihn am Arm fest. »Wenn du Hilfe brauchst ...«

»Danke, Schotter!«

»Und wenn du was in der Sache Hanssen, *Sommer Metall-Software AG* und Geschäftsführung hörst, ruf mich ruhig an. Ich mach uns an der Börse ein süßes, kleines Geschäftchen draus!«

Hartmann warf der blonden Elke noch einen Abschiedsblick zu und verließ den Laden. Huren-Heinz nahm kurz das Handy vom Ohr und drehte ihm den breiten Rücken zu. Hartmann ging zügig weg und konnte aus dem Augenwinkel beobachten, dass Heinzi hektischer denn je ins Handy sprach. Aber er folgte ihm nicht. Niemand folgte Hartmann.

Niemand scheint mir zu folgen, verbesserte sich Hartmann sofort.

Hartmann betrat Marmor und bog in einen der neuen Kauftempel auf der Königsallee ein. In der vierten Etage kaufte er die neue CD von Morcheeba und ließ sie sich einpacken. In einem Sportladen eine Etage darunter erstand er ein blaues Trikot der italienischen Nationalmannschaft mit der Nummer zehn. Auch das ließ er sich hübsch einpacken.

Gegenüber dem *Australian Travel Bureau* versuchten die Typen auf ihren Skateboarden noch immer, sich Arme und Beine zu brechen. Es wollte einfach nicht gelingen. Er winkte einen besonders coolen Teenager mit Baseballkappe heran, dem der Hintern in der Kniekehle hing. Dann drückte er ihm für einen kurzen Kuriergang über die Straße fünf Euro und zwei in Geschenkpapier eingepackte Päckchen in die Hand. Hartmann blinzelte nach oben. Mittlerweile waren es wieder fünfunddreißig Grad im Schatten.

* * *

»Schon wieder?«

»Noch so viel, und die ganze Sache ist aus der Welt geschafft.« Hartmann streckte ihr die fast zusammengepressten Zeigefinger und Daumen über die Brötchentheke entgegen.

Renate zögerte noch: »Und was hat das mit meinem Wagen zu tun?«

»Der spielt in den Plänen von …« Hartmann warf einen verschwörerischen Blick über die Schulter nach draußen über den Bahnhofsvorplatz. »… denen eine entscheidende Rolle.«

»Mein kleiner, süßer Honda?«

»Genau!«

»Okay.«

Sie bückte sich, offenherzig wie immer, unter die Theke und kramte in ihrer Handtasche. Der Teenager, der hinter Hartmann stand, bekam einen langen Hals und Stielaugen. Er wurde nicht enttäuscht.

»Aber pass bloß auf, dass da nichts drankommt. Wenn der Hansi ... Der ist so eifersüchtig. Und mit dem Auto ist der auch so komisch. Sag mal, hast du eigentlich eine Fahne?«

Hartmann hörte auf zu atmen. »Ich musste heute Morgen in einer Hinterhofkneipe ein Gespräch zwischen zwei wirklich finsteren Typen belauschen. Durfte natürlich nicht auffallen, wäre lebensgefährlich gewesen, musste mich milieutypisch verhalten. Was soll ich sagen? Ich trinke sonst nie ein Gläschen Wodka, aber die Russen ... Du kennst ja die Russen ... Mehr darf ich dir nicht sagen.«

Sie drückte ihm die Autoschlüssel in die Hand.

* * *

Hartmann landete im Berufsverkehr und staute sich durch Gerresheim und am Unterbacher See vorbei bis nach Erkrath ins Industriegebiet Unterfeldhaus. Dort fragte er sich zum Gebäude der *HG Software* durch. Die Firma befand sich in den beiden oberen Etagen eines sechsstöckigen Bürogebäudes mit dunkelblauer Glasfassade. Hanssen und Grothe hatten davor in Haupteingangsnähe jeder einen eigenen Stellplatz. Hartmann stellte Renates Honda neben Frank Grothes kleines, rotes Cabrio in Arne Hanssens Parknische. Der brauchte seine ja zur Zeit nicht ...

Er stieg ein paar Marmorstufen zum Eingang hoch und betrat durch eine gläserne Drehtür den klimaanlagengekühlten Neubau.

Eine Empfangsdame im strengen, dunkelblauen Kostüm mit dazu passender Frisur sprach ihn an: »Bitteschön?«
»Ich möchte zur HG Software, zu Herrn Grothe.«
»Haben Sie einen Termin?«
»Sagen Sie ihm bitte, Frau Sommer schickt mich.«
In ihrem rechten Mundwinkel zuckte es. Sie schickte Hartmann in die sechste Etage, Zimmer 612. Hartmann nahm den Aufzug. Das Girl von Ipanema begleitete ihn nach oben. Das Zimmer 612 hatte ein Vorzimmer (611). Dort empfing ihn eine smart aussehende, junge Dame, die sich Hartmann auch problemlos in seinem Vorzimmer vorstellen konnte. Aber er hatte ja leider kein Vorzimmer. Nicht mal mehr eine Yucca. Wie gesagt ...
Und sicherlich würde er nie ein Büro haben, wie das eines war, in das er nun hineingeführt wurde. Grothes Büro hatte die Ausmaße einer Dreifachturnhalle und war, neben ein paar offensichtlich sündhaft teuren Möbelstücken, bis unter die Decke mit futuristisch anmutendem, technischem Schnickschnack vollgestopft. Die meisten der Teile würden sicher erst in drei Jahren auf der Cebit der Öffentlichkeit vorgestellt. Und Grothe hatte ein süßes, kleines, vor sich hinblubberndes Aquarium.

Frank Grothe verabschiedete sich gerade von einem seiner Mitarbeiter, der offenbar sowieso gerade gehen wollte. »Äh, Herr Vermeulen, wir sehen uns ja dann gleich noch in der Besprechung. Herr Hartmann, nehmen Sie doch bitte Platz!«

Der Mann in grauer Uniform, der ein bisschen breiter gebaut war als Mike Tyson, hatte ein Schildchen an der Brust, welches ihn als Chef des Security-Services outete. Frank Grothe bot Hartmann einen bettähnlichen Ledersessel.

»Frau Sommer schickt Sie?«
»Ja. Ich bin Privatdetektiv, sie hat mich beauftragt, den Mord an Miriam Sommer zu untersuchen.«

Sein sowieso schon blasses Gesicht verlor den letzten Rest Farbe. Der ehemalige Elitesoldat hatte ein wenig Bauch angesetzt und war nicht größer als einssiebzig. Aus seiner Soldatenzeit hatte er einen pflegeleichten Bürstenschnitt durch die Jahre gerettet. Eine gepflegte Erscheinung, stellte Hartmann fest, und er hatte, wie die meisten Computertypen, etwas Gehetztes im Blick. Darüber hinaus kam er Hartmann bekannt vor.

Grothe trat an eine Minibar und ergriff eine Flasche. »Eine ganz schreckliche Sache. Darf ich Ihnen auch einen Weinbrand anbieten?«

»Danke, nein, ich muss noch fahren.«

Grothe klemmte sich hinter eine Art Tischtennisplatte, die er als Schreibtisch nutzte. »Ich weiß gar nicht, was ich zu der Sache sagen soll. Das ist eine furchtbare, menschliche Tragödie. Ich kenne Arne Hanssen von Kindesbeinen an. Wir sind zusammen aufgewachsen, wir waren in denselben Jugendorganisationen. Wir haben zusammen diese Firma gegründet und aufgebaut. Und vor drei Jahren sind wir gemeinsam hierhin umgesiedelt. Es ist für mich unfassbar, und ich sage Ihnen gleich ...« Seine Stimme wurde fester: »Ich kann mir überhaupt nicht vorstellen, dass Arne Hanssen Miriam Sommer erschossen hat. Ich halte ihn für unschuldig!«

Hartmann nickte. »Das glaubt auch Lena Sommer.«

»Lena Sommer?«

»Miriam Sommers jüngere Schwester. Meine Klientin.«

»Ach so.« Er nickte heftig. Der Weinbrand schwappte gefährlich an den Glasrand.

Irgendwoher kenne ich den, dachte Hartmann und ließ in seinem Gehirn nachsuchen.

»Als Sie sagten, Frau Sommer habe Sie mit Ermittlungen beauftragt, nahm ich an, dass es sich dabei um Simone Sommer handelt. Aber wie dem auch sei, wie kann ich weiterhelfen?«, sagte er und schielte aus den Augenwinkeln heimlich auf seine Armbanduhr.

»Ich habe gehört, Sie waren Soldat in einer Eliteeinheit?«

»Ich war in einer technischen Einheit. Ich bin kein Rambo. Ich kann nicht lautlos töten, wenn Sie das meinen.«

Aha. Hartmann entschied sich für die direkte Variante. Er hatte auch nicht viel Zeit! »Haben Sie gewusst, dass Arne Hanssen und Miriam Sommer nicht mehr miteinander liiert waren?«

Das traf ihn wie eine Faust den müden Boxer. »Wer sagt das?«

»Lena Sommer.«

»Wie kommt sie dazu?«

»*Sie* ist mit Arne Hanssen liiert.«

Der zweite Hammer. »Moment, Moment. Davon weiß ich nichts. Ich meine, das geht mich auch nichts an, aber ...« Er nippte am Weinbrand. »Lena und Arne?«

»Die beiden sind seit ungefähr drei Monaten liiert.«

Der Weinbrand hatte ein bisschen Blut zurück in seine Wangen gepumpt. »Deshalb hat Lena Sommer Sie beauftragt, den Mörder zu finden.«

Hartmann nickte.

»Das muss ja furchtbar für sie sein. Immerhin wird Arne beschuldigt, ihre Schwester erschossen zu haben. Das muss wirklich furchtbar sein!«

»Ist es. Haben Sie vielleicht doch ein Glas Wasser für mich?«

»Natürlich.«

Grothe ging auf Weinbrandglasgrund und dann zur Minibar. Er kam mit zwei Gläsern zurück. Seines war kleiner.

»Danke.«

Grothe ließ sich in seinen Sessel fallen. Das Aquarium blubberte vor sich hin. »Wieso haben die beiden das denn um Himmels willen für sich behalten?«

Hartmanns Gesicht blieb ausdruckslos. »Ich habe, ehrlich gesagt, angenommen, Arne Hanssen hätte Ihnen davon erzählt.«

Grothe schüttelte die Bürste. »Nein, nein, das höre ich jetzt zum ersten Mal.«

Hartmann beobachtete sein Gegenüber scharf, aber es schien zu stimmen. Andererseits war Grothe ein ehemaliger Elitesoldat und abgebrüht. Na ja, technische Einheit ... Was immer das heißen mochte, er kannte sich da nicht so aus. Konnten die lügen, ohne dass man es ihnen ansah? Wie verhielten die sich unter Folter? Und überhaupt, dachte Hartmann, ich kenne dich! Gleich hab ich's!

»Was hat Arne Hanssen in Südafrika gemacht?«

Grothe atmete hörbar aus. Er befand sich wieder auf sicherem Grund. »Wir arbeiten mit einigen Firmen eng zusammen, die in Südafrika mit erheblichen finanziellen Mitteln Niederlassungen aufbauen. Wir haben uns frühzeitig eine Zusammenarbeit gesichert und sind sehr tief eingebunden. Auch finanziell. Einige Sachen laufen dann immer nicht genauso, wie sie sollten, und Arne war dort, um sie vor Ort zu regeln.« Grothes Gesicht entspannte sich zusehends.

Gleich hab ich's, dachte Hartmann. »Und die Sachen ließen sich regeln?«

»Ich nehme es an. Wir haben telefoniert. Er war sehr zuversichtlich. Nun ...« Er machte eine ausholende Armbewegung. »Wir haben uns seit seiner Rückkehr noch nicht gesprochen. Er wurde ja wenige Stunden danach festgenommen.«

Hartmann leerte sein Glas. Grothe wusste nichts.

»Die Festnahme war am 4. Juli.«

Grothe nickte. »Unser Rechtsanwalt hat mich heute Vormittag informiert. Ich werde versuchen, einen Besuchstermin zu bekommen, aber ich hatte heute derartig viel zu erledigen. Sie können sich sicherlich vorstellen, was heute hier los ist!«

Konnte Hartmann sich nicht. »Arne Hanssen ist gestern Vormittag festgenommen worden.«

Grothe schüttelte den Kopf. »Gestern Nacht. Arne ist erst gestern gegen 22.00 Uhr mit seinem Flieger gelandet. Es war gestern Nacht.«

Grothe wusste nichts, und Hartmann hatte plötzlich das Gefühl, viel Zeit zu verschwenden. »Arne Hanssen hat seine Dinge in Südafrika schneller erledigen können, als er und alle anderen dachten. Aus diesem Grund ist er bereits zwei Tage früher, am 2. Juli, nach Deutschland zurückgekehrt. Er hat die beiden Tage zusammen mit Lena Sommer in einem Ferienhaus in der Nähe von Koblenz verbracht. Gestern Vormittag hat er sich den Behörden gestellt.«

Grothes Blutdruck arbeitete auf Hochtouren. Er sprang auf. »Das gibt es doch nicht!« Er kippte den Weinbrand hinunter. »Das hätte er mir doch sagen müssen!«

»Die beiden haben ihre Beziehung geheim halten wollen ...«

»Papperlapapp! Was interessiert mich deren Beziehung. Pubertärer Kram! Wissen Sie, was hier in der Firma los ist? Sie ahnen ja nicht, wer mir seit heute Morgen alles im Nacken sitzt! Und mein Kompagnon fliegt heimlich in der Gegend herum. Verdammt ...« Er wurde nachdenklich. »Wenn er mit Lena zusammen war, dann hat er doch ein Alibi.«

Hartmann nickte. »Einer der Gründe, warum sich meine Klientin so sicher ist, dass Arne Hanssen nicht der Mörder ihrer Schwester ist.«

Grothe stand auf und ging nickend an die Minibar, um sich einen kleinen Braunen nachzugießen.

Hartmann legte nach. »Ist es richtig, dass Arne Hanssen als Geschäftsführer zur *Sommer Metall AG* wechseln wollte?«

Klatsch.

»Verdammt!« Grothes Weinbrandglas war in die Minibar gefallen. »Verdammt!!«

Jetzt musste man sich ob der Gesichtsfarbe Grothes fast schon Sorgen machen.

»Hören Sie! Genau das ist der Grund, warum ich Privatdetektive nicht ausstehen kann! Mann ...« Er fischte sein unversehrtes Glas aus der Bar und machte es voll. Dann beruhigte er sich wieder.

Hartmann schob sich in aller Ruhe eine Strähne hinters Ohr und wartete.

»'tschuldigung, die Nerven. Die Sache nimmt mich sehr mit.« Er fuhr sich durch den Haarschnitt. »Geschäftlich ist Arnes Verhaftung für die Firma eine Katastrophe. Welche seriöse Firma arbeitet schon mit einem Unternehmen zusammen, bei denen einer der beiden Geschäftsführer unter Mordverdacht im Knast sitzt? Den Aktienkurs habe ich mir noch gar nicht angeguckt!« Er klemmte sich wieder hinter die Tischtennisplatte. »Das mit dem Geschäftsführerposten bei Sommer ist auch so eine Sache. Alleine das Gerücht darüber würde unsere Firma an der Börse zum Absturz bringen. Dann können wir unseren Laden hier dichtmachen. Zu. Ende. Finito. Egal, ob er tatsächlich dort hingehen kann oder ob das überhaupt kein Thema ist. Als wenn wir nicht schon tief genug gefallen wären. Das gäbe uns den Rest!«

»Sie haben meine Frage nicht beantwortet.«

Auf dem Schreibtisch mit den Sechzehnmeterraum-Ausmaßen brummte eine Gegensprechanlage: »Herr Grothe, darf ich Sie an Ihren Besprechungstermin um fünfzehndreißig, Raum 521, erinnern?«

Grothe drückte eine Taste. »Ja, danke, ich bin gleich unterwegs.« Er blies Luft durch die Nase. »Jeder Mensch mit einem bisschen Verstand kann sich vorstellen, dass Arne, wenn er mit einer der Sommer'schen Töchter zusammen ist, natürlich die Möglichkeit überdenkt, die Firma zu wechseln. Es ist auch ein offenes Geheimnis, dass Simone Sommer in ihrem Betrieb die Stelle eines Geschäftsführers einrichten möchte. Ihr bleibt praktisch nichts anderes übrig.« Er zog die Achseln hoch. »Ob Arnes Freundin nun Miriam Sommer oder Lena Sommer ist. Das macht hier doch keinen Unterschied. Aber ...«, seine Stimme wurde wieder ein wenig weicher. »Die *HG Software* ist für Arne und mich ein bisschen so was wie ein Baby. Ohne einen von uns beiden hätte es diese Firma nicht gegeben. Ohne einen von uns beiden ist sie auch in der Zukunft nicht lebensfähig. Die Firma braucht uns.«

Er machte eine kleine Pause. Das Aquarium blubberte.

»Ich bin mir sicher, dass er sich für die *HG Software* entschieden hätte!«

Grothe stand zackig auf, ging zur Tür und tippte auf die Armbanduhr. »Sie haben es gehört, ich habe einen dringenden Termin. Man wartet auf mich. Ohne Arne bleibt eine Menge Arbeit an mir hängen.«

Hartmann blickte ihm in die Augen. »Ich hoffe, nicht mehr lange.«

»Äh, ja.«

Hartmann fuhr herum. »Jetzt hab ich's.«

Grothe zog die Augenbrauen hoch.

»Ich wusste, dass ich Sie irgendwo schon einmal gesehen habe. Das war auf einem Foto in Miriam Sommers Wohnung in der Burgmüllerstraße. Auf einem Urlaubsfoto.«

Hartmann griff in die Brusttasche. Das Foto hatte er Miriam Sommers Notizbuch entnommen und sich für alle Fälle ins Hemd geschoben. Glücklicherweise, wie sich jetzt zeigte.

»Da. Der ganz rechts. Das sind Sie.«

Grothe nickte. »Natürlich bin ich das. Das war vergangenen Winter in Österreich. Arne und Miriam, Birgit und ich.«

»Sie sind der Freund von Birgit Meissner?«

Grothe zog die Achseln hoch. »Ja. Aber Herr Hartmann, bitte, ich muss jetzt wirklich ...«

»Alles klar, bin schon weg.«

Hartmann nickte der Vorzimmergranate beim Rausgehen noch mal seufzend zu, wich im Flur einem Aktenträger mit Schweißringen so groß wie der Unterbacher See aus, stieg in den Aufzug und stürzte sich in den Abgrund.

Vergeudete Zeit, dachte Hartmann. Unser ehemaliger Elitesoldat hatte nicht viel mehr Ahnung als er selbst. Also fast keine! Immerhin kam Grothe für einige Sachen nicht infrage. Das hatte er mit Millionen anderen Menschen gemeinsam und brachte Hartmann keinen Deut weiter.

Als er den Marmorkasten verließ, stach ihm die Sonne in die Augen. Hartmann stieg blinzelnd in den Honda, kurbelte die Seitenscheibe runter und zog die Sonnenblende nach unten.

Immer nur Sonne gibt eine Wüste, dachte er philosophisch, sich vage an ein altes arabisches Sprichwort erinnernd, und drehte den Fahrzeugschlüssel.

»Hartmann, du hast überhaupt keinen Durchblick!«, sagte er in den verblichenen Rückspiegel hinein.

* * *

Hartmann schlich durch die Toreinfahrt und bemühte sich, die weißen Kieselsteine in der Auffahrt nicht durcheinanderzubringen. Dann würgte er dem kleinen, roten Japaner die Luft ab. In der parkähnlichen, dem Haus vorgelagerten Gartenanlage stolperte er über Simone Sommer, die dabei war, ein paar Blumen die Freiheit zu schenken und sie ins Blumenbeet zu entlassen. Vermutlich hatten alle ihre dreihundertsiebzehn Gärtner frei. Vielleicht machte es ihr einfach Spaß, selbst ein bisschen in der Blumenerde herumzuwühlen.

Werner, der Haussklave, wie immer mit Fliege, stand abseits im Schatten einer gigantischen, uralten Eiche und passte auf. Worauf auch immer.

Simone Sommer erhob sich. »Herr Hartmann? Das ist eine Überraschung. Hat Herr von Lobach aus unserer Rechtsabteilung Sie nicht erreicht?«

Hartmann kondolierte umständlich. Simone Sommer trug Schwarz, sah längst nicht so stark aus wie bei ihrer letzten Begegnung. Die Trauer hatte Spuren in ihrem Gesicht hinterlassen. Sie stand nach vorne gebeugt, was aber von der Gartenarbeit herrühren konnte. Hartmann kannte sich da nicht aus.

Er klärte Simone Sommer auf: »Ich wollte in einer ganz anderen Sache mit Ihrer Tochter Lena sprechen. Ist sie da?«

Simone Sommer verzog kaum merklich den Mund. »Mit Lena? Aber natürlich ist sie da. Sie ist hinten im Garten. Werner, begleiten Sie doch bitte Herrn Hartmann in den Garten. Lena müsste in der Sommerlaube sitzen. Dort habe ich sie vorhin gesehen.«

Sklave und Hartmann ließen Simone Sommer mit ihren Blumen zurück und gingen die achtzehn Kilometer ums Haus herum bis zu einer weißen, hölzernen, mit Blumen und Sträuchern bewachsenen Sommerlaube. Dort saß Lena Sommer und las ein Buch. Auf einem eisernen Beistelltisch standen Erfrischungen. Werner entschuldigte sich für nichts und entfernte sich.

Lena Sommer, im dunkelblauen Sommerkleid, klappte das Buch zu. »Ich hatte, ehrlich gesagt, schon längere Zeit damit gerechnet, von Ihnen zu hören! Haben Sie meine Handynummer verloren?«

Hartmann ließ sich in den angebotenen Gartenstuhl aus Urwaldholz fallen. Die an der Laube hochgewachsenen Kletterpflanzen spendeten kühlenden Schatten.

»Ich kann Ihnen versichern, dass ich jede Minute in der Sache unterwegs bin. Ich komme übrigens gerade von Frank Grothe aus Erkrath.«

Sie schüttete ihm ungefragt ein Glas Mineralwasser ein. Hartmann nickte dankbar.

»Was haben Sie bisher herausgefunden?«, fragte sie.

Hartmann winkte ab.

»Es haben sich eine Menge neuer Fragen ergeben. Zur Zeit versuche ich insbesondere herauszubekommen, wer Miriams aktueller Freund war, mit dem sie sich in den letzten Wochen regelmäßig getroffen hatte.«

»Ich denke, das war Andreas Krombach, dieser Tennislehrer!«

Hartmann erklärte ihr, welche Rolle Krombach gespielt hatte, und war insgeheim froh, ihr überhaupt neue Fakten bieten zu können und nicht nur Fragen stellen zu müssen. Lena Sommer nickte nachdenklich. Hartmann nahm einen Schluck, der so groß ausfiel, dass das Glas sofort wieder leer war. Er unterdrückte einen Rülpser, den man bis nach Hubbelrath hätte hören können.

»Sie haben mir gar nicht gesagt, dass der Geschäftspartner Ihres Freundes der Freund von Birgit Meissner ist.«

Lena machte ein unschuldiges Gesicht. »Ist das wichtig?«

»Ich denke nicht.«

»Hm. Allerdings sind die beiden ein Paar. Seit etwas über einem Jahr. Ich weiß das so genau, weil Frank Grothe zunächst mit meiner Schwester befreundet war. Birgit und Frank haben sich durch meine Schwester kennengelernt, und nachdem sich Miriam von Frank getrennt hatte, sind die beiden zusammengekommen.«

»Ach so. Kann ich noch ein Glas Wasser haben? Danke. Das ist aber auch wieder ein Wetter heute. Und das ging alles so harmonisch über die Bühne? Ich meine die Trennungen?«

»Miriam war bei solchen Sachen immer ziemlich direkt und gradlinig. Aber es ging wirklich alles glatt. Sie hatte ihrerseits durch Frank Grothe Arne Hanssen kennengelernt, der nun ihr Partner wurde, und die vier zusammen haben sogar ihren Urlaub gemeinsam verbracht. Da gab es, soweit mir das bekannt ist, keine Probleme.«

Hartmann nickte.

»Auch Birgit Meissner hat diesbezüglich nie irgendwelche Probleme erwähnt. Sie sprach von Miriam immer als ihrer besten Freundin und das klang sehr aufrichtig!«

Hartmann hakte nach: »Wie würden Sie Ihre Schwester beschreiben?«

Lena Sommer knetete ihre Hände. »Meine Schwester war eine sehr starke Persönlichkeit. Sie hatte einen eigenen Kopf, konnte sich durchsetzen und besaß trotzdem eine sehr gewinnende Art. Auf diese Weise hat sie eigentlich immer das bekommen, was sie wollte. Und natürlich nichts gemacht, was sie nicht wollte. Miriam sollte in unserer Firma einsteigen und sich dort engagieren, aber sie hatte keine Lust. Sie zog es vor, Architektur zu studieren, und hatte geplant, nach dem Studium ins Ausland zu gehen ...« Lena machte eine Pause. »Ich bin sicher, sie hätte das auch durchgezogen!«

»Wie war Ihr Verhältnis zur Schwester?«

»Nun, sie war meine ältere Schwester. Ich habe immer versucht, so zu sein wie sie. Und natürlich ist mir das nie gelungen. Wir sind sehr verschieden. Ich habe sie bewundert.« Ihre Hände kneteten immer heftiger. »Ich bin keine so starke Persönlichkeit. Mir fliegen die Sympathien nicht so zu wie ihr. Es hat einige Zeit gedauert, bis ich das eingesehen habe. Ich wollte immer das haben, was sie gerade hatte.« Sie lachte leise: »Ich glaube, ich war lange Zeit keine sehr angenehme, kleine Schwester.« Sie versuchte im Wasserglas vor sich etwas zu erkennen. »Das hat sich erst gelegt, als ich selbst klargekommen bin. Ich habe akzeptiert, dass ich keine zweite Miriam Sommer bin. Arne hat mir da sehr geholfen. Ausgerechnet ein Ex-Freund meiner Schwester!« Sie schüttelte den Kopf. »Zuletzt haben meine Schwester und ich ein sehr gutes, offenes Verhältnis zueinander gehabt. So hätte es immer sein sollen!«

Hartmann sah bei ihr aufkommende Tränen und wechselte hastig das Thema: »Wissen Sie, dass Arne Hanssen als zukünftiger Geschäftsführer bei *Sommer Metall* gehandelt wird?«

Sie blickte ihm direkt in die Augen. »Wollen Sie andeuten, dass Arne mich nur …«

Hartmann fiel ihr direkt ins Wort. »Nein, nein, da verstehen Sie mich völlig falsch! Meine Frage zielt in eine ganz andere Richtung!«

Hartmann rauschte ein Schweißbach den Rücken runter. Da hatte er eindeutig in ein Wespennest gestochen. Das falsche Thema. Vielleicht das richtige Thema, aber sicher nicht für hier und jetzt. Das wird aufgearbeitet! Hartmann schob hastig einen Korken ins brummende Wespennest.

»Der Täter hat Ihre Schwester ermordet. Das ist das eine. Dann hat er den mutmaßlichen Liebhaber Ihrer Schwester ermordet. Das ist der zweite Fakt. Aber dann schiebt er einem Dritten, nämlich Arne Hanssen, die Taten in die Schuhe. Der Täter hatte also nicht nur ein Motiv, Ihre Schwester und Krombach zu ermorden, sondern er hielt es offensichtlich für erforderlich, Arne Hanssen des Mordes verdächtig erscheinen zu lassen. Es gibt zwei klassische Motive für Mord und Totschlag: Liebe und Geld. Zweiteres könnte eventuell damit zusammenhängen, dass Arne Hanssen Geschäftsführer bei *Sommer Metall* werden könnte oder sollte!«

Lena Sommer hatte sich wieder gefangen. »Dazu kann ich fast gar nichts sagen. Ich glaube, Arne ist ganz zufrieden mit dem, was er hat. Er hat seine Firma aufgebaut. Die läuft, soviel ich weiß, mehr als gut. Die Geschäfte in Südafrika waren erfolgreich.« Sie verzog das Gesicht. »Die Diskussion um den Geschäftsführerposten ist mehr ein Thema meiner Mutter. Die findet die Verbindung Hanssen/Sommer natürlich in erster Linie deshalb interessant, weil ein Nutzen für die *Sommer Metall* dabei rausspringen könnte. So ist Mutter. Tatsächlich ist zwischen Arne und mir ein solcher Posten nie ein Thema gewesen!«

»Weiß Ihre Mutter inzwischen, dass Sie mit Arne Hanssen liiert sind?«

Lena knetete und schüttelte den Kopf. »Wir wollen damit warten, bis Arne aus dem Gefängnis entlassen wird. Sein Anwalt hat gesagt, das müsste schon sehr bald der Fall sein. Wir wollen es ihr gemeinsam sagen.« Und sie fügte gallig hinzu: »Das wird ihr ein wenig über den Tod ihrer Tochter hinweghelfen.«

Hartmann ersparte sich eine Nachfrage. Die Distanz zur Mutter war mehr als deutlich zu spüren. Nach einem Seitenblick auf seine Armbanduhr ersparte er sich überhaupt weitere Nachfragen. Renate brauchte den Wagen. Er verabschiedete sich und fand den Weg alleine zurück.

Simone Sommer erwartete Hartmann am Honda, der auf das Anwesen passte wie *Yesterday* ins Repertoire von AC/DC. Sie legte vertraulich eine Hand auf Hartmanns Arm. »Natürlich hat meine Tochter mir nicht gesagt, dass sie Sie engagiert hat. Ich hoffe, ich bin bei ihr nicht zu schlecht weggekommen. Lena und ich … Seit dem Tod ihres Vaters kommen wir beide nicht allzu gut klar.«

Hartmann schüttelte den Kopf. »Es ging eigentlich.«

Simone Sommer ließ ein kleines Schäufelchen in ihrer Hand kreisen.

»Lena und Miriam sind sehr verschieden. Miriam ist so wie ich. Mehr anpackend. Lena hat mit unserer Art sehr große Probleme. Sie hält da einfach nicht mit. Ihr fehlt ein Vater. Miriam und ich, wir haben uns durchgebissen. Ich möchte Sie um einen weiteren Gefallen bitten, Herr Hartmann.«

»Okay.«

»Was immer Sie ermitteln, bitte bedenken Sie, dass Lena eine sehr zerbrechliche Person ist.«

»Machen Sie sich keine Sorgen!«

»Sie liebt Arne Hanssen.«

Hartmann runzelte ihr ein überraschtes Fragezeichen entgegen.

»Lena ist meine Tochter. Eine Mutter spürt so was.« Sie schaute Hartmann direkt in die Augen. »Irgendwann wird sie mir sagen, dass sie mit Arne zusammen ist. Soll sie sich Zeit lassen. Ich aber hoffe, dass Arne sie nicht enttäuscht. Ich weiß nicht, ob sie das verkraften würde.«

»Ich verstehe.«

Simone Sommer wendete sich ab und widmete sich wieder ihren Blumen. Hartmann stieg in die rote Blechsauna und ließ den Buckingham Palace hinter sich zurück. Nachdenklich bog er in die Bergische Landstraße ein und schüttelte den Kopf. Simone Sommer war anscheinend über alles informiert. Das machte ihm Sorgen. Denn das konnte vieles bedeuten.

Tja, und das machte ihm erst recht Sorgen.

* * *

Hartmann grübelte sich über die Grafenberger Allee. Rushhour in Düsseldorf! Verstopfte Straßen, eilige Fußgänger, hupende Taxis, Stop and Go. Uhlandstraße, die siebte rote Ampel hintereinander! Er bremste den Wagen ab. Eine Straßenbahn im dunkelgrünen Diebels-Look links neben ihm spuckte abgekämpfte, blasse Fußgänger auf den Bordstein der Haltestelle.

Einer blieb plötzlich stehen und starrte Hartmann an. Der erwiderte den Blick. Auch dieser Typ kam ihm irgendwie bekannt vor, ohne dass er sich erinnern konnte, wer ...

Hartmanns Herz stockte: vielleicht einer von Sergejs Leuten? Obwohl der Typ in der beigefarbenen Bundfaltenhose, dem kurzärmeligen, hellblauen Sommerhemd mit Krawatte und der braunen Aktentasche unterm Arm wirklich nicht so aussah wie einer von Sergejs Truppe. Höchstens wie einer, der selbst ab und an mal heimliche Liebesdienste in Anspruch nimmt ...

Heimliche Liebesdienste! Na klar!

Der Typ blieb vor Hartmann stehen, beugte sich runter und musterte das Kennzeichen des Fahrzeugs. Dann schoss er plötzlich an die Fahrerseite und bekam irgendwie die Fahrertür zu packen. Hartmann wollte das Knöpfchen runterdrücken, aber er haute ins Leere.

Der Typ hatte die Tür schon aufgerissen und schrie: »Haltet den Dieb! Haltet den Dieb! Polizei! Das ist mein Auto! Das ist mein Auto!«

Hartmann kramte verzweifelt in seinem Kopf nach irgendeiner Geschichte und stieg langsam aus.

»Das ist ...«

»Haltet den Dieb! Polizei! Polizei!« Und an Hartmann gewandt: »Geben Sie mir sofort den Autoschlüssel! Das ist mein Fahrzeug! Sofort! Die Schlüssel her! Sofort!« Er schlackerte wild mit der braunen Aktentasche.

Hartmann peilte die Situation und warf vorsichtig einen Blick in die Runde. Die ersten Passanten ließen sich aus ihrem Feierabendtrott herausreißen und wurden aufmerksam. Zwei Jugendliche blieben stehen und guckten rüber.

Renates wildgewordener Ehemann griff nun nach Hartmann und versuchte ihn zur Seite zu schieben. »Gehen Sie weg! Machen Sie sofort den Weg frei! Ich rufe die Polizei! Hilfe! Hilfe!«

Die beiden Typen auf der anderen Seite der Haltestellenabsperrung hatten sich entschieden, dem armen Schreihals zu helfen, und machten einen ersten Schritt nach vorne. Hartmann war noch immer nichts Brauchbares eingefallen und strich sich durchs Haar. Die Wahrheit kam natürlich wieder mal nicht infrage. Und Bullen hatten ihm hier gerade noch gefehlt. Dass mit Renates Auto würde er ja noch irgendwie hinbiegen können. Aber er hatte natürlich immer noch keinen Führerschein ... Okay!

Hansi Schröder zerrte heftig an seinem Arm. Die Ampel schlug auf Grünlicht.

'tschuldigung, dachte Hartmann und rammte Hansi Schröder einmal kräftig mit der Rechten von unten gegen das Kinn.

Schröder hielt kurz inne, der Körper erschlaffte augenblicklich und sackte in Zeitlupentempo zu Boden. Hartmann wirbelte herum und sprang ins Auto. Die beiden von der Haltestelle beschleunigten. Schröder sackte bewusstlos hinten rüber auf den Gehweg. Hartmann trat das Gaspedal durch. Die beiden Jugendlichen schrien jetzt ebenfalls. Einer hielt den armen Hansi im Arm, der andere schlug Hartmann beim Losfahren aufs Autodach.

Hartmann rauschte über die Ampel und bog nach links ab. In ein, zwei Minuten würden die ersten Streifenwagen nach einem roten Honda suchen. Tempo war angesagt! Er huschte knapp bei Rot drüber und erreichte die Harkortstraße. Ein freier Parkplatz, in den er den Wagen fast exakt so abstellen konnte, wie er ihn vorgefunden hatte.

Jetzt aber schnell! Er warf die Plastikplane auseinander und hastete in Renates Brötchenbude. Hoffentlich hatte Hansi seine Renate noch nicht angerufen! Die machte an der Theke große Augen.

»Nein, er hat nicht angerufen. Wieso soll er denn?«

Hartmann zog Renate nach rechts in die Küche.

Sie war entsetzt: »Du hast was gemacht? Du hast meinen Hansi geschlagen?«

»Ich habe deinem Hansi das Leben gerettet!«

»Du hast ihn umgehauen!«

»Hör mir zu! Die Typen, die hinter Hansis geheimen Kenntnissen her sind, sind inzwischen hinter mir her. Das ist Teil des Plans. Ich musste jetzt nur noch dafür sorgen, dass die mitkriegen, wie Hansi auf mich losgeht.«

Im Laden ging das Telefon. Moni ging ran. Das wird Hansi sein!

»Ich bin den halben Nachmittag durch Düsseldorf gefahren, bis dein Hansi endlich aus dieser verfluchten Bahn aussteigt. Ich halt also den Verkehr auf, indem ich an der grünen Ampel stehen bleibe, bis der mich endlich sieht und dein Auto erkennt!«

»Renate! Telefon!«

Hartmann kniff die Augen zusammen und nickte: »Alle Achtung, Renate! Dein Mann hat wirklich Mumm! Der ist sofort auf mich losgestürmt, reißt die Tür auf und macht mich erst mal richtig fertig! Kein Zögern, kein Zaudern, der ist direkt auf mich los!«

»Re-na-te! Telefon!! Dein Mann ist dran!«

In Renates Augen flackerte ein bisschen Glauben. Hartmann ergriff ihren Arm und zog sie an sich ran.

»Ich bin mir sicher, die Burschen haben das geschluckt! Dein Hansi ist aus dem Schneider! Jetzt ist nur noch eines wichtig! Lebenswichtig!!«

»Ja, was denn, Chris?«

Sie zitterte.

»Du musst jetzt stark sein! Du musst jetzt cool sein! Ich weiß, du schaffst das! Du gehst jetzt ans Telefon und behauptest hartnäckig, dass dein Wagen den ganzen Tag auf der Harkortstraße gestanden hat. Dort hast du ihn heute Morgen abgestellt und da steht er immer noch. Den kann dein Hansi sich ja angucken. Er muss sich vertan haben!«

»Das schaffe ich nicht!«

Hartmann schaute ihr tief und hart in die Augen: »Du schaffst das! Du musst das schaffen! Es geht um Hansis Zukunft, vielleicht um sein Leben! Du musst das für Hansi tun! Mit den Burschen ist nicht zu spaßen, glaub mir das!«

»Re-na-te!«

»Ich komme, Moni!«

»Renate! Wenn Hansi die Polizei informiert hat und die bei dir vorbeikommen, denk dran: die gleiche Geschichte. Und ich verspreche dir: Morgen hat der verdammte Spuk endgültig ein Ende. Dann sind diese miesen Typen, du weißt schon welche ich meine, endgültig aus eurem Leben verschwunden! Dann haben wir gewonnen! Dann hast du gewonnen!«

Renate nickte heftig und ging an den Hörer. Hartmann hielt die Luft an.

»Schatzi, ja was … Was? Nein, den Wagen habe ich um die Ecke abgestellt … Nein, wirklich nicht! Verleihen? Ich verleihe doch nicht unseren süßen Kleinen! Nein. Nein!« Dann wurde sie rot. »Wie kannst du so was denken? Geh doch gucken, ob der Wagen da steht! Einen heimlichen Freund … Wie kannst du so was denken? Ich lege jetzt auf, wir reden heute Abend in Ruhe ... Ja, in Ruhe darüber! So was will ich nicht hören, Schatzi! Polizei? Mach dich nicht lächerlich ... Wir reden heute Abend in Ruhe darüber! Bis gleich!«

Renate legte den Hörer zitternd auf die Gabel und drehte sich zu Hartmann um. Eine dicke, heftig Blut pumpende Ader hatte sich in ihre Stirn gepresst. Ihre Stimme klang ein bisschen nach Kühlschrank. Nur kälter!

»Jetzt glaubt Hansi, ich hätte einen heimlichen Freund. Er ist doch so furchtbar eifersüchtig! Ich hab doch immer gesagt, du sollst vorsichtig sein!«

»Ich war vorsichtig. Wäre ich nicht so vorsichtig gewesen, hätten die Russen mich geschnappt. Wahrscheinlich läge ich jetzt schon lange mit Betonschuhen an den Füßen im Hafenbecken und wäre Fischfutter!«

Hartmann zog Renate zur Seite, denn Moni hatte ihre riesigen Teleskoplöffel ausgefahren und gierte nach jedem Wort. Hartmann zischte: »Ich bringe das mit Hansi in Ordnung. Kein Problem. Die Probleme hast du gelöst. Renate, du warst großartig. Ich bin stolz auf dich!« Hartmann küsste ihr auf die Wange und flüsterte noch mal: »Großartig!«

Monika fielen die Augen in die Teigwaren, und Renate errötete jetzt bis unter die blonden Haarspitzen.

»Okay. Ich vertraue dir, Chris! Bitte enttäusche mich nicht! Der Hansi und ich, wir ... Morgen kriegst du das mit meinem Hansi wieder hin, ja?«

Hartmann nickte beruhigend: »Kein Problem, Renate! Kein Problem. Der Rest ist ein Kinderspiel. Ich habe das voll im Griff!«

* * *

Hartmann ließ Renate Schröder in ihrem Treibhaus mit Plastikverpackung zurück. Das mit Hansi würde er morgen regeln. Eine Idee dazu reifte langsam in seinem Schädel heran. Das müsste eigentlich hinhauen. Dafür schoben sich einige hundert andere Probleme in den Vordergrund, die eindeutig wichtiger waren als Hansi Fremdgänger Schröders körperliches und geistiges Wohlbefinden. Alles zu seiner Zeit!

Er drückte die Haustür zur Nummer 12 auf. Aus seinem Briefkasten ragte ein brauner Briefumschlag heraus, der nicht ganz in den schwarzen Behälter aus Metall gepasst hatte. Hartmann drückte auf den Lichtschalter und erkannte einen rot-weißen Geißbock im Vereinsemblem eines Fußballvereins. Er schloss eine Briefbombe als Inhalt aus, klemmte die Post unter den Arm und ächzte sich die Stufen hoch. Das Tempo der letzten Tage ging ihm jetzt doch mächtig an die Kraftreserven. Ein paar Jahre Badeurlaub in einer kleinen, versteckten Mittelmeerbucht würden ihm jetzt auch guttun.

In der zweiten Etage ging ihm die Puste aus. Er lehnte sich an weißen, körnigen Rauputz und pumpte ein bisschen Luft mit Schweißgeruch in die schmerzende Lunge. Die dankte es ihm nicht.

Außerdem meldete sich Hartmanns Zinken. Hier in der zweiten Etage ließen Nicole und Petra berufsbedingt ab und an erotisierende Duftnoten im Treppenhaus zurück. Die beiden waren für fast alles offen ... nur, Herrenparfüm benutzten sie nie!

Hartmann wollte gar nicht sehen, wer im nächsten Stockwerk auf ihn wartete! Er wirbelte herum und sprang die Stufen runter. Augenblicke später war ein zweites Paar Schuhe zu hören, das die Treppen runterstürzte. Vitali, der Kleiderschrank, hatte mitbekommen, dass sein Opfer was gespannt hatte und setzte nach.

Das Licht im Treppenhaus ging aus. In Sekundenbruchteilen entschied sich Hartmann gegen eine Flucht durch den

Keller nach hinten raus. Möglicherweise hockte dort Jorge, um seinem Spitznamen alle Ehre zu machen. Raus auf die Straße! Dort ist es hell, da sind Leute! Da werden sie mir nichts tun!

Hinter ihm im Treppenhaus stolperte Vitali im Dunkeln die Stufen runter. Hartmann riss die Tür auf und lief mitten in Jorge rein. In den Mann aus Kiew, der häufig mit wechselnder Frauenbegleitung gesehen wird. Jorge hatte nicht mit Hartmanns plötzlichem Auftritt gerechnet. Sonst hätte er ihm sicher gleich hier das Messer schafttief durchs Jeanshemd in die Brust gerammt. Jetzt taumelte Jorge zuerst einen Schritt zurück. Blitzschnell glitt dann seine Rechte in die Jackeninnentasche. Sekundenbruchteile später schnappte ein Klappmesser auf und eine blanke Klinge funkelte im Sonnenlicht.

Kein Mensch auf dem Gehweg reagierte. Da standen zwei Männer im Hauseingang Konrad-Adenauer-Platz 12. Na und? Verdammt, der Sack würde ihn von allen unbemerkt einfach und ohne mit der Wimper zu zucken abstechen.

Hartmann wirbelte herum. Da half nur der Rückzug. Wieder rein ins Haus und doch durch den Keller. Er riss die Tür auf. Vitali mit knallrotem Kopf und dickem Pflaster an der Stirn hatte den unteren Treppenabsatz erreicht. Er folgte Hartmanns Blick und machte einen Schritt nach links. Damit war der Weg in den Keller versperrt. Vitali drückte sich ein Grinsen ins Gesicht, das Billy Idol zur Ehre gereicht hätte.

Hartmann drehte sich um. Jorge war langsam einen Schritt nähergekommen, das Messer an die Innenseite der Jacke gedrückt, bereit sein Werk zu vollenden. Auch der Totmacher grinste und entblößte zwei hässliche, gelbe Zahnreihen. Hartmanns Herzschlag setzte aus. Schon mal zur Übung! Das war's. Das gelbzahnige Monster würde ihn hier und gleich abstechen! Es funkelte in Jorges kalten, hellblauen Augen, und Hartmann war klar, dass genau dieser Moment jetzt gekommen war.

Dann quietschten die Reifen eines Opel Vectra direkt hinter Jorge, und aus einem Auto mit heruntergefahrener Seitenscheibe brüllte eine Stimme: »Heh, Hartmann! Steig ein, wir haben ein paar Fragen!«

Jorges Jacke verschluckte das Springmesser. Er selbst machte zwei Schritte zur Seite und interessierte sich plötzlich für das Kulturprogramm im Zakk, das von außen an die Fensterscheiben des geschlossenen An- und Verkaufsladens angeklebt war. Hartmann machte sich fast in die Hose.

»Schlag keine Wurzeln, Hartmann! Steig ein! Oder muss ich aussteigen und dich in den Wagen prügeln?«, fragte Kriminalhauptkommissar Grannert von der Mordkommission Düsseldorf, der sich gerade eine Menge Arbeit erspart hatte, ohne es zu wissen. Hartmann seinerseits ersparte sich ausnahmsweise jede blöde Bemerkung, riss die Tür hinten auf und klemmte sich in den Rücksitz.

»Geht doch«, murmelte Grannert und runzelte überrascht die Stirn.

Hartmann warf einen Blick nach hinten durchs Heckfenster. Der Totmacher warf ihm tödliche Blicke hinterher. Na, besser als ein Messer. Im Hauseingang erschien Vitali mit einem Handy am Ohr.

Grannert drehte sich nach hinten. »Wir müssen uns mal ein bisschen unterhalten, Hartmann.«

Dessen Pulsschlag hatte wieder eingesetzt. Hartmann schob sich eine feuchte Strähne hinters Ohr. »Gibt's denn irgendwelche Probleme?«

* * *

Kriminalhauptkommissar Dircks blies einen Rauchkringel an die Decke und zog ein Blatt Papier aus dem Drucker. Hartmanns Aussage. Er überflog noch einmal die Zeilen, grinste und schaute Hartmann in die Augen: »Da stimmt natürlich überhaupt nichts von. Das ist schon klar.«

Er ließ sich nach hinten in den Bürostuhl fallen und schob seine Füße in die dritte Schreibtischablage von unten. Hartmann sagte nichts. Am anderen Ende des Raums wischte Grannert ein paar Kaffeetropfen von der Schreibtischplatte.

Dircks fasste zusammen. »Andreas Krombach wurde am Vormittag des 4. Juli in seiner Wohnung auf der Habichtstraße mit einer 7.65er erschossen. Glatter Schuss durch die Brust ins Herz. Er war sofort tot. Krombach rutscht leblos unter einen Tisch. Auf dem Tisch steht ein Laptop.« Dircks schickte wieder einen Kringel auf die Reise. »Der Täter geht. Die Polizei kommt. Unsere Leute von der Spurensicherung krallen sich den Computer, und bei der Untersuchung des Teils wird festgestellt, dass dieses Teil einem Christian Hartmann gehört.«

»Gehört hat.«

»Dann schauen sich meine Kollegen die Dateien an und finden ein gemeines, kleines Videofilmchen.« Dircks entnahm dem Schreibtisch das italienische Schuhwerk und beugte sich nach vorne: »Und wir beide wissen, was auf diesem kleinen Filmchen drauf ist.«

Hartmann sagte nichts. Unglaublich! Natürlich hatte dieser Bettnässer nicht die Festplatte gelöscht oder formatiert. Nein, dieser kranke Typ hatte nicht mal den Film gelöscht. Wahrscheinlich hatten ihm die Aufnahmen gefallen. Und gut versteckt hatte er den Laptop auch. Mitten auf dem Tisch hatte er also gestanden! Kein Wunder, dass du tot bist, Krombach!

Dircks griff nach Hartmanns Aussage. »Ich habe den Laptop Ende Juni, ich meine, es war der 25. Juni, für fünfhundert Euro gebraucht an meinen alten Sportskameraden Andreas Krombach verkauft. Ich hatte ihn gebeten, die Festplatte auszutauschen, da zum Teil vertrauliche Unterlagen, vorhergegangene Ermittlungen meinerseits betreffend, zwar gelöscht waren, sich aber noch auf der Festplatte befinden konnten. Ein Videofilm, der Andreas Krombach und eine junge Frau beim Geschlechtsverkehr zeigt, hat sich beim Verkauf des Geräts nicht auf der Festplatte befunden und ist mir nicht bekannt.« Dircks ließ den Ausdruck langsam in einen Papierkorb neben dem Schreibtisch segeln.

Hartmann zog die Achseln hoch. »So ist es. Ähm, wann ist denn dieses Video gemacht worden? Ich meine, das müsste man doch auf der Festplatte in der Datei erkennen können? Ich kenne mich mit so Dingern nicht aus, aber …«

»Wir wissen beide, wann das Filmchen gedreht worden ist, Hartmann«, brummte Grannert von der anderen Seite des Büros und wischte gleichzeitig einen Kaffeerand vom Schreibtisch. »Mittwoch, 3. Juli, 16.17 Uhr. Mal eine ganz andere Frage: Wo warst du eigentlich am 3. Juli, sagen wir mal so gegen 16.17 Uhr?«

»Im *Aquarium*. Das ist eine Kneipe in Unterrath. Eckener Straße. Da war ich, den ganzen Nachmittag über. Da gibt es Zeugen. Und abends, aber das wisst ihr ja selbst, habe ich mit der Birgit Meissner in Oberkassel die Leiche von Miriam Sommer gefunden.«

Dircks stand auf. »Ich hätte nicht wenig Lust, dich einzusperren, Hartmann!«

»Ich habe Andreas Krombach nicht erschossen.«

»Natürlich nicht!«

Hartmann stutzte und zog die Augenbrauen hoch. »Wieso habe ich Andreas Krombach natürlich nicht erschossen?«

Auch Grannert war aufgestanden. »Du bist für alles gut, Hartmann. Dir ist fast alles zuzutrauen! Du lügst, wenn du den Mund aufmachst. Du drehst dir die Wahrheit, dass es einem Karussellpony von der Kirmes schwindelig wird! Aber du bist kein Mörder!« Dircks fuhr fort: »Hättest du Krombach erschossen, hättest du den Laptop mitgenommen. Du hast kein Motiv. Irgendeine Art Motiv hätte das kleine, schmutzige Filmchen sein können. Aber, wie gesagt, das hättest du mitnehmen können. Hast du aber nicht! Nein. Vielleicht hast du ihn erpresst. Aber Erpresser erschießen nicht die Kuh, die sie melken wollen. Und auch dann hättest du das Computerteil mitnehmen müssen.«

»Hab ich aber nicht!«

»Genau! Was also hat es mit diesem kleinen Filmchen auf sich?«

Hartmann hielt den Mund, denn er spürte Grannerts Atem hinter sich.

Dircks klopfte die Zigarette im Aschenbecher aus. »Du hast das Filmchen gemacht. Es ist ein kleiner, schmutziger Film. Das ist genau dein Ding! Du wolltest Krombach erpressen!«

»Gerade hast du noch gesagt, ich bin kein Erpresser, jetzt ...«

Grannert flüsterte ihm von der Seite ins Ohr: »Das richtige Erpressen hat was mit Vermögensverschiebung zu tun, Hartmann. Aber um eine Vermögensverschiebung geht es hier nicht! Andreas Krombach war der Tennislehrer von Miriam Sommer. Und er war nicht nur das. Andreas Krombach, und das weißt du so gut wie wir, war der Liebhaber von Miriam Sommer. Und Miriam Sommer ist tot. Habe ich dir nicht ganz höflich mit auf den Weg gegeben, du weißt, als ich dich im Drehstuhl raus auf den Flur getreten habe, dass du deine Finger aus den Ermittlungen Miriam Sommer lassen sollst? Habe ich dir nicht deutlichst gesagt, du sollst keine Dummheiten machen, Hartmann?«

»Äh ... ja.«

»Und warum tust du das dann nicht?«, brüllte Grannert in Hartmanns Ohr.

Sogar Dircks zuckte zusammen.

»Au, Mann, das fällt schon unter unerlaubte Vernehmungsmethoden!«

Grannert packte Hartmann am Kragen und riss ihn mit einem Arm zehn Zentimeter vom Boden hoch. »Ich kann dir ja gleich mal ein paar unerlaubte Vernehmungsmethoden zeigen, wenn du möchtest!« Grannert drückte Hartmann wieder zurück in den Stuhl.

Dircks schlug sich eine neue Camel aus der Packung. »Du sollst nicht immer so laut brüllen, Granny. Wenn du was von ihm willst, hau ihm doch direkt eine rein. Aber immer das Gebrülle geht mir schwer auf die Ohren!«

»'tschuldigung!«

»Also, Hartmann, wozu das Filmchen? Was wolltest du von Krombach haben?«

In Hartmanns Kopf kreisten die Gedanken. Die Wahrheit kam mal wieder nicht in Frage. Dass im Versteck unter der Holzvertäfelung in seinem Büro neben den Kennzeichen auch noch seine nicht registrierte Knarre lag, würden sie ihm wirklich übel nehmen. Was Knarren angeht, sind Polizisten eigen. Wenn er Dircks vom Filmchenversteck erzählte, würde der sofort einen Beamten losschicken, der dann auch seine Knarre fände. Ging also nicht. Er konnte auch Lena Sommers Beziehung mit Arne Hanssen nicht outen. Ohne schlüssige Story würden Dircks und Granny ihn hier so lange ausquetschen, bis er auch das ausgespuckt hätte. Außerdem war sein Ding mit der Videokamera streng strafrechtlich mindestens Nötigung. Jetzt konnte Krombach sich zwar nicht mehr beschweren, aber da war ja noch immer die kleine Tennistussi, die ja vielleicht einen Vater hatte, der Ärger machen würde.

Vielleicht die halbe Wahrheit ...

»Ich habe mir gedacht, dass Miriam Sommer für Andreas Krombach eine Nummer zu groß war. Ich meine, als Tennislehrer und für ein paar kleine Glücksmomente unter der warmen Dusche danach, okay. Aber ein echtes Verhältnis, für das Miriam Sommer ihre Beziehung zu einem schweren Börsentypen wie Hanssen aufs Spiel setzt ... Nein. Ich kannte Krombach. Das war eine Wurst, ein Angeber, ein kleiner, braun gebrannter Schaumschläger, der darüber hinaus auf kleine Mädchen steht!« Hartmann schaute Dircks direkt in die Augen. »Ich habe mir zweierlei überlegt: erstens, dass Miriam Sommer noch einen zweiten Liebhaber hat, und zweitens, dass Andreas Krombach weiß, wer diese zweite Person ist. Und ich wollte von ihm wissen, wer diese zweite, unbekannte Person ist.«

»Und deshalb hast du heimlich das kleine Filmchen gedreht, um ihn damit zu erpressen!«

Hartmann lehnte sich im Stuhl zurück. »Das hast du gesagt. Meine Aussage habt ihr, und die bleibt exakt so, wie sie ist. Mehr ist von mir nicht zu bekommen. Kram die Aussage wieder raus aus dem Papierkorb, schreib das Letzte noch dazu, und dann kannst du noch ein paar Kaffeeflecken draufmachen, Granny. Aber das war es dann. Ich werde nicht zugeben, ein Filmchen gedreht zu haben. Mehr gibt's nicht!«

Die beiden Kripomänner warfen sich einen müden Blick zu. Im Grunde genommen sahen sie zufrieden aus. Dircks blies langsam Rauch durch die Nase auf die Tischplatte. Grannert nippte am Becher Kaffee. Hartmann spürte, wie sich plötzlich eine bleierne Müdigkeit in seine Knochen fraß. Und bei bleiern fielen ihm Sergej und seine Spießgesellen ein. An einen ruhigen, tiefen, erholsamen Schlaf war nicht zu denken. Es sei denn ...

»Ach so. Nur der Vollständigkeit halber: Krombach hat mir natürlich nicht gesagt, wer dieser unbekannte, zweite Mann ist.«

* * *

Hartmann warf die Tür hinter sich in den Rahmen. Viertel nach elf. Er hatte keine Typen und keine doof abgestellten Zivilwagen gesehen. Aber es war ihm klar, dass Dircks und Grannert ihn unter Beobachtung gestellt hatten. Da sie im Trüben fischten, würden sie auf Nummer sicher gehen und hoffen, dass er sie auf die Spur des heimlichen Lovers von Miriam Sommer führte. Mit Sicherheit drückten sich also irgendwo da draußen Zivilbullen den Hintern und die Füße platt.

Und das war gut so. Denn sie würden ihn auch vor Sergej und seinen Hauern schützen. Leichter konnte man nicht an Personenschutz kommen, zog Hartmann zufrieden Bilanz. Das waren echte Freunde und Helfer!

Der Anrufbeantworter in der Telefonanlage blinkte. Heidis Stimme: »Ich hatte Sie ja neulich gefragt, ob ich Ihre Hilfe in Anspruch nehmen könnte. Also, gegebenenfalls. Nun, morgen Abend wäre das dann soweit. Es wäre sehr wichtig, wenn Sie dann morgen gegen 19.00 Uhr zu mir in die Wohnung kommen könnten? Wenn das nicht klappt, sagen Sie mir unbedingt Bescheid. Ich verlasse mich auf Sie!«

Ach ja. Hartmann bekam eine feuchte Stirn. Die Sache hatte er ja auch noch am Bein. Total vergessen. In Gedanken öffnete er den Briefumschlag mit Geißbock und überflog die Zeilen. Ein Fußballverein aus Köln wollte ihn als Co-Trainer verpflichten. Hartmann warf das Schreiben auf den Schreibtisch. In Köln! Wäre ja interessant zu wissen, was die Fans zu den Plänen sagen. Dass die einen Düsseldorfer auf der Trainerbank akzeptierten, wäre ungefähr so wahrscheinlich, wie Wolfgang Niedeckens Einstieg als Sänger bei den Toten Hosen. Andererseits, hatten nicht auch die Allofs-Brüder ein paar Jahre in Köln gespielt? Hartmann nahm sich vor, Thomas demnächst mal anzurufen. Co-Trainer in Köln ...

Besser als von Jorge, dem Totmacher, in lauer Sommernacht zwischen ein paar Mülltonnen abgestochen zu werden oder in irgendeinem Betonfundament zu verschwinden. Nicht viel besser. Aber immerhin!

Hartmann pellte das verschwitzte Hemd vom Körper. Auf jeden Fall hatte er sich diese Detektivspielerei ganz anders vorgestellt. Ganz anders! Also wirklich ganz, ganz anders!!

Seine Jeanshose landete vor dem Bett. Er kramte sich noch die Knarre unterm Kopfkissen zurecht und war zwei Sekunden später im Land der Träume.

7. Kapitel

Als Hartmann wach wurde, wusste er zunächst nicht, wo er war. Sein Schädel dröhnte, sein Mund war trocken. Irgendwie kriegte er den Kopf gedreht. Die Wände waren weiß und kahl. Nackter Beton. Und es war kalt. Er wollte sich aufrichten. Das ging nicht. Irgendjemand hatte ihn auf einer Art Zahnarztstuhl festgeschnallt. Seine Unterarme hingen in breiten Schlaufen aus Leder, die an den Lehnen des Stuhls befestigt waren. Die Schlaufen schnitten ihm ins Fleisch, seine Hände waren taub. Die Augen schmerzten und gewöhnten sich nur langsam an das trübe Dämmerlicht einer nackten Glühbirne, die von der Decke hing. Hinten in der anderen Ecke des Zimmers befand sich noch jemand im Raum. Er kam langsam auf ihn zu.

»Na, Hartmann, wach geworden?« Ein weißhaariger Typ mit runder Brille beugte sich über ihn. »Dann können wir uns ja ein bisschen unterhalten.«

Der Typ sah harmlos aus. Das silberne Ding, das er in der Hand hielt, eher nicht. Hartmann erkannte einen Bohrer. Einen Zahnarztbohrer. Der typische, furchtbare, ins Mark gehende, hohe Summton schraubte sich in seinen benebelten Schädel. Und dann erkannte er, wen er da vor sich hatte: Lawrence Olivier.

Hartmann fuhr hoch, schnappte nach Luft und rieb sich kräftig die trockenen Augen. Verfluchtes Traumzeug! Er lag in seinem Bett, und die Wirklichkeit holte ihn langsam wieder ein. Nur dieser Marathonmann-Bohrer summte immer noch weiter in seinem Schädel. Bohrer? Hartmann sprang auf, taumelte kurz, um den Blutkreislauf wieder in die richtige

Richtung zu bringen, und ging ins Nebenzimmer, wo die Telefonanlage hartnäckig summte.

Er drückte den Hörer ans Ohr. »Hallo?«

»Mann, Hartmann, ich ...«

»Gina!«

»Natürlich Gina. Ich versuche schon seit zwei Stunden, dich zu erreichen.«

»Ich habe geschlafen.«

»Es ist halb elf!«

»Oh.«

»Ja, genau. Du hattest mich gebeten ... du weißt schon, ich bin nicht allein hier im Laden. Das Ergebnis ist nicht ganz so, wie du dir das vorgestellt hast. Am besten kommst du vorbei und ich zeige dir was. Du wirst dich wundern!«

* * *

Eine Viertelstunde später verließ Hartmann frisch rasiert und geduscht mit im Sonnenlicht zusammengekniffenen Augen das Haus und ließ einen prüfenden Blick über den belebten Bahnhofsvorplatz kreisen. Kein dunkelblauer Daimler, kein Vitali, kein roter Punkt auf seinem T-Shirt, der daher stammte, dass die Lasereinrichtung eines Präzisionsgewehres ihn erfasst hatte. Auch die Bullen konnte er nicht ausmachen. Aber ...

Er ging ein paar Schritte weiter auf das Absperrgitter an der Haltestelle zum Bahnsteig 5 zu. Mit einem schweren Ringschloss angekettet stand dort ein Fahrrad. Ein rotes Fahrrad. Ein hochwertiges Fahrrad. Sein Fahrrad! Sein geliebtes Rennrad, das man ihm aus dem Flur geklaut hatte! Er beugte sich runter zum Schloss.

Ein hagerer Typ mit verblichenem Schmetterlingstattoo

auf dem faltigen Hals stand neben dem Rennrad und warf einen hageren Schatten vor Hartmann auf den Gehweg. »Is was?«

Hartmann blinzelte hoch. »Das ist mein Fahrrad.«

»Wohl kaum, Alter!«

Hartmann stand auf. »Natürlich ist das mein Rad. Das erkenne ich unter Tausenden. Ich hab auch noch irgendwo eine Quittung ...«

Der Typ griff nach hinten in die Gesäßtasche seiner speckigen Jeans. Hartmann spannte sich an. Gleich geht's wieder los! Dann baumelte in der knochigen Hand des Hungerhakens ein Schlüssel.

»Das da ist mein Fahrrad. Und das hier ist der Schlüssel zum Ringschloss an meinem Fahrrad.« Der Typ grinste schief und zeigte eine angefaulte Zahnleiste, die in etwa so gelb war wie ein Rapsfeld im Juni. »Aber du hast Glück, Alter. Ich bin knapp bei Kasse und möchte mein Fahrrad verkaufen. Hundert Eier, und das Ding gehört dir!«

Hartmann überlegte kurz, wohin er zuerst treten sollte, und besann sich dann eines Besseren. Es gab zur Zeit genügend Leute, die hinter ihm her waren. Der Kaputte vor ihm hätte in zwei Tagen raus, wo er sein Büro hatte, und dann gab's womöglich täglich Stunk. Außerdem mussten die Zivilcops, die sicher irgendwo schon mit Stielaugen seine Aktion hier beobachteten, nicht mitkriegen, dass er einen Junkie umhaut. Ein brauchbares Ringschloss hatte er sich sowieso anschaffen wollen. Und die Ankerkette, die im Moment das Fahrrad sicherte, war alleine schon die hundert Eier wert. Und schließlich hatte er noch ein paar Scheine von Krombach.

»Okay, aber nur mit Schloss!«

»Das macht zwanzig Euro extra.«

»Falsch. Das erspart dir einen überfälligen Besuch beim Zahnarzt.« Hartmann pulte ein Scheinchen aus dem Portemonnaie. »Her mit dem Schlüssel!«

Das mit dem Zahnarzt hatte der Kaputte nicht kapiert, aber das schicke Scheinchen vor seiner krummen Nase und die Aussicht auf weißes Gift in Pulverform, das er sich dafür kaufen konnte, schwächte deutlich seine Verhandlungsbereitschaft. »Okay.«

Er nahm den Schein, Hartmann hievte den Anker, schwang sich auf den Drahtesel und schoss davon.

Hartmann war zufrieden. Irgendjemand hatte sogar Luft in die Reifen gepumpt. Der Fahrtwind strich ihm durchs Gesicht. Es war wieder keine Wolke am Himmel. Bestimmt an die dreißig Grad. Spätestens im Kreisverkehr am Stresemannplatz, als er scharf nach rechts in die Scheurenstraße abbog, hatte er jeden Verfolger abgeschüttelt. Hartmann blinzelte zum Himmel. Das schien ein wirklich schöner Tag zu werden ...

Er irrte natürlich!

* * *

Gina schob ihm einen Zettel über den Tisch und legte die Hand drauf: »Erst mal Folgendes: Ich hab's mir überlegt. Ich bin nur ein bisschen sauer auf dich. Nicht so sehr, aber ein bisschen. Ich denke, dass du mich nicht aus reinem Eigeninteresse ausgenützt hast, sondern dass das irgendwie mit deinem Job zu tun hat.«

»Ich bin froh, dass du das so siehst!«

»Klappe, Hartmann. Das macht die Sache nicht schöner für mich!«

»Das sehe ich ein!«

»Schleim nicht rum!«

»Okay!«

»Ich sag es ganz deutlich: Mach so was nicht noch mal mit mir!«

Hartmann sagte jetzt mal besser nichts und nickte.

»Gut.«

Sie nahm die Hand vom Blatt und deutete auf ein paar Zahlenreihen darauf.

»Arne Hanssen hat tatsächlich, wie du gesagt hast, zwei Flüge gebucht. Den ersten mit der Cathy Pacific am 2. Juli, Ankunft in Düsseldorf 14.00 Uhr.«

»Das war der Flug, den er tatsächlich genommen hat«, nickte Hartmann, »wie Lena Sommer gesagt hat.«

Gina legte einen hübschen Finger auf eine zweite Zeile.

»Den zweiten am 4. Juli, 22.00 Uhr.«

»Das war der offizielle Rückkehrtermin, nachdem er zwei hübsche, heimliche Liebestage und -nächte mit Lena Sommer in deren Ferienhaus bei Koblenz verbracht hatte.«

»Der Flug war einer mit der Lufthansa.«

Hartmann nickte wieder. »Das passt. Den hat Hanssen über seine Firma gebucht. Wahrscheinlich fliegen die bei der *HG Software* immer mit dem Kranich. Seinen privaten hat er natürlich nicht über die Firma gebucht.«

»Hm«, machte Gina, »ich habe dann die Boardingcards checken lassen. Das sind die Nachweise darüber, ob nun tatsächlich der Berechtigte an Bord gegangen ist. Die sind bei den Airlines immer sehr genau, wegen der Gepäckstücke, die zu den Passagieren passen müssen und so weiter. Das musste am 4. Juli für Arne Hanssen negativ ausfallen, und tatsächlich blieb sein Platz leer.«

Hartmann nickte.

»Dann habe ich den 2. Juli gecheckt.« Gina warf einen Blick auf die Kollegin an einem zweiten Schalter am anderen Ende des Raumes, die mitten in einer Buchung war. »Und Arne Hanssen saß auch am 2. Juli nicht in der Maschine.«

Hartmann kippte der Unterkiefer unvorteilhaft nach unten. »Das kann nicht ...«

»Doch! Mach den Mund zu! Er hat ein paar Minuten vor dem Start angerufen und gesagt, dass er nicht mitfliegt. Nach der Boarding-Time. Deshalb stand er auf der Passagierliste, obwohl er nicht geflogen ist.«

»Lena Sommer hat Arne Hanssen am 2. Juli am Düsseldorfer Flughafen abgeholt. Sie ist mir auf dem Weg dahin seinerzeit sogar unbekannterweise in ihrem Cabrio entgegengekommen, als ich bei ihrer Mutter war.«

Gina nickte. »Vielleicht hat sie ihn am Düsseldorfer Flughafen abgeholt, aber er war nicht in einer Maschine aus Johannesburg, so viel ist sicher. Guck hier!«

Sie tippte auf eine dritte Zeile.

»Meine Freundin hat weiter in ihrem Computer rumgewühlt und das hier gefunden: Cathy Pacific aus Johannesburg, Ankunft in Düsseldorf am 1. Juli, 06.10 Uhr, Platz 311, Touristenklasse, A. Hanssen. Ich habe die Boardingcards überprüfen lassen, und mit dieser Maschine ist Arne Hanssen dann tatsächlich zurückgeflogen. Hundertprozentig übrigens, weil die Kollegin Arne Hanssen aus irgendwelchen Börsensendungen wiedererkannt hatte.«

Hartmann haute auf den Tisch. Der Koalabär wackelte.

»Das ist ja ein Ding. Der Hanssen hat Lena Sommer geleimt!« In Hartmanns Schädel überschlugen sich die Infos. Das warf allerdings eine ganze Menge neuer Fragen auf. »Was, zum Teufel, hat Hanssen am 1. Juli gemacht? Und mit wem? Mit der Cathy ist er geflogen? Dann hat er den Flug nicht über die Firma gebucht! Vielleicht, weil auch Frank Grothe nicht wissen durfte, was sein Partner heimlich treibt!« Hartmann griff nach den Zetteln. »Darf ich die Ausdrucke haben?«

Gina zog sie weg. »Diese Ausdrucke existieren gar nicht.«

»Ach so.«

»Übrigens, das Trikot spannt vorne ein bisschen, aber steht mir ansonsten sehr gut. Und die CD finde ich klasse. Morcheeba, hatte ich noch nie was von gehört. Klasse Scheibe! Am besten gefällt mir *Undress me now*.«

»Das können wir uns gerne mal zusammen anhören.«

»*Slow down* ist das andere Stück, das mir super gefällt!«

Hartmann zog eine traurige Grimasse. »Ja, das Stück ist auch nicht schlecht.«

»Also, Meisterdetektiv, ich hoffe, ich habe dir weitergeholfen.«

»Oh, ja, das hast du!«

Und dann spielte Hartmann seine berühmte Grundschnelligkeit aus, rauschte nach vorne und drückte ihr einen Kuss auf die Wange. Ginas Kollegin sah kurz auf, und Hartmann war raus aus dem Laden, ehe ihm Gina den Stoffkoala hinterherwerfen konnte.

* * *

Den Termin hatte Lena Sommer für Hartmann kurzfristig klargemacht. Jetzt warf der Mann in der waldgrünen Uniform mit den dicken Oberarmen die schwere Eisentür hinter ihn ins Schloss und drehte den Schlüssel um. Eine Schweißperle drückte sich aus Hartmanns Schläfe. Eingesperrt.

Es roch nach Bohnerwachs und Desinfektionsmittel. Und es roch hier muffig nach verbrauchter, abgestandener Luft. Okay, die konnten hier kaum zum Lüften ein Fenster offen stehen lassen.

Der Raum war quadratisch, hatte einen grauen Betonboden und Wände, die hellgrün gestrichen waren. Eine Art von hellgrüner Farbe allerdings, mit der ein Häuschenbesitzer nicht mal die Wände seines Heizungskellers streichen würde. Auch nicht, wenn die Farbe umsonst war. Nur handelte es sich hier nicht um einen Heizungskeller, sondern um den Besucherraum der Justizvollzugsanstalt Düsseldorf.

In der Mitte des Zimmers stand lediglich ein kleiner Holztisch mit zwei sich gegenüberstehenden Stühlen. Schlicht und übersichtlich! Immerhin war es hier ein bisschen gemütlicher als in Hannibal Lectors Zelle.

Hartmann unterdrückte einen kleinen Anflug von Panik. Endlich – nach zehn scheinbar endlosen Minuten hörte er auf der anderen Seite der schweren Eisentür Schritte. Nun drehte sich wieder der Schlüssel, und der gleiche Uniformierte von vorhin drückte Arne Hanssen in den Raum. Der Schlüsselmeister nickte Hartmann wortlos zu und verschwand wieder. Und wieder eingeschlossen.

Arne Hanssen sah man die Arbeit im gefängniseigenen Steinbruch gar nicht an. Hartmann überlegte gerade, ob es im Knast Sonnenbänke gab, da fiel ihm ein, dass Hanssen vor wenigen Tagen ja noch in Südafrika gewesen war. Hanssen war circa einsachtzig groß – also genauso groß wie Hartmann –, hatte schwarze Haare, hellblaue Augen und eine schlanke, sportliche Figur. Da er aussah wie der Mann aus der Gillettewerbung, rasierte er sich vermutlich nass.

Er hatte keine Eisenkugel am Bein und trug keinen blauweiß gestreiften Anzug mit Nummer, sondern sah in seinem dunkelgrauen Anzug wie der Bundeskanzler in besseren Zeiten aus. Hartmann, der ihm in Jeanshose und schwarzem T-Shirt gegenüberstand, überlegte kurz, wer denn hier weggesperrt war.

»Guten Morgen, Herr Hanssen.«
»Guten Morgen.«

Hanssen setzte sich gelangweilt auf einen der beiden Stühle.

»Ich sage es Ihnen gleich. Ich bin nicht damit einverstanden, dass Lena in der Sache einen Privatdetektiv engagiert hat. Ich mag es nicht, wenn in meinem Leben herumgeschnüffelt wird. Ich treffe mich mit Ihnen nur Lena zuliebe!«

Bei ihm klang Privatdetektiv wie Lungenkrebs. Oder Fußpilz. Oder Eigentor.

»Umso schöner, dass Sie ein paar Minuten Ihrer kostbaren Zeit für mich opfern können. Sie haben bestimmt Wichtigeres zu tun.«

Damit waren die Fronten geklärt, fand Hartmann. Der Börsenhai verzog keine Miene.

»Lena Sommer ist der Meinung, dass Sie nicht der Mörder ihrer Schwester sind, im Gegensatz zur Polizei. Deshalb hat sie mich mit Ermittlungen beauftragt. Sie hat auch diesen Termin kurzfristig möglich gemacht, damit ich Ihnen ein paar Fragen stellen kann.«

»Wenn sie der Sache dienen, okay. Ich habe nur ein ganz schlechtes Gefühl dabei, wenn jemand wie Sie in meinem Privatbereich herumschnüffelt«, wiederholte Hanssen.

»Das kann ich verstehen.«

»Außerdem hat mir mein Anwalt signalisiert, dass ich vermutlich Anfang der nächsten Woche hier rauskomme. Dann werde ich mich persönlich um die Sache kümmern.«

Hartmann kam zur Sache: »Wo lag Ihre Waffe, bevor Miriam Sommer und Andreas Krombach damit erschossen wurden?«

»In meinem Büro in Erkrath. Ich habe dort einen abschließbaren Schreibtisch.«

»Wo ist der Schlüssel? Und wie viele Schlüssel gibt es?«

»Es gibt nur zwei. Der eine befindet sich an meinem Schlüsselbund, den hatte ich mit nach Afrika genommen. Jetzt ist er bei der Polizei. Der andere ist weg.«

»Wie, weg?«

»Es gab einen zweiten Schlüssel, den ich auf meinen Büroschrank gelegt hatte. Ich besaß damals noch keine Pistole. Eines Morgens, vor ungefähr sechs Monaten, habe ich festgestellt, dass der Schlüssel dort nicht mehr lag. Ich nahm an, dass er hinter den Schrank gefallen war, und habe mich nicht weiter drum gekümmert. Als die Kriminalbeamten mich jetzt nach einem Zweitschlüssel fragten, fiel er mir wieder ein. Die Polizisten haben dort nachgesehen, aber keinen Schlüssel gefunden. Er ist weg.«

Hartmann wechselte das Thema. »Ich habe mit Simone Sommer und Frank Grothe über Ihre Firma *HG Software* gesprochen. Und über einen möglichen Posten als Geschäftsführer bei der *Sommer Metall AG* ...«

Hanssen drückte kaum merklich die Wirbelsäule durch.

»Beide haben mir gegenüber unterschiedliche Einschätzungen über Ihre diesbezügliche Entscheidung durchblicken lassen.«

»Das sind reine Spekulationen.«

»Herr Hanssen, wir sind hier nicht bei N24, sondern sitzen im Besucherraum der JVA Düsseldorf an der Ulmenstraße.«

Hanssen lachte auf. »Mit einer konkreten Antwort auf diese Frage könnten Sie mit ein bisschen Geschick an der Börse ein Vermögen machen. Ich werde mich hüten, mir von einem Privatschnüffler so eine Information aus der Nase ziehen zu lassen. Ab wie viel sind Sie käuflich? Wie viel müsste man Ihnen bieten für die Info?«

Hartmann grinste zurück. »Ich werde mich hüten, mir von einem Börsenverdreher so eine Information aus der Nase ziehen zu lassen. Antworten Sie bitte auf die Frage!«

»Wieso?«

»Wechseln Sie zur *Sommer Metall*, geht die *HG Software* den Bach runter. Da sind einige Leute beschäftigt, die dann mächtig sauer sein werden. Das nennt man ein Motiv. Naturgemäß wird es bei *Sommer Metall* einige geben, die dort nicht Geschäftsführer werden können. Auch die werden sauer sein. Auch die haben dann ein Motiv. Wie man es dreht, gibt es immer Leute, die sauer sein können, wenn Sie den Job bekommen. Gehen Sie nicht, so werden manche Aktionäre verstimmt sein, weil sie Geld in den Sand gesetzt haben. Und glauben Sie mir: Geld ist ein sehr gutes Motiv für einen Doppelmord!«

»Ich denke, dass ich die Stelle bei *Sommer Metall* übernehmen werde. Nur ein Idiot würde das nicht tun. Das, denke ich, haben die guten Aktionäre schon lange mit ihren Aktienkäufen nachvollzogen.«

»Da wird Ihr Partner und Freund Frank Grothe sehr enttäuscht sein. Er hat Ihre gemeinsame Firma als Baby bezeichnet.«

»Man kann sich auch gleichzeitig um zwei Kinder kümmern!«

»Muss man nur aufpassen, dass das eine Kind das andere nicht auffrisst!«

»Wir sind nicht im Reich der wilden Tiere!«

Hartmann schnippte eine Fluse zwischen ihnen vom Tisch und wechselte noch mal das Thema. »Sie sind seit ungefähr drei Monaten mit Lena Sommer befreundet.«

»Wir sind ein Paar!«

»Davor waren Sie mit ihrer Schwester Miriam liiert.«

»Das ist richtig.«

»Wie haben Sie Miriam kennengelernt?«

»Ich weiß mal wieder nicht, was diese Frage soll«, nuschelte Hanssen gelangweilt, »werde sie aber Lena zuliebe beantworten. Miriam Sommer war die Freundin meines Partners Frank Grothe. Die beiden hatten sich auf einer Ausstellung kennengelernt. Miriam passte ganz offensichtlich besser zu mir. Wir haben uns Hals über Kopf ineinander verliebt und waren dann alles in allem ein Jahr zusammen. Getrennt haben wir uns, das werden Sie wissen, in aller Freundschaft vor drei Monaten.«

»Und das fand Ihr Freund und Partner Frank Grothe ganz okay so, ich meine, dass Sie ihm die Freundin ausspannten?«

Hanssen lachte ihn schallend aus. »Mann, Sie wissen gar nichts! Natürlich fand Frank Grothe das ganz okay so! Seitdem ist er mit meiner damaligen Freundin zusammen. Die werden Sie auch kennen: Birgit Meissner!«

Hartmann wurde ein bisschen rot. Er wusste offensichtlich wirklich überhaupt nichts! Hanssen mit Meissner, Grothe mit Miriam Sommer, dann umgekehrt, und jetzt Hanssen mit Lena Sommer, Grothe immer noch mit Birgit Meissner. Nur Miriam Sommer hat keinen. Die liegt kalt unter der Erde.

Hanssen lachte immer noch. »Sie sind ja ein ganz toller Detektiv! Wenn ich mich auf Sie verlassen müsste, würde ich hier wahrscheinlich versauern!«

»Hier zu versauern, wäre wahrscheinlich gar keine schlechte Sache für Sie!«

Hanssen stand auf: »Jetzt werden Sie mal nicht komisch, Hartwig!«

»Hartmann, Christian Hartmann. Komisch? Was soll da komisch sein? Da läuft einer rum, der einen Doppelmord begangen hat. Er hat der Kripo den Mörder gleich mitgeliefert. Aber was machen Sie? Sie lassen sich den Mord nicht in die Schuhe schieben. Unser Mann muss reagieren. Wenn die Bullen jetzt anfangen, den echten Mörder zu suchen, hat er ein Problem. Sollten Sie allerdings, wenn Sie hier rauskommen, einen plötzlichen Unfall haben, werden die Bullen einen Teufel tun und sich noch mal riesig in die Sache reinhängen. Dann wird man Ihnen die Morde anhängen. Dann hat der Plan doch noch funktioniert!«

Hanssen verstand, wurde blass, und Hartmann legte schnell nach. »Wo waren Sie am 1. Juli 2002, Hanssen?«

»In Afrika. Ich bin erst am ...«

»Geschenkt, Hanssen. Am Ersten saßen Sie in einer Maschine der Cathy und sind um 06.10 Uhr in Düsseldorf gelandet. Wo waren Sie in der Zeit vom 1. Juli, 6.10 Uhr, bis zum 2. Juli, 14.00 Uhr? Wo waren Sie, bis Lena Sommer Sie vom Flughafen abgeholt hat?«

Hanssen fing sich augenblicklich. Aus den strahlenden Augen wurden kleine, dünne, giftige Schlitze. Er beugte sich nach vorne und zischte: »Das, mein Guter, ist ganz allein meine Sache. Das geht niemanden was an! Das hat mit der Sache überhaupt nichts zu tun! Ich warne Sie!« Hanssen spuckte Gift. »Wenn Lena von dieser, nennen wir es Lücke, erfährt, sind Sie erledigt! Unterschätzen Sie mich nicht! Ich mache Sie fertig! Ich habe mehr Einfluss, mehr Geld, als Sie sich jemals vorstellen können! Ich sorge dafür, dass Sie Ihre drei Sachen packen und zurück unter Ihren moosigen Stein kriechen müssen!«

»Sie wollen mir also nicht sagen, wo Sie am Ersten gewesen sind?«

»Ich warne Sie, Hartwig!«

»Hartmann! Und ich warne Sie! Passen Sie auf, wenn Sie hier rauskommen! Wenn Sie über die Straße gehen. Immer hübsch nach links und rechts gucken. Könnte ein Auto kommen! Und warum durfte Frank Grothe nicht wissen, was Sie am Ersten gemacht haben? Und mit wem?«

»Ich warne Sie!«

Hartmann war aufgestanden und klopfte nach dem Herrn der Schlüssel. Er ließ Hanssen mit hochrotem Kopf zurück, und wenige Minuten später spuckte ihn der Knast wieder auf die Straße. Er sog ein paarmal warme Sommerluft tief in seine Lunge.

* * *

Das Fahrrad war noch da, und er schwang sich in den Sattel. Auf dem Weg über die Theodor-Heuss-Brücke zur anderen Rheinseite brachte er ein paar neue Erkenntnisse in die richtigen Zusammenhänge.

Arne Hanssen war ein Riesenblödmann! Den Posten bei *Sommer Metall* würde er annehmen. Schlecht für Grothe und seine Mitarbeiter. Hanssens Knarre hatte jeder an sich nehmen können, der irgendwie Zugang zu seinem Büro hatte. Den Zweitschlüssel hatte jeder auf dem Boden finden können, wenn er vom Schrank gefallen war. Infrage kamen praktisch alle in diesem Fall Beteiligten, weil sie alle irgendwie und irgendwann mal in Arne Hanssens Büro gewesen waren.

Und was den 1. Juli anging, tat sich hier ein Rätsel auf, stellte Hartmann fest, als er den in der Sonne glitzernden Rhein hinter sich ließ und die Brückenabfahrt auf der Oberkasseler Seite runterschoss.

Was hatte Hanssen gemacht?

Möglicherweise hatte er Lena Sommer oder seine Firma in irgendeiner Form hintergangen, und das war der Grund, warum ihm augenscheinlich so viel daran lag, geheim zu halten, was er am 1. Juli gemacht hatte.

Suche die Frau hinter der Geschichte! Oder war der Gillettetyp etwa schwul? Hartmann hatte sich geradezu in einen Rausch gestrampelt. Mann, war er froh, seinen Drahtesel wiederzuhaben!

Apropos hintergangen. Wenn Arne sich am 1. Juli tatsächlich mit irgendeiner Tussi heimlich vergnügt hatte und Lena Sommer ihrem Arne auf die Schliche gekommen war, dann hätte auch sie ein Motiv, ihrem untreuen Lover ein paar Jahre Knast zu verschaffen. Zerbrechlich oder nicht. Aber warum sollte sie dazu ihre

Schwester erschießen? Dann doch lieber Arne Hanssen selbst ein hässliches Loch in den Kopf ballern. Und warum sollte sie Krombach umbringen? Vielleicht hatte Krombach ja was mit Hanssen und war sein Date vom 1. Juli. Allerdings stand Andreas Krombach ja bewiesenermaßen auf kleine Mädchen. Vielleicht auch auf hübsche Knaben? Au, Mann, ein heilloses Durcheinander!

Hartmann wich einem Schaustellerfahrzeug aus – in der kommenden Woche gab's die große Rheinkirmes auf den Rheinwiesen –, jagte den Gehweg hoch, ließ die Bremsen quietschen und schwang sich aus dem Sattel. Das Rad fesselte er ordentlich mit dem neuen Ringschloss an einen Laternenmast. Dann suchte er die Klingel. Leostraße 13. Er quetschte einen dicken Daumen auf das Schild *M. Fussbach*.

* * *

»Noch eine Tasse?« Margarethe Fussbach hielt ihm die Kaffeekanne vor die riesige Nase.

Hartmanns Magen schrie entsetzt Nein! »Oh, danke, mehr als eine Tasse vertrage ich bei dem Wetter nicht.«

Sie ließ sich nicht stoppen und goss schwarze Instantplörre in seine Tasse. »Ist das Beste, was man machen kann, bei der Hitze. Gegen das Warme hilft nur was Heißes, sag ich immer!«

Hartmann schluckte und machte sich wirklich große Sorgen. Der Kaffee aus heißgemachtem Wasser und Körnerpulver, der aus irgendwelchen Nachkriegsbeständen übrig geblieben war, war das Furchtbarste, was er in den letzten dreiundzwanzig Jahren an Flüssigkeit zu sich genommen hatte. Der Muckefuck schmeckte grauenhaft. Eine seiner Nieren hatte schon den Betrieb eingestellt. Zu Recht!

Margarethe setzte sich wieder an das Tischlein mit Blümchendeckchen. »Nein, aber ehrlich. Da war ich ja total geschockt, als ich von der Frau Steinbrück, das ist die Frau in der Wohnung über mir, das von der Frau Sommer gehört habe. Die habe ich ja gar nicht richtig gekannt, so selten war die ja hier, aber wenn ich die getroffen habe, war die immer freundlich gewesen. Da kann man nix sagen. Ach, und ich habe ja gar nicht gewusst, dass das eine von den Sommers mit der Firma ist. Nee, wirklich geschockt war ich!«

Hartmann kippte drei Liter Dosenmilch in die Tasse und versuchte zu retten, was eigentlich nicht zu retten war. »Regelmäßig hat die Frau Sommer also nicht hier gewohnt?«

»Nein ...«

Margarethe Fussbach wurde ein bisschen rot, und Hartmann sah nach einer halben Stunde Smalltalk endlich die Chance, zum Thema zu kommen.

»Sie sagen das so komisch?«, blinzelte er spitzbübisch.

»Nun ja ...«, zierte sich Margarethe kurz und strich sich verlegen die gelb-grüne Rüschenschürze glatt, »ich hatte den Eindruck, die Wohnung wäre nur so ein, wie soll ich sagen, so ein kleines, heimliches Liebesnest.«

»Oho«, lockte Hartmann verschwörerisch.

»Alleine ist die ja kaum da in der Wohnung gewesen. Meistens kam sie in Herrenbegleitung. Ich will ja nichts Schlechtes reden, die Frau war ja nicht verheiratet! Und es ist ja auch wirklich nicht mehr alles so streng wie früher. Ob das so richtig ist, ist ja eine andere Sache. Mit all den Krankheiten heutzutage. Aber mein Otto und ich, der Otto, ich hab's ja eben erzählt, der um die Ecke auf dem Friedhof liegt, das war ja früher auch ein ganz Wilder, und wenn das meine Eltern, die waren ja noch anders erzogen als ich, das damals so alles mitgekriegt hätten, also vor der Hochzeit. Das war direkt nach dem Krieg, Moment, Juli 1947. Ach Gott, das ist jetzt auch schon über fünfzig Jahre her! Da war auch so ein warmes

Wetter. Der Winter war ja schlimm gewesen, aber der Sommer darauf, herrlich!«

In Hartmanns Kopf drehte sich alles. Das war ja schlimmer als eine Achterbahnfahrt auf dem Thriller! Er schob den kleinen Löffel in die Tasse und rührte. Besser rühren als trinken. »Seit wann wohnte die Frau Sommer denn gegenüber?«

»Totensonntag. Totensonntag letztes Jahr, weiß ich genau. Ich kam gerade vom Otto, geh die Treppen hoch und denke noch, wer ist das denn, und da stand sie mit dem Vermieter im Flur. Der hat sie dann in ihre Wohnung gedrängt. Ist ein komischer Typ, der Vermieter. Der geht mir aus dem Weg, soll mir recht sein. Tut immer so, als ob er es furchtbar eilig hat, wenn er mich sieht. Als ob ich den aufhalten täte, lege ich doch gar keinen Wert drauf bei dem! Ich weiß nicht, was der Mann hat!« Sie schüttelte unwillig das Haar. Die dort geparkte Lesebrille wackelte gefährlich.

»Waren das immer andere ... Herren?«

Margarethe machte ein entsetztes Gesicht. »Nein, so eine war die Frau Sommer nicht. Nein, das war schon immer derselbe Mann. Immer gut angezogen. Mit Mantel und Hut. Das sieht man heute ja kaum noch. Früher gingen die Männer ja nie ohne Hut aus dem Haus, aber heute ... Nun ja, aber ich hab ja nie jemanden so richtig zu sehen bekommen. Der Mann ist immer ganz schnell durch den Flur und bei ihr reingehuscht. Nun ja, war vielleicht doch nicht alles so in Ordnung, ich mein jetzt moralisch, aber ich will nix Schlechtes sagen. Ich habe nur manchmal zufällig was durch den Spion beobachtet. Ich denke, Margarethe, da war doch was draußen im Flur. Können doch Einbrecher sein! Und dann guck ich und seh, wie sie die Tür aufmacht und einer reinhuscht.«

Hartmann packte die Tasse am Henkel und hob sie halb hoch. »Aber es war schon immer derselbe?« Und setzte die Tasse wieder ab.

»Ja. Ich meine, ich hab ja nicht jedes Mal durch den Spion geguckt, wenn es nebenan geklingelt hat. Das kann man nämlich hier hören, wenn man genau drauf achtet. Aber gesehen habe ich immer nur einen. So einen netten Mann. Ein bisschen kleiner als Sie, breite Statur, kein Dünner, aber gepflegt, wirklich.« Sie ruckelte auf ihrem Stuhl ein bisschen näher ran und blinzelte: »Manchmal bin ich ja raus auf den Flur, wenn nebenan die Klingel gegangen ist. Hier kommt ja sonst so selten jemand. Die Frau Steinbrück kriegt ja auch so selten Besuch, und die Wohnung unterm Dach steht leer. Die Miete hier kann ja auch wirklich kaum noch jemand bezahlen, so hoch ist die ja, nur weil es hier Oberkassel ist. Ich sag immer, die Rente is überall gleich, egal, wo du wohnst, aber die Miete, nun ja ...«

»Der Mann ...«

»Ja, ein netter Mann. Und später, als wir uns dann schon ein paarmal zufällig im Flur getroffen hatten, hat er auch freundlich gegrüßt. Anfangs hatte der wohl Hemmungen, denke ich mal, aber das hat sich gelegt. Der kam aus dem Osten.«

»Aus dem Osten?«

»Ja, von drüben, wie man ja eine Zeit lang sagte. Der hatte diesen Akzent in der Stimme, nicht schlimm, aber da habe ich ein Ohr für. Der Otto und ich, wir kommen ja auch beide aus Danzig und sind erst später hierhingezogen. Also, zuerst in die Nähe von Bonn, da wohnt die ganze Familie noch, die besuche ich manchmal. Dann sind wir hier nach Düsseldorf. Ich sag immer, der Rhein muss schon in der Nähe sein, ha ha!«

»Genau das sag ich auch immer! Und ohne Schlossturm geht schon mal gar nichts!«

Der kam aus dem Osten! Arne Hanssen, schoss es Hartmann durch den Kopf! War Miriam Sommer sein verbotenes 1.-Juli-Date? Das wäre ein Ding! Die Schwester der Freundin! Das konnte man schon mal versuchen, geheim zu halten ... Hartmann riskierte den Schuss ins Blaue.

»Ich hab hier ein Foto.«

Er grabbelte hastig sein Portemonnaie aus der Brusttasche, faltete das Skifoto aus Miriams Wohnung in der Burgmüllerstraße auseinander und strich es auf dem Tisch glatt. Margarethe pflückte die Brille vom Kopf und schob sie sich auf die Nasenspitze.

»Ja, das hier ist die Frau Sommer. Ist doch eine wirklich hübsche Frau, oder?«

»Ja. Und die anderen?«

Sie nickte. »Ja, da ist auch der nette Mann, der immer gekommen ist. Der mit dem Akzent. Das war dann doch wohl ihr richtiger Freund, komisch, dass die sich hier heimlich getroffen haben. Aber da gibt es ja heute auch schon so Clubs, wo verheiratete Paare, Männer und Frauen, also, das habe ich bei VOX gesehen ... Oder war das RTL2, ich weiß es jetzt gar nicht mehr. Und die andere Frau, ja, an die erinnere ich mich auch noch. Au weia ...« Sie hielt inne und schüttelte nachdenklich den Kopf.

Hartmann schlug innerlich verzweifelt die Hände über den Kopf zusammen. Was denn au weia? »War die andere Frau nicht so nett?«

Margarethe nippte an ihrer Pulvermischung. »Das weiß ich nicht, ob die nett war. Ich hab ja erst nichts mitgekriegt. Ich hatte mich mittags ein bisschen hingelegt. Das mach ich im Sommer öfters, wenn es so warm ist. Ja, das ist noch gar nicht lange her. Eine Woche oder so. Ein Tag, bevor ich nach Bonn bin! Der 30. Juni muss das gewesen sein, genau! Au weia, die haben sich schlimm gestritten, also die Frau Sommer und diese Frau hier. Laut. Da bin ich von wach geworden. Habe ich später noch die Frau Steinbrück gefragt, ob die nichts mitgekriegt hat. Hatte sie aber nicht, die war beim Altenkaffee. Langweilige Veranstaltung, gehe ich nicht mehr hin. Ha, die Frau Steinbrück verpasst immer das Beste, wie damals, als die Einbrecher unten im Keller waren ...«

Hartmann dachte abermals an aktive Sterbehilfe. »Worüber haben die beiden sich denn so in die Haare bekommen?«

Margarethe machte große, vorwurfsvolle Augen und nahm die Brille von der Nase. »Ja, weiß ich doch nicht! Ich hab doch nicht gelauscht! Ich hab nur gehört, wie die Frau hier mit den kurzen, dunklen Haaren aus der Wohnung gegenüber kam und noch gerufen hat: ›Du machst mir mein Leben kaputt! Immer machst du alles kaputt!‹ Und geweint hat sie dabei. Das war schlimm! Und Frau Sommer hat immer gesagt, es sei doch vorbei, es sei doch vorbei ...« Margarethe hielt inne.

»Ach so, jetzt verstehe ich ...« Sie nahm noch mal das Foto in die Hand und hielt die Brille als Lupe vors Bild. »Dann war der junge, gut aussehende Mann also gar nicht ihr Mann, sondern der von der dunkelhaarigen Frau. Natürlich, die beiden stehen auf dem Foto ja auch nebeneinander. Den anderen Mann kenne ich übrigens nicht.«

Hartmann nahm ihr das Bild weg. Moment! Dann hatte sie gar nicht ... Er tippte auf den Mann rechts auf dem Foto. »Dann war das hier der Mann, der Miriam Sommer regelmäßig besucht hat?«

»Sag ich doch.«

Hartmann schlug sich die Hand vor die Stirn. Nix Arne Hanssen! Miriam Sommers heimlicher Lover, für den Andreas Krombach als Alibi herhalten und schließlich sein Leben lassen musste, war Arne Hanssens Kompagnon aus Brandenburg, war Birgit Meissners Lebensgefährte, war Frank Grothe. Na klar, deshalb hatte Birgit der Miriam auch die Szene gemacht. Das bedeutete ... Hartmann strich sich durchs Haupthaar. Natürlich! Dann hatte Birgit Meissner vom Verhältnis ihres Freundes mit Miriam Sommer gewusst!

»So, jetzt trinken Sie aber erst mal ein Schlückchen Kaffee. Der wird ja ganz kalt. Die ganzen Fragen! Ich hab immer zum Otto gesagt, man muss auch mal Päuschen machen und richtig genießen!«

»Woran ist der Otto eigentlich gestorben?«

»Wieso?«

* * *

Nicole trat einen Schritt zurück, stemmte die Hände in den kanariengelben Body und legte den Kopf schief. »Ich finde das übertrieben.«

Hartmann strich sich übers Haupt. »Du hast gesagt, die Haare sind zu lang!«

»Zu lang, ja, aber das hier ...« Sie schüttelte den Kopf. »Niemand hat von einer Glatze gesprochen.«

Hartmann hielt mit der Rechten den Spiegel in alle Richtungen und strich sich mit der Linken über den kahlen Schädel. »Kommen meine blauen Augen ein bisschen besser zur Geltung, oder?«

Nicole grinste, Hartmann schielte. Nix mehr mit Francesco Totti.

Die Tür ging auf, und Petra, nur mit einem kleinen roten Slip bekleidet, schob sich in das kleine Zimmer. »Och, wie süß!« Sie tätschelte die Platte. »Das sieht richtig süß aus, Hartmann. Viel besser als die Matte vorher. Oh, Mann, echt klasse!«

Hartmann kniff noch mal die Augen zusammen und hielt den Spiegel ein paar Zentimeter weiter weg vom Schädel. »Findest du?«

»Ja sicher. Total sexy! Ich könnte direkt ...«

Nicole bremste Petras Enthusiasmus: »Apropos, du könntest ... Was machst du hier? Du hast nebenan einen Kunden!«

Petra verdrehte die großen Kulleraugen. »Ach, der ist komisch. Aber, nun ja, der möchte einen Dreier machen und da dachte ich ...«

Nicole blies Luft in ihre blonden Strähnchen. »Momentchen noch, ich bin mit unserem Meister Proper fast fertig. Ich fege nur kurz die Haare hier weg und dann ...«

Petra schüttelte den Kopf. »Nee, nicht so einen Dreier. Der hat gefragt, ob ich vielleicht noch einen Typen an den Start bringen könnte, der mitmacht. Also ich und zwei Männer ...« Sie legte eine Hand auf Hartmanns Schulter. »Und da hab ich an dich gedacht, Chris, ob du nicht Lust hast mitzumachen.«

Hartmann fiel fast der Spiegel aus den Fingern. »Wie bitte?«

»Na ja, der Typ zahlt, für dich is umsonst!«

Hartmann lief rot an. »Nee, Petra, ehrlich, das ist nichts für mich. Hatte ich auch noch nie, ich wüsste gar nicht, wie ich ...«

»Das könnte ich dir ganz schnell beibringen, Süßer«, gurrte Petra hoffnungsvoll.

Hartmann rann der Schweiß den Rücken runter. Nicole hatte sich weggedreht und kicherte sich wahrscheinlich kaputt.

Petra drückte ihm eine Brust in den Rücken: »Ach komm, Chrissie!«

Hartmann wollte sich die Haare hinter die Ohren schieben, aber da waren keine mehr. »Nein, Petra, nein. Und tu die Brust weg aus meinem Rücken, das macht mich nervös! Ich mach mit dir und einem wildfremden Typen keinen Dreier. Kommt überhaupt nicht in die Kiste!«

»Na gut, ich sag's ihm«, schmollte Petra und drehte sich weg. Im Türrahmen blieb sie stehen: »Schade, du siehst echt scharf aus, so oben ohne!«

Du eigentlich auch, dachte Hartmann, widmete sich wieder seinem Spiegelbild und legte die größer gewordene Stirn in Falten. »Was mich stört, ist dieser Farbunterschied. So drumherum alles braun und dann dieser weiße Kreis auf dem Schädel. Das sieht total ungesund aus.«

»Da ist die Sonne natürlich nie richtig hingekommen. Das muss erst nachbräunen. Du musst sowieso aufpassen, dass du dir bei dem Wetter nicht sofort einen schäbigen Sonnenbrand holst. Aber, Momentchen ...« Sie kramte tief in einem pinkfarbenen Schminkkoffer, der dreimal so groß war wie der Metallkoffer, in dem damals die Auswärtstrikots von Gladbach durchs Land getragen wurden. In circa zwei Metern Tiefe wurde sie fündig. »Ich hab da eine Creme. Die ist genau das Richtige. Schützt und tönt. Damit wird dein Kopf gleichmäßig braun. Wie eine Kokosnuss!« Sie quetschte den Inhalt einer Tube quietschend über Hartmanns frische Glatze und begann langsam damit, die Pampe einzumassieren.

Merkwürdiges Gefühl, da oben. Hartmann schloss die Augen. Aber nicht wirklich unangenehm.

»Wie bist du eigentlich auf den Trichter mit der Glatze gekommen?« Jetzt massierte sie die Schläfen.

»Is so warm draußen.«

»Sag mal ehrlich!«

»Ich muss berufsbedingt mein Äußeres ein bisschen verändern.«

»Ein bisschen ist gut.« Nicoles Blick fiel auf den Haufen langer, brauner Haare zu ihren Füßen.

Hartmann seufzte zufrieden: »Du hattest übrigens neulich super Musik in deinem Auto!«

»Die Soulsängerin?«
»Beverley Knight.«
»Die CD hab ich von dem unterm Dach.«
»Dem Taxifahrer?«
»Er ist Medizinstudent. Aus Ghana. Taxifahren tut er nur nebenbei, um sich was dazuzuverdienen.«
»Und der verschenkt CDs?«
»Och.« Nicole spielte mit den Fingern sanft auf der Kopfhaut. »Der guckt hier häufiger mal vorbei. Der ist nicht so verklemmt wie du.«
»Ich bin nicht verklemmt! Aber ich meine, wir sind Nachbarn.« Hartmann musste sich jetzt echt zusammenreißen! Er nickte in den Spiegel. »Sieht schon viel besser aus, jetzt, so mit Farbe.«
Nicole lachte. »Und du bist doch total verklemmt, Hartmann!«
»Bin ich nicht! Aber ihr und ich ... Ist einfach nicht so meine Sache.«
Nicole beugte sich ganz tief runter. Eine Hand glitt auf die Innenseite seines Oberschenkels. »Genau wie du gesagt hast: Wir sind Nachbarn, da sollte so einiges möglich sein. Wir haben hier schon mal Leerlauf zwischendurch, und für eine schöne Schmusenummer bin ich immer zu haben, Chris.«
Hartmanns Hals war so trocken wie Weihnachtskekse zu Ostern.
Dann ging die Tür wieder auf. Aber Rettung war hier nur bedingt zu vermuten. Nicoles dunkelhaarige Kollegin stutzte, peilte die Lage und hatte jetzt übrigens gar nichts mehr an. »Ähm, er würde auch fürs Zugucken bezahlen, also kein Dreier, nur du und ich. Hm, Hartmann, wie isses?«
Hartmann sagte nichts.

»Immerhin hab ich dir eine neue Frisur verpasst«, schnurrte Nicole, »da könntest du dich schon ein bisschen erkenntlich zeigen, oder?«

Hartmann sprang auf: »Du hast mir keine neue Frisur verpasst, du hast mir eine Glatze rasiert! Und nein, ich werde mir nicht beim Bumsen zugucken lassen! Und überhaupt: Ich muss weg!«

Hartmann schob Petra zur Seite.

»Hartmann!«, rief Nicole ihm hinterher. »Pass auf die Sonne auf!« Sie warf ihm die Cremedose zu. »Vorsicht beim Eincremen! Das Zeug ist eklig und macht fiese Flecken in die Kleidung, die nicht mehr rausgehen. Versau dir also nicht die Klamotten! Und übrigens ...« Sie grinste gemein. »Petra hat recht, Hartmann. Du siehst rattenscharf aus!«

* * *

Die Rückseite des Aufzugs war über die gesamte Fläche verspiegelt, und Hartmann erschrak vor sich selbst. Ohne Matte und im dunkelgrauen Anzug stand ihm da ein völlig anderer Mensch gegenüber. Kleider machen Leute. Haare auch. Der Aufzug stoppte in der vierten Etage. Zimmer 413 hatte die Dame an der Rezeption gesagt. Er nickte einem ihm entgegenkommenden Büromenschen mit aufgekrempelten Hemdsärmeln und schief hängender Krawatte zu. So, Zimmer 413.

Er klopfte, und Hansi Schröder rief: »Herein!«

Hansi sah aus wie der Büromensch vom Flur, nur pappte ein kleines, braunes Pflaster unten rechts an seinem Kinn. Da hatte wohl jemand mal draufgehauen. Renates Hansi hatte das Büro mit Blick auf die Münsterstraße für sich alleine. Das erleichterte die Sache. Hartmann versenkte sich in dem Ledersessel, der ihm angeboten wurde.

»Herr, äh, Wehner, nehmen Sie doch Platz. Äh, Sie treffen mich ein wenig unvorbereitet. Meine Sekretärin sagte, es geht um eine Liegenschaft in der Nähe von Leipzig? Ehrlich gesagt, weiß ich jetzt gar nicht ...«

Na prima! Mit seinem neuen Megakurzhaarschnitt und dem Cerrutti-Outfit hatte Schröder Hartmann nicht als denjenigen erkannt, dem er die kleine Macke unterm Pflaster zu verdanken hatte. Dann Tempo jetzt, damit das so bleibt!

»Ich hätte ihr auch sagen können, es geht um die geheimen Liebesbriefe Ihres verstorbenen Staatsratsvorsitzenden an Verona Feldbusch!«

Hansi Schröder klappte seinen Mund auf, und seine Gesichtsfarbe wechselte ins Blasse.

»Vergessen Sie einfach die Geschichte mit der Liegenschaft! Und ich hatte zu Ihrer Sekretärin Dresden und nicht Leipzig gesagt. Kommen wir gleich zur Sache!«

Hansi schüttelte seinen Kopf und versuchte sich zu fangen. »Moment mal ...«

Hartmann warf einen schwarzen Aktenkoffer vor sich auf den Schreibtisch und hob die rechte Hand. »Stellen Sie keine Fragen! Ich werde sie sowieso nicht beantworten können, wollen und dürfen! Mein Name ist nicht Herbert Wehner, und er tut auch nichts zur Sache! Fakt ist, dass wir eine Sache zu erledigen haben. Gemeinsam!« Hartmann drückte sich zwei Sorgenfalten in die hohe Stirn. »Und das ist schlimm genug.« Er atmete tief ein. »Aber nicht zu ändern!«

Hansis rechte Hand schlich vorsichtig in Richtung Gegensprechanlage. Hartmann senkte seine Stimme um eine weitere Tonlage.

»Sie waren bis 1991 bei der Firma *Computec* in Dresden angestellt. Wir wissen beide, dass es sich nicht um eine reine Firma für Computertechnik gehandelt hat. Die mir vorliegenden Unterlagen ...« Hartmann deutete auf die schwarze Aktentasche zwischen ihnen. »... sind in dieser Hinsicht eindeutig und sollten aus Zeitgründen zwischen uns nicht diskutiert werden. Wir verstehen uns? Gut! Fakt ist, dass Mitarbeiter meiner Dienststelle Sie seit mehr als fünfzehn Jahren beobachten.«

Schröder hob die Hand.

Hartmann fuhr fort: »Fakt ist, dass Sie in Ihrem Tätigkeitsbereich für Geheimdienste anderer Nationen interessant waren, und Fakt ist, dass Sie bei Ihren zahlreichen Arbeitstreffen in dieser Zeit einiges dafür getan haben, um den Eindruck zu erwecken, dass Sie ein mögliches Sicherheitsleck darstellen und erpressbar sein könnten. Das Interesse meiner Dienststelle galt allerdings in der Hauptsache nicht Ihrer Person, sondern den Personenkreisen, die in dieser Zeit an Ihnen ein Interesse gezeigt haben.«

Schröders Gesichtsfarbe wechselte ins Rote.

»Ihr Lebenswandel hat es anderen Organisationen sehr leicht gemacht.«

Schröders Hand zuckte, aber er drückte nicht die Taste der Gegensprechanlage. »Welche Organisationen? Sie kommen hier in mein Büro und ...«

»Bitte! Sie werden im Bett, ich zitiere aus unseren umfangreichen Unterlagen, als außergewöhnlich ausdauernd, aber wenig fantasievoll beschrieben. Ersparen Sie mir die Details!«

Schröders Mund klappte zu.

Hartmann warf einen weiteren, vielsagenden Blick auf die leere Aktentasche. »Mit der Wiedervereinigung erlosch das Interesse an Ihrer Person. Aber nun kommen wir zum Kern unseres Gesprächs.« Hartmann stand auf und beugte sich über Schröders Schreibtisch: »Aus einem bestimmten Grund, fragen Sie erst gar nicht, hat eine uns bekannte Organisation, die ich nicht näher bezeichnen möchte, erneut mit Ihnen Kontakt aufgenommen. Wir gehen davon aus, von Ihnen unbemerkt. Das Besondere an diesem Kontakt ist die Tatsache, dass weniger Sie, als Hans Schröder, geboren 14.12.1962 in Dresden, für diese Organisation relevant sind, sondern dass Sie als menschlicher Darsteller, als Legende dienen sollen.« Hartmann legte die Handflächen auf die Tischplatte: »Konnten Sie mir so weit folgen?«

»Äh, ehrlich gesagt ...«

»Kennen Sie den Film von Alfred Hitchcock? *Der Unsichtbare Dritte*?«

Schröder nickte.

»Cary Grant spielt einen ganz normalen Bürger, der bedingt durch sehr unglückliche Umstände von einer feindlichen Organisation für einen Spion gehalten wird. Er wird zum Ziel ihrer Maßnahmen.«

Schröder nickte.

»Sie, Herr Schröder, stammen aus Dresden, sind verheiratet, haben keine Kinder, haben in einer Firma gearbeitet, die im weitesten Sinne an der Entwicklung von Waffensystemen beteiligt war, und Sie sind berufsbedingt vor sechs Jahren in den Westen gewechselt. Und ...« Hartmann ging in großen Schritten durch den Raum und drehte sich plötzlich um. »Sie sind ob Ihrer Lebensweise erpressbar!«

»Ich bin doch nicht erpressbar!«

»Muss ich den Aktenkoffer wirklich öffnen?« Hartmann legte die Finger auf die Zahlenschlösser. »Sie haben eine bemerkenswerte Frau, Herr Schröder. Sehr charakterstark. Ein wenig naiv, insbesondere was Ihre Person angeht, aber sehr charakterstark, meinen Glückwunsch.«

Hartmann legte seinen Ich-schüchtere-den-Torwart-vor-dem-Elfmeter-ein-Blick in seine Augen.

»Monika Gerber, grüner Opel Vectra, Hotel *Knittkuhl*, Hotel *Beethoven*, muss ich wirklich weitere Hotels aufzählen, Herr Schröder?«

Hansi drückte sein Kreuz durch. »Sie wollen mich erpressen?«

»Falsch!«, bellte Hartmann und baute sich vor Schröder in voller Größe auf: »Erpressen würde bedeuten, dass wir wollen, dass Sie etwas tun. Das wollen wir nicht! Wir haben an Ihrer Person genau genommen überhaupt kein Interesse. Wir wollen, dass Sie etwas nicht tun!«

Schröder blinzelte. Inzwischen war sein Hemd trotz summender Klimaanlage dunkelblau.

»Gestern, gegen 19.00 Uhr, Am Wehrhahn, kam es zu einem für uns sehr ungelegenen Zwischenfall.« Hartmanns Puls startete durch. Entscheidende Phase! Der Köder lag aus. Jetzt durfte Hansi ihn nur nicht doch noch wiedererkennen. Ach ja, und schlucken musste er den Happen auch noch! »Es existiert vom Kraftfahrzeug Ihrer Frau eine exakte Fahrzeugdoublette. Roter Honda, das gleiche Kennzeichen. Sogar die drei Phantasialandaufkleber sind an der exakt richtigen Stelle auf der Heckscheibe aufgeklebt. Durch einen unglücklichen Zufall sind Sie gestern auf dieses Fahrzeug gestoßen.«

Schröder strich sich über das Pflaster am Kinn.

»Das Fahrzeug Ihrer Frau stand zu dieser Zeit, wie immer, im Bereich des Hauptbahnhofes, im Bereich ihres Arbeitsplatzes.« Hartmann legte eine versöhnliche Miene auf: »Warum erzähle ich Ihnen das alles?«

Schröder wackelte mit dem Kopf.

»Weil es für uns enorm wichtig ist, dass die Gegenseite glaubt, dass Sie glauben, Sie hätten sich vertan, Sie hätten sich geirrt. Sie haben ein anderes Fahrzeug für das Ihrer Frau gehalten. Sie verstehen? Die Hitze! Da reagiert man über!«

Schröder ließ den Vortrag ein paar Sekunden sacken. »Ich verstehe das alles nicht!«

»Das sollen Sie auch nicht! Ich werde dieses Büro in wenigen Augenblicken verlassen. Sie werden mich nie wiedersehen! Dieses Gespräch hat nie stattgefunden. Sollten Sie mit dem Gedanken spielen, die Sache mit dem Fahrzeug gestern der örtlichen Polizei zu melden: Lassen Sie es! Machen Sie den Vorfall in Ihrem privaten Umfeld nicht zum Thema! Sie haben sich geirrt. Sie haben ein anderes Fahrzeug für den kleinen, roten Honda Ihrer Frau gehalten. Die Hitze! Waren da wirklich Aufkleber auf der Heckscheibe? Was war das für ein Mann am Steuer? Diese langen Haare! War es vielleicht doch eine Frau?«

Endlich nickte Schröder. Langsam. Aber er nickte.

Köder geschluckt, dachte Hartmann und ergriff den Koffer. »Wir haben uns verstanden, Herr Schröder?«

Der nickte erneut. »Ja, äh ...«

»Sie haben viele Fragen! Glauben Sie mir, ich werde nicht eine einzige davon beantworten dürfen. Glauben Sie mir, Sie tun das Richtige. Eine letzte Handlungsanweisung gebe ich Ihnen noch mit auf den Weg: Halten Sie sich daran! Es ist für uns nicht wirklich relevant, weil wir einfach behaupten werden, Sie nicht zu kennen! Meiden Sie das Hotel *Knittkuhl*. Keinen Kontakt zu Monika Gerber!«

Schröder stand nickend auf. »Geht in Ordnung! Auf jeden Fall! Ist sowieso beendet, unser ... nun ja.« Er legte Hartmann die Hand auf den schwarzen Anzug. »Was ist denn in dem Koffer? Ich meine, was ist alles rausgekommen? Was ist alles bekannt? Und wem?«

Hartmanns Blick wurde streng. »Sie arbeiten in einer guten Firma! Sie haben eine starke Frau an Ihrer Seite! Setzen Sie beides nicht aufs Spiel! Kaufen Sie Ihrer Frau einen schönen, großen Blumenstrauß und erinnern Sie sich daran, dass auf dem Honda keine Aufkleber waren! Tun Sie, was ich Ihnen gesagt habe, und tun Sie nichts!«

Hartmann glitt in den Flur hinaus, die leere Aktentasche unterm Arm. Der Mann im schwarzen Anzug und mit Glatze, der Hartmann im Aufzug gegenüberstand, hatte ein durchgeschwitztes Hemd und Schweißperlchen an den Schläfen. Aber er lächelte ihn zufrieden an. Für einen Moment glaubte Hartmann wirklich: Alles wird gut!

* * *

Hartmann sprang aus der Diebelsbahn. Mit ohrenbetäubendem Lärm kachelte ein Streifenwagen mit Blaulicht und Martinshorn über die Busspur vor ihm. Passanten sprangen hastig zur Seite.

Irgendwas passiert immer, dachte Hartmann und peilte die Lage. Keine Russen zu sehen. Er grinste. Und wenn, würden die ihn mit neuer Frisur und im Anzug sicher nicht wiedererkennen. Deshalb wählte er auch direkt den Haupteingang, Licht an, kein übler Parfümgeruch im Treppenhaus, keine Post. Kein unrasierter Killer mit Pflaster im Gesicht sprang ihn an.

Er überschritt auf dem ersten Absatz eine frische Blutlache (vermutlich Abendessen), schloss seine Tür auf und riss sich die Krawatte vom Hals. Er hatte beim Verlassen des Büros das Fenster offen gelassen, und es war angenehm kühl in der Wohnung.

Bevor er sich seinem blinkenden Anrufbeantworter widmete, exte er im Kühlschrank eine Flasche Mineralwasser und schob eine zweite halb hinterher. Neue Jeans und ein T-Shirt. Dann drückte er auf die Wiedergabe.

»Hanssen hier. Ich bin mit unserem Gespräch sehr unzufrieden. Auch von meiner Seite ist es nicht gut gelaufen. Die Gesamtsituation ist für mich nicht gerade erquicklich. Ich werde morgen Vormittag dem Untersuchungsrichter vorgestellt und darf davon ausgehen, dass ich entlassen werde. Ich werde mich im Laufe des Tages bei Ihnen melden und hoffe, dass wir eine gemeinsame Lösung finden, wie wir in der für mich wirklich heiklen Sache konstruktiv und auch in Ihrem Sinne positiv umgehen können. Auf Wiederhören.«

Hartmann rülpste und drückte auf die Zwei.

»Brullmann hier. Hallo, Herr Hartmann. Haben Se sich unser Angebot mal durch den Kopf gehen lassen? Co-Trainer beim FC? Dat würde doch passen, oder meinen Se nich? Wenn noch Fragen sind, einfach hier bei uns in der Geschäftsstelle melden. Is immer einer da. Die wissen hier Bescheid und geben Ihnen auch die Handynummer, wenn ich mal nich da sein sollte. Wir werden uns schon einig! Hartmann, sagen Se: Ich machet. Ich tät mich freuen!«

Hartmann drückte die Drei.

»Hallo, Herr Hartmann. Frau Grütesaaper hier. Ich wollte Sie an den Termin um 19.00 Uhr bei mir erinnern. Es ist wirklich sehr wichtig, dass Sie pünktlich kommen. Danke!«

Hartmann fuhr rum. Da hing die Uhr, und die sagte: Zwanzig nach, Hartmann, du bist schon wieder zu spät dran!

Er sprang die Stufen zur vierten Etage hoch und presste den Zeigefinger auf die Klingel.

Zwei Tage später öffnete Heidi Grütesaaper mit hochrotem Kopf die Wohnungstür. Sie guckte vorwurfsvoll.

Hartmann senkte schuldbewusst das kahle Haupt.

»Herr Hartmann, das ist ja eine Überraschung!«

Sie zog Hartmann in die Wohnung und schob ihn ins Wohnzimmer. Dort saß ein älterer Herr mit Hemd und Krawatte und einem merkwürdigen Gesicht. Viel zu viel Haut hing ihm an den beiden Wangen in zwei großen Lappen schlaff vom Schädel herunter. Hätte man sein Gesicht an den Ohren nach oben gezogen, wäre das bestimmt sehr lustig gewesen, aber so hatte es was von einer Bulldogge. Ein Gesichtschirurg mit Tacker hätte bestimmt was ausrichten können. Er trug die dunkelrote Strickjacke, die vergangene Woche noch an Heidis Garderobenhaken gehangen hatte.

Die Strickjacke erhob sich höflich: »Oh, noch mehr Besuch. Das ist ja reizend, Heidi.«

»Herr Hartmann, darf ich Ihnen Herrn Großenbaum-Engelen vorstellen.«

»Gerne. Guten Tag.«

»Angenehm.«

Sie schüttelten verschwitzte Hände.

Heidi rieb sich ihre Handinnenflächen fahrig am Rock und warf Hartmann einen stechenden Blick zu. »Sie kommen bestimmt wegen der neuen Tiefkühltruhe, aber nehmen Sie doch kurz Platz und leisten Sie uns bei einer leckeren Tasse Kaffee Gesellschaft, bitte, gleich hier, ja.«

Hartmann ließ sich an den Wohnzimmertisch drücken. Wegen der Tiefkühltruhe? Okay, Tiefkühltruhe! Er rückte den Stuhl zurecht und versuchte ein paar Sachen auf die Reihe zu bekommen. Es ging alles so schnell. Heidi hatte ihn überhaupt nicht auf die neue Frisur angesprochen. Übersehen konnte man die wohl kaum! Und was sollte eigentlich diese komische Einladung? Und dieser Großenbaum-Sowieso?

»Ihr entschuldigt mich kurz, ich hole schnell ein neues Gedeck, ja?«, sagte sie und huschte in Richtung Küche davon.

Hartmann grübelte immer noch erfolglos vor sich hin, als sein Gegenüber das Schweigen brach: »Sie wohnen auch hier im Haus?« Er hatte eine tiefe, angenehme Stimme und ein offenes Pensionärsgesicht mit kleinen, hellblauen Augen.

»Eine Etage darunter. Ich helfe der Frau Grütesaaper immer ein bisschen mit ihrem Computer.«

Strickjacke lachte und nippte an seiner Tasse Kaffee. Er hatte die Tasse mit dem großen Flatschen auf der Keramik. »Die Heidi und ihr PC. Ja, das ist schon so was. Ich hab ihr das Ding auch schon ein paarmal hochgefahren und versucht, ein bisschen Ordnung auf ihre Festplatte zu bringen, aber ich denke, das wird sie in diesem Leben nicht mehr auf die Reihe bringen!«

Hartmann grinste. »Sie haben die temporären Dateien auf ihrem PC gelöscht?«

Er blinzelte. »Bitte?«

»Ich habe mich schon gewundert. Unserer Expertin war das ja sicherlich nicht selbst zuzutrauen. War ganz witzig heimlich nachzulesen, auf welchen Seiten die Gute sich im Internet rumgetrieben hatte, oder?«

Großenbaum-Engelen wurde mit einem Schlag ein bisschen blass um die Nase, verzog aber keine Miene. Hartmann hätte sich am liebsten auf die Zunge gebissen. Altes Plappermaul! Indiskreter ging es ja nun wirklich nicht mehr. Er blies sich Luft in die Stirn. Lag alles an dieser gottverdammten Hitze!

Erst Heidi unterbrach die peinliche Stille mit einem fröhlichen: »Sooooo, da bin ich wieder.« Sie setzte Tasse und Untertasse mit Keks vor Hartmann auf die weiße, gehäkelte Tischdecke. Heidi blinzelte nervös.

Hartmann hatte die Tasse mit dem angeknacksten Henkel bekommen.

»Frischer Kaffee ist auch gerade durch. Bin gleich wieder da!«

Hartmann beugte sich über den Tisch nach vorne. »Das mit den Temporary Dateien ist mir jetzt echt ein bisschen peinlich, entschuldigen Sie bitte!«

Strickjacke hatte wieder ein bisschen Farbe bekommen und lächelte. »Ja, das ist so eine Sache mit dem Internet. Aber es hat eindeutig seine Vorzüge. Heidi und ich haben uns beim Senioren-Chat kennengelernt. Das ist eine ganz nette Sache. Ich habe leider eine Kriegsverletzung am rechten Knie behalten, die mir bisweilen sehr zu schaffen macht. Deshalb kommen für mich Werbefahrten im Bus nicht infrage. Und tanzen kann ich mit meinem Knie auch nicht. Es ist für mich also nicht sehr einfach gewesen, nach dem frühen Tode meiner Frau unter Leute zu kommen. Da bin ich für diese Chatrooms schon sehr dankbar.« Er nickte heftig. »Man muss den neuen Techniken gegenüber aufgeschlossen sein. Es ist nicht alles schlecht, was neu ist!«

Heidi gesellte sich lächelnd wieder dazu und goss dampfendes Schwarz in die Tassen.

»Aber die ganze moderne Technik ist nicht in der Lage, einen so leckeren Kaffee zu machen wie Ihr Selbstgemahlener!«, stellte Hartmann fest, um den Smalltalk in Gang zu halten.

Selbstgemahlener!

Selbstgemahlener!!

Bei Hartmann fielen alle Groschen gleichzeitig. Tiefkühltruhe! Er knallte die Tasse zurück auf die Untertasse. Großenbaum-Dingens hatte seine Tasse bereits an der Lippe. Showdown! Das Ganze war Heidis ganzer, verdammter, finaler Showdown!!

Er griff über den Tisch, riss ihm die Tasse vom Mund. Kaffee schwappte über die gehäkelte Tischdecke und über Grossis Arm.

Der schrie entsetzt auf: »Was machen Sie da?«

Heidi riss fassungslos die Augen auf.

»Ich rette Ihr Leben! Heidi, das Spiel ist aus!«

»Herr Hartmann, ich ...«

Großenbaum-Dings stand auf. »Ich verstehe nicht! Darf ich sofort um eine Erklärung für Ihr merkwürdiges Verhalten bitten!«

Hartmann nickte. »Hände weg vom Kaffee!« Hartmann registrierte Heidis geballte Fäuste. Er checkte das Umfeld. Die kleinen Kaffeelöffelchen dürften nicht gefährlich werden. Vielleicht würde sie mit der Kaffeekanne hauen! Hartmann schluckte. Er kam sich mies vor, aber es musste sein, und eigentlich war es unverantwortlich von ihm gewesen, sich so lange zurückzuhalten und Menschenleben zu gefährden. Verdammt, er hatte die ganze Sache nicht unter Kontrolle!

»Frau Grütesaaper, es tut mir wirklich leid. Wir werden einen guten Arzt finden, der Ihnen bescheinigen wird ...«

»Was faseln Sie denn da?«

Heidi griff sich mit beiden Händen an die Brust und schüttelte mit aufgerissenen Augen den Kopf. »Herr Hartmann, ich ...«

Hartmann packte ihren Arm und zog Heidi vom Tisch weg hinter sich her in die Küche. »Muss sein!« Er zog sie zur Kühltruhe und musste an die drei Oberarme denken, die man hier im Umkreis von ein paar Hundert Metern gefunden hatte. Er dachte an die ewigen Blutlachen, die er für Junkiegeschlabber gehalten hatte, und er sah Heidi mit ihren unzähligen Alditragetaschen sich durch die Plastikverkleidung an Renates Brötchenbude über den Gehweg kämpfen ...

Hartmann schluckte und packte den Griff der weißen Truhe, die sich Heidi gerade erst angeschafft hatte, wohl weil ... weil ... und Hartmann spürte einen Knoten im Hals. Er riss die Truhe auf.

Heidi stammelte: »Herr Hartmann, es ist alles ganz anders!«

Großenbaum-Engelen kam hinkend zu ihnen in den Raum. Hartmann griff in die Truhe und zog die oberste Lage Spinat beiseite. Darunter kam Spinat zum Vorschein. Dann Spinat. Dann Broccoli. Hektisch legte er eine weitere Lage frei. Zum Vorschein kam Fisch. Dann Fisch mit Soße, Fisch mit Champignons, Fisch mit Kräutern. Dann Fischstäbchen. Dann Spinat. Dann kam nur noch weißes, kaltes Metall.

Heidi schnappte nach Luft. Sie schien leicht wegzuknicken.

Großenbaum-Engelchen hakte sich bei ihr unter und stützte die Gute mit vorwurfsvollem, verständnislosem Blick. »Herr Hartmann! Das werden Sie erklären müssen!«, zischte er und beruhigte zur anderen Seite hin: »Beruhige dich, Heidi, komm mit, Heidi. Das ist das Wetter! Komm her, beruhige dich.«

»Es geht …«

»Sehen Sie, wie Heidi zittert! Sie sollten sich schämen!«

»Aber …«, machte sich Heidi mit dünner Stimme bemerkbar.

Strickjacke stützte Heidi Grütesaaper vorsichtig zurück ins Wohnzimmer. Hartmann warf noch einen letzten Blick in die mit Sonderangeboten randvolle Kühltruhe, schloss den Deckel und trottete mit hängendem Kopf hinterher. Von allen peinlichen Auftritten in seinem Leben kam dieser hier unter die ersten zehn. Die rote Strickjacke wuchtete Heidi in einen weichen Wohnzimmersessel.

»Es geht …«

»Sag jetzt nichts! Ich regele das mit dem jungen Herrn.« Er schnappte sich eine Tasse Kaffee vom Wohnzimmertisch und legte sie Heidi an die Lippen. »Dein Puls rast ja! Trink erst mal einen Schluck, das beruhigt.«

Hartmann versuchte unter den hellblauen Perserteppich zu kriechen. Vergeblich. Deshalb stotterte er: »Äh, Frau Heidi, das ist mir wirklich alles sehr peinlich. Ich hatte gedacht, wegen der Dateien. Und der Truhe …« Hartmann verdrehte die Augen. »Es ist auch wirklich sehr heiß …«

»Halten Sie endlich den Mund!«, fuhr Großen-Dingens dazwischen. »Am besten trinken Sie auch einen Schluck Kaffee. Wahrscheinlich fehlt Ihrem Hirn eine ganze Portion Flüssigkeit.« Dann fügte er murmelnd hinzu: »Und wenn Sie trinken, sabbeln Sie wenigstens keinen Unsinn!«

Das klang einleuchtend, und mehr als einer konnte auch nicht an Heidi rumzerren, die wohl kurz vor einer Herzattacke stand und ziemlich hysterisch mit ihren Armen zu rudern anfing. Wohl der Schock. Hartmann ließ sich auf seinen Stuhl fallen und schnappte sich die Tasse, die vor ihm stand.

Und dann bemerkte er zweierlei. Erstens, dass seine Tasse einen unfallfreien Henkel, aber den großen Flatschen auf der Außenseite hatte. Es war also Engelchens Tasse. Und er fing Heidis flehenden Blick auf. Heidi ruderte mit den Armen. Sie hatte keinen Schock! Sie wehrte sich gegen Engelchens Versuch, ihr Kaffee einzuflößen!

Hartmann hatte man auf dem Spielfeld immer eine schnelle Auffassungsgabe bescheinigt. Jetzt war er eine Sekunde zu langsam. Engelchen hatte sein Zögern aus den Augenwinkeln bemerkt. Er stieß Heidi hart in den Sessel, machte einen Schritt nach hinten und zog Metall aus der Strickjacke. Hartmann wollte ihm die Tasse samt Flatschen an den fiesen Schädel schmeißen, dann erkannte er die alte Luger. Engelchen hatte aus dem Krieg offensichtlich nicht nur ein kaputtes, rechtes Knie überbehalten.

»Keine Bewegung!«

Ein rundes Loch deutete auf Hartmanns Brust.

Heidi im Sessel schnappte nach Luft. »Hartmann«, japste sie, »Hartmann, Sie sind der schlechteste Detektiv, von dem ich je gehört habe!« Sie fuhr sich durchs Haar. »Sie sind noch schlimmer als Rockford!«

Hartmann war überrascht. »Rockford! Den kennt heute kaum noch jemand!«

»Ich fand ihn immer besser als Columbo!«

»Och. Die beiden waren's schon, fand ich.« Hartmann wandte sich wieder an Großenbaum-Engelen mit Luger. »Als ich Heidi in die Küche gezerrt habe, haben Sie das Gift in den Kaffee gekippt. Sie haben die Tassen versehentlich vertauscht. Heidis Tassen sind, wie ihr Kaffee selbst auch, einzigartig. Ich hatte die Tasse mit dem kaputten Henkel. Die mit dem Flatschen hatten Sie!«

Großenbaum-Engelen knurrte: »Es ist ja nicht so ...« Er wippte mit der Waffe leicht auf und ab. »... als hätte ich keinen Plan B!«

Hartmann machte eine ausholende Bewegung.

Großenbaum zuckte.

Hartmann wandte sich an Heidi. »Ich frage mich, was ich hier soll?«

Heidi schüttelte den Kopf. »Sie haben es immer noch nicht kapiert?«

Doch, hatte Hartmann. Aber er brauchte mehr Zeit. Und einen Plan. Beides fehlte ihm noch!

Großenbaum nickte Heidi zu. »Du bist mir also auf die Schliche gekommen, Heidi. Das ist ja interessant. Wie denn, wenn ich fragen darf?«

Heidi rieb sich die Hände am Rock. »Internet. Ich war in diesen Chat-Aufenthaltsräumen. So mitzutippen, das war mir am Anfang noch ein bisschen zu peinlich, aber gelesen habe ich alles. Es war fast so, als wenn man mit guten, alten Bekannten am Tisch sitzt. Sehr interessant fand ich diese Margot. Die muss so in etwa in meinem Alter gewesen sein. Sie war ein bisschen frecher als die meisten, aber gebildet, das konnte man merken. Ich habe mitbekommen, dass sie ganz doll flirtete mit dem Herrn Baron. Das waren Sie!«

Großenbaum-Engelen legte den Kopf schief und nickte.

»Dann meldete sich Margot nicht mehr. Und bald darauf flirtete der Baron mit Else38. Jetzt waren schon die ersten Leichenteile in Düsseldorf aufgetaucht. Das war auch Thema im Chat. Dann meldete sich Else38 nicht mehr.« Heidi warf Hartmann einen vielsagenden Blick zu, womit klar war, wen sie hier für einen guten Detektiv und wen für einen kriminalistischen Versager hielt.

Hartmanns Blick blieb ausdruckslos.

»Dann stand in der Zeitung, dass die Leichenteile zu älteren Damen gehörten, und ich war dem Baron auf der Spur. Ich nahm Kontakt auf.« Sie seufzte. »Aber Sie interessierten sich mehr für FrauDoktorD.«

»Oh, der Kontakt war zunächst äußerst vielversprechend!«, knurrte Großenbaum mit bitterer Stimme. »Dann musste ich feststellen, dass die sogenannte Frau Doktorin in einem eher zweitklassigen Altenheim den Gemeinschaftscomputer benutzt hatte.«

»Und auch sie musste sterben, nicht wahr?«

»Ich bin in meinem ganzen Leben von Frauen belogen und betrogen worden. Ich habe es satt! Und ich habe die Frauen bestraft!«

Hartmann stellte beunruhigt ein hektisches Flackern in Engelkens kleinen, blauen Augen fest. Und einen brauchbaren Plan hatte er immer noch nicht.

»Dann kam ich endlich zum Zug. War ich auch ein vielversprechender Kontakt?«, fragte Heidi, nicht ohne ein bisschen Koketterie in der Stimme.

»Na ja. Anfangs dachte ich, die vielen Rechtschreibfehler sind auf mangelnde Bildung zurückzuführen. Dann erkannte ich, dass du nur mit dem Computer nicht klarkommst! Schließlich hattest du einen erheblichen Immobilienbesitz angedeutet. Das war schon sehr interessant.«

»Du warst dann so freundlich, mir beim Computern behilflich zu sein.«

»Nur im eigenen Interesse, nachdem ich wusste, dass du hier in diesem Mehrfamilienhaus nur zur Miete wohnst und du mich angelogen hattest. Mir war klar, dass eine derartige Dilettantin wie du niemals die temporären Dateien löschen könnte. Die Kripo hätte deinen Computer gesichtet und wäre über deine Kontakte zu mir gestolpert. Das musste ich verhindern. Ich hatte also zuerst einmal ein paar Spuren zu vernichten.« Er zuckte mit den Achseln und kicherte. »Genaugenommen wollte ich dich schon vergangene Woche töten. Aber dann hattest du mir von ihm hier erzählt.« Die Luger ruckte nach vorn. »Und dass er dir am Computer hilft. Klar, und weil er gesehen hat, mit wem du gechattet hast, sieht Plan B vor, dass der hilfsbereite Herr Hartmann ebenfalls stirbt!«

»Ursprünglich natürlich mit Penelaxan im Kaffee,« mutmaßte Hartmann.

Großenbaum nickte. »Das wäre mir lieber gewesen. Aber mit Ihrer seltsamen Kühltruhennummer konnte ich nun wirklich nicht rechnen. Ach bitte, wer ist Rockford?«

»James Garner. Eine sehr unterhaltsame Detektivserie aus den Siebzigern«, erklärte Hartmann.

Großenbaum grinste böse: »Nun, er wird wesentlich besser gewesen sein, als Sie es sind.«

Hartmann runzelte die Stirn. Großenbaum kannte Rockford nicht. Aber immerhin hatte Rockford über hundertfünfzig Fälle überlebt. Hartmann war sich im Moment nicht sicher, ob ihm das auch gelingen würde.

Heidi war blass. Sie schien dasselbe zu denken.

»Das war für meine Pläne mehr als hilfreich, liebe Heidi, dass du den Herrn Hartmann zu uns gebeten hast. Wieso eigentlich?«

»Mir fehlten die Beweise. Ich war mir sicher, dass du Penelaxan dabei hast. Aber ich bin körperlich nicht mehr in der Lage, es dir abzunehmen, um dich dann der Polizei zu übergeben.« Sie warf Hartmann wieder einen vorwurfsvollen Blick zu. »Das war eigentlich alles, was Herr Hartmann beitragen sollte. Na ja, das Ergebnis sieht man ja jetzt!«

Großenbaum-Engelen wedelte wieder mit der kleinen Luger. »Darf ich jetzt bitten!« Der Lauf deutete zuerst auf die Tasse Kaffee, dann auf Hartmann.

»Sie glauben doch nicht im Ernst, dass ich den Kaffee jetzt noch anrühre!«

»Ich glaube nicht, dass Sie mit ansehen wollen …« Er ging einen Schritt auf Heidi zu, legte seinen linken Arm um ihren Kopf und drückte die Mündung der Luger an ihre rechte Schläfe. »… wie ich unserer Heidi ein kleines, hässliches Loch in ihren Kopf schieße!«

Hartmann schluckte. Da hatte er recht. Er hielt die Flatschentasse immer noch in seiner Hand. Zwei Meter trennten ihn von Heidi, Sessel, Großenbaum-Engelen und seiner Luger. Heidis Kopf zuckte nach rechts.

»Na, na!«, zischte Großenbaum-Engelen und drückte den Lauf fester.

Hartmanns Arm ruckte hoch. Ein Reflex. Wenn Großenbaum schießt, müsste er auch nicht mit ansehen, wie er Heidi …

Dann klingelte es an der Tür. Hartmann schnellte die Tasse in Richtung Großenbaum. Der duckte sich weg. Die Tasse sauste an seinem Kopf vorbei ins Leere. Heidi fiel nach links. Großenbaum-Engelen hatte nicht geschossen. Hartmann sprang aus dem Stand. Dann fiel der Schuss. Hartmann spürte nichts und flog weiter Richtung Sessel. Hartmann sprang einen Tick zu kurz und blieb an der Sessellehne hängen.

Großenbaum-Engelen hinkte hastig drei Schritte zurück. Hartmann klatschte vor ihm auf den Perserteppich. Großenbaum senkte den Lauf seiner Luger.

Dann krachte die Tür nach innen. Hartmann rollte zur Seite. Sekundenbruchteile darauf knallte es zweimal. Eine Kugel schraubte sich neben Hartmann durch den blauen Teppich in den Beton, eine zweite riss Großenbaum-Engelen nach hinten. Die Luger fiel ihm aus der Hand, das Bein mit dem kaputten Knie knickte nach außen.

Ein Paar Turnschuhe sprang Richtung Großenbaum-Engelen. Ein Schuh davon schoss die Luger unter einen Weichholzschrank aus der Gründerzeit. Ein zweites, italienisches Paar Schuhe blieb links und rechts neben Hartmanns Kopf stehen. Ein Paar Hände zog ihn nach oben auf die Beine. Hartmann schüttelte den Kopf. Der Typ wirbelte ihn herum, die Arme wurden ihm auf den Rücken gedreht, eine Handschelle schloss sich um die Gelenke. Hartmann war es egal. Besser gefesselt als tot!

Dann sprach endlich einer der beiden Retter. Es war Grannert. »Der lebt, aber ich brauch einen Notarzt!«

»Was ist mit ihr da?«, fragte Dircks und deutete auf Heidi.

»Ohnmächtig, nehme ich an«, erklärte Hartmann.

Grannert fischte was Viereckiges aus seiner Jeanshose und erklärte dem Handy, dass er einen Notarztwagen brauchte.

Hartmann drehte seinen Kopf zur Seite. »Puh, euch schickt der Himmel! Das war wirklich allerhöchste Zeit.«

Hartmann nickte in die Ecke, in der Großenbaum-Engelen beide Hände in Bauchhöhe auf einen hellroten Blutfleck drückte, der sich schnell auf seiner Strickjacke ausbreitete.

»Das ist euer Leichenzersäger. Diesmal wollte er Heidi und mich umlegen!«

Dircks warf ihm einen jener Blicke zu. »Halt's Maul, Hartmann!«

»Heh, in dem Kaffee da vorne ist Penelaxan. Das ist euer Mann! Der mit den Leichenteilen!«

Granny war unterm Schrank fündig geworden und schob sich am anderen Ende des Zimmers die schwarze Luger in den Gürtel. »Du, Hartmann, du bist unser Mann! Und wo wir gerade von Umlegen reden! Wir verhaften dich wegen dreifachen Mordes! Überleg dir, was du sagst! Wir werden alles verdrehen und gegen dich verwenden!«

Heidi stöhnte und erwachte aus ihrer Ohnmacht. Das ging schnell, dachte Hartmann, zäher als man meint. Aber man soll die Zerknitterten ja nicht unterschätzen. Die Handschellen schnitten ihm in die Handgelenke. Und wieso dreifacher Mord?

»Heiße Frisur, Hartmann!«, sagte Dircks und tastete ihn nach Waffen ab.

* * *

Ein junger Kollege von Dircks mit Oberlippenbart im Gesicht und einer Waffe im Schulterholster kam ins Büro. Er warf einen Zettel auf dessen überfüllten Schreibtisch und ließ sich in einen Stuhl direkt gegenüber Hartmann fallen.

Dircks überflog den Wisch und nickte: »Der Kollege war bei Margarethe Fussbach. Die kann dein Alibi bestätigen. Als man die drei umgepustet hat, hast du mit der Tante Kaffee getrunken.«

Hartmann fielen ein paar Steinchen vom Herz. Obwohl man Fussbachs Brühe nun wirklich nicht Kaffee nennen konnte. Aber er wollte nicht kleinlich sein. »Sag ich doch. Ich habe niemanden umgelegt! Kann ich jetzt gehen?«

»Seit wann stehst du auf ältere Jahrgänge?«

»Ich bin schließlich selbst nicht mehr der Jüngste.«

»Keine feste Freundin?«

Hartmann wollte weg. Grannert war in der Zwischenzeit mit ein paar seiner Kollegen dabei, Hartmanns Hütte auf den Kopf zu stellen. Denen hätte er gerne auf die Finger geguckt. Er machte sich Sorgen, dass die Cops sein Versteck hinter den Holzpaneelen entdecken und die Kennzeichen aus Mettmann finden würden. Und eine nicht registrierte Neun-Millimeter.

»Och«, antwortete er auf die Frage nach einer festen Freundin.

»Ich meine ja nur ...« Dircks schlug sich eine Camel aus der Packung, steckte sie an und fischte aus einem Stapel Akten eine rote Mappe hervor. »... weil Sandra Mahler uns erzählt hat, dass du gelegentlich im *Nighttime* verkehrst.«

Mandy!

»Gelegentlich ist übertrieben.«

»Stimmt. Genaugenommen hat sie dich dort nur ein einziges Mal gesehen. In der Nacht vom 3. auf den 4. Juli. Aber du bist in nachhaltiger Erinnerung geblieben.«

Hartmann war, trotz vorgerückter Stunde, es war inzwischen fast Mitternacht, plötzlich wieder hellwach.

Dircks nahm einen tiefen Zug und blätterte eine Seite weiter. »Hier hab ich's. ›Ich kam zurück ins Zimmer, aber da war keiner mehr. Ich bin die anderen Zimmer in der ersten Etage abgegangen, aber da war auch niemand. Erst im Keller habe ich den Mann wiedergefunden. Er war gerade dabei, aus einem Kellerfenster nach draußen in den Hinterhof zu klettern. Es befand sich eine junge, blonde Frau in seiner Begleitung. Offensichtlich hatte er Vitali Rudzinov, einen Angestellten des Lokals, zuvor niedergeschlagen, denn der lag bewusstlos auf dem Kellerboden. Wer die Frau war, weiß ich nicht. Den Mann kann ich wie folgt beschreiben ...‹« Dircks blickte auf: »Dann beschreibt sie dich.«

»Wahrscheinlich beschreibt sie jemanden, der so aussieht wie ich. Und so eine Beschreibung passt auf schätzungsweise achttausend Düsseldorfer.«

Der junge Kollege runzelte die Stirn.

Dircks blieb locker. »Und es kommen noch mal achttausend Düsseldorferinnen dazu. Damals hattest du noch lange Haare auf dem Kopf, schon, schon. Aber natürlich warst du das in der Grupellostraße! Oder muss ich die Mahler holen lassen, damit sie dich identifiziert?«

»Okay. Ich war da. Ich hatte einen Klienten, Hans-Rudolf Kreyendahl.«

Dircks nickte seinem Kollegen zu, der Papier und Stift zückte.

»Dem war seine aus Kiew stammende Verlobte namens Nadia abhandengekommen. Ich hatte den Auftrag, sie zu finden. Ich habe ermittelt, dass sie mit Jorge, dem ... na ja, den Nachnamen weiß ich nicht, wohl im *Nighttime* gesehen worden ist. Ich bin also rein ins *Nighttime* und habe eine blonde, junge Frau im Keller gefunden. Sie war gefesselt. Vitali, so hieß er wohl, hatte was dagegen, dass ich die Dame mitnehme, und ich schlug ihn k.o. Dann kam die Sache mit dem Kellerfenster. Wir springen ins Auto und irgendwo in Derendorf habe ich gemerkt, dass das gar nicht meine Nadia war, sondern dass ich die Falsche durch die Gegend fuhr.«

Hartmann machte eine entschuldigende Geste.

»Ich hab sie an der nächsten Kreuzung rausgeworfen und nie mehr wiedergesehen!«

Der junge Kollege lachte.

»Kreyendahls Adresse?«

Hartmann nannte sie.

»Überprüf die Aussage!«

Der Kollege schob die Augenbrauen zusammen. »Das stimmt doch sowieso nicht!«

»Befrag diesen Kreyendings! Geh nach nebenan und ruf ihn an!«

Der mit dem Eisengeschwür unterm Arm schob leicht angesäuert seinen Holzstuhl quietschend nach hinten und verließ den Raum.

Dircks schnippte Asche in den Ascher, zog eine weitere Mappe aus dem Stapel und beugte sich nach vorne. »Monika Schweiger, genannt Rosie, am 6. Juli, hm, hm, hm, ungefähr 18.15 Uhr, als eine junge Dame an der Tür unseres Lokals klingelte. Ich ging hin und öffnete. Die Frau kann ich wie folgt beschreiben, hm, hm, blonde Haare, schwarze Jeanshose, blaue Bluse, hm, hm. Sie wollte zum Chef. Weil sie mir irgendwie bekannt vorkam, nahm ich an, das habe seine Richtigkeit, und ging mit ihr nach hinten. Dort hat Sergej Farafonov, das ist mein Chef, sein Büro. Weiter anwesend waren Jorge Torvov und Vitali Rudzinov, beides Angestellte. Als wir den Raum betraten, sprangen alle drei sofort auf. Plötzlich hatte die Frau eine Pistole in ihrer Hand. Sie schoss mehrmals auf die drei. Wie oft kann ich nicht sagen, ich war wie erstarrt. Auf mich schoss sie nicht. Ich habe gleich gesehen, dass alle drei sofort tot waren. Die Frau rannte raus, und ich rief sofort einen Krankenwagen an.« Dircks warf die Mappe auf den Schreibtisch.

Hartmann spürte wieder den dicken Kloß im Hals, der nicht runterrutschen wollte, seit er gehört hatte, wer da durch wen umgenietet worden war.

»Hartmann, die Frau, der du aus diesem Keller rausgeholfen hast, hat sich eine Knarre besorgt und ein paar Tage später die drei Russen kaltgemacht. Das ist Mord! Da hört der Spaß eindeutig auf! Ich will Antworten von dir!«

»Ich hab die Frau an der nächsten Kreuzung rausgeschmissen! Was sollte ich denn von der?«

Dircks sprang auf, trat den leeren Stuhl seines Kollegen durchs Büro und zog Hartmann am Kragen auf die Füße.

»Ich habe es so satt, Hartmann, an jedem zweiten Tag über irgendeinen Mist von dir zu stolpern. Erst findest du Miriam Sommer tot in ihrer Wohnung, dann finden wir beim toten Krombach dein Laptop und jetzt direkt Leichen im Dreierpack!« Er stieß Hartmann zurück in den Stuhl, der heftig wippte. »Das ist doch Kacke!« Er haute mit der flachen Hand auf den Schreibtisch. »Und niemals hast du das Mädel da einfach so, mitten in der Nacht, auf die Straße gesetzt! Niemals!! Eher machst du …«

Die Tür ging auf. Der junge Kollege entdeckte den umgeworfenen Stuhl, erkannte den hochroten Kopf seines Kollegen und legte vorsichtig die Tür hinter sich wieder in den Rahmen.

»Was is?«, fauchte Dircks.

»Schrei mich nicht an! Das mit dem Kreyendahl stimmt. Das mit seinem Auftrag an Hartmann, meine ich. Diese Nadia ist zwischenzeitlich wieder aufgetaucht. Gestern haben die beiden standesamtlich geheiratet.«

Hartmann griff an seinem Schädel ins Leere. Da war ja nichts mehr, was er hinters Ohr hätte schieben können. Er stellte fest: »Schätze, dann braucht Kreyendahl demnächst wieder einen, der Nadia sucht.«

»Wieso?«, fragte Dircks.

»Das ist so eine finanzielle Geschichte. Heiratsannonce, Erfolgsprovision und so was.«

»Hm. Vielleicht ist es Liebe!«

»Vielleicht. Willst du wetten?«

»Nein.«

Der Kollege stellte vorsichtig den Stuhl wieder auf seine Beine und verstand den plötzlichen Stimmungswandel im Büro nicht.

Hartmann dagegen wollte gerade aufatmen und das Gespräch auf seine alles in allem doch positive Rolle beim Aufklären der Alte-Damen-Morde bringen, als durch die Tür neues Unheil hereinbrach.

Es war Grannert. Er hatte eine Plastiktragetasche in der riesigen Hand, grüßte kurz rundum und baute sich in voller Breite, was bei Grannert eine Menge ist, vor Hartmann auf.

»Rate mal, was wir hinter der Holzvertäfelung in deinem Büro gefunden haben?«

»Teile des Bernsteinzimmers?«

Der junge Kollege zuckte zusammen.

»Nein, Hartmann, zwei Beutel mit jeweils zweihundertfünfzig Gramm Kokain.«

»Die müssen meiner Putzfrau gehören.«

»Die haben wir auch gefunden. Tot in einen Teppich eingerollt in der Abstellkammer.«

»Ich habe keine Abstellkammer!«

»Du hast auch keine Putzfrau. Na und? Wir haben sie trotzdem tot aufgefunden. Und das hier.« Er zog zweimal ME-AH 9123 aus der Tragetasche und faltete sie anschließend zusammen. »Zwei Kennzeichen.«

Hartmann überlegte sich jetzt jedes Wort. Dünnes Eis. Nur nichts Falsches sagen! »Die gehören auch meiner Putzfrau.«

Der junge Kollege duckte sich. Granny warf die beiden Kennzeichen seinem Kollegen auf den Schreibtisch, zuckte gleichgültig mit den Schultern und sagte leise: »Genau. Mit anderen Worten: Wir haben nichts gefunden. Die Jungs von der Spurensicherung haben alles abgeklebt, wegen möglicher Fingerabdrücke. Schicke Telefonanlage, Hartmann. Da kann man mit telefonieren, wenn der Hörer in der Gabel liegt. Praktisch. Was es alles gibt! Die Individualnummer ist rausgekratzt. Tja.« Granny setzte sich zu Dircks auf den Schreibtisch.

Der brachte hastig ein paar Schriftstücke in Sicherheit.
»Hat er bei dir was Produktives ausgesagt, Jürgen?«
Dircks drückte die Kippe im Ascher platt. »Natürlich nicht.«
»Brauchen wir ihn noch in der anderen Sache, diese Körperteilegeschichte?«
»Nein, die Aussage von Frau Grütesaaper ist erst mal völlig ausreichend, und Großenbaum-Engelen hat bei den Kollegen bereits in drei Fällen umfassend gestanden.«
»Tja, hast du noch was, Frank?«
Der Kollege schüttelte verwirrt den Kopf.
»Äh, nein.«
»Na, dann schmeißen wir ihn doch raus.«
Und das machte Grannert dann auch.

* * *

Hartmann sprang aus der fast leeren 719, drängelte sich zwischen zwei Taxis lebend über den dunklen Bahnhofsvorplatz und hastete die Stufen hoch. Immerhin musste er im Treppenhaus nicht mehr mit irgendwelchen übel riechenden Hinterhalten rechnen. Er warf die Wohnungstür hinter sich ins Schloss und atmete tief durch. Angenehm kühl war es drinnen, denn er hatte wieder das Fenster offen gelassen.

Hartmann drückte die Holzverkleidung zur Seite und schob tastend eine Hand in den kleinen, staubigen Hohlraum dahinter. Leer. Granny und seine Leute hatten keine gefährlichen Eisenteile übersehen.

Hartmann plumpste in den Schreibtischsessel. Irgendjemand hatte die Knarre geklaut. Von dem Versteck wusste niemand, nicht mal Angie. Aber es gab eine Person, die dabei war, als er auf der Flucht vor Vitali und Jorge seine Knarre aus dem Versteck gezogen hatte.

Die Telefonanlage blinkte. Hartmann hörte das Band des Anrufbeantworters ab.

Angie nuschelte: »Mann, Alter. Respekt! Das hätte ich dir nicht zugetraut. Einfach die drei abzuknipsen. Aber ehrlich: Es wird erzählt, die hatten konkret vor, dich kaltzumachen. Krass! Bist du denen wohl ein bisschen zuvorgekommen. Und ich habe immer gedacht, du wärst pissweich. Respekt, Alter ... Ähm, übrigens bin ich seit heute Nachmittag raus aus dem Augusta, und da müssen wir uns mal dringend über meine kaputte Wohnung unterhalten. Ich bin durch dich ja praktisch obdachlos geworden und brauche dringend ein Dach über die Ohren. Und da dachte ich, dass ich vielleicht bei dir ...«

Hartmann wollte gar nicht wissen, was sich Angie in seinem vernebelten Hirn so dachte. Er schüttelte sich und drückte auf Stop. Das fehlte noch, dass jetzt ein Junkie bei ihm einzieht und seine gebrauchten Spritzen überall in der Wohnung rumliegen lässt. Er sah sich um. Ein komisches Gefühl überkam ihn, hier in der Wohnung zu sitzen, nachdem ein paar Dutzend Bullenfinger alles angepackt und auf links gedreht hatten. Echt unangenehm!

Wie, als ob man beobachtet wird ...

Hartmann fuhr herum und sah zum zweiten Mal innerhalb der letzten zwölf Stunden in den kleinen, runden Teil einer Schusswaffe.

Ramona trug immer noch die dunkelblaue Bluse zur schwarzen Jeans. Sie stieß die Tür zum Schlafzimmer ganz auf und folgte der Neun-Millimeter, deren unsympathisches Ende auf Hartmanns Brust gerichtet war. »Hallo Hartmann!«

»Hallo!«

»Das Fenster stand offen. So, wie man rauskommt, kommt man auch wieder rein.«

»Ich habe gerne Gäste!«, log Hartmann und wunderte sich über Ramonas plötzlich akzentfreie Aussprache ohne grammatikalische Purzelbäume. Aber er wunderte sich in letzter Zeit schließlich über so einiges.

»Du hast dir die Haare abrasiert. Das sieht furchtbar aus!«, stellte Ramona fest, als ob es jetzt noch was ausmachen würde.

»Du hast eine Knarre in der Hand. Das sieht auch furchtbar aus!«

Ramona grinste. »Ich fürchte, das muss sein. Ich werde dir nichts tun, solange du da bleibst, wo du bist. Wahrscheinlich wirst du versuchen, mich zu überrumpeln. Das müsste ich verhindern, und ich müsste dir ins Bein schießen. Das würde ich sehr ungern tun, ehrlich. Aber ich würde es tun. Das sollst du wissen. Deshalb die Waffe!«

»Ach so. Dann darf ich sitzen bleiben?«

»Natürlich. Das ist deine Wohnung! Ich möchte dir eine kleine Geschichte erzählen, damit du verstehst. Oder zumindest Bescheid weißt.«

Hartmann sog warme Luft durch die Nase und versuchte sich zu entspannen. Was mit der Knarre vor der Nase nicht richtig klappen wollte.

Ramona lehnte sich gegen den Türrahmen. »Du hast mich am ersten Abend unter der Dusche nach dem Medaillon an meiner Kette gefragt.«

Hartmann nickte und erinnerte sich dunkel an Ramonas abweisenden Blick, als er sie auf das Schmuckstück angesprochen hatte.

Jetzt fuhr sie langsam mit den Fingern ihrer linken Hand über die Kette unter ihrer Bluse. »Das Medaillon hat mir meine Schwester geschenkt. Es ist ein kleines Bild von uns beiden drin. Meine Schwester hatte vor zwei Jahren mit einem Studium in Köln begonnen. Nach wenigen Monaten brach der Kontakt zu ihr plötzlich ab. Ich selbst hatte vorher sieben Jahre lang in Berlin studiert, unter anderem Deutsch und Geschichte. Ich kannte mich in Deutschland ein bisschen aus und habe sie in Köln gesucht. Ich habe sie nicht gefunden. Vor etwas mehr als fünf Monaten stand sie plötzlich bei uns in Russland zu Hause vor der Tür.« Ramona strich sich eine hartnäckige, blonde Strähne aus dem blassen Gesicht. »Sie war vollkommen fertig, und es hat Wochen gedauert, bis sie erzählen konnte. Um es kurz zu machen: Ein Landsmann, der ebenfalls an der Uni studierte, hat sie unter einem Vorwand in sein Auto gelockt. Dann erschienen weitere Männer. Die haben sie vergewaltigt und nach Düsseldorf in ein Bordell gebracht. Hier hat sie ein paar Wochen arbeiten müssen. Dann wurde sie nach Holland in einen Club verschachert. Hier gelang ihr irgendwann die Flucht. Sie schlug sich bis nach Russland durch.«

Hartmann fielen keine Fragen ein. Von draußen rauschte der Nachtlärm durchs offene Fenster nach innen. Ein paar Sekunden verstrichen. Es war nicht unangenehm. Wenn nur die Waffe in Ramonas Hand nicht nach wie vor in seine Richtung drohte.

»Meine Schwester erholte sich schnell. Aber dann hatte sie einen Arzttermin. Dort stellte man fest, dass sie HIV positiv ist.«

Manche Geschichten haben einfach kein Happy End, dachte Hartmann.

»Körperlich sieht man ihr nichts an, aber psychisch war das ein Rückschlag, den sie nicht verkraftet hat. Sie schwindet dahin!«

Hartmann nickte.

»Und du meinst, dass sich ihr Zustand verbessert, wenn du ihr drei tote Landsleute präsentierst?«

Ramona lächelte. Aber das Lächeln erreichte ihre blauen Augen nicht. »Es müssen nicht unbedingt Landsleute sein! Das Bordell in Düsseldorf war das *Nighttime*. Sergej, Jorge und Vitali waren die Drahtzieher für den Deal mit Holland. Dahin geht meine Reise jetzt.« Sie wippte mit der Puste. »Und dafür brauche ich die hier noch ein bisschen. In Russland wäre es kein Problem für mich, eine brauchbare Knarre zu kriegen, aber hier fehlen mir die Kontakte. Es war so gesehen ziemlich hilfreich für mich, auf deine Pistole zurückgreifen zu können. Ich hoffe, du verstehst.«

Hartmann machte mit der Rechten eine gönnerhafte Geste. Was blieb ihm auch übrig. »Damit umgehen kannst du ja! Das waren drei Volltreffer. Wo hast du das Schießen gelernt?«

»Ich kann es. Mehr brauchst du nicht zu wissen. Ich nehme die Waffe auch mit als Ausgleich für erschwerte Bedingungen. Bevor du aufgetaucht bist, lief hier in Düsseldorf eigentlich alles nach Plan.«

»Die hatten dich gefesselt in einen Keller gesperrt! Klingt nicht so wie, es läuft alles nach Plan.«

»Um mich nach Holland zu verschachern!«

Hartmann stutzte. Ihm wurde heiß. »Das heißt, dich haben die auch schon, ich meine, wie deine Schwester ...«

»Mehrmals. Jorge hatte mich, wie zu erwarten war, in einer schäbigen Kneipe in irgendeinem schäbigen Industriegebiet etwas außerhalb aufgetan und in den Club gebracht. Ich wartete dann auf den Abtransport nach Holland. Ich wollte um jeden Preis an die Hintermänner ran. Sergej und seine Helfer hätte ich mir später vorgeknöpft. Ich saß also in diesem Kellerloch, als du aufgetaucht bist und meinen Plan geschmissen hast.«

»Muss ich mich entschuldigen?«

Sie schüttelte den Kopf. »Im ersten Moment war ich sauer, aber ich konnte dir schließlich vor Vitali nicht in die Parade fahren, ohne dass das aufgefallen wäre. Später war ich schon dankbar, mich bei dir duschen zu können.« Sie blickte ihm direkt in die Augen. »Ich bin hier, um dir die Geschichte zu erzählen. Ich denke, sie wird dir nicht gefallen. Es wird dir auch nicht gefallen, was ich tue. Mir gefällt es auch nicht. Aber ich muss es tun. Für meine Schwester. Und für Dutzende anderer junge Frauen, die den gleichen Weg noch vor sich gehabt hätten. Ich denke: Unterm Strich rechnet es sich!«

»Es rechnet sich nie!«

Die beiden schwiegen sich eine Zeit lang an. Das Großraumkino auf der gegenüberliegenden Seite des Bahnhofsvorplatzes spuckte lärmende Menschen auf die Straße.

Dann fragte Ramona: »Was hast du den Polizisten gesagt?«

»Ich hab noch im Auto erkannt, dass du nicht meine Nadia bist und dich an der nächsten Kreuzung rausgeschmissen.«

»Gute Polizisten hätten dir das nicht geglaubt!«

»Sie haben es mir nicht geglaubt. Aber sie können mir nicht das Gegenteil beweisen. Das reicht.«

Draußen um die Ecke vor der Vierundzwanzig-Stunden-Videothek startete mit quietschenden Reifen ein Auto und flog die Graf-Adolf-Straße runter in Richtung Stresemannplatz. Zwei Besoffene grölten hinterher.

Ramona richtete sich auf. »Ich muss jetzt weg. Ich wollte dir nur sagen, dass ich keine Killerin bin.«

Hartmann zuckte mit den Schultern.

»Was du machst, ist falsch. Ich bin nicht dein Richter. Aber es wird einen geben, so viel ist sicher. Hier oder da oben. Es gibt immer einen Richter.« Hartmann spannte sich unmerklich an. Wenn sie jetzt weich wird, nehm ich ihr die Knarre weg.

Ramona nickte: »Ich geh jetzt. Wenn ich jetzt weich werde, wirst du versuchen, mir die Knarre wegzunehmen, und ich müsste dir doch noch ein Loch in den Oberschenkel schießen.

Ich würde dich gerne drücken, Hartmann. Aber das geht aus dem gleichen Grund wohl nicht!«
»Vielleicht sehen wir uns wieder.«
»Vielleicht. Zwei Sachen noch.«
Sie war schon auf dem Weg zur Tür, das kleine, runde Rohr immer noch auf Hartmanns Herz gerichtet.
»Der Job ist nichts für dich, Hartmann. Zu viele Haie für einen Delfin. Es wimmelt da draußen von Vitalis und Sergejs. Diesmal habe ich dir drei von denen vom Hals geschafft, aber es werden andere kommen. Und die werden dich kriegen! Du bist in Ordnung. Du sollst so bleiben! Es gibt nur zwei Möglichkeiten. Entweder wirst du zum Hai, und das wäre schade. Vielleicht schaffst du das auch gar nicht, selbst wenn du's versuchst. Oder die Haie fressen dich. Das geht schneller, als du denkst, und ist sicher die wahrscheinlichere Variante. Das fände ich auch sehr schade!« Sie blieb im Türrahmen, schon halb im Flur, stehen, zögerte einen Moment und fuhr fort: »Und zweitens möchte ich gerne wissen, wie du mit Vornamen heißt.«
»Christian. Die meisten sagen Chris. Ähm, kann sein, dass da draußen ein paar Bullen in Zivil meine Wohnung observiert haben und jetzt auf dich warten.«
»Es gibt da eine Tür zum Innenhof. Über eine Mauer kommst du in den Hinterhof eines Hotels. Da gibt es auch eine Tür. Da kannst du klopfen. Der Nachtwächter stellt für ein paar kleine Scheine keine Fragen.«
Sie lächelte, schob die Knarre hinten in den Hosenbund, schloss die Wohnungstür und flüsterte zu sich selbst in den dunklen Flur hinein: »Falsch. Die meisten sagen Hartmann.«

8. Kapitel

Ein feiner, runder Laserstrahl bohrte sich durch den Raum schmerzhaft mitten in sein Gesicht. Hartmann blinzelte und schob die rechte Hand vors Auge. Die Sonne hatte guten Morgen gesagt, indem sie einen Finger durch die kaputte Rolllade des Schlafzimmers mitten in sein linkes Auge gestochen hatte. Viertel nach zehn, sagte der Wecker auf dem Nachttisch.

Hartmann richtete sich langsam auf, reckte sich die Schultern gerade, blieb ein paar Augenblicke auf der Bettkante sitzen und schob ein paar Gedanken unter seiner Glatze von links nach rechts.

Er schwang sich auf die Füße. Er hatte gut geschlafen, und es gab viel zu tun! Er schob *Black Diamond* von Angie Stone in den CD-Player und stieg zu *No more rain* unter die Dusche. Bei *Bone* stellte er fest, dass sich die ersten Haupthaare wieder langsam durch die Kopfhaut gedrückt hatten. Bei *Visions* dachte er an Gina, bei *Green grass vapors* trocknete er sich gründlich ab, und nach einem Blick aus dem Fenster, der einen weiteren, heißen Sommertag feststellte, cremte er sich zu *Love junkie* mit Nicoles Salbe sorgfältig die Schädeldecke ein.

Trouble man war Zähneputzen. Nach *My lovin will give you something* war er mit dem Rasieren fertig. *Heaven help* reichte, um eine rote Unterhose, eine frische Jeanshose und ein hellblaues T-Shirt überzustreifen. Den Jazz-Hop-Mix von *Life story* und das dahinter heimlich versteckte *Da capo* ersparte er sich.

Frühstück.

Durch die Plane kämpfte er sich bis ins Innere des Treibhauses. Renate hinter der Theke strahlte ihn an wie ein Teenager nach dem ersten Kuss beim Abschlussball des Tanzkurses.

»HalbesmitBrieundHalbesmitFleischwurstBecherKaffeedazu! Ich bring's dir an den Tisch rüber!« Sie stutzte. »Was hast du mit deinen Haaren gemacht?«

»Abrasiert.«

»Ach so.«

Hartmann pflückte eine Zeitung mit großen Buchstaben vom Stapel und faltete sie auf einem Bistrotisch in der Ecke auseinander. Großenbaum-Engelen hatte es auf die Titelseite geschafft. Woher hatten die nur innerhalb der paar Stunden das Material für die Hintergrundstory und das Foto eines lächelnden Frauenmörders, Emanuel G.-E. (72 Jahre)? Den abführenden Polizeibeamten hatte man einen schwarzen Balken über die Augen gezogen.

Hartmann überflog den Text. Am Ende des vorletzten Absatzes wurde ein ehemaliger Fußballprofi erwähnt, Heidi immerhin im letzten Absatz mit Miss Marple verglichen. Der Artikel war ziemlich reißerisch. Hartmann überlegte gerade, ob er ihn in seine ziemlich leere Referenzmappe aufnehmen sollte, als Renate Kaffee und Brötchen unter seine große Nase schob.

»Mein Gott, die Heidi! Das ist ein Ding! Und der Fußballer ... Das bist du!« Ihre großen Augen strahlten. »Du bist doch ein richtiger Detektiv!«

Hartmann nippte am Becher. »Hab ich doch immer gesagt!«

Renate drückte ihm einen Ellenbogen in die Seite. »Na, so zwischendurch hatte ich mal meine Zweifel, aber das hier, ehrlich, sa-gen-haft!« Sie schob sich noch ein Stück näher ran.

Hartmann schob irritiert die Augenbrauen zusammen.

»Und wie du das Ding mit meinem Hansi hingekriegt hast. Ich meine, das waren richtige Profis! Killer! Geheimdienstleute! Und du ... Alleine gegen diese Bande. Und dann das mit meinem Auto ... Ich will gar nicht wissen, was da abgelaufen ist. Aber es hat funktioniert! Stell dir vor: Der Hansi hat sich bei mir entschuldigt und gestern einen großen Strauß Blumen von der Arbeit mit nach Hause gebracht!« Jetzt ging sie ganz auf Tuchfühlung. »Dafür hast du einen gut bei mir, Hartmann, das sag ich dir.«

Hartmann biss hastig ins Briebrötchen. Renates Augenaufschlag ließ keinen Zweifel an der Eindeutigkeit ihres Angebots. Und das machte ihm Angst. Andererseits würde er bestimmt mal wieder ihren kleinen Honda gebrauchen können.

»Re-na-te!«, rettete ihn Moni von der Theke.

»Bin gleich wieder da! Geh nicht weg!«, flüsterte Renate.

Hartmann schob sich hastig den Rest des Brötchens in den Mund, spülte mit Kaffee nach und flüchtete aus dem Laden. Er blinzelte zum Himmel. Wird höchste Zeit, dass sich alles ein bisschen abkühlt!

* * *

Er ging nur ein paar Ecken weiter. Übelster Kneipengestank schlug ihm entgegen. Seine Nase schlug Alarm. Irgendeine Frau hatte ein Rendezvous mit dem Wind. Angie klemmte auf seinem Stammplatz gleich an der Theke. Hartmann schob sich auf den abgewetzten Holzhocker links daneben.

»Hallo Angie. Schön dich zu sehn.«

Angie nickte. »Hallo, Hartmann. Coole Sache, das mit den Russen!«

»Das war ich nicht!«

»Is klar, Alter.«

»Wirklich nicht!«

Axtgesicht hackte seinen Zinken fragend in ihre Richtung. Hartmann hob zwei Finger und deutete vor Angie und sich auf die schmierige, klebrige Theke. Die Axt widmete sich seiner Zapfanlage.

Der Krankenhausaufenthalt hatte Angie sichtlich gut getan. Er hatte sogar ein bisschen Farbe bekommen. Die beiden kleinen Pflaster an Stirn und Kinn fielen eigentlich kaum auf.

»Siehst ganz gut aus, Angie.«

»Du nicht. Wo sind deine Haare?«

»Weiß ich nicht genau. Kommt ganz gut bei den Temperaturen.«

»Sieht krank aus!«

»Ich bin kerngesund!«

»Na, na. Wie dem auch sei. Sergej und seine Spießgesellen hast du vom Hacken!«

»Hm. Bin nicht sicher, ob man mir das Massaker im Milieu übel nimmt.«

»Also warst du's doch!«, triumphierte Angie.

»Nein. Aber spielt das eine Rolle?«

»Hm. Sergejs Brut war nicht besonders beliebt. Viele werden denen nicht nachweinen. Schätze mal: keiner! Und es kann ein Stück Kuchen neu verteilt werden. Ich würde mir keine allzu großen Sorgen machen.«

Hartmann fand, dass er sich in diesem Leben gar nicht genug Sorgen machen konnte, wenn er überleben wollte. Und das wollte er. Hackie klebte zwei Gläser vor Hartmann auf die Theke. Hartmann ging seinen in der Nacht herangereiften Plan noch mal im Schnellgang durch und schob Angie eines der Altgläser in die Finger.

»Ich brauche noch mal deine Hilfe.«

Angie schraubte sich das Glas ohne abzusetzen in den Hals. Hartmann schob ihm das zweite Glas entgegen.

»Soll ich mich umbringen lassen?«

Hartmann lachte kurz, merkte aber, dass Angies Frage gar nicht witzig gemeint war. »Umbringen ... Immerhin warst du nach zwei Tagen schon wieder draußen.«

Angie nahm das Glas. »Übertreib's nicht, Hartmann!«
Der bestellte hastig noch zwei Kaltgetränke.
»Nur ein Klacks. Da müsste eine Wohnung durchsucht werden. Vielleicht muss die vorher noch geöffnet werden.«
Angie lauschte seinen Ausführungen in Ruhe, Axtgesicht brachte die Getränke, Angie sagte nichts, Hartmann plapperte weiter, Angie trank, Hartmann redete, schob Angie sein Glas in die Hand und wischte sich zwischendurch den Schweiß von der Stirn. Dann war Hartmann fertig.
Angie drehte ihm das Gesicht zu. »Und das ist dein Ernst?«
»Äh ... ja!«
Dann legte jemand Hartmann von hinten einen langen Arm um den Hals. Hartmann rechnete mit dem Schlimmsten, spannte den Körper und setzte zum Ellenbogenstoß an.
»Mann, Hartmann!«, schrie eine Frau.
Der Griff lockerte sich. Hartmann drehte sich rum und blickte in ein großes Auge. Ein Zyklop! Doch nicht. Ein Bauchnabel in Augenhöhe. Regenrinnen-Rita trug ein weißes, bauchfreies Top, das in Brusthöhe geschnürt war und dort leidlich alles zusammenhielt.
Sie blickte strahlend aus drei Metern Höhe auf ihn runter.
»Das ist ja ein Ding. Du und die Russen! Meine Fresse!«
»Das war ich nicht!« Hartmann versuchte sich zu lösen.
»Is klar, Baby!«
»Ehrlich nicht!«
»Und dann noch das Ding mit diesem Frauenmörder. Mann, wenn einer es drauf hat, dann du, Hartmann! Du bist nicht so ein Penner, wie ... na ja!« Sie warf einen vielsagenden Blick auf Angie.
Hartmann schob sie auf den Hocker rechts neben sich.
Rita tätschelte ihm von oben auf die Glatze. »Du hast die Haare ab!«

»Ja.«

»Das sieht echt scharf aus, Hartmann.«

»Verzieh dich, Rita!«, zischte Angie von der anderen Seite.

»Verzieh dich selber, Angie, is nich deine Baustelle! Los, Hartmann, erzähl mal, wie du die drei umgepustet hast. Mir kannste vertrauen, ich kann die Klappe halten!«

»Dann mach's doch endlich und verzieh dich!«, knurrte Angie.

Hartmann griff Rita hastig in den Arm. Ihre beachtliche Spannweite hätte locker gereicht, über drei Hocker hinweg Angie eine zu scheuern. Er beschwichtigte schnell. »Angie ist ein bisschen nervös. Wir besprechen was Geschäftliches!«

»Besprechen ist der ganz falsche Ausdruck, Hartmann! Ich mach da nicht mit!«

»Wobei?«, wollte Regenrinnen-Rita wissen.

Axtgesichts Zinken tauchte wieder in Hartmanns Gesichtskreis auf. Der spendierte einen Dreier.

»Is geheim, Rita!«, erklärte Hartmann.

»Is Blödsinn, Hartmann!«, ergänzte Angie. Er nahm einen frischen Schluck. »Und außerdem mach ich nur unter einer Bedingung bei der Geschichte mit.«

Hartmann entspannte sich. »Die wäre?«

»Na, hab ich dir doch schon auf den Anrufbeantworter gequatscht. Ich hab zur Zeit keine Bleibe. Immer nur draußen pennen ist scheiße. Ich geh jetzt auch auf die fünfunddreißig zu. Ist nicht mehr mein Ding. Also, jetzt gesundheitlich.« Er drehte sein Glas. Es blieb fleckig. »Ich zieh zu dir. Bis ich was Neues gefunden habe. Wird nicht lange dauern, ein paar Tage vielleicht. Verpflegen tu ich mich selbst, brauchste nich für mich zu kochen. Im Gegenzug dreh ich das Ding für dich!«

Hartmann hätte vor Schreck beinahe selbst einen Schluck Braunes genommen, konnte sich aber gerade noch bremsen.

Regenrinnen-Rita ruckelte ein Stück näher ran. »Den willste bei dir wohnen lassen?«

Hartmann überschlug ein paar Sachen. Ist ja nur für ein paar Tage! Dann ist der ganze Spuk vorbei! Voraussichtlich. Er ignorierte Rita. »Okay, Angie. Drei Tage. Eine Bedingung: Keine Drogen in meiner Hütte, nirgendwo Spritzen rumliegen lassen. Ich hab genug Ärger am Hals. Und tagsüber gehst du spazieren!«

»Okay.«

Angie leerte sein Glas und nahm sich Hartmanns.

»Heh«, meldete sich Rita, »ich habe auch gerade ein paar Probleme mit meinem Vermieter. Ist bei dir noch ein Bettchen über?«

Eine Gänsehaut krabbelte Hartmann den Rücken hoch, und die Glatze fing an zu jucken. »Die Wohnung ist ziemlich klein, Rita.«

»Ach, Baby.« Sie beugte sich nach vorne. Rechts in ihrer Bluse rutschte was durch die braunen Schnürriemen. »Genau genommen brauche ich gar kein eigenes Bett.«

* * *

Ginas Platz war leer.

Ihre Arbeitskollegin ließ sich durch einen kleinen, summenden Standventilator auf ihrem Schreibtisch gekühlte Luft durch die blonden Locken blasen. »Gina ist für ein paar Tage nach Hause geflogen«, erklärte sie mit einem merkwürdigen Unterton in der Stimme.

»Hm, hm.«

Dann grinste sie schief, musterte ihn aus den Augenwinkeln aufmerksam und fügte scheinbar gelangweilt hinzu: »Alle zwei, drei Wochen fliegt sie zurück nach Italien und besucht dort ihren Freund!«

Hartmann nickte. »Der Gute. Ja, den muss ich auch unbedingt mal wieder besuchen.« Er beugte sich über den Tresen. »Aber ist ja auch immer so ein Akt, dieses Gefliege. Dann sind wir ja auch zu sechst, meine Frau, ich und die Kinder. Das ist immer so ein Aufwand, bevor wir alle endlich im Flieger sitzen. Also mehr als drei- oder viermal im Jahr tun wir uns den Stress überhaupt nicht mehr an. Wann kommt Gina denn wieder zurück?«

»Montagmorgen muss sie wieder hier sein«, sagte die Tussi, jetzt doch sichtlich enttäuscht, nicht das erhoffte Entsetzen erregt zu haben.

»Montag«, sagte Hartmann und dachte: noch drei Tage. Da kann viel passieren. In Italien. Mit Gina. Beim Freund.

* * *

Er parkte sein Rad neben Birgit Meissners dunkelblauem Twingo direkt vor der Hausnummer 24 und blinzelte rüber in den Park. Keine sich in der Sonne räkelnden Mädels im Gras. Er hätte eh keine Zeit gehabt. Es gab viel zu tun.

Hartmann klingelte, die Sprechanlage rauschte. Er meldete sich, sie drückte ihm auf, und er kletterte die Stufen durchs kühle Treppenhaus hoch in die vierte Etage.

»Herr Hartmann?«

»Hallo. Darf ich kurz reinkommen?«

Sie machte den Spalt breiter. »Natürlich. Ich bin gerade erst von der Arbeit gekommen. Möchten Sie was Kaltes trinken?«

»Ein Glas Wasser wäre schön.«

»Sie haben die Haare ab!«, stellte sie fest und verschwand um die Ecke.

»Genau!«, rief Hartmann hinterher und schaute sich um. Super Wohnung. Drei Zimmer, Küche, Bad, schätzte Hartmann. Eine große Terrasse mit breitem, geöffnetem Schiebeelement und ein paar sehr gemütlich aussehenden Stühlen darauf. Sonnenseite. Dürfte die Seite zum Park hin sein. Sehr nett!

Birgit Meissner, heute ohne Reithose und im schicken Safarilook mit dreiviertellanger Hose, kam mit zwei gefüllten Gläsern in der Hand um die Ecke. »Was kann ich für Sie tun?«

»Erst mal danke für das Wasser. Ich bin mit dem Fahrrad hier und zwischendurch fast verdurstet.«

Sie ließ sich in einen gelben Sessel fallen. »Smalltalk?«

Er setzte sich in einen genauso gelben Sessel ihr gegenüber. Zwischen ihnen stand ein kleiner Glastisch mit verchromten Löwenfüßen, die von oben durch die Platte zu sehen waren.

»Sicher nicht. Beim letzten Mal haben Sie mir gar nicht erzählt, dass Frank Grothe Ihr Lebensgefährte ist.«

Sie biss sich auf die Unterlippe und blinzelte mit den Augen. »Ich dachte nicht, dass das irgendwie wichtig ist. Ist es das?«

Hartmann nippte am Glas. »Na ja, ich hatte nicht danach gefragt.« Er beugte sich nach vorne. »Wir hatten über ehemalige Freunde von Miriam Sommer gesprochen. Frank Grothe war vor Ihnen mit Miriam Sommer zusammen.«

»Das ist richtig. Ich darf Sie daran erinnern, dass Sie wissen wollten, wer als aktueller Freund von Miriam Sommer infrage kommt. Dann sind wir die Initialen aus ihrem Terminkalender durchgegangen und auf Andreas Krombach gekommen.« Sie schlug ihre Beine übereinander.

Hartmann stand auf. Er konnte nicht vor ihr im Sessel sitzen und ... »Davor waren Sie mit Arne Hanssen zusammen?«

Sie strich sich ein paar dunkle Haare nach hinten und rutschte auf dem Sessel hin und her. »Das ist über ein Jahr her.«

»Miriam Sommer hat Ihnen den Freund ausgespannt.«

Sie schüttelte heftig den Kopf. »Das ist so sicher nicht richtig! Frank und ich passen einfach viel besser zusammen. Das Gleiche gilt für Arne und Miriam. Wir haben uns in Freundschaft getrennt, sind im Winter drauf sogar zusammen in Urlaub gefahren. Wir sind nach wie vor die besten Freunde!«

»Na ja«, sagte Hartmann, ohne sie auf den kleinen Denkfehler anzusprechen, den Birgit Meissner machte, insbesondere was Miriam Sommer anging. Denn die war keine beste Freundin mehr, sondern tot. Er fuhr fort. »Es gibt zwei klassische Motive, einen anderen Menschen umzubringen. Geld und Liebe. Geld passte irgendwie nicht. Ich war mir von Anfang an sicher, dass Miriam Sommer aus Liebe, in irgendeiner Variante, umgebracht worden ist. Das lag andererseits nicht gleich auf der Hand.« Hartmann machte eine ausholende Handbewegung. »Mord aus Liebe ist meistens Mord aus Affekt, aus der Gelegenheit heraus. Da wird jemand spontan vom Balkon gestoßen oder dem Opfer wird der Schädel mit einer Marmorstatue gespalten, die zufällig auf der Fensterbank stand. Eine Pistole dagegen bringt der Täter ganz bewusst mit an den Tatort. Ein Täter, der seine Tat geplant hat. Das hat was Vorsätzliches. Deshalb passte die Pistole nicht so ganz in meine Version. Also, die, die ich hatte, als ich noch nicht wusste, wer Miriam Sommer erschossen hat.«

Birgit Meissner verschlabberte Wasser auf ihre grüne Bluse und schüttelte wieder den Kopf.

»Soll das heißen …?«

Hartmann nickte und ging um den Sessel herum. »Miriam Sommer und Arne Hanssen hatten sich vor drei Monaten getrennt. Seitdem ist Miriams Schwester Lena mit Arne Hanssen zusammen. Das sollte vorerst geheim bleiben. Sagen wir, aus familiären Gründen. Lenas Mutter spielt da eine Rolle, tut aber nichts zur Sache. Auf jeden Fall ist Miriam Sommer augenscheinlich ohne festen Partner gewesen.«

Birgit Meissner schwieg.

»Tatsächlich hatte sie ein Verhältnis. Ich bin bei den Ermittlungen auf Andreas Krombach gestoßen. Andreas Krombach? Hm, hielt ich von Anfang an für fraglich! Andreas Krombach spielt einfach nicht in Miriams Liga. Krombach ist ein braun gebrannter, überheblicher Tennistyp, der vielleicht für eine Nummer nach dem Training reicht, aber bitte, für mehr nicht. Keine Affäre. Sicher nicht!«

»Ich kenne Herrn Krombach nicht!« Sie hielt das leere Wasserglas mit beiden Händen fest umklammert, die Knöchel traten weiß hervor.

»Miriam Sommer traf sich regelmäßig mit einem Mann. A.K. stand in ihrem Terminkalender, aber Andreas Krombach diente ihr in dieser ganzen Sache als eine Art Alibi. Jedes Mal, wenn in Miriams Kalender A.K. auftauchte, traf sie sich in Wahrheit mit diesem Unbekannten. Hätte man ihr eine Affäre vorgehalten, hätte sie einfach eine Liaison mit Andreas Krombach zugegeben. Ihr wirklicher, heimlicher Liebhaber musste demzufolge eine sehr heikle Person sein. Dieser Unbekannte, dessen war ich mir sehr schnell sicher, war der Schlüssel zur Klärung des Verbrechens.«

Hartmann machte eine Pause und spürte seine trockene Kehle. Es machte ihm keinen Spaß. Er kam sich schmutzig und gemein vor. Und er hätte es nicht durchgezogen, wenn die Sache anders gestanden hätte. Aber das Spiel musste zu Ende gebracht werden. Vor der Verlängerung. Vor dem Elfmeterschießen! Elfmeterschießen war nie gerecht! Er nahm einen großen Schluck Wasser. Seine Kehle blieb trocken.

Birgit Meissner bearbeitete weiter ihre Unterlippe.

Hartmann fuhr fort: »Am 3. Juli haben Sie mich angerufen. Sie hatten versucht, Miriam in ihrer Wohnung anzurufen. Es hat sich nur der Anrufbeantworter gemeldet. Sie ging nicht ran. Sie konnte nicht rangehen, denn sie war zu diesem Zeitpunkt bereits tot.« Hartmann blies Luft durch die Nase. »Das haben Sie zu diesem Zeitpunkt bereits gewusst. Denn Sie waren schon vorher in ihrer Wohnung.«

Sie zog die Augenbrauen zusammen, schüttelte kurz den Kopf und starrte stumpf durch die Tischplatte auf den blanken, hölzernen Parkettboden. »Nein«, flüsterte sie.

»Doch. Sie waren dort. Ich habe mir die Wohnung damals genau angeschaut. Ich habe nicht sofort geschaltet. Irgendetwas hatte mich gleich gestört, aber erst ein paar Tage später ist es mir aufgefallen. Es gibt in dieser Wohnung keinen Anrufbeantworter. Es gibt in dem Appartement fast gar nichts. Es ist nur mit dem Notwendigsten ausgestattet. Es war eine geheime Wohnung, die Miriam sich dort eingerichtet hatte, und deshalb hatte sie dort auch keinen Telefonanschluss. Sie wird ein Handy benutzt haben, wenn sie telefonieren wollte.«

»Ich war so aufgeregt ...«

»Ein paar Tage zuvor hat eine Nachbarin einen Streit zwischen Ihnen und Miriam Sommer beobachtet.«

Birgit Meissner schlug die Hände vors Gesicht. »Der Grund Ihres Streits ...«

»Seien Sie still!«, schrie sie ihn an.

In ihre stumpfen Augen war plötzlich Leben zurückgekehrt. Hartmann nahm sich in Acht. Noch saß sie im Sessel, und er stand in Reichweite vor ihr. Er hatte die bessere Position. Hartmann nahm sich vor, sich nicht einlullen zu lassen. Ihrer besten Freundin hatte man aus nächster Nähe mitten ins Gesicht geschossen.

»Frau Meissner ...«

»Bitte!«

Er trat einen Schritt nach vorn und legte eine Hand auf ihre Schulter. Sie riss die Schulter zur Seite.

Hartmann schloss kurz die Augen und fuhr mit leiser Stimme fort. »Vor drei Monaten hatte Miriam Sommer ein Verhältnis mit Ihrem Lebensgefährten, mit Frank Grothe, angefangen. Frank Grothe war der Unbekannte, der Schlüssel.«

Sie holte Luft, Hartmann hob die Hand.

»Die gleiche Nachbarin hat Frank auf einem Foto als den Mann wiedererkannt, der Miriam Sommer regelmäßig in ihrer Wohnung aufgesucht hat. Sie müssen außer sich gewesen sein, als Sie das erfuhren. Ihre beste Freundin hatte Ihnen einst Arne Hanssen genommen, und nun hatte sie eine Affäre mit Frank Grothe.«

Birgit Meissner sprang auf und schrie. »Halten Sie die Klappe! Ja! Jaa!! Sie hat mit Frank rumgemacht. Ich habe das sofort gemerkt. Da stimmt was nicht, habe ich zu Frank gesagt. Und sofort habe ich an Miriam gedacht. Aber die hatte doch ihren Arne! Meinen Arne!! Und dann gehen wir einkaufen, und sie erzählt mir, dass sie sich von Arne getrennt hat. Hah. Natürlich! Um mir wieder meinen Mann wegzunehmen! Und mein Mann? Mein Mann? Hüpft sofort mit dieser Schlampe ins Bett!« Sie presste das Wasserglas an ihre Lippen.

Hartmann zuckte zusammen. Das Glas!

»Kann sie jeden haben? Hat sie ein Recht, mir wieder alles kaputt zu machen? Hat sie ein Recht dazu?« Ihr leerer Blick hatte jetzt jede Richtung verloren und schoss unkontrolliert durch den Raum. Sie war aufgesprungen und drückte das Mineralwasserglas jetzt mit beiden Händen fest gegen ihre Brust. Sie hatte einen der großen, gelben Sessel zwischen sich und Hartmann gebracht.

Sturzbäche schossen Hartmann den Rücken runter.

»Ich bin ihr nachgegangen. Ich habe vor ihrer Wohnung gelegen. Wie ein Hund! Und ich habe gewartet. Und dann kam sie. Kurz darauf kam dann er. Zwei Stunden ist er bei ihr geblieben. Zwei Stunden! Wollen Sie wissen, wie lange er bei mir braucht? Hah! Zwei Stunden ist er bei ihr geblieben!«

Hartmann trat einen Schritt auf sie zu. Blitzschnell zerschlug sie das Wasserglas auf der Tischkante. Hartmann sprang zurück. Eine blutverschmierte Hand streckte ihm ein Stück Glas entgegen.

»Bleiben Sie, wo Sie sind!«

»Frau Meissner. Birgit ...«

Sie schüttelte den Kopf und blickte durch ihn hindurch.

»Sie können sich nicht vorstellen, wie weh das tut. Die beste Freundin. Mein Leben. Ich bin fünfundzwanzig Jahre alt. Ich habe Pläne mit Frank gemacht. Sie hat alles kaputt gemacht. Sie hat wieder alles kaputt gemacht.« Ihr Blick wurde klarer. »Aber dann sah ich sie da liegen.«

»Sie hatten einen Schlüssel zur Wohnung?«, fragte Hartmann vorsichtig.

»Neben ihrem Bett. In einer riesigen Blutlache. Der Kopf geplatzt!«

Sie drehte ihm den Kopf zu. »Was? Schlüssel? Sie hatte nicht abgeschlossen. Ich habe mit einer Scheckkarte geöffnet. Ich hatte keine Hemmungen mehr. Wenn man ganz unten ist, braucht man keine Hemmungen mehr zu haben.« Sie hielt die Glasscherbe an ihren Hals. »Sie hat versucht, mir alles zu nehmen. Aber Frank gehört mir! Das hat sie nicht geschafft, mir Frank wegzunehmen!«

Hartmann sprang los, sie drückte zu. Er riss sie um, und gemeinsam stürzten sie über den gelben Sessel zu Boden. Er schnappte ihr Handgelenk und schlug ihre Hand mit der Scherbe hart auf das Holzparkett. Die Finger öffneten sich, die Scherbe rutschte klirrend ein paar Meter und blieb vor der Kommode liegen. Birgit Meissner rammte ihm ein Knie zwischen die Beine. Hartmann blieb die Luft weg. Sie riss ihren Arm frei. Seine Hand griff ihr an den Kopf und rutschte über eine rote, klebrige Flüssigkeit am Hals ins Leere. Sie krabbelte auf allen vieren davon.

»Scheiße!«, fluchte Hartmann.

Der Balkon. Sie hatte die Schwelle der Schiebetür fast erreicht. Vierte Etage! Verdammt! Hartmann rutschte auf dem Parkett aus. Sie verlor ihr Blut gleich literweise. Er kam auf die Beine und sah, wie sie auf dem Balkon einen Moment innehielt und durchatmete. Dann stieg sie auf eine waagerechte Geländerstrebe. Hartmann stürmte heran und hatte sie fast erreicht.

Dann sprang sie über das Geländer.

* * *

Fluchend kämpfte er sich durch die Münzen in seinem Portemonnaie und schwor sich, bei nächster Gelegenheit ein verdammtes Handy zu kaufen. Immerhin waren Krankenhäuser Kleingeldoasen, in denen es überhaupt noch Münzfernsprecher gab. Er hackte die Nummer in die Tastatur.

»Angie? Hartmann hier. Okay, es ist nicht ganz so gelaufen, wie ich mir das vorgestellt hatte, aber es bleibt dabei. Ja, die Tür ist nur zugezogen. Nein, ich glaube nicht, dass da schon die Bullen rumhängen, aber du musst dich beeilen! Nein. Guck halt, bist ja nicht blöd! Ja, der Haustürschlüssel liegt im Briefkasten. Wie besprochen ... Natürlich ist der Kasten abgeschlossen, aber das sollte für dich doch kein Problem sein. Sei gründlich, Angie, sonst nutzt das alles nix ... Hallo?«

Hartmann knallte den klebrigen Hörer in die Gabel und warf einen Blick über den Flur. Die beiden Cops im kurzärmeligen

Sommerhemd standen immer noch vor Birgit Meissners Zimmer. Eigentlich wollte er sich noch schnell einen Arzt krallen, um auf Nummer sicher zu gehen, aber die Dinge waren eben ein wenig anders gelaufen als geplant. Er zog einen zerknüllten Papierstreifen aus der Jeanshose, schnappte sich noch mal den Hörer und drückte wieder ein paar Tasten. Erst meldete sich die Tussi aus dem Vorzimmer, dann hatte er Birgit Meissners Lebensgefährten direkt am Rohr.

»Grothe?«

»Hartmann hier. Hören Sie mir zu! Birgit liegt im Krankenhaus. Uni-Klinik, Moorenstraße. Sie ist zurzeit nicht ansprechbar, lebt, aber die Situation ist kritisch.« Hartmann gab einen kurzen Überblick über die Lage. »Sie springt über die Brüstung. Aber ich kriege sie im letzten Moment noch irgendwie an ihren Beinen zu packen. Ich ziehe sie wieder rauf auf den Balkon, aber dann sackt sie in meinen Armen plötzlich weg, bewusstlos. Durch die Schnittwunde am Hals verliert sie pausenlos Blut. Ich kralle mir die Fahrzeugschlüssel, war selbst nur mit dem Fahrrad da, und heize mit ihr in die Uni, Notaufnahme.«

»Ich verstehe nicht. Wieso springt sie vom Balkon?«

»Weil ich ermittelt habe, dass sie sich in Miriam Sommers Wohnung befunden hat, bevor sie mich anrief. Sie hatte mir erzählt, es sei lediglich ein Anrufbeantworter in der Wohnung angesprungen, als sie versucht hatte, ihre Freundin zu erreichen. Tatsächlich gibt es in der Wohnung keinen Anrufbeantworter. Ich hab ihr vorgehalten, dass sie am Tattag in Miriams Wohnung war, und sie hat's schließlich eingeräumt.«

»Ich verstehe immer noch nicht.«

»Na ja, die Polizei wird glauben, dass sie Miriam Sommer erschossen hat.«

Es blieb ein paar Sekunden ruhig. »Warum sollte Birgit das tun?«

»Weil sie dahintergekommen war, dass Miriam Sommer ein Verhältnis mit Ihnen hatte. Darum natürlich!«

Er schnaufte geräuschvoll in den Hörer. Die Fahrstuhltür öffnete sich mit einem hellen »Ping«, und Hartmann erkannte Dircks und einen weiteren Kollegen der Mordkommission.

Er musste sich beeilen. »Passen Sie auf! Birgit ist zurzeit nicht vernehmungsfähig. Ich mal den Teufel nicht an die Wand, aber vielleicht wird sie ihre Verletzung nicht überleben. Sie hat verdammt viel Blut verloren. Die Bullen werden versuchen, ihr den Mord an Miriam Sommer in die Schuhe zu schieben. Das wird denen nicht schwerfallen. Spricht ja auch einiges dafür. Dann gibt es noch den Mord an Andreas Krombach, der mit der gleichen Waffe erschossen wurde. Und die Waffe fehlt noch ...«

Dircks verschwand in Birgit Meissners Krankenzimmer.

»Wenn die Bullen die Waffe in Birgits Wohnung finden, ist das Ding für Ihre Freundin gelaufen.«

»Ich verstehe nicht ... Warum erzählen Sie mir das?«

»Weil ich mich wegen Birgit Meissner ein bisschen scheiße fühle, was meinen Sie denn?«

Hartmann drückte die Gabel runter, warf einen Blick den Flur entlang und drehte den Zettel in seiner Rechten herum. Auf der Rückseite stand eine weitere Handynummer, die er hastig in den Apparat hackte.

»Arne Hanssen?«

»Hartmann hier. Hören Sie zu: Birgit Meissner liegt in der Uni-Klinik. Sie lebt, aber ihr Zustand ist kritisch.«

Hanssen zog am anderen Ende geräuschvoll Luft. Hartmann wiederholte hastig seinen Vortrag.

»Wieso springt sie vom Balkon?«

»Weil ich ermittelt habe, dass sie am Mordtag in Miriam Sommers Wohnung war. Sie hatte mir gesagt, dass sie lediglich den Anrufbeantworter ihrer Freundin erreicht hatte und sich deshalb Sorgen um sie machte. Tatsächlich gibt es in der Wohnung keinen Anrufbeantworter. Noch nicht mal einen Telefonanschluss. Dass sie schon vor mir, also alleine, in Miriams Wohnung war und sie die tote Miriam Sommer gefunden hatte, hat sie dann auch eingeräumt. Damit dürfte die Sache klar sein ...«

»Was dürfte klar sein?«

»Na, alles! Birgit Meissner hat Miriam Sommer erschossen. Später erschießt sie Andreas Krombach. Ich gehe davon aus, dass die Polizei in ihrer Wohnung auf der Tannenstraße die Waffe findet. Also die, die aus Ihrem Büro entwendet worden ist.«

Hartmann erlauschte Hanssens Gehirnschraubengerattere und bemerkte gleichzeitig aus den Augenwinkeln, dass die Tür zu Birgit Meissners Krankenzimmer aufging. Dircks kam heraus und redete mit seinen beiden uniformierten Kollegen.

Derweil schien Hanssen am Telefon unbeeindruckt. »Ich frage mich: Warum erzählen Sie mir das alles hier am Apparat, Hartmann?«

»Erstens: Ich erzähle das eigentlich nicht Ihnen, sondern ich habe die Handynummer von Lena Sommer gerade nicht zur Hand. Sie werden sich erinnern: Lena ist meine Klientin, sie bezahlt mich. Ich denke, sie hat ein Recht, als Erste von der Lösung des Falls zu erfahren. Außerdem ist Miriam ihre Schwester! Ich gehe natürlich davon aus, dass Sie Lena Sommer unverzüglich über dieses Gespräch informieren werden.«

Der eine der beiden in Grün hob seinen Arm und zeigte in Hartmanns Richtung. Dircks kam sofort mit großen Schritten näher.

»Und zweitens?«, lauerte Hanssen.

»Wollte ich Sie auf diesem Wege nur an unser kleines, gemeinsames Geheimnis erinnern.«

»Was für ein Geheimnis?«

»Das, was den 1. Juli betrifft!«, zischte Hartmann bissig und knallte den Hörer auf die Gabel.

Dircks baute sich vor ihm auf. Er hatte einen knallroten Kopf. Er war nicht gut gelaunt.

Hartmann hatte einen Blick für so was. »Sie haben bestimmt die ein und die andere Frage, Herr Hauptkommissar?«

»Ich möchte die ganze Geschichte, Hartmann!«

»Natürlich!«, sagte Hartmann. Er hatte sich da schon was zurechtgelegt und drückte den kleinen Zettel mit den beiden Telefonnummern unauffällig in den Rückgabeschlitz für die Münzen.

* * *

Die 709 überquerte rasselnd den Stresemannplatz. Es roch streng nach altem Schweiß, die roten Kunstledersitze der Bahn waren klebrig. Hartmanns leerer, ausdrucksloser Blick wanderte vom Drogengeschäft zweier hagerer und übel riechender Junkies in der Sitzbank schräg vor ihm durch die zerkratzten Scheiben der Straßenbahn nach draußen auf die billigen, bunten Lichtreklamen der schäbigen Videopeepshows und Sexshops auf der Graf-Adolf-Straße.

Dircks und Grannert hatten ihm zweieinhalb Stunden lang ziemlich zugesetzt, aber alles in allem war er zufrieden. Er fand, dass ihm eine recht gute Mischung aus Halbwahrheiten, Fakten und Ungesagtem gelungen war. Er hatte nur gerade genug ausplaudern müssen, um seinen Plan ungestört zu Ende bringen zu können. Dann hatten sie ihn wieder rausgeschmissen.

Die Bahn stoppte am Hauptbahnhof. Einer der beiden Junkies erbrach sich plötzlich lautstark über die Sitzbank, und

Hartmann sprang hastig raus auf den Vorplatz. 21.00 Uhr sagte die Uhr gegenüber am Bahnsteig.

Die Briefkästen an der rechten Seite im Flur waren unbeschädigt. Er sprang die Stufen hoch. Eine alte Soulnummer von Betty Wright sorgte im Flur für entspannende Hintergrundmusik. *Clean up woman!* Diesen taxifahrenden Doktor aus Ghana musste er unbedingt mal sprechen.

Hartmann schloss müde seine Wohnungstür auf, griff an die Tür zum Wohnzimmer/Büro und stutzte. Sie war abgeschlossen. Er lugte durchs Schlüsselloch. Auf der anderen Seite der Tür brannte das Licht. Der Schlüssel steckte von innen.

»Angie?«

Er bollerte mit der Faust gegen die Tür. Mehr unangenehme Überraschungen konnte er wirklich nicht mehr gebrauchen, aber fünf Sekunden später schlappte ein Paar Schuhe heran.

»Hartmann?«

»Wer sonst? Das ist meine Wohnung!«

Angie öffnete ihm.

»Wieso schließt du die Wohnzimmertür ab?«

Angie schickte einen Blödmannsblick zur Decke. »Hast du dir deine Flurtür mal angesehen? Der Rahmen ist total verzogen. Da nützt die beste Eisentür nichts. Die brauchst du erst gar nicht abzuschließen. Wer in deine Hütte will, drückt an der richtigen Stelle mal kurz und hart dagegen, dann springt die Tür auf. Hab ich einen Blick für. Ich war im Bad, und da brauche ich meine Ruhe.«

Hartmann musterte seinen Mitbewohner im verwaschenen T-Shirt der Toten Hosen vor sich. »Was hast du im Bad gemacht?«

»Einen Haufen! Was denkst du denn?«

»Nichts«, murmelte Hartmann. Dass sich ein Junkie in seiner Toilette tot spritzt, hätte ihm momentan noch gefehlt.

Stöhnend ließ er sich in seinen Bürosessel fallen. »Und? Wie ist es gelaufen?«

»Anfangs ganz gut.«

Hartmanns Nackenhaare sträubten sich. »Anfangs?«

Angie fuhr sich durch die schwarze Mähne. »Ich bekomme deinen Anruf aus dem Krankenhaus und bin hin zu dieser Meissner. Mehrfamilienhaus, anonym, klasse Adresse. Es brauchte mir noch nicht mal jemand die Haustür aufdrücken. So ein breiter Spalt zwischen Blatt und Zarge, kein Problem, ich ruck, zuck drin im Hausflur. Dann hoch zur Wohnung, prima mit Namensschild dran und bingo: das Gleiche. Genug Platz, um eine Katze durch den Türspalt zu drücken. AOK-Karte raus, kein Thema. Ich bin also rein in die Wohnung, zieh die Handschuhe drüber und dreh die Wohnung auf links. Ein Ohr immer draußen auf dem Hausflur, aber da kam erst mal keiner. Zimmer für Zimmer, die ganze Wohnung, Ergebnis ...«

Angie zog beifallhaschend die Augenbrauen nach oben.

»Na, was?«, fragte Hartmann artig.

»Keine Knarre!«

Hartmann nickte. So weit, so gut!

Angie fuhr fort. »Ich wieder raus. Die Wohnung immer noch tipptopp. Dann in den Park gegenüber. Hab den Hauseingang prima im Blick und tank nebenbei noch ein paar Strahlen Sonne. Bin im Krankenhaus ein bisschen blass geworden, finde ich ...«

»Angie!«

»Und wie ich da so entspannt sitze, machen mich plötzlich drei halbnackte Typen an. Was ich da mache und so.«

Hartmann erinnerte sich an die halbstarken Blödmänner, die die Blondinen verjagt hatten. »Kinder!«

»Egal. Ich bin weg.«

»Wie? Weg? Du solltest den Eingang beobachten. Das war Teil des Plans!«

»Ich bin weg.«

»Wieso lässt du dich von ein paar Pickeligen verscheuchen?«

»Weil ich als einschlägig vorbestrafter Einbrecher keinen Bock darauf habe, irgendwelchen Bullen erklären zu müssen, warum ich den Hauseingang der Tannenstraße 24 beobachte. Darum!«

Hartmanns Halsschlagader pochte. Okay, nur die Ruhe. »Da bist du ein Stück die Straße runtergegangen und hast den Eingang weiter beobachtet?«

»Die waren hartnäckig, Chris, ich musste da weg, sonst hätten die die Bullen gerufen!«

Damit war der Eingang nach Angies Durchsuchung unbeobachtet geblieben! Hartmann schloss müde die Augen und rieb sich die Schläfen. Okay, wenigstens der erste Teil seines Plans hatte funktioniert. Die Falle war gestellt. Nur, wie jetzt feststellen, ob einer reingegangen war? Und wenn, dann wer? Blieb jetzt nur abzuwarten. Und natürlich Angie die Schuld in die Schuhe zu schieben. »Du hast es vermasselt, Angie!«

»Der Plan war scheiße.«

»War er nicht. Du hast es vermasselt!«

»Niemand beobachtet da in Derendorf irgendein Haus, ohne dass er früher oder später auffällt. Pech gehabt, sag ich da.«

»Ich hab schon ganz andere Häuser beobachtet und bin nicht direkt aufgefallen.«

»Ich auch.«

»Du bist vorbestraft, also bist du doch aufgefallen!«

»Komm mir nicht so, Hartmann! Da werd ich sauer!«

»Und dann lässt du dich wie ein Anfänger von ein paar Kindern vertreiben. Au Mann!«

»Übertreib nicht, Hartmann!«

Der war zwar noch nicht fertig, aber das Brummen der Telefonanlage kam dazwischen. Mist, fluchte Hartmann und grabschte nach dem Hörer. Das sah verdammt nach Verlängerung aus. Das Elfmeterschießen kam näher.

»Hallo?«

»Herr Hartmann? Lena Sommer hier. Arne hat mir gesagt, dass Birgit Meissner meine Schwester erschossen hat?«

Sie kam schnell zur Sache.

»Es sieht so aus.«

»Warum?«

»Miriam hatte seit einiger Zeit ein Verhältnis mit dem Lebensgefährten von Birgit Meissner ...«

»Frank?«

»Frank Grothe, ja.«

»Das ist ...« Ihr gingen am anderen Ende der Leitung die Worte aus.

»Zum Büro von Arne Hanssen hatte sie ungehindert Zutritt. Arne war der Kompagnon ihres Lebensgefährten und ein sehr guter, alter Freund. Wie es aussieht, war sie es, die irgendwann den fehlenden zweiten vom Schrank gefallenen Schreibtischschlüssel gefunden hatte. Sie hatte dann die Möglichkeit, die Waffe heimlich herauszunehmen. Sie ging in Miriams geheime Wohnung in Oberkassel, es kam zu einem Streit, und sie erschoss Ihre Schwester. Sie wollte sie dann nicht einfach dort liegen lassen und führte kurz darauf mich in die Wohnung. Angeblich machte sie sich Sorgen, da sich in der Wohnung lediglich der Anrufbeantworter meldete, obwohl Miriam zu Hause sein sollte. Ich fand Ihre Schwester, aber ich stellte gleichzeitig fest, dass sich in der Wohnung überhaupt kein Anrufbeantworter befindet. Ich habe Birgit Meissner zur Rede gestellt. Sie versuchte sich durch einen Sprung vom Balkon das Leben zu nehmen, was ich, Gott sei Dank, verhindern konnte, und nun liegt sie schwer verletzt, aber außer Lebensgefahr, in der Uni-Klinik.«

Ein paar Sekunden vergingen.

»Und dieser Tennisspieler, der auch mit der Waffe erschossen worden ist?«

»Sie erinnern sich an die Kürzel A.K. in Miriams Terminkalender. Die stehen für Andreas Krombach. Er hat Ihrer Schwester quasi als Alibi gedient. Auch ihn hat sie erschossen«, sagte Hartmann.

Angie, der aufmerksam zugehört hatte, warf ihm einen kurzen, überraschten Blick zu. Am anderen Ende räusperte sich Lena Sommer.

»Ich weiß, dass Miriam Birgit damals auch Arne ausgespannt hat. Jetzt hatte sie ihr wiederholt den Partner genommen. Wenn ich mir das vorstelle ... Ich hasse Birgit Meissner nicht, ich kann sie sehr gut verstehen. Meine Schwester ...« Ihre Stimme brach ab. »Ich melde mich wieder«, flüsterte sie.

»Ich melde mich auch ...«, antwortete Hartmann, aber da hatte sie bereits aufgelegt.

Angie reckte sich im Türrahmen zum Schlafzimmer. »Super, Hartmann!«

»Was denn?«

»Ihr das so hübsch sensibel am Telefon zu unterbreiten. Das nenne ich Stil, Alter!« Angie verschwand um die Ecke.

Hartmann legte nachdenklich seine Glatze in Falten. Ich kann sie gut verstehen, hatte Lena Sommer gesagt. Irgendetwas rappelte da ganz fürchterlich in seinem Schädel. Aber ganz fürchterlich. Was, wenn Arne Hanssen tatsächlich ein Verhältnis mit ihrer Schwester gehabt hatte? Ihm wurde heiß und kalt gleichzeitig.

»Au Mann!«

Dann fiel sein Blick auf einen leeren Becher vor sich, der gerade einen braunen Kaffeekreis in seinen Schreibtisch brannte. Dem Becher mit Blümchenmuster fehlte der Henkel, und er hatte einen Riss. »Was ist das denn für ein Becher?«
»Ach, da war eben eine ältere Dame hier und hat sich nach dir erkundigt«, rief Angie von nebenan. »Wohl eine Nachbarin. Die wollte mit dir eine leckere Tasse Kaffee trinken. Trotz allem, hat sie gesagt. Ob du morgen oder übermorgen Mittag Zeit hättest. Dann ist sie noch mal wiedergekommen und hat den Becher für mich dagelassen.« Angies Kopf erschien im Türrahmen. »Eine nette Frau. Und ein super Kaffee! Konnte man ganz prima von kacken.«

* * *

Die Details standen am nächsten Morgen im Artikel auf der letzten Seite. Hartmann kämpfte sich dreimal durch die katastrophale Grammatik, die haarsträubenden Rechtschreibfehler und halbfertigen Nebensätze.
Er zog die Zeitung auf dem Schreibtisch vorsichtig glatt und drehte sie auf den Kopf. »Angie!«
»Hm?«, brummte es aus dem Badezimmer.
»Komm mal her! Lies mal!«
Angie schlurfte heran und rieb sich die verschlafenen Augen. Er hatte gut geschlafen. Hartmann dagegen war nach dreiundzwanzig schrecklichen Minuten auf das Sofa im Büroteil seines Appartements geflüchtet. Angie stank, schlug im Schlaf um sich und schnarchte mit dem Lärmpegel eines startenden Formel-Eins-Wagens. Nur etwas lauter. Hartmanns Knochen schmerzten. Übles Gegröle von draußen hatte ihn in der Nacht mehrmals geweckt. Er hatte zwischendurch die Fenster zum Bahnhofsvorplatz geschlossen, aber als Plastik-

teile in der Wohnung bei schnell erreichten sechsundachtzig Grad Hitze anfingen, sich aufzulösen, hatte er die Löcher wieder geöffnet, Papier zerknittert und sich zwei Ohrenstöpsel gebastelt. Dann ging es einigermaßen.

Heute Morgen verbesserten dann Renates Anblick unten im Laden und ausgerechnet die Tageszeitung mit den großen Überschriften deutlich seine Laune.

Angie zog die Nase hoch, beugte sich übers Blatt und überflog die Zeilen. Kriminalhauptkommissar Dircks (38) war wieder mit Foto abgebildet. Der Mord an Miriam Sommer und Andreas Krombach war offensichtlich geklärt. Die Tatverdächtige, Birgit M. (25), lag ohne Bewusstsein und ohne vernommen werden zu können in der Uniklinik.

Angie arbeitete sich durch die Buchstaben und stutzte.

In ihrer Wohnung in Derendorf hatten die Ermittler am Abend unten in einem Wäschekorb versteckt eine Schusswaffe gefunden. Es handelte sich zweifelsfrei um die Waffe, mit der sowohl Miriam Sommer als auch Andreas Krombach erschossen wurden …

»Scheiße!« Angies Faust krachte auf den Schreibtisch. »Da stimmt was nicht! An den dämlichen Wäschekorb kann ich mich genau erinnern. Hinten rechts in ihrem Badezimmer stand das hässliche Teil, und natürlich hab ich das Ding auf links gedreht. Ich schwöre, da lag keine Knarre drin. Niemals! Du brauchst gar nicht so blöde zu grinsen, Hartmann. Da lag keine Knarre in dem Wäschekorb, Alter!«

Hartmann ließ das Grinsen dort, wo es war. »Reg dich ab, Angie. Als du die Wohnung durchsucht und in Birgit Meissners schmutziger Wäsche rumgewühlt hast, lag im Wäschekorb auch keine Waffe. Trotzdem haben die Bullen später eine Wumme im Korb gefunden. Also, was sagt dir das?«

Angie nickte. »Klar! Die Bullen haben der eine Knarre untergeschoben. Die Schweine!«

Hartmann blinzelte irritiert. »Äh ... nee! Du guckst in den Korb, keine Knarre, du gehst weg. Es kommt jemand, legt die Knarre in den Korb und geht weg. Die Bullen kommen, gucken in den Korb und finden die Knarre. Deshalb, mein Freund, war das ja auch so superdämlich, dass du den Hauseingang nicht bis zum Eintreffen der Polizei beobachtet hast, wie du es tun solltest.«

»Ach so.«

»Genau.«

»Oder die Bullen haben ihr die Knarre untergeschoben!«

»Nein. Aber zumindest hat der erste Teil des Plans hingehauen.«

»Welcher erste Teil?«

Hartmann stand auf, ging ins Nebenzimmer, kletterte in den Kühlschrank, räumte ein paar Eisbrocken zur Seite und legte eine Mineralwasserflasche frei, die er noch vor Ort leerte. Kalt, aber gut. Ein Rülpser grollte durchs Bahnhofsviertel. Angies Haare wehten nach hinten, Tauben auf dem Vorplatz erhoben sich aufgeregt gen Himmel. Hartmann schmiss die Kühlschranktür hinter sich wieder zu.

»Ich habe aus dem Krankenhaus meine beiden Hauptverdächtigen angerufen und denen quasi in den Mund gelegt, dass sie im Moment die Möglichkeit haben, ganz elegant den Mord Birgit Meissner in die Schuhe zu schieben, indem sie die Tatwaffe in ihrer Wohnung verstecken.« Hartmann runzelte die Stirn. »Das hat der Mörder auch gemacht. Nur ...« Hartmann dachte an das Telefonat mit Lena Sommer vom Vorabend. »Es kommt natürlich jeder infrage, der wusste, dass Birgit Meissner die Täterin sein sollte und sie in der Uni-Klinik liegt. Wenn Hanssen sofort der Sommer davon erzählt hat, was sich durchaus so ergeben haben könnte, dann kommt natürlich auch die als Täterin in Frage.«

»Dann ist die Meissner nicht die Mörderin?«
»Nein.«
»Wieso nicht? Und wieso springt sie dann vom Balkon?«
Hartmann erklärte es ihm.

Angie hatte angefangen, von einem Fuß nervös auf den anderen zu treten. Er wischte sich ein paar Schweißtropfen von der Stirn. »Ich muss gleich mal weg.«
»Wohin?«
»Das willst du nicht wissen, Mama!«
»Frühstücken?«
»So könnte man sagen.«

* * *

»Tut mir leid«, erklärte die junge Dame mit der freundlichen Stimme, »Frau Sommer ist heute nicht im Hause. Kann ich irgendetwas ausrichten oder Ihnen sonst wie weiterhelfen?«

Hartmann sagte ihr, dass sie weder das eine noch das andere konnte, und legte den Hörer zurück in die Telefonanlage.

* * *

Der Bus schlängelte sich die Serpentinen der Bergischen Landstraße hoch, stoppte gegenüber der alten Kaserne und spuckte Hartmann in die Haltestelle am Rotthäuser Weg. Das prächtige Sommer'sche Anwesen hatte in der brennenden Julisonne etwas Mediterranes. Man konnte das Mittelmeer praktisch riechen. Mit viel Fantasie, sonst roch es nach Autoabgasen.

Ein Springbrunnen aus Naturstein neben der Einfahrt verschwendete Wasser. Hartmann bekam Durst. Er schlenderte durch die zwei Kilometer breite Toreinfahrt. Die frisch gestrichenen Kieselsteine glänzten hell und weiß in der Sonne.

Nach dem dritten Klingeln erschien Werner. Hartmann wartete ein paar Tage in der kühlen Empfangshalle und lernte die Namen der verstorbenen Ahnen auf den großen, dunklen Bildern auswendig. Alle hießen Sommer mit Nachnamen. Vier hießen August, zwei Ferdinand und einer Ferdinand August. Dann kam der Fliegenträger zurück und führte ihn schweigend durch einen kleinen, schattigen Innenhof mit viel Terrakotta nach hinten in den Garten. Es roch nach Gewürz, und Hartmann musste niesen.

Simone Sommer, in einem dunklen Kostüm mit grüner Schürze, hockte neben einem Blumenbeet. Sie nahm den Gärtnern wieder die Arbeit ab und streifte sich ein paar Handschuhe von den Fingern. Die hielt sie ihm dann hin. Die Finger, nicht die Handschuhe. »Herr Hartmann, überraschender Besuch. Ich hätte Sie fast nicht erkannt.«

»Ich war beim Friseur.«

»Unbestreitbar! Was kann ich für Sie tun?«

Sie war eine bildhübsche Frau, stellte Hartmann wieder fest und schüttelte ihre kräftige Hand. »Wenn Sie ein paar Minuten Zeit hätten?«

»Wenn ich dabei weiterarbeiten darf? Werner, bringen Sie unserem Gast doch bitte etwas Kühles zu trinken. Wasser, Herr Hartmann?«

»Wasser wäre prima.«

Der Fliegenmann glitt davon, und Simone Sommer kniete sich wieder zurück in die Gartenflora. »Ich arbeite gerne ein wenig im Garten. Es beruhigt mich. Die letzten Wochen waren nicht schön für mich.«

Hartmann wollte das nicht ändern.

Werner brachte eine Karaffe mit Wasser, Eis und Glas. Er stellte alles auf einen halbhohen Bistrotisch aus hellem Marmor und verschwand.

Hartmann schüttete sich Wasser ins Glas. Eis hätte ihn umgebracht. »Lena hat mich beauftragt, den Mörder ihrer Schwester zu finden.«

»Die Polizei hat Birgit Meissner festgenommen.«

Hartmann nahm einen Schluck. »Ich glaube nicht, dass Birgit Meissner Ihre Tochter erschossen hat.«

Simone Sommer hielt inne und fragte, ohne ihn anzuschauen: »Der Beamte der Mordkommission hat mir erzählt, dass Sie nicht ganz unbeteiligt an der Aufklärung des Falles und an der Festnahme von Birgit Meissner waren. Das verstehe ich dann nicht.« Sie zog ein Löwenzahnjunges aus der Erde.

»Wie gut kennen Sie Birgit Meissner?«

»Sie war Miriams beste Freundin.«

»Trauen Sie ihr einen Mord zu?«

»Wem soll man einen Mord zutrauen? Könnten Sie sich vorstellen, jemanden zu ermorden?«

Hartmann strich sich über die kratzige Platte. Er hatte vergessen, sich den Schädel einzucremen. »Unter gewissen Umständen. Aber ich glaube nicht, dass Birgit Meissner Ihre Tochter ermordet hat.«

Sie blickte zu ihm hoch. Hartmann hatte die Sonne im Rücken. Sie blinzelte. Ihr blondes Haar glänzte. »In ihrer Wohnung hat man die Mordwaffe gefunden!«

»Die Polizei hat die Waffe in Birgit Meissners Wohnung gefunden. Das ist richtig. In einem Wäschekorb. Ich habe die bereits bewusstlose Birgit Meissner gestern ins Krankenhaus gefahren. Nachdem wir weg waren, hat einer meiner Mitarbeiter Birgit Meissners Wohnung nach der Waffe durchsucht. Er ist ein Profi. Er hat die Waffe nicht gefunden. Er hat im Wäschekorb nachgesehen. Dort befand sich keine Waffe.«

»Aber die Polizei hat dort die Tatwaffe gefunden.«

»Jemand hat sie dort hingelegt. Und zwar nachdem mein Mitarbeiter die Wohnung verlassen hatte und bevor die Kripo das Appartement am Abend durchsucht hat. Birgit Meissner kann es nicht gewesen sein. Sie lag ohne Bewusstsein im Krankenhaus.«

Simone Sommer zupfte Unkraut. »Dieser Jemand müsste einen Schlüssel ...« Simone Sommer brach ab.

Ihr war Frank Grothe eingefallen, dachte Hartmann und leerte sein Glas. »Sicher besitzt Frank Grothe einen Schlüssel zur Wohnung seiner Freundin. Vielleicht auch Arne Hanssen. Der war zu einer Zeit mit Birgit Meissner befreundet, als diese bereits in der Tannenstraße gewohnt hat.«

Simone Sommer runzelte die Stirn, Hartmann fuhr schnell fort. »Aber das spielt keine Rolle. Tatsächlich war im vorliegenden Fall kein Wohnungsschlüssel erforderlich. Ich habe beim Verlassen der Wohnung die Tür lediglich ins Schloss gezogen und sie nicht abgeschlossen. Sie lässt sich mit ein bisschen Geduld und Geschick problemlos zum Beispiel mit einer Scheckkarte öffnen.«

Sie warf zum Tode verurteiltes Grünzeug in einen Zinkeimer, Hartmann kippte sich ein zweites Glas Wasser ein.

»Warum hat Birgit Meissner versucht, sich das Leben zu nehmen? Das sieht doch wie ein Schuldeingeständnis aus!«

Hartmann nickte ihr zu. »Ich glaube nicht, dass es die verzweifelte Geste einer augenscheinlich überführten Mörderin gewesen ist. Ich habe da so eine Idee.«

Simone Sommer stand auf und strich sich über die grüne Schürze. Sie blickte Hartmann direkt in die Augen. »Warum erzählt mir die Polizei, dass man die Tatwaffe in Birgits Wohnung gefunden hat und sie die Mörderin meiner Tochter ist?«

»Sie weiß es nicht besser. Die Polizei weiß nicht, dass die Waffe nachträglich im Wäschekorb versteckt wurde und Birgit ganz sicher unschuldig ist.«

Ihre Stirn warf sich in Falten. »Das sollte sie wissen. Sie unterdrücken Ermittlungsergebnisse. Das ist strafbar.«

Hartmann spürte ein paar Schweißperlen im Nacken. »Es ist erforderlich. Aus zwei Gründen. Erstens glaubt der Täter, dass es ihm erfolgreich gelungen ist, Birgit Meissner als Mörderin hinzustellen. Selbst wenn sie wieder zu Bewusstsein kommt, was noch fraglich ist, wird man ihr nicht glauben, wenn sie die Tat abstreitet, denn man hat in ihrer Wohnung die Mordwaffe gefunden. Zweitens habe ich einen Plan, mit dem ich glaube, dem Mörder eine Falle stellen zu können. Diese Falle kann die Polizei nicht stellen. Würden die Beamten mehr wissen, würden sie mir meinen Plan kaputt machen. Ich hasse es, wenn mir Pläne kaputt gemacht werden.«

»Wer hat meine Tochter ermordet?«

»Ich weiß es nicht. Aber ich werde es herausfinden. Deshalb bin ich hier. Ich brauche Ihre Hilfe.«

Sie hielt immer noch die kleine, blaue Schaufel in der Hand. Die kleine, blaue Eisenschaufel mit der scharfen Kante. »Herr Hartmann, Sie wissen nicht, wer Miriams Mörder ist. Vielleicht bin ich es, vielleicht hat Lena es getan, vielleicht ihr Freund. Trauen Sie mir einen Mord zu?«

Hartmann nippte am Glas und antwortete: »Natürlich. Ohne Weiteres. Aber ich bin mir sicher, dass das Tatmotiv Eifersucht ist. In irgendeiner Form. Und dieses Motiv lässt sich Ihnen nicht zuordnen. Deshalb wende ich mich an Sie.«

Natürlich verstand sie sofort. »Und deshalb wenden Sie sich nicht an meine Tochter, die eigentlich Ihre Klientin ist!«

Hartmann spürte einen weiteren Sturzbach hinten unterm T-Shirt und sagte: »Ich möchte, dass Sie folgende Information für mich lancieren. Passen Sie auf! Die Details sind wichtig! Die Info wäre die: Ich, Hartmann, bin bei meinen Ermittlungen auf eine Reihe von Ungereimtheiten gestoßen, bin unsicher, aber halte es für richtig, die ermittelnden Beamten auf diese Ungereimtheiten aufmerksam zu machen. Ich habe morgen Vormittag einen Termin bei der Kripo. Sie, Frau Sommer, haben den Eindruck, dass ich nicht glaube, dass Birgit Meissner Ihre Tochter ermordet hat!«

Sie blickte ihn mehrere Sekunden lang an, ohne zu blinzeln, wendete sich ab, ging wieder in die Knie und rammte die blaue Schaufel kräftig in die harte Erde. »Lancieren. An wen?«

Hartmann sagte es ihr. Sie verzog keine Miene. Sie kannte die Antwort. Sie war eine starke Frau.

Hartmann ging.

* * *

Hartmann warf die Tür hinter sich ins Schloss. Im Badezimmer rauschte schon wieder die Dusche. Er würde Angie an den Nebenkosten beteiligen. Er entschied sich für einen alten Soul-Sampler, schob den Silberling in den Schlitz des CD-Players, drehte die Anlage auf 12 und ließ sich ächzend in den Chefsessel fallen. *I'm a love man!*

Er massierte sich die Schläfen. Das sollte jemand anderes tun. Auf dem Schreibtisch stand eine halbvolle Flasche Sekt. Seit wann trank Angie Sekt? Seit wann trank er Flaschen nur halb leer?

Cau-cau-cau-cau-cause I'm a love man!

Hartmann nahm die Turnschuhe vom Tisch. Dann ging die Tür zum Badezimmer auf. Und das war nicht Angie, der da, nur mit dunkelblauem Tanga bekleidet, sich die langen, nassen, wasserstoffblonden Haare mit einem Handtuch trocknete. Das erkannte Hartmann sofort. An der Größe. Und an den Brüsten.

»Super Scheibe!«, brüllte Regenrinnen-Rita. Sie bückte sich tief nach vorne, schüttelte die nassen Haare, richtete sich mit einem Ruck auf und warf die wilde Mähne in den Nacken. Dann erkannte sie Hartmann. »Huch.« Sie drückte sich blaues Frottee vor die Brust. »Ich dachte, du wärst Angie.«

Hartmann klappte den Mund wieder zu und drehte Otis Redding einen Tacken leiser. »Mein Name ist Hartmann. Ich wohne hier. Das ist meine Wohnung.«

Rita grinste schief. »An deine neue Frisur muss ich mich erst noch gewöhnen, Schatz. Ich hätte dich fast gar nicht erkannt! Ähm, Angie meinte, du hättest bestimmt nichts dagegen, wenn ich bei dir mal kurz unter die Dusche springe. Is so heiß draußen. Kommt man immer direkt ans Schwitzen.«

»Das liegt am Wetter. Sind noch mehr im Badezimmer?«

»Wie, noch mehr? Ach so! Nein, nur ich. Bist nicht sauer, oder?«

Hartmann schüttelte den Kopf. Sollten doch alle Nutten Düsseldorfs über zwei Meter bei ihm duschen so viel sie wollten. Da kam es jetzt auch nicht mehr drauf an.

»Dann kann ich ja weitermachen«, frohlockte Rita, rieb sich die Brüste trocken und verschwand wieder im Badezimmer.

Hartmann strich sich über den Schädel. Aua. Ach so, er hatte vergessen, sich den Schädel mit Nicoles Creme einzureiben, und jetzt brannte es da oben ganz schön. Wo war denn die Creme? Ach ja.

Hold on I'm coming, kündigten Sam and Dave ihn an. Rita hatte die Tür offen gelassen.

Hartmann klopfte mit dem Knöchel an den Rahmen. »Kann ich mal eben an die, äh, Creme da vorne, äh, bitte?«

Rita knipste ihm von oben ein Auge. »Natürlich, Chrissie, ist doch deine Wohnung.«

Hartmann griff hastig auf die Ablage unterm Spiegel, schob den kleinen, dunkelblauen Slip beiseite, den Rita gerade eben noch angehabt hatte, und schnappte sich die Dose, die Cremedose. »Bin gleich wieder weg«, murmelte Hartmann mit gesenktem Haupt ins Waschbecken.

»Ach, kannst ruhig bleiben, Chrissie! Hast doch sowieso schon alles gesehen, Süßer. Bist doch kein kleiner Junge!«

Der kleine Junge flüchtete eilig zurück ins Nebenzimmer und schraubte den Verschluss der Cremedose auf. Vorsicht beim Eincremen, hatte Nicole gesagt, sonst gibt es Flecken, die nicht mehr rausgehen. Okay. Hartmann zog sich vorsichtshalber das Hemd vom Oberkörper, war sowieso verschwitzt, und ließ sich in den Stuhl vorm Schreibtisch fallen.

Coming to ya, on a dusty road ...

»Oh oh, das Gläschen ist leer. Ich darf doch kurz mal nachschütten, ja?«, flötete Rita, ein leeres Sektglas in der Hand, und glitt an Hartmann vorbei zur Sektflasche auf dem Schreibtisch.

»Äh ... klar, äh, Rita.«

Sie füllte nach. »So sieht das Gläschen doch gleich viel hübscher aus. Was machst du denn da?«

Hartmann nickte auf die Cremedose. »Muss mir den Kopf eincremen, sonst ...«

»Ach, lass mich das doch machen!«

»Äh ...«

»Ich mach das gerne, gib mal her, das Teil. So, das Glatzeköpfchen ein bisschen nach hinten legen, so, genau. Hu, ist das kalt. Aber wird gleich wärmer! Gut so?«

»Ja«, murmelte Hartmann und schloss die Augen. War gut so! Die nackte Regenrinnen-Rita cremte ihm den Schädel ein. Er saß hier mit nacktem Oberkörper. Kam es jetzt doch auch nicht mehr drauf an. Sam and Dave waren fertig, Hartmann erkannte Marvin Gaye. Auch das noch! Hab ich eigentlich die Bürotür abgeschlossen, schlich es Hartmann dumpf ganz hinten durch den Kopf ...

»Ähm, ich hoffe, ich störe nicht.«

Natürlich hatte Hartmann die Tür nicht abgeschlossen!
»Huch!«, sagte Rita.
»Ich möchte nur kurz etwas abgeben«, sagte Gina.
Hartmann sprang auf und haute Rita die Cremedose aus der Hand. Der Inhalt spritzte auf Hartmanns Jeanshose.
»Gina? Ich dachte, du kommst erst morgen aus Italien zurück.«
»Ich bin ein bisschen früher fertig geworden, als ich dachte. Dir geht's gut? Das freut mich!« Sie hielt ihm ein Päckchen entgegen. »Ich habe dir was mitgebracht.«
Rita nippte am Sektglas. Marvin sang. *Come on, come on, let's make love tonight* ...
»Äh, danke, Gina, ähm, komm doch ...«
»Oh, danke, aber ...« Gina schoss einen tödlichen Blick auf Rita ab und ließ einen zweiten, ebenso tödlichen direkt in Hartmanns Augen folgen. »... ich bin ganz knapp dran und schon wieder weg!« Sie drehte sich auf der Stelle um.
Hartmann glitt hastig hinter ihr her nach draußen auf den Flur. »Gina! Gina, es ist nicht so, wie es aussieht!«
»So? Wie sieht es denn aus?« Sie hielt auf dem Treppenabsatz inne. Ein kalter Eishauch wehte durch den Flur. Ihre grünen Augen funkelten.
»Das ist nur Rita!«
»Rita?«
»Da läuft nichts! Die hat mir nur den Kopf eingecremt.«
»Nackt?«
»Das ist nicht meine Freundin, oder so.«
»Oder so?«
»Rita ist eine Prostituierte ...«, erklärte Hartmann.
»Na, dann ist ja alles in Ordnung!« Gina schüttelte die langen, schwarzen Haare und ging zügig weiter.
Hartmann runzelte die Stirn. Das war nicht so glücklich gelaufen. Er stolperte hastig die Stufen nach unten hinter

ihr her. »Rita ist die Freundin von Angie. Angie wohnt bei mir.«

»Massiert Angie dir auch nackt den Schädel?«

»Angie ist ein Mann. Ein Junkie, drogensüchtig. Ähm, er wohnt zur Zeit bei mir.«

Gina hatte den Eingangsflur erreicht und drehte sich noch einmal um. »Ein Drogensüchtiger? Er wohnt bei dir? Aha! Dann ist ja alles gut. Was hast du mit deinen Haaren gemacht?«

»Abrasiert.«

Die Eingangstür ging auf, und Nicole, blond und üppig, wie sie nun mal war, schob sich durch den Türrahmen.

Hartmann hielt die Luft an.

»'tschuldigung.« Sie schlängelte sich mit hochgezogenen Augenbrauen an Gina vorbei und grüßte Hartmann fröhlich. »Hallo!« Sie passierte Hartmann. Im Vorbeigehen tätschelte sie ihm vorsichtig auf die Glatze. »Immer schön eincremen!«

Gina warf ihre Haare in den Nacken. »Und das war bestimmt Angie!« Sie schmiss die Haustür krachend hinter sich in den Rahmen.

Hartmann seufzte, Nicole knuffte ihm in die nackten Rippen.

»Nette Maus. Deine Freundin?«

»Na ja. Es läuft eher schlecht, Nicole.«

»Sieht aber nicht so aus ...«, grinste die und deutete auf den weißen, klebrigen Fleck vorne auf Hartmanns Jeanshose.

»Ist nur Creme!«

»Ist klar, Hartmann, ist klar.«

Hartmann seufzte und verzichtete auf weitere Erklärungen. Er schleppte sich müde die Stufen hoch. Es waren über Nacht drei Etagen dazugekommen. Rita erwartete ihn oben. Sie trug ein Trikot der italienischen Fußball-Nationalmannschaft. Blau stand ihr gut!

»Ach, Chrissie, ich hab dein Päckchen schon mal aufgemacht. Ich hoffe, du bist nicht böse! Macht man ja eigentlich nicht, aber ich kriege doch so selten was geschenkt. War ein blaues T-Shirt drin.« Sie drehte sich um, zeigte ihren nackten Hintern und mit der einen Hand auf den Rücken.

»Guck mal! Ein T-Shirt mit der Nummer 10. Und da hat einer was mit 'nem Filzstift draufgeschrieben. Ich glaube, das heißt Totti oder so.«

* * *

Heidi goss vorsichtig heiß dampfenden Kaffee in die weiße Tasse mit Blümchenmuster. Hartmann hatte befürchtet, auf diesen Genuss künftig verzichten zu müssen, aber Heidi war offensichtlich nicht nachtragend. Er hatte die Tasse mit dem Flatschen.

»Danke, Frau Grütesaaper.«

»Milch dazu?«

»Ein Tröpfchen, gerne.«

Hinter Heidis Brillengläsern klimperte es lebhaft. Sie sah aus wie Angela Lansbury, stellte Hartmann beruhigt fest und nahm einen tiefen Zug Kaffeeduft auf Lunge.

Heidi setzte sich. »Das war ja wirklich ein Ding, was?«

Hartmann nickte. »Kann man wohl sagen!«

»Ich hatte wirklich gedacht, dass Sie ein bisschen schneller schalten. Sind doch noch so ein junger Mann!«

»Die vielen Kopfbälle, fürchte ich. Aber warum haben Sie mich denn nicht vorher eingeweiht?«

Heidi lachte auf.

»Oh, Sie hätten doch mit Sicherheit versucht, der alten Oma ihr Vorhaben auszureden. Viel zu gefährlich! Nein, nein, ich musste Sie schon vor vollendete Tatsachen stellen. Aber Sie haben mich ja nicht gelassen!«

Hartmann nahm einen vorsichtigen Schluck. »Es kam da ja schließlich einiges zusammen. Der Seniorenchat und die temporären Dateien, die auf einmal gelöscht waren. Dann hing da auf einmal eine rote Herrenstrickjacke am Haken, beim nächsten Mal nicht mehr. Dann dieser Blutfleck im Treppenhaus.«

»Das sind diese Juggies, die mit den Drogen und den Spritzen. Ich habe mich schon mehrmals bei der Hausverwaltung beschwert, aber die sagen, damit müssen wir hier am Hauptbahnhof leben. Ist alles mit der Miete verrechnet, muss man sich mal vorstellen!«

»Na«, versuchte Hartmann weiter zu erklären, »und dann habe ich Sie ein paarmal mit Aldi-Tragetaschen gesehen. Und die Leichenteile wurden ja immer in Aldi-Tüten gefunden.«

»Jeder kauft bei Aldi. Weil das da so günstig ist!« Heidi schüttelte energisch die schwarz-blau getönten Haare, und Hartmann spielte seinen letzten Trumpf aus.

»Und schließlich die neue Tiefkühltruhe.«

»Auch von Aldi!«

»Ich habe mich gefragt, was will die gute, alleinstehende Dame mit so einer riesigen Tiefkühltruhe?«

»Na, auf jeden Fall sammle ich keine Oberarme! Was will ich wohl mit einer Tiefkühltruhe? Tiefgefrorenes lagern natürlich!«

Hartmann schüttelte den Kopf. »Aber doch nicht eine so große Truhe, die von zwei Mann hochgetragen werden muss. So eine Truhe für so viel Tiefgefrorenes!«

Heidi seufzte. »Sonst macht das mit den Sonderangeboten doch keinen Sinn. Man muss die Sachen kaufen, wenn sie günstig sind. Die Masse macht es! Kleckern bringt nichts!«

»Das waren mindestens zweihundert Packungen Spinat!«

»Na ja! Und außerdem ist Spinat gesund. Da ist Eisen drin!«

Hartmann gab es auf. »Und wie genau war dann der Plan?«

»Ja, einfach. Sie hätten da bei uns gesessen, und da hätte ich ihm auf den Kopf zugesagt, dass er derjenige ist, der der Margot und den anderen beiden das Gift in den Kaffee gemischt hat. Oder ins Wasser. Oder wohin auch immer! Ich hätte ihn gefragt, ob ich die Nächste sein sollte und ob er das Gift auch heute wieder bei sich hat. Dann hätten wir mal gesehen, wie er so guckt. Und zu guter Letzt hätten Sie ihn durchsucht, das Gift gefunden, sichergestellt, und wir hätten die Polizei angerufen.« Sie holte tief Luft. »Ein guter, einfacher Plan.«

»Bleibt die Luger.«

»Na, ich bitte Sie. Da kann man doch nicht mit rechnen, dass der Herr Großenbaum-Engelen eine Schusswaffe dabeihat. Der wusste doch gar nicht, dass Sie kommen. Wofür brauchte der für mich denn eine richtige, echte Schusswaffe?«

Sie nippte am Kaffee, und es blinzelte wieder ganz heftig hinter den minus drei Dioptrien. »Ich konnte ja nicht ahnen, dass er Sie gleich mit umlegen wollte.«

Hartmann genoss einen großen, warmen Schluck. Da hatte sie recht. Da konnte sie nicht mit rechnen. Der war aber auch wieder lecker, der Kaffee. Genau das Richtige, nach der Aufregung gerade mit Gina und Regenrinnen-Rita und der Creme und der Massage und Ritas blauem Slip und ... Er nippte noch mal.

»Bin ich aber froh, dass Sie nicht nachtragend sind.«

»Nö, nachtragend bin ich jetzt nicht. Aber was Sie mir so alles zutrauen, Herr Hartmann, also wirklich.«

Oh ja, dachte Hartmann. Was ich dir so alles zutraue! Plötzlich huschte ein Schatten über Heidis Gesicht, und Hartmann bekam einen Schrecken.

»Was ich Sie eigentlich unbedingt fragen wollte, also, wenn das jetzt nicht zu persönlich ist, aber ... Sind Sie krank?«

In Hartmanns Gesichtszüge drückte sich ein Fragezeichen.

»Ich meine, wegen der Haare.«

Hartmann verschluckte sich und musste lachen. »Nein, nein. Das ist nur wegen eines Auftrags. Ich musste mein Äußeres kurzfristig stark verändern. Und so ohne Haare erkennt einen kaum noch jemand wieder!«

Heidi drückte sich die Hände vor die Brust. »Na, da bin ich aber froh. Und ich dachte schon. Hm, Sie lassen die Haare aber doch schon wieder wachsen, oder?«

Hartmann nickte. »Hatte ich vor, ja. Dauert nur so seine Zeit.«

»Das ist gut. Wissen Sie, ich in meinem Alter, na ja, da gab's ja mal eine Zeit, in der diese Kurzhaarschnitte sehr modern waren. Müssen wir nicht wieder haben, diese Zeiten! Glatzen machen mich immer noch schrecklich nervös. Und wenn die Haare vielleicht noch ein bisschen gepflegter aussehen als bei Ihren Frisuren vorher, dann ist das schon in Ordnung!«

Hartmann nippte am Kaffee. »Und der Großenknecht-Dingens mit dem kaputten Knie sitzt jetzt?«

»Ja, aber sicher! Ich bin noch mal von der Kripo vernommen worden, nette Männer, sag ich Ihnen. Die haben mir erzählt, dass der Emanuel immer noch im Krankenhaus liegt, weil der eine der beiden Polizisten ihm ja in den Bauch geschossen hat. Aber er konnte schon wieder reden, und das hat er dann auch gemacht. Er hat drei Morde zugegeben und am Ende nur noch wirres Zeug erzählt.« Sie schüttelte den Kopf. »Muss man ja auch mächtig verrückt für sein, drei Frauen umzubringen, zu zerschneiden und dann nach und nach in Düsseldorf zu verteilen.« Sie warf dem Mann, der ihr genau das zugetraut hatte, einen kurzen, schiefen Seitenblick zu und fuhr fort. »Die sind auf jeden Fall froh, dass sie den Kerl haben, und wissen Sie was?« Sie gluckste vergnügt. »Nächsten Monat besucht mich der Bürgermeister. Der mit den zugezogenen Augenbrauen, und da kriege ich einen Orden und komme noch mal in die Zeitung, aber so richtig mit Foto! Aber, die Beamten hatten Sie doch auch mitgenommen. Das hat sich ja dann auch erledigt, oder?«

Hartmann nickte. »Eine unglückliche Sache, hatte am Rande mit einer Vermisstensache zu tun, die ich zu der Zeit bearbeitet habe.«

»Da sind drei Betreiber einer Gaststätte erschossen worden.«

»Äh, ja, so kann man sagen.«

»Sie hatten ein Alibi?«

»Ich bin's nicht gewesen.«

»Ach nein?«

Hinter Angela Lansburys Brillengläsern flackerte es misstrauisch. Suchte Heidi sich gerade einen neuen Fall?

Hartmann hielt die Gelegenheit für günstig, warf einen Blick auf seine Armbanduhr und erhob sich zum Aufbruch.

»So, jetzt muss ich aber ... Ich erwarte heute Abend noch aufregenden Besuch.«

»Endlich eine Freundin, Herr Hartmann?«, fragte sie schelmisch – und dreist, wie Hartmann fand.

»Nein, ich arbeite noch an einem Fall. Da kommt die Arbeit manchmal zu mir.«

Sie drückte mit echter Sorge im Blick fest seinen Unterarm. »Passen Sie auf sich auf, Herr Hartmann. Sie sind kein besonders guter Detektiv. Und allzu geschickt sind Sie auch nicht! Seien Sie vorsichtig und machen Sie keine Dummheiten!«

* * *

Hartmann sah sich in seinen vier Wänden um. Wenn die Sache hier durchgestanden sein würde, müsste er sich dringend mal um seine Wohnung kümmern. Sein Blick fiel auf ein Paar ausgelatschter Sandalen, die Angie gehörten, ohne die der nie aus dem Haus ging und die immer ein wenig nach Hundekot stanken. Genau. Der Typ musste auch wieder raus. Wie gesagt, wenn die Sache durchgestanden sein würde ...

Er schaute auf die Uhr. Zwanzig nach neun. Er wartete, ging noch mal an den Schreibtisch, zog die Schublade unter der Schreibtischplatte noch ein Stück weiter nach draußen. Das gute Fahrtenmesser, die Klinge blinkte. Hartmann seufzte und vermisste seine Knarre. Zur Not müsste es heute das Messer tun.

Die CD war zu Ende, und Hartmann wollte gerade eine neue reinschieben, als es klingelte. Ja, er hatte heute abgeschlossen! Sein Puls knallte hektisch von innen an den Hals. Wer war es? Das war spannender als die Eine-Million-Euro-Frage vom Jauch. Und gefährlicher. Er war mitten drin, im Elfmeterschießen! Er wollte nicht ran, aber die Mitspieler hatten ihn in den Mittelkreis geschubst. Hartmann warf einen letzten Blick über den Schreibtisch, atmete durch und öffnete die Tür.

»Guten Abend.«

»Guten Abend. Ich hoffe, ich störe nicht.«

»Nein, kommen Sie rein!«

Hartmann schob seinen Gast durch den Flur ins Büro. Er spürte jeden Muskel. Auch wie früher beim Elfmeter ... Arne Hanssen nahm endlich die beiden Hände aus den Taschen seines dunkelblauen Sommermantels.

»Ich darf ablegen?«

»Natürlich. Legen Sie den Mantel einfach dahin aufs Sofa! Äh, der Mantelstock ist noch nicht angeschraubt, ich bin gerade erst umgezogen.«

»Ich komme am besten gleich zur Sache. Ich möchte ein paar Sachen klären, die zwischen uns von Anfang an nicht richtig gelaufen sind.«

Hartmann bot ihm den Sessel an und klemmte sich hinter den Schreibtisch, in die Reichweite seines Wildschweintöters.

Arne, nunmehr im weißen Polohemd mit eingesticktem Schriftzug einer teuren Firma, setzte sich hin und beugte sich nach vorne. »Verstehen Sie mich nicht falsch. Ich habe mir nichts vorzuwerfen. Ich saß einige Tage unschuldig im Gefängnis. Das ist wenig spaßig! Mir ging es nicht gut. Ich hatte einige Dinge vor mir, die geregelt werden mussten. Problematische Dinge. Wie Sie wissen, ist meine ehemalige Freundin ermordet worden ...«

»Ehemalige Freundin ... ehemalig ist gut«, schoss Hartmann sofort ins Blaue, weil er keine Zeit verlieren wollte.

Hanssens Augen wurden Schlitze. »Wie meinen sie das?«

»Ich meine den 1. Juli.«

Hanssen schwieg ihn giftig an.

Hartmann legte los. Elfmeterschießen! »Sie waren in Südafrika. Die Geschäfte ließen sich schneller als geplant abschließen. Mit Lena wollten Sie zwei heimliche Tage und Nächte in einem Wochenendhaus bei Koblenz verbringen. Den Flug dazu, zwei Tage früher als geplant, am 2. Juli, buchten Sie in Südafrika. Sie nutzten nicht die Firmenvorteile, die Sie bei der Lufthansa gehabt hätten. Das machte mich stutzig!« Hartmann stand auf. Von oben herab ging's einfacher! »Von diesem Flug hätte Frank Grothe doch eigentlich wissen dürfen. Sie kommen zwei Tage eher nach Hause. Das ist doch nicht schlimm! Das ist einfach erklärt. Gerade unter Männern. Aber nein, das Risiko war zu hoch, dass Grothe irgendwie über die Firma vom dritten Flug erfahren hätte! Den am 1. Juli! Womöglich hätte er Sie in Gegenwart von Lena darauf angesprochen. Und das wäre mehr als schlecht gewesen! Kein unnötiges Risiko. Beide Flüge blieben geheim und wurden in Johannesburg gebucht.«

Hanssens Gesicht hatte die Farbe der Schweizer Nationalflagge angenommen. Nur ohne weißes Kreuz. Das einzig Weiße an ihm waren die Knöchel an den Fingern seiner Hände, die zu Fäusten geballt waren.

»Was also war am 1. Juli?«, schmetterte Hartmann ihm entgegen.

»Nichts! Reine Privatsache. Es hat nichts mit …«

»Sie haben den Tag mit Miriam Sommer verbracht! Alte Liebe rostet nicht! Natürlich durfte Lena das nicht erfahren! Dann wäre der Ofen aus gewesen! Ade Lena! Und ade *Sommer Metall*. Niemals hätte Simone Sommer Sie nach diesem Ding zum Geschäftsführer der *Metall AG* gemacht!«

Hanssen grinste ihn schief an. »Ja! Und jetzt? Ich habe mich mit Miriam getroffen. Sie ist eine klasse Frau! Sie war nach unserer Trennung ein bisschen einsam! Ich habe auch einiges vermisst! Und? Da kann man schon mal neidisch werden, was Hartmann?« Er piekste einen Finger in dessen Richtung. »Da kommt man als halb invalider Fußballspieler und Möchtegernsheriff schon mal auf komische Gedanken. Aber ich warne dich! Dass ich mich heimlich mit Miriam getroffen habe, hat nichts mit ihrem Tod zu tun! Das ist meine Privatsache! Und ich will nicht, dass Lena davon erfährt! Habe ich mich klar ausgedrückt?«

Hartmann strich sich über die Glatze und runzelte wichtig die Stirn. »Tja, und genau da liegt mein Problem …«

Hanssen grinste ihn an wie Dreck. »Das dachte ich mir, und das hatte ich im Sinn, als ich von einer Vereinbarung zwischen uns beiden sprach.«

Hanssen hatte die ganze Zeit schon ein bisschen schräg gesessen. Jetzt zog er langsam eine prall gefüllte Brieftasche hinten aus der Hose und legte sie vor sich auf den Schreibtisch. Die Scheine, die oben und unten rausguckten, hatten eine Farbe, die Hartmann in letzter Zeit in seinem Portemonnaie nicht allzu häufig antraf.

Hartmann nickte. »Ich habe morgen Vormittag einen Termin bei der Kripo. Ich bin bei meinen Ermittlungen auf eine Reihe von Ungereimtheiten und Fragen gestoßen, die ich einfach nicht eingeordnet bekomme. Deshalb habe ich mir einen Termin geben lassen.«

»Dann komme ich ja gerade noch rechtzeitig«, grinste Hanssen.

Hartmann machte mit einer ausholenden Geste einen Kreis durch die warme Luft. »Sehen Sie Hanssen, der moralische Aspekt der Geschichte interessiert mich einen Scheiß! Ich habe Birgit Meissner gestern ins Krankenhaus gefahren. Die Tür ihrer Wohnung habe ich hinter mir zugezogen. Nachdem ich weg war, hat einer meiner Mitarbeiter Birgits Wohnung gründlich durchsucht. Er hat auch den Wäschekorb auf links gedreht. Er hat dort keine Pistole gefunden. Die Polizei hat dann später genau da eine Waffe gefunden. Ich glaube, dass der wirkliche Mörder von Miriam Sommer sie noch vor dem Eintreffen der Polizei dort versteckt hat, um Birgit Meissner die beiden Morde in die Schuhe zu schieben.« Hartmann ging auf Tuchfühlung mit der Schreibtischschublade.

Hanssen schnappte nach Luft. »Sie glauben, dass ich die Waffe dort versteckt habe?«

»Spielt es eine Rolle, was ich glaube?«, fragte Hartmann und warf einen demonstrativen Blick auf Hanssens Brieftasche.

»Sie wollen mir den Mord in die Schuhe schieben!«

»Was wollen Sie hier, Hanssen?«

»Ich wollte ein paar Sachen ... regeln. Aber da scheint zwischen uns ja schon wieder einiges schiefzulaufen!«

»Sie sind doch nicht hier, weil Sie einen Freund fürs Leben suchen! Sie waren mit Birgit Meissner zusammen. Dann haben

Sie Miriam Sommer kennengelernt und die Meissner für Miriam Sommer verlassen, denn Miriam Sommer ist als Erbin des Sommer'schen Vermögens oder zumindest als Sprungbrett für Ihre berufliche Karriere eine viel bessere Partie ...«

»Das hat überhaupt keine Rolle gespielt!«

»Doch, hat es. Für Sie hat überhaupt nur *das* eine Rolle gespielt! Anfang April haben Sie sich von Miriam Sommer getrennt. Oder umgekehrt. Glücklicherweise gab es noch Lena Sommer. Die ist zwar nicht so ein Knaller wie ihre Schwester, hat aber immerhin den richtigen Nachnamen und war aus dem Grund gerade noch hinnehmbar.«

Hanssen lauerte.

»Deshalb durfte Mama Sommer vom Loverwechsel ihrer Töchter auch erst mal nichts wissen! Das war mit Sicherheit Ihre Idee! Sie haben gewusst, dass Simone Sommer sofort schnallt, dass es Ihnen nie um eine ihrer Töchter ging. Weder Miriam noch Lena! Sie wollten sich oder sich und Ihre Firma in die *Sommer Metall AG* retten, weil Ihrer kleinen Firma das Wasser bis zum Hals stand. Nicht von der Liebe geblendet, hätte Simone Sommer Sie sofort durchschaut und Sie hätten niemals auch nur einen Fuß in die Firma gesetzt. Schon gar nicht wären Sie Geschäftsführer geworden!«

Hanssen versuchte sich zu wehren: »Lena und ich haben Simone Sommer gestern von unserer ...«

»Ja, gestern.« Hartmann schlug mit der Hand auf den Schreibtisch und fuhr gallig fort: »Jetzt, wo der Tod ihrer Tochter Sie und Lena aneinandergebunden hatte! Die Zeit, die Zeit hat für Sie gespielt. Sie konnten im Knast gar nicht lange genug den Leidenden spielen. Sie haben sich doch kaputtgelacht. Jeder drittklassige Rechtsanwalt hätte Sie bei der knappen Beweislage innerhalb von Minuten aus dem Knast geholt. Aber Sie hatten ja Zeit und sind drei Tage lang im Bau geblieben.«

Hanssen zischte. »Dann reden wir mal Klartext, Schnüffler! Klar wollte ich mir diese Chance nicht entgehen lassen. Ich hatte eine Sommer an der Hand. Natürlich wäre mir Miriam lieber gewesen, aber die wollte nicht so, wie ich wollte! Also trennten sich unsere Wege. Zumindest für einige Zeit! Die *HG Software* war für die *Sommer AG* kein Thema. Die haben selbst genug Probleme, und eine Neue-Markt-Firma war das Letzte, was die sich ans Bein binden wollten. Blieb also nur das Hintertürchen!«

»Schön, dass die Karten endlich auf dem Tisch liegen. Also, Hanssen, was lief am 1. Juli dann schief?«

Hanssens Augen weiteten sich. Endlich begriff er: »Du willst mir den Mord an Miriam anhängen!«

»Was ist in Koblenz passiert, Hanssen?«

»Verdammt! Nichts ist passiert, du Idiot! Halt, halt, halt!« Er strich sich durchs Haar. »Das läuft doch schon wieder falsch! Ruhig! Ruuuhig! Okay. Das mit dem Flug stimmt. Ich war bis Düsseldorf gebucht, bin aber beim Zwischenstopp in Frankfurt ausgestiegen. Miriam hat mich am Flughafen abgeholt. Wir sind in ein Hotel. In der Nähe von Frankfurt, wo uns keiner kennt. Am nächsten Morgen ist sie wieder weg. Keine Ahnung wohin! Ich habe keine Fragen gestellt. Ich bin in den Flughafen und habe eine Maschine nach Düsseldorf genommen. Dort hat mich Lena abgeholt und wir sind zusammen nach Koblenz in ein Wochenendhaus der Sommers gefahren.« Hanssen schluckte. »Verdammt! Das ist alles! Mit meiner Knarre ist der Krombach erschossen worden. Ich habe den Idioten aber gar nicht gekannt! Die Knarre lag in meinem Schreibtisch. Der zweite Schlüssel war schon monatelang weg. Und den Bullen kann ich doch jetzt nicht die Geschichte mit der heimlichen Umbucherei wegen Miriam erklären. Das glaubt mir doch kein Schwein!«

»Oh. Simone Sommer hätte das geglaubt!«, stellte Hartmann giftig fest.

Hanssen stand ganz langsam auf. »Genau. Und das wäre es dann gewesen! Ich hätte alles vermasselt! Simone Sommer hätte mich ein für alle Mal geschasst. Vermutlich hätte ich in der ganzen Branche keinen Fuß mehr auf die Erde bekommen.«

Hartmann nickte vorsichtig. Die halb geöffnete Schublade in Reichweite. »Das war das Motiv!«

Hanssen schob die Augenbrauen zusammen. »Motiv? Ich habe kein Motiv gebraucht! Ich habe Miriam Sommer nicht umgebracht! Ich habe mit der Schwester meiner Freundin geschlafen. Das ist alles! In meinem Fall wohl schlimm genug! Ich habe Miriam Sommer nicht umgebracht!«

Hartmann glaubte ihm.

Hanssens Finger schoben die Brieftasche langsam Richtung Tischmitte. »Du hast mich an den Eiern! Das sind zwanzigtausend Mäuse. Hier und jetzt. Sofort! Das mit Miriam Sommer bleibt unter uns. Der Termin morgen bei der Kripo ... Es nutzt keinem!« Er senkte den Kopf. »Lena würde das nicht verkraften. Wenn ich den Job bei Sommer habe, gibt es noch mal das Doppelte. Verdammt, Hartmann, kriegen wir jetzt unsere Vereinbarung hin?«

Hartmann schluckte. Er hatte Durst. Zwanzigtausend Schleifen waren eine Menge Holz. Dann auch noch so kurzfristig. Und so steuergünstig. Und: Die Zwanzigtausend da vorne auf dem Tisch würden reichen, um eines seiner ganz kurzfristigen Probleme zu lösen. Also nahm er sie und sagte: »Die Zwanzigtausend machen mich wirklich nachdenklich, Hanssen! Ich glaube, die Bullen wollen eh nur wissen, wer Miriam Sommer erschossen hat und nicht, wer sie als Letzter gefickt hat.«

Hanssen ballte die Fäuste, aber Hartmann war sich sicher, dass er das alte Fahrtenmesser nicht brauchen würde. Er fand seine letzte Bemerkung selber scheiße, aber Hanssen war zum Kotzen, und Hartmann wollte, dass er abhaute. Hanssen hatte sich auch schon seinen dunkelblauen Mantel gekrallt.

»Wir haben also eine Abmachung?«

»Genau, Hanssen. Wir haben eine Abmachung!«

Arne Hanssen hatte die Eisentür schon in der Hand, aber Hartmann wollte ihm noch einen Letzten mitgeben. Auch den hatte er sich noch redlich verdient!

»Übrigens. Miriam Sommer war nicht ganz so einsam. Sie hatte ein Verhältnis mit Frank Grothe. Meines Erachtens war sie, was ihr Liebesleben anging, nicht ganz so wählerisch!«

»Frank?«

»Wiedersehen!«

Hartmann drückte die Tür ins Schloss, ging an den Schreibtisch und ließ die Brieftasche in die Schublade plumpsen. Er spürte einen kurzen Luftzug und fuhr herum, eine Hand schon in der Schublade am Fahrtenmesser.

»Okay. Du brauchst mich dann wohl nicht mehr!«

Hartmann entspannte sich. Angie hatte als Lebensversicherung im Türspalt zum Schlafzimmer gelauscht.

»Äh, Moment noch, da gibt es ...«

Angie machte eine abwehrende Handbewegung und pulte die Sandalen, ohne die er nie aus dem Haus ging, an die Füße.

»Hab nicht gedacht, dass das hier auf eine Erpressernummer rausläuft, Hartmann. Das stinkt mir! Hätte ich dir auch nicht zugetraut, Alter, ehrlich. Die Russen umblasen, okay ... Das läuft bei mir unter Notwehr, aber die schräge Nummer mit der Kohle ist echt nicht in Ordnung, Mann!«

Hartmann schüttelte den Kopf. Das sagte ihm ein vorbestrafter Junkie, der sich darauf spezialisiert hatte, zu den Omas in Flingern in die Schlafzimmer zu klettern und sich deren Sparstrümpfe und die Eheringe der verstorbenen Opas unter den Nagel zu reißen, um sie im nächsten Pfandhaus für kleine Kohle zu versetzen! Hier lief einiges falsch! Einiges! Und es war genau der richtige Zeitpunkt, das zu klären!

Dann brummte die Telefonanlage.

»Hartmann?«, knurrte Hartmann.

»Sie sind mir eine Erklärung schuldig!«

Hartmanns Nackenhaare sprangen auf. Die Nummer zwei auf seiner Liste.

»Ich pack meine Sachen und hau ab!«, nuschelte Angie.

Hartmann legte einen Finger auf seine Lippen.

»Hallo? Wieso ...«

»Ich dachte, dass Sie in erster Linie Ihrem Klienten verpflichtet sind.«

»Das gibt es nur im Fernsehen! Was kann ich für Sie tun?«

»Sie können mir einiges erklären. Warum erzählen Sie meiner Mutter, dass Sie irgendwelche Ungereimtheiten der Kripo melden wollen? Was sind das für Ungereimtheiten? Und wieso hat meine Mutter den Eindruck, dass Sie nicht glauben, Birgit Meissner habe meine Schwester ermordet? Und warum, verdammt noch mal, erzählen Sie das meiner Mutter und nicht mir?«, fragte eine deutlich hörbar erregte und gar nicht mehr freundliche Lena Sommer.

»Beruhigen Sie sich erst mal, ich ...«

»Ich beruhige mich, wann ich will!«

»Ja, gut. Sie telefonieren mit einem Handy. Sie sitzen in einem Auto. Reißen Sie sich zusammen, und fahren Sie nicht gegen einen Laternenmast!«

»Das kann Ihnen doch sch...«

»Kommen Sie her! Ich erwarte Sie! Dann werden Sie auf alle Fragen eine Antwort bekommen! Wie lange brauchen Sie?«

Lena Sommer holte am anderen Ende tief Luft.

»Zwanzig Minuten.«

»Gut. Ich warte«, sagte Hartmann leise und legte den Hörer nachdenklich in die graue Schale.

Er fuhr sich über den Schädel und runzelte die Stirn, als er sah, dass Angie sich die Taschen seiner speckigen Jeansjacke mit Gegenständen und Tütchen vollstopfte, die er aus dem Schlitz des Sofas herauspulte.

»Was sind das für Klamotten?«

»Nichts! Ich bin dann weg!«

Hartmann schüttelte den Kopf. »Angie. Das war Lena Sommer. Die ist auch auf meiner Liste.«

»Willst du die auch abzocken?«

»Quatsch. Ich will niemanden abzocken. Die sagt, sie wäre in zwanzig Minuten hier. Wenn die die Mörderin ist, dann ist die in weniger als zehn Minuten hier. Da müssen wir vorbereitet sein!«

Angie hatte den Türgriff zum Flur schon in der Hand. »Wieso sollte sie ihre Schwester umgenietet haben?«

»Das hab ich dir doch schon erklärt«, zischte Hartmann ungeduldig und warf durch die Fensterlamellen zum Bahnhof hin einen Blick auf die Parkplätze gegenüber und unten vorm Haus. Kein silberfarbener Daimler zu sehen.

»Tu's noch mal!«

»Lena Sommer hat ihr ganzes Leben lang im Schatten ihrer Schwester gestanden. Dann hat sie endlich einen Freund. Zwar den Ex ihrer Schwester, aber immerhin. Dann bekommt sie irgendwie raus, dass der sie mit ihrer Schwester betrügt. Die ganze Chose kriegt sie spitz. Das Ding mit Krombach, mit dem verdammten Alibi. Ausgerechnet ist es wieder ihre Schwester, die an allem schuld ist, die ihr alles kaputt macht! Für sie bricht eine Welt zusammen. Ihre Schwester muss sterben!«

Angie schien zu zögern. Hartmann warf einen erneuten Blick nach draußen. Ein kleiner, roter Sportwagen hatte sich in die letzte freie Parklücke gequetscht. Das war nicht Lena. Für eine Frau war die Parklücke zu klein.

»Angie, geh wieder nach nebenan. Ich brauche auf jeden Fall einen Zeugen, wenn sie gesteht!«

Angie schüttelte den Kopf. »Ruf die Bullen an, wenn du dir so sicher bist! Linkes Ding, mit den zwanzigtausend Kappen! Ohne mich, Hartmann!« Angie verschwand im Flur.

»Scheiße«, fluchte Hartmann und strich sich durchs schweißnasse, klebrige Gesicht. Unten tauchte immer noch kein Silberpfeil auf. Sie würde jeden Moment vorfahren. Eigentlich hatte er ja immer mal den Doktor unterm Dach kennenlernen wollen. Warum nicht jetzt? Die richtige Idee zur richtigen Zeit. Er riss die Flurtür auf. Jetzt keine Sekunde verlieren. Und er stieß mit Angie zusammen, der ihm entgegenkam.

»Gott sei Dank, Angie. Ich kann mich auf dich verlas…«

An Angie vorbei schob sich ein Arm. Der hielt einen metallenen Gegenstand mit schwarzer, dunkler Öffnung genau auf seine Stirn gerichtet.

Zum Arm gehörte ein Typ, und der sagte: »Rückwärts, Hartmann!«

»Äh …«, sagte Hartmann.

»Halt die Klappe und mach keine Dummheiten!«, zischte Angie, dessen Gesicht weißer als der Schnee war, den er sich täglich in die Venen jagte.

Hartmann stolperte nach hinten. Komische Waffe, dachte er, und dann ging ihm auf, dass das eine Puste mit Schalldämpfer war. Es zuckte in seinem Magen, und Hartmann war sich sicher, dass das ein schlechtes Zeichen war. Nicht das Zucken, sondern dass die Pistole einen Schalldämpfer hatte.

Frank Grothe schubste Angie ins Zimmer, das runde Loch seiner Knarre blieb auf Hartmann gerichtet. »Hinknien!«

Hartmann ging in die Knie und schloss die Augen. Natürlich: Es war der rote Sportwagen, der vor dem *HG-Software*-Haus in Erkrath auf Grothes Firmenparkplatz stand. Und der jetzt unten in der Parklücke stand. Mist!

Als er die Augen vorsichtig wieder öffnete, hatte Grothe einen Kranz Klebeband aus seiner Manteltasche gezogen. Der Mantel ähnelte dem Modell, das Hanssen getragen hatte.

»Hände auf den Rücken!«

»Ich hab damit nichts zu tun!«, gab Angie zu bedenken.

»Schnauze! Hände auf den Rücken!«

Mit geübten Griffen fesselte er die Hände mit dem Kreppband, und Hartmann fiel ein, dass Grothe Elitesoldat in der DDR gewesen war. Technische Abteilung! Nun, das erklärte auch sein technisches Geschick, was das exakte Einparken in die kleine Parklücke unten vor dem Haus anging. Was schlimmer war: Vermutlich konnte er verdammt gut mit seiner Knarre umgehen!

Grothe wirkte vollkommen ruhig, als er anfing, Angie systematisch abzutasten. »Was ist das denn da in der Tasche?« Er fingerte eine Spritze heraus.

»Ich bin Diabetiker!«

»Das ist eine Fixe, du Arschloch! Soll ich mich stechen?«

»Ich bin Diabe…«

Grothe knallte ihm direkt eine ins Gesicht, Angie fiel zur Seite. Grothe stellte ihn wieder gerade und fand in Angies Jeansjacke zwei kleine, durchsichtige Tütchen mit weißem Pulver.

Grothe grinste. »Passt eigentlich ganz gut.« Er legte die Tütchen auf den Schreibtisch und zog die Spritzenkappe von der Nadel. Beides legte er dann neben die Tütchen auf den Schreibtisch. »Geben wir den Bullen mal was zum Nachdenken, oder?« Grothe riss Hartmanns Hände auf den Rücken und fesselte auch ihn. Dann zog er Hartmann ein Taschenmesser, den Fahrradschlüssel und ein halbes Dutzend geknickter Bierdeckelreste mit Telefonnummern aus den Taschen der Jeanshose.

Hartmanns Zinken erschnüffelte eine Alkoholfahne.

Grothe begutachtete sein Werk und war zufrieden. Er nickte. »Und du hattest morgen einen Termin bei der Kripo. Schätze, ich werde ihn ein bisschen vorverlegen müssen. Ich hoffe, das ist in deinem Sinne, obwohl dein Gesprächstermin sicher anders verlaufen wird, als du ihn dir vorgestellt hast, Hartmann. Sagen wir: einseitiger!« Grothe grinste. »Dir sind bei deinen Ermittlungen ein paar Ungereimtheiten aufgefallen. Dann mal los, Junge, zeig mir ein letztes Mal, was für ein genialer Detektiv du bist!«

Angie verdrehte stöhnend die Augen und war offensichtlich anderer Meinung.

Hartmann war sich im Moment auch nicht mehr ganz so sicher, trotzdem begann er: »Miriam Sommer war verschwunden. Ich habe sie bei einem Freund vermutet. Da sind die Frauen meistens. Den habe ich gesucht. In ihrem Kalender hab ich mehrere Termine mit den Initialen A.K. gefunden. Ich bin auf Andreas Krombach gekommen, aber Andreas war nicht die richtige Schuhgröße für Miriam. Krombach war ein Alibi. Wer war also der Mann, der für seine Treffen mit Miriam ein Alibi brauchte und der so geheim war, dass Miriam es lieber vorgezogen hätte, ein Verhältnis mit einem zweitklassigen Tennislehrer vorzutäuschen, als ein Verhältnis mit genau diesem Unbekannten zuzugeben?« Hartmanns kaputtes linkes Knie fing an schmerzen. »Es kam, außer einem großen Unbekannten, eigentlich nur einer in Frage: Arne Hanssen.«

Grothe verzog sein rotes Gesicht.

Hartmann fügte hastig hinzu: »Das erschien logisch, denn immerhin hätte Miriam so ein Verhältnis mit dem derzeitigen

Lebensgefährten und Ehemann in spe ihrer Schwester gehabt. So was kann man schon mal verheimlichen wollen. Hier wäre meine Geschichte beendet gewesen, aber dann führte mich Birgit Meissner zu Miriams Leiche in deren Wohnung in Oberkassel.« Hartmann machte eine Pause und versuchte sein Gewicht nach rechts auf das gesunde Knie zu verlagern.

»Beeil dich und mach keine Oper draus!«

»Dann wurde Krombach erschossen. Das war ein Fehler!«

»War es nicht.«

»Doch. Krombach war die direkte Spur zu Hanssen. Das Szenario war gewählt. Hanssen kommt aus Südafrika nach Hause und erwischt seine vermeintliche Freundin mit einem Tennislehrer. Hanssen erschießt zunächst Miriam. Dann Krombach. Das Motiv Eifersucht. Die Waffe: seine Waffe! Und das war alles ein Fehler ...«

Grothe legte den Kopf schief.

»Wieso? Klingt doch gut?«

»Weil Miriam Sommer eben nicht Arnes Freundin war. Arne und Miriam hatten sich heimlich getrennt. Lena war mit Arne zusammen. Deshalb hat die Geschichte nicht mehr funktioniert!«

Grothe nickte. »Diese schwachsinnige Geheimnistuerei! So ein Dreck!«

»Dann ging alles schief. Birgit Meissner hatte sich bei mir verplappert. Als wir nach Oberkassel fuhren, wusste sie bereits, dass dort eine tote Miriam Sommer lag. Sie machte eine Bemerkung über einen Anrufbeantworter, den es in der Wohnung nie gegeben hatte. Tut aber nichts zur Sache. Sie war vorher schon einmal in der Wohnung und hatte die Leiche gefunden. Sie war abgehauen, konnte sich aber nicht mit dem Gedanken abfinden, dass man ihre beste Freundin irgendwann findet, weil sie halbverwest ist und angefangen hat zu stinken.«

»Da hat sie dich eingespannt.« Grothe kam mit.

»Genau. Und ich fand neben der Leiche einen Bilderrahmen, dem das Foto fehlte. Ein Foto, auf dem der Mörder zu sehen war. Und das fand der Mörder doch zu dumm, denn der Mörder war, wie erwartet, eben nicht der große Unbekannte, sondern jemand, dem die Polizei sicherlich ein paar Fragen zu stellen gehabt hätte. Also nahm der Mörder das Foto mit.«

Grothe schüttelte den Kopf. »Die hatte ein Bild von mir aus irgendeinem Urlaub ausgegraben und das Ding eingerahmt. Na, das hätte noch gefehlt, die Polizei direkt mit der Nase auf mich zu stoßen.«

»Wo ist das Bild jetzt?«

»Weg!«

»Ich bin dann bei der Nachbarin, Margarethe Fussbach, gewesen ...«

»Eine Hexe.«

»Sie macht unglaublich schlechten Kaffee. Sie beschrieb den heimlichen Freund von Miriam Sommer und sagte, dass er aus dem Osten kommt. Ich zeigte ihr ein Foto aus dem Skiurlaub in Österreich und rechnete damit, dass sie Arne Hanssen identifiziert, aber sie erkannte Frank Grothe als den Mann, mit dem Miriam Sommer ein Verhältnis hatte.«

Grothe wackelte ungeduldig mit der Waffe. »Das beweist gar nichts!«

»Richtig, aber es bringt dich ins Spiel. Nicht als Täter, aber als Grund.«

Angie räusperte sich. »Aber ich habe mit der Sache nichts zu tun!«

»Halt die Klappe, Junkie!«

Grothe zielte jetzt auf Angies Stirn, und Hartmann schloss die Augen. Es gab keinen Knall. Auch kein Plopp. Als Hartmann die Augen vorsichtig wieder öffnete, hatte Grothe

Angie einen Klebestreifen über den Mund gedrückt. Angie saß jetzt auf seinem Hintern, mit dem Rücken an den Schreibtisch gelehnt. Und er lebte. Hartmann lebte auch noch. Und sein linkes Knie schmerzte.

»Weiter, Schnüffler!«

»Mit dem Ergebnis musste ich Birgit Meissner konfrontieren. Denn entweder hat sie Miriam erschossen, weil Miriam mit ihrem Lebensgefährten, Frank Grothe, ins Bett gegangen war, was sie bereits schon einmal mit Hanssen durchgemacht hatte ... Oder du warst der Mörder von Miriam und Krombach, weil Hanssen an deiner Freundin dran war. Dafür sollte Hanssen als Mörder der beiden in den Knast wandern!«

»Scheiße!« Grothe schüttelte den Kopf. »So eine Scheiße! Als ob ich wegen einer Frau das Risiko eingehe, in den Knast zu wandern. Du hast keine Ahnung, Schnüffler! Okay, du hast recht, ich habe Miriam eine Kugel ins hübsche Gesicht gejagt und dem Krombach das trübe Lichtlein ausgepustet, aber doch nicht, weil Arne Hanssen die Sommer geknallt hat!«

Über die scheinbar abwegigste Sache der Welt schüttelte Grothe heftig den roten Kopf.

»Hanssen wollte mich verarschen! Verstehst du? Wir sind zusammen mit unserer Firma rüber. Ohne Hanssen, das war klar, keine *HG Software*. Ich bin das Genie! Aber ohne Hanssen geht es nicht. Und da bekomme ich so langsam mit, wie Hanssen sich in Richtung *Sommer AG* abseilen will. Das wäre mein Ende. Wir haben Schulden bis zum Mond und zurück. Ich wäre ruiniert. Ich kriege nie mehr Boden unter die Schuhe! Und wie ich den dabei erwische, dass er mir ein faules Ei legt, denke ich mir ...«

Jetzt klopfte er sich tatsächlich mit dem Schalldämpfer gegen die Brust.

»Was der kann, das kann ich auch. Hanssen muss weg. Aber umbringen? Nein. Die Bullen hätten mich sofort auf dem Kieker gehabt. Ich war mal ein paar Jahre ziemlich häufig mit der Waffe tätig, kam nicht in Frage. Auch ein Unfall hätte sie misstrauisch gemacht. Nee, der Hanssen musste jemanden umbringen. Und wenn er es nicht selbst tut, dann mache ich das für ihn. Ich erschieße Miriam Sommer.« Er leckte sich Schweiß von der Oberlippe. Grothe gefiel sich in seiner Rolle.

Vielleicht ein kleines Gläschen Weinbrand zu viel, hoffte Hartmann, und ihm gelang ein kurzer Seitenblick auf Angie, der kaum merklich den Kopf schüttelte. Wahrscheinlich wollte er, dass Hartmann keine Dummheiten machte, aber abknallen lassen wollte Hartmann sich auch nicht. Und Lena Sommer war übrigens auch schon überfällig. Wobei es noch die Frage war, wie die hier helfen konnte ...

»Ich hab gewartet, bis Arne aus Südafrika zurückkommen würde. Einen Tag vorher habe ich mich mit Miriam in ihrer Wohnung in Oberkassel getroffen. Sie lässt mich rein, und ich puste ihr eine Kugel in den hübschen Kopf. Das hat mir fast ein bisschen leid getan ... Na ja. Ich ließ sie zurück und setzte auf die Zeit und das warme Wetter. Je länger sie liegt, desto schwieriger wird es für die Bullen, eine genaue Todeszeit festzustellen. Im günstigsten Fall wäre Miriam vermisst worden, und Arne, der ihre Wohnung ja kannte, hätte sie gefunden und gleich noch ein paar hübsche, frische Fingerabdrücke hinterlassen. Das wäre ein Timing gewesen ...«

»Aber dann kam Birgit dazwischen.«

»Ich wusste nicht, dass sie die Wohnung kennt. Vielleicht ist sie mir irgendwann mal gefolgt.« Er machte eine Pause. »Wenn sie ihren missglückten Selbstmordversuch überlebt, wird sie einen weiteren versuchen. Da bin ich mir sicher. Und diesmal wird er gelingen. Da bin ich mir sogar ziemlich sicher!«, grinste Grothe vielsagend.

»Sie wollte ihren Selbstmord vortäuschen, um dich zu schützen. Miriam sollte ihr nicht schon wieder einen Mann wegnehmen. Lieber hat sie versucht, vom Balkon zu springen und sich als Mörderin hinzustellen ...«

Grothe grinste. »Weiber!«

Hartmann musste sich beherrschen. Grothe war widerlich.

»Dann musste Krombach dran glauben. Ein Idiot, der bis zuletzt nichts geschnallt hat. Dann war der Doppelmord perfekt und Arne Hanssen fällig. Der hätte einen prima Täter abgegeben! Scheiße, er wäre fällig gewesen, wenn diese dusselige Geheimniskrämerei nicht gewesen wäre!« Er beugte sich nach vorne, ganz weit runter zu Hartmann und pustete ihm schlechte Luft ins Gesicht. »Aber das ist ja, so wie es ist, nicht schlimm. Denn die Polizei hat ja Birgit. Sie hat ja ihre Mörderin. Dann wollen wir es auch so lassen! Und deshalb muss ich deinen Termin vorverlegen.«

Hartmann schluckte. »Die Polizei wird nicht gerade glücklich sein, meinen Kumpel und mich hier verschnürt und tot zu finden. Sie wird Fragen stellen.«

Seine Augen waren Schlitze. »Und Antworten finden! Ich habe gehört, es gab hier im Rotlichtmilieu drei Tote. Ich habe gehört, dass man im Milieu munkelt, Hartmann hätte was damit zu tun. Nun erfreuten sich die drei, wie mir zugetragen wurde, nicht gerade allgemeiner Beliebtheit, aber vielleicht sind die Bullen der Meinung, es habe doch jemanden gegeben, der nun seine Spielkameraden vermisst und Rudi, den Rächer, gemacht hat. Na, zumindest wird es so aussehen, wenn ich euch fertig verschnürt und ein kleines Loch in den Hinterkopf geschossen habe.«

Hartmann fand, dass das sehr wohl so aussehen könnte. Er dachte kurz an das Heroin samt Spritze auf dem Schreibtisch und an die zwanzigtausend Eier in der Schreibtischschublade.

Dann ging die Flurtür auf. »Hallo? Hartma...«

Grothe, immer noch vornübergebeugt, zog die Augenbrauen hoch und drehte den Oberkörper einen Tick nach links. Den Oberkörper, samt Arm, samt Hand, samt Knarre. Hartmann wusste nicht, ob einen Tick weit genug, aber er stieß zu. Er war für einen Außenstürmer außergewöhnlich kopfballstark, und er stieß mit aller Macht zu.

Lena Sommer schrie.

Hartmann erwischte ihn nicht voll, aber die Nase krachte. Genau wie die Pistole, die über Hartmanns Schulter hinweg ein Loch in das gute Sofa machte. Hartmann hatte den Luftzug gespürt, warf sich jetzt nach vorne und versuchte, in den Stand zu kommen. Aber sein kaputtes Linkes spielte nicht mit, und so stolperte er mehr in Richtung Grothe. Er versuchte ein zweites Mal mit dem Kopf zuzustoßen, aber Grothe zog ihm die Knarre quer durchs Gesicht.

Lena Sommer stand wie versteinert im Türrahmen.

Grothe krallte sie und zog sie ins Zimmer. Sie öffnete den Mund, aber er schlug zu. Lena sank auf den Teppich. Grothe war Blut in die Augen gelaufen, er rieb sie sich.

Aus den Augenwinkeln erkannte Hartmann, dass Angie versuchte, sich die gefesselten Arme unten um die Beine herum nach vorne zu drücken. Er war von Beruf aus sehr gelenkig, aber er würde noch etwas Zeit brauchen.

Hartmann griff noch mal an, wand sich nach vorne, aber diesmal trat Grothe zu. Und er traf. Hartmann flog nach hinten und fiel krachend in den leeren Terrakottatopf, der zu Bruch ging. Dann ploppte Grothe zweimal mit seiner Puste in Richtung Hartmann.

Hartmann spürte nichts. Aber er sah, dass Angies Arme nach vorne rutschten. Dass seine Finger die Spritze auf dem Tisch packten. Angie schnellte nach vorne und rammte dem verdutzten Grothe die Spritze vorne in den Hals. Es ploppte noch zweimal, und es ging eine Scheibe zu Bruch.

Angie stieß noch mal zu.

Das schien aber nicht mehr nötig zu sein, denn Grothe verdrehte die Augen, machte ein gurgelndes Geräusch und fiel krampfend nach hinten auf den Rücken. Irgendwas Wichtiges schien Angies Nadel getroffen und kaputt gemacht zu haben, denn Grothes Herz pumpte stoßweise Blut ans Tageslicht. Und irgendwas musste passieren, dachte Hartmann, sonst nippelt der Bursche ab.

Dann lugte noch jemand um den Türrahmen herum ins Zimmer: »Hallo? Jemand da? Die Tür stand auf ...« Hans-Rudolf Kreyendahls Piepvogelstimme tschirpte durch den Flur. »Herr Hartmann, sind Sie da? Ich brauche einen Detektiv. Meine Nadia ist wieder weg!«

Nun erkannte der Vogel, was Sache war. Kreyendahl verschluckte sich, schüttelte den Kopf und verdrehte die Augen. Dann presste der ausgebildete Rettungssanitäter und Reserveoffizier der Bundeswehr mit der rechten Hand Grothes Springbrunnen ab und fingerte mit der linken sein Handy aus der Hemdtasche, um die Polizei zu rufen.

Ob er es schaffte, wusste Hartmann nicht. Seine Schulter fing an zu schmerzen, und er erkannte, dass Grothe ihm mit seiner Pistole das T-Shirt ruiniert hatte. Sein linkes Knie tat sowieso weh. Sein Kopf auch. Und darum folgte er Lena Sommer und schloss erst einmal die Augen.

9. Kapitel

Hartmann kratzte sich an der Schulter.
»Immer noch Schmerzen?«, fragte sein Gegenüber.
»Der Doc sagt, die Wunde ist gut verheilt. Manchmal juckt es noch.«
»Jucken ist ein gutes Zeichen. Mir hat ein Typ aus Passau mal zwei Löcher hierhin gemacht.« Huren-Heinz piekste mit dem Daumen in seinen Bauch. »Richtig besser ging's mir erst, als es wie Sau gejuckt hat!«
»War nur ein Streifschuss. Schade, dass das T-Shirt dabei draufgegangen ist.« Hartmann nippte am großen, grünen Fruchtgetränk. Die Dinger waren wirklich schweinelecker.
Huren-Heinz beugte sich nach vorne: »Hartmann, wer hat dir gesteckt, dass ich den Laden von Sergej, dem Russen, übernommen habe? Sag's mir! Der frischen Freundschaft zuliebe.«
Hartmann verschluckte sich fast an einer Kiwi. Und schüttelte den Kopf. »Sagen wir einfach, es war jemand, der erahnt hat, dass zwischen uns ein kleines Geschäft möglich sein könnte!« Schotter hatte Hartmann die Info gesteckt. Aber das wollte er für sich behalten.
Heinz grinste. Seine Finger trommelten rhythmisch auf dem braunen Umschlag zwischen ihnen auf dem Bistrotisch, in dem sich zehntausend muntere Jungs eng aufeinander drückten. »Obwohl mir die Sache immer noch nicht ganz klar ist. Nein, nein, das tut nichts zur Sache, aber ... Wieso bezahlst du für eine Sache, die du nicht begangen haben willst, obwohl ich dir das natürlich nicht abnehme! Und warum bezahlst du für eine Frau, die du nicht mal richtig kennst?«
»Ich bin ein Romantiker.«

Das Grinsen erstarb wie die junge Osterglocke beim verspäteten Frosteinbruch. Zack, weg, vorbei. Nie da gewesen!

»Du bist in Ordnung, Hartmann. Aber du weißt nicht, wann du die Klappe halten sollst, und du weißt nicht, wann du die richtigen Antworten geben musst. Und wem! Du hast keinen Respekt!« Huren-Heinz packte sich den Umschlag. »Aber ...« Und er grinste wieder wie ein Kind unterm Weihnachtsbaum.

»Du bist in Ordnung. Und ein Wort vom Huren-Heinz ist immer noch ein Wort vom Huren-Heinz! Die Sache mit Sergej, dem Russen, und seinen beiden unseligen und viel zu früh verstorbenen Freunden ist erledigt. Ich gebe das entsprechend weiter. Und deine Frau in Russland oder Polen oder wo auch immer, das Mädchen ohne Nachnamen, bleibt unbehelligt. Was soll man da auch groß nachkarten?« Er hielt Hartmann eine behaarte Pranke entgegen, die als Modell für Michael Jacksons Werwolfszene im Video zu *Thriller* hergehalten hatte, und brach Hartmann schnell drei Finger. »Ich zahle, Kumpel. Hab ja Kleingeld dabei!«

Sein Lachen dröhnte durch die Piano-Bar, und als Hartmann hastig die Bar verließ, schaute ihm Elke mit ausdruckslosem Gesicht hinterher.

* * *

»Und das ist keine Null zu viel?«, fragte die Dame am Schalter jetzt zum dritten Mal ungläubig.

»Nein. Das ist in Ordnung so. 10.000 Euro.«

»Und Sie wollen keine Spendenquittung? Ich meine, das Geld ist für ein Krankenhaus in Minsk. Da kann ich Ihnen problemlos eine Quittung ausstellen.«

Hartmann nickte geduldig. Das hatte Schotter ihm erklärt. Mehrmals. Er hatte ihn beschimpft, beleidigt und einen

Idioten genannt. Ja. Und erklärt hatte er es ihm auch! Mehrmals!

»Ich habe eine Bekannte, deren jüngere Schwester an Aids erkrankt ist. Sie wird in dem dort genannten Krankenhaus behandelt. Na, was man so behandeln nennt. Es ist das einzige Krankenhaus in Minsk, in dem Aidspatienten behandelt werden können. Ihr kommt diese Spende jetzt zugute. Und das ist okay so.«

Sie schob ihm strahlend ein Formular über den Tresen. »Dann bekomme ich hier noch eine Unterschrift. Ja, genau. Danke. Und ... Das finde ich wirklich großartig von Ihnen.«

Hartmann strahlte zurück. Er fand sich auch großartig. Noch großartiger fand er den lieben Gott, der den angetrunkenen Frank Grothe zweimal hatte vorbeischießen lassen. Eine weitere Kugel hatte ihm die linke Schulter verkratzt. Das ließ Hartmann als Warnung durchgehen. Noch auf dem Krankenbett hatte Hartmann sich geschworen, die Gewinne aus seinem Deal mit Schotter nicht in die eigene Tasche zu stecken.

Schotter hatte ihm gesagt, wenn er was hören würde, was Verbindliches, was *HG Software* und *Sommer AG* anginge, dann würde er an der Börse für beide ein schickes Geschäft draus machen. Dass er Arne Hanssens Geld in wenigen Stunden fast verdoppeln würde, hatte Schotter dann selbst ein bisschen überrascht.

* * *

Sie hockte wie immer in den Blumen. »Herr Hartmann. Es freut mich, Sie wieder auf den Beinen zu sehen.«

»Danke. Der Arzt ist auch ganz zufrieden. Sie werden nie fertig!« Hartmann nickte ins Beet.

»Das ist nicht schlimm.«

»Wie geht es Lena?«

Sie nickte. »Den Umständen entsprechend. Es war alles ein bisschen viel für sie. Jetzt auch noch der ganze Trubel mit Arnes Firma. Sie ist drinnen. Mit Arne. Möchten Sie vielleicht mit ihr sprechen?«

»Nein, nein. Ich, äh, wollte zu Ihnen.«

»Wenn ich weiterarbeiten darf?«

Hartmann grinste. »Natürlich. Ich hatte Ihnen gegenüber Ungereimtheiten und Merkwürdigkeiten erwähnt, die ich bei meinen Ermittlungen festgestellt habe.«

Sie blinzelte hoch. »Sie brauchen gar nicht weiterzureden! Ich habe über unseren Rechtsanwalt umfassend in die Ermittlungsakten Einsicht nehmen können. Sie haben sich sehr anständig und meiner Familie gegenüber ausgesprochen loyal verhalten.« Sie stockte. »Genauso wie mein verstorbener Mann mir Sie beschrieben und für alle Fälle empfohlen hatte.«

»Äh, ich meine ...«

»Herr Hartmann, Sie können sich nicht vorstellen, wie sehr ich Ihre Loyalität zu schätzen weiß, und ich habe selbstverständlich und ich betone, sehr, sehr gerne, mir erlaubt, Ihnen einen Scheck zukommen zu lassen, der nur annähernd meine Hochachtung und Dankbarkeit auszudrücken in der Lage ist.«

»Äh, danke.«

»Das ist das Mindeste!« Sie widmete sich wieder einem unschuldigen Büschel Löwenzahn, dessen Tage scheinbar unwiderruflich gezählt zu sein schienen.

»Frau Sommer?« Sie lächelte von unten an ihm hoch. Bis ihr Blick seine Augen erreichten.

»Herr Hartmann?« Sie stand auf.

Hartmann räusperte sich. »Ihre Tochter Lena ist nicht so stark wie ihre Schwester. Hatten Sie gesagt.«

»Sie ist sehr verletzlich.«

»Sie ist jung.«

»Sie ist dreiundzwanzig Jahre alt.«

»Sie hat noch viel Zeit. Ihr werden noch viele Menschen begegnen. Interessante Menschen. Frauen. Männer.«

»Sie reden um den heißen Brei herum, Hartmann!«

»Natürlich.« Hartmann strich sich durchs Haar. Da war schon wieder was.

»Sie spielen auf die Merkwürdigkeiten bei Ihren Ermittlungen an. Und sie betreffen Lena. Und Sie sprechen mich an.«

Er hielt ihrem Blick stand.

»Und nicht Lena, die es anginge, denn es geht um Arne Hanssen. Die Merkwürdigkeiten betreffen Arne Hanssen. Wenn Arne Lena betrügt, dann kann man das ... Ich meine, das kommt vor ... Aber ...«

Jetzt hatte sie verstanden. Ihre Lippen formten ihren Namen. »Miriam? Mit Miriam? Als Arne bereits mit Lena zusammen war?« Ihr Gesicht hatte sämtliche Farbe verloren.

Hartmann griff in die Innentasche seiner Jacke und zog einen ausgebeulten, braunen Umschlag heraus und hielt ihn ihr hin. »Es wird reichen, wenn Sie Arne Hanssen diesen Umschlag geben. Er weiß dann Bescheid und wird sich verziehen!«

Sie nahm den Umschlag.

»Soll ich Sie begleiten?«, fragte Hartmann. Er machte sich ein bisschen Sorgen. Auch wegen der kleinen, blauen Schaufel in ihrer Hand.

Sie schüttelte lächelnd den Kopf. »Das ist nicht der erste junge Mann, den ich ganz galant vor die Tür setzen werde. Es ist nur so ...« Jetzt zwinkerte sie tatsächlich mit einem Auge. »Er hätte ganz gut in die Firma gepasst.«

Hartmann grinste, und sie fügte hinzu: »Ich brauche dringend einen Geschäftsführer für meine Firma. Wäre das nichts für Sie?«

»Ich kann ganz schlecht rechnen.«

Sie drehte sich weg und ging ins Haus.

»Glück gehabt!«, flüsterte Hartmann zum Löwenzahn und blinzelte in die Sonne oben am wolkenlosen Himmel. Er zog das Jackett aus und warf es über die Schulter. Es juckte wieder ein bisschen in seiner langsam vor sich hin heilenden Wunde. Er seufzte. Das war ein schöner Tag!

* * *

»Von Aprath, Vermögensverwaltung ...«

»Is gut, Schotter, ich bin's, Hartmann!«

»Hartmann! Und? Warst du bei der Bank?«

»Natürlich. Man darf dem lieben Gott nichts versprechen und später brechen!«

»Du bist ein Idiot!«

»Ja. Besser als ein Anlagebetrüger.«

»Nimm dich in Acht, der Apparat ist vielleicht angezapft. Was kann ich für dich tun?«

»Beim letzten Mal, also nicht, als wir über die Adresse vom Peep gesprochen haben, ich meine das Mal in dieser Piano-Bar, da haben wir doch über unsere Zukunftspläne gesprochen, wer was wie lange noch machen will, erinnerst du dich?«

Am anderen Ende blieb es ein paar Sekunden lang ruhig.

»Mann, Hartmann, endlich wirst du vernünftig! Ich habe mir richtig Sorgen um dich gemacht. Erst deine Aktionen, dann wirst du angeschossen! Von den ganzen Gerüchten ganz zu schweigen. Da stehen einem die Haare zu Berge. Wenn man welche hat. Dann noch die Sache mit du-weißt-schon-wem, Mann, Gott sei Dank hat deine Detektivkasperei ein Ende!«

Hartmann runzelte die Stirn. »Ähm ...«

»Na klar, ich rufe gleich ein paar Leute an. Ich bin mir sicher, absolut sicher, ich finde was für dich! Was Vernünftiges, was …«

»Schotter, jetzt halt doch mal die Luft an. Ich bin kein Idiot, dem du ein Aktienpaket an die Backe labern musst! Hör mir zu! Ich, ich habe einen Job für dich! Du hast dich doch für einen Job interessiert. Geschäftsführer bei einer alteingesessenen Firma mit Tradition und so. Ja, ich habe da, glaube ich, genau das Richtige für dich.«

* * *

Hartmann sprang die drei Stufen hoch zum Hotel *Bismarck*, wo er mit dem Nachtportier noch eine kleine Rechnung zu begleichen hatte. Mit dem Nachtportier, der gegen kleine Kohle jeden Hanswurst und deren weißrussische Schwestern durch die verriegelte, alarmgesicherte Hinterhoftür schleuste und der sich von ihm immer dämliche Lucky-Luke-Fragen stellen ließ. Stundenlang hatte Hartmann in Comicläden rumgegammelt, um brauchbare Fragen zu finden. Charly hing in seinem Hocker über einer *Express* und studierte gerade den Artikel, in dem berichtet wurde, dass Grothe der Polizei im Krankenhaus die beiden Morde an Miriam Sommer und Andreas Krombach gestanden hatte.

»'n Abend, Charly.«

»Hallo, Hartmann, alter Nachttreter.«

»Ich nehm mal den Hintereingang, okay?«

»Die Frage, Hartmann, die Frage!«

Hartmann warf sich in Position. »Wie heißt Lucky Lukes Halbbruder?«

Charly ließ die Zeitung sinken. »Lucky Luke hat keinen Halbbruder.«

»Natürlich hat er einen. Das heißt, ich weiß natürlich nicht, ob er einen hat, aber er erzählt zumindest allen, er hätte einen.«

»Willst du mich auf den Arm nehmen? Nie, in keinem Band, erwähnt Lucky Luke irgendwem gegenüber irgendwas von einem Halbbruder!«

Hartmann tippte sich an die Stirn. »Oh, sorry, mein Fehler. Als du sagtest, dass du alles über Lucky Luke weißt und die ganzen Bände auswendig kennst, hab ich gedacht, du meinst wirklich alle Bände. Sorry, mein Fehler!«

Charly wurde jetzt wirklich sauer. »Was quatschst du da? Natürlich meine ich alle Bände!«

»Aber nur die deutschen Ausgaben!«

»Was meinst du mit nur die deutschen Ausgaben?«

»Na, in der französischen Originalausgabe erzählt Lucky Luke in einem Band von seinem Halbbruder.« Hartmann machte eine entschuldigende Handbewegung. »Aber den Band kennst du dann wohl nicht.«

Charlys Augen flatterten. Er fuhr sich hektisch mit der Zunge über die Lippen. »Was für ein Band ist das?«

»Na, macht ja nichts. Du kannst schließlich nicht alles wissen! Ich denke, die französischen Ausgaben sind hier auch verdammt schwer zu kriegen. Und teuer! Ich nehme dann den Haupteingang.«

Charly sprang entsetzt vom Hocker. »Hartmann, warte …«

»Tschüss, Charly!«, rief Hartmann und war mit drei Sätzen wieder draußen auf der Bismarckstraße. Er grinste zufrieden und ging zügig weg. Hartmann las außer *Express* und *Kicker* überhaupt sehr wenig. Und französische Comics schon mal gar nicht …

* * *

Hartmann legte die Turnschuhe hoch und genoss die neue CD von Aretha Franklin. Alte Liveaufnahmen aus einem kleinen New Yorker Jazz-Club. Wenn das da im Hintergrund mehr als zweihundert Zuschauer waren, dann waren das viele. Hartmann hatte die CD schon ein Dutzend Mal gehört und erkannte mittlerweile jeden Zuhörer im Saal am Husten und Klatschen. Das wäre doch mal eine Wette für Gottschalk. Das Husten da, dritte Reihe, in der Mitte, der Typ mit dem schweißnassen Gesicht. Der da so falsch neben dem Takt klatscht? Der einzige Weiße im Publikum, ganz links außen am Rand.

Sie lugte um die Ecke. »Hast du deinen Kumpel eigentlich zurückgerufen?«

»Schotter? Na klar.«

»Und was wollte er?«

»Er hat den Job gekriegt. Er möchte am Wochenende mit uns essen gehen.«

»Und?«

Hartmann strich sich durchs Haar. Da war wieder richtig was. Fast schon Stoppeln. Also, bald. »Na, er sagte, ich soll meine neue Freundin mitbringen. Die muss ich natürlich erst noch fragen, aber Lust hätte ich schon.«

Gina schoss heran und zog ihn runter auf den neuen, dunkelblauen Teppichboden. Der alte hatte rausgemusst. Wegen Grothe. Und seinem Blut.

»Wer ist denn deine neue Freundin? Regenrinnen-Rita?«

Hartmann bekam einen roten Kopf. »Immer fängst du mit der an …«

Gina grinste. »Die hat mich auch eine Zeit lang ganz schön beschäftigt, amore mio. Bis dein drogensüchtiger Kumpel bei mir aufgetaucht ist und mir erklärt hat, wie die Rita in deine Wohnung gekommen ist. Na ja, und ich hab es ihm einfach mal geglaubt.«

»Aha. Dem Junkie glaubst du also.«

»Oh, ja.« Sie lachte ihn an. »Der war so fertig, weil er doch geglaubt hat, dass du dich hast bestechen lassen. Und der wollte dir unbedingt was Gutes tun.«

»Und du meinst, das hätte er getan, indem er dich mir auf die Pelle jagt.«

Es entstand ein kurzes Handgemenge. So ein neuer Teppich ist was Feines, stellte Hartmann fest.

Gina saß oben und fragte: »Wieso heißt die Regenrinnen-Rita eigentlich Regenrinnen-Rita?«

»Weil sie so groß ist.«

»Hm, war mir schon klar. Das ist aber kein schöner Spitzname!«

»Sie nennt sich selber so.«

»Das macht den Namen nicht schöner!«

Hartmann stupste Gina neben sich ins Dunkelblaue. »Das war so: Rita kommt aus Flingern. Da gab es einen kleinen Garagenhof, in dem die Jungs aus der Straße immer Fußball gespielt haben. Ab und zu flog der Ball auf eine der Garagen. Das Dach war schräg, der Ball kullerte langsam zurück und blieb immer mal wieder in der Regenrinne hängen. Rita war die Einzige, die ohne Leiter an die Rinne rankam und den Ball runterhakeln konnte. Deshalb Regenrinnen-Rita.«

Gina blickte ihm in Augen. »Das hast du dir doch gerade ausgedacht!«

»Stimmt«, gab Hartmann zu. »Die Rita kenne ich seit über zehn Jahren und die hieß immer Regenrinnen-Rita. Und außerdem kann ich mir in meinem Alter keine neuen Namen mehr merken ... ähm ... ähm ... Gina.«

Gina setzte zum Würgegriff an. »Aha. Na ja, mir reicht es, wenn du mich ab und zu grob wiedererkennst.«

Hartmann wehrte den Angriff ab und drückte sie in den flauschigen Teppich.

»Wie grob soll es denn sein, Fräulein?«

»Fräulein? Ich bitte dich! Und nur ein bisschen grob, wenn ich es dir sage! Die Rita hab ich übrigens gestern unten in der Bäckerei getroffen. Die ist echt nett. Im Gegensatz zu dieser Verkäuferin, die ist immer so unfreundlich zu mir. Hattest du mal was mit der?«

Es klingelte.

Hartmann knipste Gina ein Auge. »Komme gleich wieder!«

»Angeber!«

Hartmann streckte ihr die Zunge raus.

Ein ansteckend gut gelaunter Mann von der Post gab ein Paket ab. »Aufzug wäre nicht schlecht. Sprechen Sie mal mit Ihrem Vermieter. Außerdem gibt's eine Blutlache, unten am ersten Treppenabsatz. Bei den Briefkästen steht dauernd ein blödes, rotes Rennrad im Weg! Tolles Haus! Tschüss!«

Hartmann rappelte am Paket. Kein lauter Knall, kein Rums, keine Bombe. Der Absender: *Ramona*.

Hartmann lugte vorsichtig ins Paket. Bei Ramona musste er mit allem rechnen. Obendrauf lag ein Foto. Ramona, Arm in Arm mit einer jungen Frau, die ihr ähnelte und die ein bisschen blasser als Ramona war. Aber beide lächelten. Auf der Rückseite des Fotos stand *Danke*.

»Wer war's?«

Hartmann runzelte die Stirn. Sie war ganz schön neugierig. Aber Gina, mit Nachnamen Capello, war die Nichte eines der erfolgreichsten italienischen Fußballtrainer aller Zeiten. Und sie kannte Francesco Totti persönlich.

»Post!«

Hartmann studierte den Inhalt des Pakets und arbeitete sich durch eine dunkelgraue Verpackungsfolie. Er stutzte. Wie hatte sie das Ding nur wieder gedreht? Aber das bestätigte seinen Verdacht, dass die fließend deutsch sprechende und ausgezeichnet schießende Ramona so eine Art Polizistin war. Oder eine Geheimagentin. Oder Auftragskiller.

»Ein Paket? Was ist denn drin?«

»Arbeitsmaterial.«

»Arbeitsmaterial? Du hattest doch überlegt, mit dem Detektivspielen aufzuhören?«

Hartmann grinste und schob das Paket mit der nagelneuen 9mm-Pistole hinters Sofa. Er seufzte zufrieden. Das Spiel war vorbei. 5:4 im Elfmeterschießen! Gewonnen! Er fand, dass er sich einen kleinen Siegerpokal verdient hatte. Also quasi symbolisch. Und ließ sich neben Gina in den flauschigen, neuen Teppich fallen.

Der Soundtrack zum Krimi

1. Angie Stone – *My lovin will give you something*
2. Beverley Knight – *Greatest day*
3. Morcheeba – *Undress me now*
4. Ramsey Lewis Jr. – *Wade on the water*
5. Otis Redding – *The dock of the bay*
6. Aretha Franklin – *Respect* (Live at the Filmore West)
7. Esther Phillips – *Love is where the hatred is*
8. Mary J. Blidge – *No more dramas*
9. Morcheeba – *Slow down*
10. Sam & Dave – *Hold on I'm coming*
11. Otis Redding – *Love man*
12. Angie Stone – *Heaven help*
13. Billy Joel – *Just the way you are*
14. Marvin Gaye – *Sexual healing*
15. Beverley Knight – *Made it back* (Good times mix)
16. Grace Jones – *La vie en rose*
17. Betty Wright – *Clean up woman*

Danksagung

Mein erstes Buch. Meine erste Danksagung. Ich fange mal vorne an und bedanke mich bei meinen Eltern, die es mir erlaubt haben, Hunderte von DIN-A5-Heftchen zu kaufen, diese aneinanderzukleben und vollzuschreiben. Das war ein merkwürdiges Hobby. Und das war der Anfang.

Bei Christoph Gesthüsen und Jürgen Rühl, meinen ersten Stammlesern, die diese Geschichten dann gelesen haben. Die Galgenstricke, Ihr erinnert Euch?

Ganz herzlich bedanke ich mich bei Monika und Thomas Anstots sowie Thomas Tilmans, die das erste Script zu »Fieses Foul« kopfschüttelnd durchgeackert und mich auf allerlei Ungereimtheiten aufmerksam gemacht haben.

Bei Barbara und Dierk Schaper von der Kerkener *Moerdergrube* für den richtigen Tipp zur richtigen Zeit.

Bei Ingrid Schmitz, der weltbesten Agentin, die das Script verlagstauglich lektoriert und an den Mann beziehungsweise an den Verlag gebracht hat.

Und ich danke Paul Weller für *Going Underground*.

KLAUS STICKELBROECK

PRIVATDETEKTIV HARTMANN ERMITTELT:

Fieses Foul
ISBN 978-3-940077-01-1 · 14,00 Euro

Kalte Blicke
ISBN 978-3-940077-37-0 · 13,00 Euro

Fischfutter
ISBN 978-3-940077-83-7 · 10,95 Euro

Auf die harte Tour
ISBN 978-3-942446-37-2 · 12,00 Euro

Schrott
ISBN 978-3-95441-195-5 · 12,00 Euro

Blindgänger
ISBN 978-3-95441-326-3 · 10,95 Euro

Blondes Gift
ISBN 978-3-95441-455-0 · 13,00 Euro

Fesseltrick
ISBN 978-3-95441-541-0 · 13,00 Euro

Kickstart
ISBN 978-3-95441-649-3 · 15,00 Euro